Melissa Foster

Schwestern im Glück

DIE SNOW-SCHWESTERN

DIE AUTORIN

Melissa Foster ist eine preisgekrönte *New-York-Times-* und *USA-Today*-Bestsellerautorin. Ihre Bücher werden vom *USA-Today-Bücherblog*, vom *Hagerstown Magazin*, von *The Patriot* und vielen anderen Printmedien empfohlen. Melissa hat mehrere Wandgemälde für das *Hospital for Sick Children*, eine Kinderklinik in Washington, D. C., gemalt.

Besuchen Sie Melissa auf ihrer Website oder chatten Sie mit ihr in den sozialen Netzwerken. Sie diskutiert gern mit Lesezirkeln und Bücherclubs über ihre Romane und freut sich über Einladungen. Melissas Bücher sind bei den meisten Online-Buchhändlern als Taschenbuch und E-Book erhältlich.

www.MelissaFoster.com

Melissa Foster

Schwestern im Glück

Die Snow-Schwestern

Love in Bloom – Herzen im Aufbruch

Aus dem Amerikanischen von Rita Kloosterziel

Die Originalausgabe erschien erstmals 2014 unter dem Titel
»Sisters in Bloom – Snow Sisters« bei World Literary Press, MD, USA.

Deutsche Erstveröffentlichung
2017 bei World Literary Press, MD, USA
© 2014 der Originalausgabe: Melissa Foster
© 2017 der deutschsprachigen Ausgabe: Melissa Foster
Lektorat: Judith Zimmer, Hamburg
Umschlaggestaltung: Natasha Brown

ISBN: 978-1-941480-65-6

Für die Schwestern,
die mir meine Mutter nicht schenken konnte, die jedoch
einen festen Platz in meinem Herzen haben:
Stacy Eaton, Natasha Brown, Kathie Shoop, Amy Manemann,
Rachelle Ayala, Bonnie Trachtenberg, Emerald Barnes, G. E.
Johnson, Christine Cunningham und Wendy Young

Vorwort

Schwestern im Glück ist der zweite Band der Serie über die Snow-Schwestern. Sie können ihn als Einzelroman genießen, mehr Lesevergnügen macht es allerdings, wenn Sie mit Band 1, *Schwestern im Aufbruch*, anfangen. Im dritten Band lernen Sie dann auch die Bradens kennen, eine Familie mit sechs attraktiven, wohlhabenden und liebenswerten Geschwistern. Mit den Geschichten über die Bradens setzt sich die unterhaltsame, sinnlich-freche Reihe *Love in Bloom – Herzen im Aufbruch* fort. Am Ende des Buches finden Sie eine vollständige Liste aller bereits erschienenen Titel der Reihe. Ich hoffe, Sie verlieben sich wie ich in Danica, Blake, Kaylie, Chaz, die Braden-Geschwister und ihre Freunde.

Eins

Kaylie Snow musste pinkeln, und zwar dringend. Wenn sie es nicht in den nächsten zwei Minuten schaffte, sich aus dem Bett zu hieven, würde es zu spät sein, und dann müsste sie ihrem Verlobten erklären, warum der Teppich so nass war. Sie zog sich die Bettdecke von ihrem gewaltigen nackten Bauch und setzte sich mühsam auf. Ihr Blick fiel auf Chaz, dessen Brustkorb sich mit jedem friedlichen Atemzug hob und senkte. Sie widerstand dem Wunsch, sich hinunterzubeugen und ihn auf den leicht geöffneten Mund zu küssen. Er hatte in der letzten Zeit so hart gearbeitet und hatte es sich verdient, auszuschlafen. Die Morgensonne schien durch die Vorhänge und erinnerte sie an den Morgen, nachdem sie sich kennengelernt hatten. Ihre Blase konnte doch sicher noch einen Moment aushalten, während sie diese Erinnerungen auskostete. Am Abend zuvor hatten sie die bevorstehende Hochzeit ihrer besten Freundin Camille gefeiert und sie hatte viel zu viele Margaritas getrunken. Chaz war nur ein bisschen angeheitert, als sie die Bar None gemeinsam verließen und sich zu seinem Haus aufmachten. Sie wusste noch genau, dass sie am liebsten mit den Fingern durch sein welliges blondes Haar gefahren wäre, das seine ozeanblauen Augen wie Juwelen schimmern ließ. Und sie wollte ihn unbedingt küssen, so wie jetzt.

Auf diesen ersten Kuss hatte sie lange gewartet. Bis fünf Uhr in der Frühe hatten sie geredet und waren dann auf dem Sofa in seinem Wohnzimmer eingeschlafen. Als sie erwachte, lag sie in seine Armbeuge geschmiegt, mit dem Kopf auf seiner muskelbepackten Brust. Die Morgensonne strömte ins Zimmer und seine ungeküssten Lippen hatten sich im Schlaf leicht geöffnet. In ihrem tiefsten Innern wusste sie, dass sie den Mann gefunden hatte, den sie eines Tages heiraten würde. Nun streckte sie die Hand aus und fuhr mit der Fingerspitze über die Bartstoppeln an seinem markanten Kinn.

Er drehte sich auf die Seite, kuschelte sich tiefer ins Kissen und versetzte die Matratze gerade genug in Bewegung, um ihre Blase weiter zu reizen. Sie fuhr zusammen und stemmte sich hoch – in der fünfunddreißigsten Schwangerschaftswoche kein einfaches Unterfangen. Als sie aufstand, spürte sie, wie sich Chaz' Hand um ihre schloss.

»Komm zurück«, flüsterte er.

Kaylie wandte sich um. »Ich muss mal«, antwortete sie leise.

»Dann komm danach wieder.« Er drückte sanft ihre Hand und ließ sie gehen.

Kaylie ging zur Toilette und wusch sich dann die Hände. Dabei begutachtete sie sich im Spiegel über dem Waschbecken. *Nackter Buddha.* Sie drehte sich zur Seite. *Gestrandeter Wal.* Sie stellte sich mit dem Rücken zum Spiegel und sah über die Schulter. Lieber Himmel, das war ja noch schlimmer. Wie hatte sie Chaz glauben können, als er gestern beteuerte, dass sie hinreißend aussah? Der gestrige Abend. Nun fiel ihr alles wieder ein. *Der Anruf aus Denver, aus dem Nachtclub, in dem sie in den letzten beiden Jahren gesungen hatte.* Noch eine Absage, eine von vielen. Dabei hatte sie gehofft, sich für die Zeit nach der Geburt des Babys Engagements sichern zu können. Sie war eine gute Sängerin! Die Zuschauer liebten sie und sie war zuverlässig. Noch nie hatte sie einen Auftritt verpasst. Sie hatte immer davon geträumt, eines Tages ein Angebot für einen Plattenvertrag zu bekommen, doch nun sah es aus, als würde ihre Schwangerschaft alle Hoffnungen zunichtemachen. Als hätte sie ein Tattoo auf der Stirn: *Nehmen Sie mich bloß nicht unter Vertrag. Ich bekomme bald ein Kind und dann bin ich total unzuverlässig.* Sie hatte zwanzig Minuten lang geweint und sich selbst, dem Baby und sogar Chaz die Schuld gegeben. Später wurde ihr klar, dass sie nichts von dem ernstgemeint hatte. Es war einfach alles zu viel gewesen. Chaz war ihr die ganze Zeit nicht von der Seite gewichen. Er war ruhig und verständnisvoll wie immer und sie hatte jede seiner Beteuerungen geglaubt, dass sie sexy und schön aussah und eine wundervolle Mutter sein würde. Er hatte sie in die Arme geschlossen, wo sie sich geborgen und geliebt fühlte, und schon waren alle Sorgen wie weggeblasen gewesen.

Wie sehe ich denn aus?! Das war's. Von nun an würde sie nicht mehr nackt schlafen. Sie ließ die Hände über die Wölbungen gleiten, die sich irgendwie über ihrer Taille gebildet hatten. *Grundgütiger! Habe ich etwa Speckröllchen?* Sie war immer zierlich gewesen, schon als Teenager. Wie konnte sie Speckrollen haben? Babys wuchsen in der Gebärmutter heran, nicht auf den Hüften. *Was zum Teufel geht hier vor sich?* Sie zupfte ihr blondes Haar zurecht, oder versuchte es zumindest, putzte sich die Zähne und schnappte sich eines von Chaz' T-Shirts aus seiner Kommode, bevor sie wieder ins Bett ging.

Kaylie lag mit angewinkelten Beinen auf dem Rücken. Dabei versuchte sie, die Speckröllchen zu ignorieren, die sie zu verhöhnen schienen. Sie brauchte nur an sie zu denken und bekam gleich schlechte Laune. Sie merkte, wie sich etwas in ihrer Brust zusammenzog, und krallte die Finger in Chaz' T-Shirt.

Chaz kuschelte sich an sie, schob seine Beine unter ihre und legte einen Arm über ihre schmalen Hüften, unterhalb ihres gewaltigen Bauches. Er legte ihr den Kopf auf die Schulter und sie lauschte seinem Atem. Mit jedem seiner Atemzüge beruhigten sich ihre Nerven ein bisschen mehr. Sie fühlte sich so geborgen, wenn sie bei ihm war. Kein Wunder, dass sie am Abend zuvor nackt zu Bett gegangen war. Sie glaubte ihm alles, was er sagte.

»Sollen wir uns ein paar Namen ausdenken?«, flüsterte er.

»Wir haben doch gesagt, dass wir warten, bis das Kind da ist.« Als Kaylie erfuhr, dass sie schwanger war, hatten sie beschlossen, nicht schon vor der Geburt herauszufinden, ob es ein Junge oder ein Mädchen war. Überraschungen waren im heutigen Leben selten genug, und die Geburt ihres Babys sollte einer jener herzergreifende Momente sein, den man nie vergisst. Ein einzigartiger Augenblick. Daher hatte sie nur eine einzige Ultraschallaufnahme machen lassen.

Es war keine Risikoschwangerschaft und sie war so jung, dass ihre Ärztin keinen Grund für weitere Aufnahmen sah. Kaylie war erleichtert gewesen. Sie hätte es nicht ausgehalten, dazuliegen und zu wissen, dass ihr Baby auf dem Monitor zu sehen war – so nah, dass sie nur die Hand ausstrecken und ihn berühren musste. Es wäre ihr schwergefallen, nicht hinzusehen.

Kaylie bestand außerdem hartnäckig darauf, vor der Geburt keine Namen auszusuchen. Sie hatte nie verstehen können, wie ein Kind einen Namen haben konnte, bevor die Eltern es kennengelernt hatten. Was war, wenn sich ein Charles in Wirklichkeit als ein Michael entpuppte? Wenn man das Baby neun Monate lang Charles genannt hatte, wäre es schwierig, den Namen passend zum Wesen oder zum Aussehen des Babys zu ändern.

Sie und Chaz waren einander so ähnlich. Sie waren fast immer einer Meinung und Kaylie wusste aus Erfahrung, dass sie sich glücklich schätzen konnte. Sie schloss die Augen und dachte an das, was sie heute erledigen musste. Sie würde sich mit ihrer älteren Schwester Danica und ihrer Mutter treffen, die sie bestimmt seit einem Jahr nicht mehr gesehen hatte. Lieber Himmel, war es wirklich schon so lange her?

Schuldgefühle überschwemmten sie. Früher hatte ihre Mutter eine so wichtige Rolle in ihrem Leben gespielt. Doch dann hatte Kaylie herausgefunden, dass ihre Mutter mit ihrem Vater zusammengeblieben war, obwohl sie von seiner Affäre wusste, und betrachtete sie in einem anderen Licht. Die starke Frau, die sie zu kennen gemeint hatte, erschien ihr nun schwach und beinahe mitleiderregend. Bald würde sie selbst Mutter sein und dachte daher öfter an ihre eigene Mutter, doch die Wut und die Enttäuschung waren immer noch da, und sie wusste nicht, wie sie damit umgehen sollte.

Wie schon so oft schob sie die Gedanken an ihre Mutter beiseite. Es war alles zu schwierig, sie konnte jetzt nicht darüber nachdenken. Es gab drängendere Probleme, die sie nicht ignorieren konnte.

Eine nervtötende Stimme in ihrem Hinterkopf erinnerte sie immer wieder unbarmherzig daran, dass ihr letzter Auftritt als Sängerin schon mehrere Monate zurücklag. Und dass ihre Schwester Danica niemals tatenlos zugesehen hätte, wie sich ihre Karriere einfach so in Luft auflöste – es sei denn, sie hätte es genau so gewollt. Kaylie fühlte sich machtlos, sie hatte nicht das Gefühl, etwas gegen den Niedergang ihrer Karriere unternehmen zu können. Und die entschlossene, furchtlose Kaylie hatte sich in ihrem Leben noch nie machtlos gefühlt.

Chaz zeichnete mit dem Finger sanfte Kreise auf der Unterseite ihres Bauches. »Gracie?«

»Keine Namen, haben wir gesagt«, sagte sie und musste lächeln, auch wenn sie lieber noch einen Moment auf ihren Sorgen herumgekaut hätte. Sie schob ihm eine Strähne aus der Stirn.

»Felix?«

»Chaz!«

Er stützte sich neben ihr auf und flüsterte ihr ins Ohr: »Jezebel? Bambi?«

Sie kicherte. Der Stress, den ihre Speckrollen und die Stimme in ihrem Kopf ihr bereiteten, ließ langsam nach.

Er drückte ihr die Lippen auf den Hals, strich mit der Hand über ihren gewölbten Bauch und fuhr dann mit dem Zeigefinger vom Schlüsselbein zwischen ihren Brüsten hindurch zu dem Bogen, wo ihr Zwerchfell in ihren Bauch überging. Ein wohliger Schauder rann ihr über den Rücken. Sie legte die angewinkelten Beine zur Seite und lehnte sie an seine.

»Ich bin mit Danica und meiner Mutter zum Lunch verabredet.«

»Mm-hmmm.« Er küsste ihre Schulter und ließ seine Hand unter ihr T-Shirt gleiten.

»Ich habe meine Mutter seit Ewigkeiten nicht mehr gesehen. Ich bin ein bisschen nervös.«

Er zog ihr das Hemd über den Kopf und sie wölbte den Rücken, als er es ihr auszog. Ihre langen Haare fielen wie ein Wasserfall aufs Kissen.

»Musst du aber nicht«, sagte er. Dann kniete er neben ihr und stützte sich mit den Händen rechts und links von ihrem

Körper auf.

Sie fuhr mit dem Finger eine Ader nach, die über seinen Bizeps verlief, als er seinen Mund auf ihre Brust senkte. Sie keuchte auf, als er mit der Zunge ihren Nippel verwöhnte. Die Schwangerschaft hatte ihre Empfindungen intensiviert, ihre Sinne waren hellwach und Chaz bediente sie mit aufreizender Sorgfalt. Sie neigte den Kopf nach hinten, streckte den Hals und versuchte, sich zu konzentrieren, das bevorstehende Treffen mit ihrer Mutter durchzuspielen und über ihre Karriereprobleme nachzudenken. Doch Chaz nahm sich nun ihre andere Brust vor und sie krallte stöhnend die Hände in seine Haare.

Chaz ließ seine Zunge über die Außenseite ihrer Brust gleiten. »Soll ich aufhören?« Er hob ihre Brust an und leckte die zarte Haut auf der Unterseite.

»Nein«, erwiderte sie atemlos.

Seit dem vierten Schwangerschaftsmonat waren ihre Hormone kaum zu bremsen.

Er tastete sich mit dem Mund an ihrer Flanke entlang, über die Rippen bis hin zu dem Bereich unmittelbar oberhalb ihrer Hüfte.

Sie lockte ihn von diesen neuen Speckrollen weg, zog seinen Mund an ihren, öffnete ihre Lippen und ließ seine Zunge langsam und tief in ihren Mund eindringen, spürte, wie er sie erkundete, sie verschlang. Sie fühlte seine Härte an ihrem Bein und erwiderte den Druck. Seine Hand fuhr zu ihrer Hüfte, seine Finger gruben sich in das Fleisch ihres Oberschenkels. Alle ihre Nervenenden standen in Flammen. Sie wölbte sich ihm entgegen, während ihr Bauch wie ein unnachgiebiger Wächter zwischen ihnen war.

Sie setzte sich auf und mit einer einzigen geübten Bewegung schob er sich auf den Rücken. Sie merkte, wie alle Spannung von ihr wich, als seine Hände nach ihren Hüften griffen und sie ihre Mitte auf ihn senkte, um kurz vor der Spitze seiner Erregung zu verharren. Er drängte sich ihr entgegen und ein gerissenes Lächeln breitete sich auf ihrem Gesicht aus. Dies war mittlerweile der Teil ihres Liebesspiels in der Schwangerschaft, den sie am liebsten mochte: die Kontrolle übernehmen, ihn warten lassen. Sie beugte sich vor, ihr Haar umhüllte ihrer beider Gesichter, und sie küsste ihn sanft auf die Stirn, die Wange, das Kinn. Chaz versuchte, ihre Lippen mit seinen zu erhaschen, doch sie war zu schnell. Sie nahm seine Hände in ihre und schob sie sich unter die Knie, dann beugte sie sich wieder zu ihm hinunter und umspielte mit der Zunge sanft den Rand seiner Lippen.

Sie stemmte sich ein wenig höher, dann drückte sie seine Erektion flach auf seinen Bauch und senkte sich darauf, neckte und reizte ihn, ließ ihn aber nicht in sie eindringen. Ihre Mitte glitt immer wieder an seiner Härte entlang, bis seine Augen voller Hunger waren. Sie genoss es, seinen Höhepunkt auf diese Weise zu steuern. Sie küsste ihn auf das Kinn, den Hals und saugte dann an einer Stelle direkt unter seinem Ohr, bis sie wusste, dass er sich nicht mehr lange würde zurückhalten können. Mit der Zunge glitt sie an seiner Brust hinunter, nahm seine Brustwarze sanft zwischen die Zähne, bis er sich unter ihr wand und sie anbettelte, ihn einzulassen. Schließlich raubte ihr eigenes Verlangen ihr fast den Atem und sie griff zwischen ihre Beine und ließ ihn in sie gleiten. Sie keuchte auf, als sie ihn in sich spürte.

Er öffnete die Augen und zog sie in einem tiefen Kuss an sich. Kaylie merkte, wie die Sorge um das Treffen mit ihrer Mutter dahinschmolz und Schultern und Rücken sich entspannten. Seine Hände fuhren über ihre Seiten und sie zuckte zurück, suchte seinen Blick und erwartete Anzeichen von Abscheu angesichts ihrer sich ausdehnenden Taille. Seine Augen füllten sich mit Verlangen, dann schlossen sich seine Lider und er verschmolz mit ihr. Sie schmiegte sich in die Berührung seiner Hände und mit jeder sinnlichen Bewegung rückten ihre Sorgen ein Stück weiter weg, bis ihre Scham und die Gedanken an den Niedergang ihrer Karriere fast verschwunden waren.

Zwei

Kaylie hakte sich bei Danica unter, setzte ein künstliches Lächeln auf und hoffte, dass man ihr nicht anmerkte, wie mulmig ihr zumute war. »Los geht's, Schwesterherz«, sagte sie sarkastisch, während sie über den Parkplatz zu Felbys Restaurant gingen.

Danica zog eine Augenbraue hoch. »Es wird schon alles gut gehen. Mom freut sich auf dich und diesen Bauch mit deiner Höllenbrut.«

Kaylie stieß ihrer Schwester den Ellbogen in die Rippen. »Warum nennst du sie so?«

»Weil du niemals eine Höllenbrut zur Welt bringen würdest und ich als nervige Schwester dastehe, wie sich das gehört.«

»Du bist ja nur neidisch«, sagte Kaylie. Sie hatte sich immer vorgestellt, dass Danica vor ihr heiraten und Kinder bekommen würde. Danica war zwei Jahre älter als sie und bis vor Kurzem hatte sie als Therapeutin gearbeitet. Ihr Lebensstil war ruhiger und weniger flatterhaft als Kaylies, die als Sängerin allzu oft inmitten von Betrunkenen bis in die frühen Morgenstunden in Nachtclubs oder Bars war. Das waren nicht unbedingt die besten Voraussetzungen für den festen Tagesablauf mit einem Neugeborenen. Kaylie legte sich die Hand auf den Bauch. Zu ihrem Leidwesen schien ihre Karriere im Laufe ihrer Schwangerschaft immer weiter an den Rand gedrängt zu werden.

»Überhaupt nicht. Ich bin noch nicht bereit für Babys. Aua«, rief Danica.

»Was ist?«

»Du hast mich so fest untergehakt, dass du mir den Arm einquetschst.« Danica rieb sich den Unterarm. »Alles okay?«

»Nur ein bisschen angespannt«, gab Kaylie zu.

»Mom löst solche Gefühle aus, ich weiß.« Danica hielt Kaylie die Tür auf.

Speckrollen lösen solche Gefühle aus.

Kaylie wusste, dass Danica den Kontakt zu ihrer Mutter nicht hatte abreißen lassen und dass sie nie diesen Groll gegen sie gehegt hatte, den Kaylie nach der Scheidung der Eltern empfand. Auch Danica traf sich nicht oft mit ihrer Mutter und Kaylie fragte sich, warum. Gleichzeitig fragte sie sich, ob Danica die gleiche beklemmende Unruhe verspürte wie sie. Es hatte nicht den Anschein und Kaylie würde sie ganz bestimmt nicht darauf ansprechen. Danica hatte ihr immer wieder in den Ohren gelegen, ihre Mutter nicht aus ihrem Leben zu verbannen, und sie hatte keine Lust auf eine Neuauflage dieser Unterhaltung. Danica war zwar einmal eine hervorragende Therapeutin gewesen, doch Kaylie konnte Ratschläge sehr gut ignorieren. Irgendwann hatte die ganze Sache ihre Schwester so aufgewühlt, dass sie aufgehört hatte, eine Versöhnung zwischen Kaylie und ihrer Mutter herbeizuführen.

Es war Sonntagnachmittag, und in Felbys Restaurant, einem der netteren in der kleinen Touristenstadt Allure in Colorado, war es nicht sonderlich voll. Im August herrschte immer die Ruhe vor dem Sturm. In ein paar kurzen Wochen würden

SUVs die Straßen füllen und die Touristen würden tagsüber die Skihänge und abends die Restaurants und die Straßen der Innenstadt bevölkern.

Kaylie ließ den Blick durch das Restaurant schweifen, doch die schicke Kurzhaarfrisur, die sie bei ihrer Mutter gewohnt war, und die gemusterte Bluse, die sie normalerweise trug, waren nirgendwo zu sehen. Ihr Haar war genauso buttergelb wie Kaylies. »Sie ist nicht da. Vielleicht hat sie abgesagt. Hast du deine Mails gecheckt?«, sagte sie hoffnungsvoll.

»Das könnte dir so passen.« Danica lachte.

»Sie freut sich bestimmt nicht auf mich. Ich habe sie seit fast einem Jahr nicht mehr gesehen.« Kaylie trat einen Schritt zurück und betrachtete Danicas tiefsitzende Shorts und das süße Tanktop. Sie hatte offenbar abgenommen und ihre dichten dunklen Locken waren in den letzten Monaten gewachsen, sodass sie jünger aussah als Kaylie. Kaylie spürte, wie Eifersucht in ihr aufstieg.

»Red keinen Unsinn. Du kennst Mom doch. Sie wird so tun, als sei es kaum der Rede wert. Sie würde dich nie in Verlegenheit bringen. Das hat sie nie gemacht, und es gibt keinen Grund, weshalb sie es jetzt tun sollte. Da ist sie.« Danica winkte einer Frau zu, die in einer Nische in der Ecke saß.

»Das ist nicht Mom«, sagte Kaylie und starrte die rothaarige Frau an.

»Natürlich ist sie das«, sagte Danica und ging auf die Nische zu.

Kaylie folgte ihr. Nun erkannte sie ihre Mutter. Sie trug ihr Haar länger als früher, sodass es ihr auf die Schultern fiel, und es war ganz sicher nicht buttergelb.

»Rot?«, fragte Kaylie und warf ihre Handtasche auf die Bank gegenüber ihrer Mutter.

»Hallo, ich freu mich auch, dich zu sehen, Kaylie«, erwiderte ihre Mutter.

Die Antwort ihrer Mutter klang ungewöhnlich scharf und Kaylie zuckte zusammen. Sie warf ihrer Schwester einen vielsagenden Blick zu.

Ihre Mutter stand auf und umarmte sie beide. »Du siehst blendend aus, Liebes«, sagte sie zu Kaylie. Helen Snow war immer der Inbegriff der hingebungsvollen Mutter gewesen. Sie hatte jede Woche gebacken, hatte für Danica und Kaylie genäht und war zu allen Elternabenden in der Schule gegangen. Nun streckte sie die Hand aus und berührte Kaylies Bauch. »Na, so etwas! Mein Baby bekommt ein Baby! Und dir steht die Liebe wirklich gut«, sagte sie zu Danica gewandt.

Kaylie sah, wie Danica vor Verlegenheit errötete. Als sie Blake kennenlernte, hatte sich ihr ganzes Leben verändert. Er war einer ihrer Klienten gewesen und in dem Moment, in dem sie sich begegneten, wusste sie, dass nichts mehr so sein würde wie zuvor. So hatte sie es ihrer Schwester später erzählt. Dass sie sich zu ihm hingezogen fühlte, war nicht zu übersehen. Er war nicht nur groß und dunkel und sah umwerfend aus. Er war auch gutherzig und ehrlich, und wenn sie mit ihm zusammen war, spürte sie, wie sich ihr Herz und ihr Geist weit öffneten und sie sich in ihrem ganzen Wesen leichter fühlte. Kaylie hatte sich für die beiden gefreut. Danica hatte sich verändert, und Kaylie war überzeugt, dass es die richtige Entscheidung war, ihre Lizenz als Therapeutin zurückzugeben und stattdessen ein Jugendzentrum zu gründen. Sie fand es wundervoll, dass ihre Schwester es zuließ, geliebt zu werden, und das von jemandem, der so unverkennbar in sie verliebt war wie Blake.

Kaylie schob sich auf die Sitzbank ihrer Mutter und Danica gegenüber. Die Blicke, die ihr zwei Männer an einem der

Nachbartische zuwarfen, zauberten ein Lächeln auf ihr Gesicht. Sie breitete ihre Serviette auf ihrem Schoß aus, unter ihrem runden Bauch, und hob dabei stolz das Kinn. *Vielleicht hat Chaz doch recht und ich sehe immer noch gut aus.*

»Und? Wie geht es meinen Mädchen?«

Die frische Haut und lebhafte Haarfarbe ihrer Mutter machten einen völlig neuen Menschen aus ihr, jemanden, den Kaylie nicht wiedererkannte. Wo war die tüchtige, hausbackene Mutter, die zu allen Elternabenden ging? Die Mutter, die jede Woche backte und nie ein böses Wort über die Lippen brachte? Ihr Anblick ließ den Schmerz wieder aufleben, den die Scheidung ihrer Eltern ihr bereitet hatte. Als sie sich trennten, war Kaylie am College. Kurz danach hatte sie herausgefunden, dass ihre Mutter seit Jahren von der Geliebten ihres Vaters wusste, aber um der Kinder willen mit ihm zusammengeblieben war. Für Kaylie war es ein Zeichen von Schwäche, dass sie an einer Beziehung festgehalten hatte, die schon längst zerbrochen war. Nun betrachtete sie ihre Mutter, die so ganz anders aussah als früher, legte die Hand auf den Bauch und musste daran denken, wie viel sich im vergangenen Jahr verändert hatte.

Eines aber würde sich für Kaylie nie ändern. Sie hatte viel von ihrer Mutter gelernt, die wichtigste Lektion war jedoch die Scheidung gewesen. *Rechne immer mit dem Schlimmsten.*

»Das Jugendzentrum läuft sehr gut«, begann Danica. »Ich denke, wir haben den richtigen Namen ausgesucht: No Limitz. Er fällt auf und man weiß sofort, was wir erreichen wollen: jungen Leuten helfen, zu wachsen und ihr Potenzial einzusetzen. Das Design für das Logo ist gerade fertig. Es hat ewig gedauert, aber ich glaube, es war eine gute Idee, das Z gelb zu machen und die anderen Buchstaben blau. Ich mag die Kids und merke jetzt erst, wie bedrückend es war, jeden Tag als

Therapeutin zu arbeiten. Als ich den Beruf aufgab, hatte ich das Gefühl, dass mir eine große Last von den Schultern genommen wurde.«

Danica strahlte geradezu und wieder verspürte Kaylie die altbekannte Eifersucht hochkommen. Danica hatte den Sprung von der Therapeutin zum Jugendzentrum mühelos geschafft, während Kaylie das Gefühl hatte, doppelt so hart arbeiten zu müssen, um sich in der Musikindustrie einen Namen zu machen. Nun gut, ihre Auftritte fanden bei Veranstaltungen und in Restaurants statt, sie war kein Popstar, aber sie war trotzdem stolz auf das, was sie erreicht hatte. Dass die Karriere ihrer Schwester boomte und ihre eigene ins Stocken geraten war, verhagelte ihr ein wenig die Laune.

»Ich weiß, und es tut mir leid, dass dein Vater und ich dich so lange in diese Richtung gedrängt haben.« Das Bedauern, das kurz in den Augen ihrer Mutter aufblitzte, machte gleich darauf einem gezwungenen Lächeln Platz.

»Das meinst du doch nicht ernst, oder? Ich habe schrecklich gerne als Therapeutin gearbeitet, und ich weiß es zu schätzen, dass du und Dad mich gedrängt habt, mein Bestes zu geben. Ich glaube, diese Fertigkeiten haben mir nicht nur in meinem Privatleben geholfen, sondern auch im Jugendzentrum. Aber jetzt entdecke ich, was es sonst noch alles in der Welt gibt, und ich sehe, was ich bisher verpasst habe. Wenn ich früher in der Öffentlichkeit zufällig einen Klienten traf, musste ich so tun, als sei ich kein echter Mensch mit einem echten Leben. Nun muss ich mich nicht mehr in Ecken verkriechen.« Danica trank einen Schluck Wasser.

»Du hast deine Therapeutenlizenz zurückgegeben, kaum, dass du Blake kennengelernt hast. Bedauerst du das manchmal? Vermisst du die Arbeit in der Praxis?«

Seit Danica mit Blake zusammen war, hatte Kaylie überraschende Veränderungen bei ihr beobachtet. Sie hätte sich nie träumen lassen, dass ihre Schwester so wandlungsfähig war. Sie hatte sich von einer konservativen, ziemlich verklemmten Therapeutin in eine entspannte Frau verwandelt, die sich erlaubte, spontaner zu sein, und ihrer inneren Frau ein wenig mehr nachgab. Okay, sehr viel mehr.

»Ehrlich gesagt, nein. Ich bin so glücklich wie nie zuvor. Ich hatte gar nicht gemerkt, dass ich immer auf der Hut war, wenn ich mich in der Öffentlichkeit bewegt habe. Ständig musste ich damit rechnen, dass ich einen Klienten treffe, aber natürlich durfte niemand merken, dass er mein Klient und ich seine Therapeutin war. Ich fühlte mich regelrecht erstickt von meinem Beruf.«

»Und außerdem hat sie ihren Beruf gegen einen sehr attraktiven Mann eingetauscht«, meinte Kaylie.

»Stimmt«, sagte Danica.

»Und du, Kaylie? Wie sieht's bei dir aus? Wie geht es dir?«

Sie saß wie auf heißen Kohlen und wartete nur darauf, dass ihre Mutter sie zur Rede stellte, weil sie sich so lange nicht bei ihr gemeldet hatte. »Gesundheitlich geht es mir gut und ich denke, das Baby kann kommen.« Sie tätschelte ihren Bauch. »Aber meine Karriere ist im Eimer und im Moment habe ich keine Alternative.« Kaylie verabscheute den weinerlichen Ton in ihrer Stimme.

»Das stimmt doch gar nicht«, sagte Danica.

»Bekommst du in den letzten Wochen weniger Angebote?«, fragte ihre Mutter.

Kaylie nickte und ihre Mutter ergriff ihre Hand.

»Kaylie, das alles gehört zu einer Schwangerschaft dazu. Das bedeutet nicht, dass du keine gute Sängerin mehr bist. Es ist nur so, dass du bisher eher vor Leuten aufgetreten bist, die …« Ihre Mutter sah Danica hilfesuchend an.

»Die flotter und weniger gesetzt sind«, ergänzte Danica.

»Jünger, hübscher, sexyer. Ich weiß, ich weiß. Das macht es nicht gerade einfacher für mich.«

Kaylie trank einen Schluck Wasser und versuchte, ihre Gefühle in den Griff zu bekommen, die verrückt spielten, seit sie schwanger war. »Ich wusste, dass das passieren würde. Ich meine, ich bin nicht davon ausgegangen, dass ich im achten Schwangerschaftsmonat noch in Bars auftrete. Ich war nur nicht darauf gefasst, dass es für die Zeit nach der Geburt so schwierig sein würde, etwas zu bekommen. Aber«, sie hob den Zeigefinger und rang sich ein Lächeln ab, »das Gute ist, dass ich mich auf mein Baby vorbereiten kann und viel Zeit für den hinreißenden Mann in meinem Leben habe.« Sie versuchte, sich selbst ebenso davon zu überzeugen wie Danica und ihre Mutter.

Eine schlanke junge Kellnerin trat an ihren Tisch und stellte sich vor. »Hi, ich heiße India und werde Sie heute bedienen.« Sie sah sich die drei Frauen an und sagte zu Danica: »Ihre Haare sind toll.«

Danica fuhr sich mit der Hand durch ihre dichten Locken. »Ehrlich? Danke! Sie sind ein bisschen herausgewachsen.«

Seit wann konnte Danica Mädchengeplauder? »Ich hätte gerne einen Eistee und einen Salat mit gegrillter Hähnchenbrust, ohne Zwiebeln, bitte«, sagte Kaylie.

Danica warf ihr einen tadelnden Blick zu, der ihr signalisierte, dass sie gerade sehr unhöflich war. Sie ignorierte ihn geflissentlich.

Plötzlich klingelte ein Handy und alle drei griffen nach ihren Handtaschen.

»Das ist meins«, sagte ihre Mutter.

Ihre Töchter sahen einander überrascht an.

»Hi. Ja. Oh, das wäre schön. Okay.« Ihre Mutter errötete und senkte die Stimme. »Ich kann es auch kaum erwarten, dich wiederzusehen. Okay, tschüss.«

»Wer war das denn?«, fragten Danica und Kaylie wie aus einem Munde.

Ihre Mutter schob ihr Handy in die Tasche zurück und faltete die Hände auf dem Tisch. »Das war ...« Sie trank einen Schluck Wasser. »Tja, es fällt mir nicht so leicht, das zu sagen. Ich habe jemanden kennengelernt.«

»Mom, das ist wunderbar!« Danica umarmte sie.

»Du hast jemanden kennengelernt?«, fragte Kaylie.

»Kaylie, warum sollte sie nicht ihren Spaß haben?«

»Ja, das ist ja okay. Es ist nur komisch. Als ich dich das letzte Mal gesehen habe –«

»Was genau elf Monate her ist«, sagte ihre Mutter.

Aha, jetzt geht's los.

Das Handy ihrer Mutter meldete sich wieder, sie holte es hervor, las eine SMS und beantwortete sie, während Kaylie weiterredete.

»Es war eine lange Zeit und es tut mir leid. Ich war so beschäftigt mit ...« *Chaz, dem Baby, meiner Karriere, die den Bach hinuntergeht.* »Jedenfalls hattest du damals weder einen Mann in deinem Leben noch ein Handy. Und auch keine roten Haare.« *Warum bin ich so gemein?* Sie sah, wie ihre Mutter lächelte, während ihre Finger rasch über den kleinen Touchscreen huschten. »Und jetzt schreibst du auch noch SMS?« *Lieber Gott, lass mich auf der Stelle sterben. Mach, dass ich nicht mehr so biestig bin.*

»Wenn du mich zurückgerufen hättest, wüsstest du das alles. Es hat sich eine Menge verändert und ich weiß, dass das nicht so leicht zu verarbeiten ist.« Sie zupfte an ihrer Frisur. »Mein Haar, das war ein Vorschlag einer neuen Freundin von mir, Mamie Jones. Wir waren im Fitnessstudio und –«

»Du gehst ins Fitnessstudio?« *Das wird ja immer besser.*

»Ich gehe auf die sechzig zu, deshalb muss ich etwas für mich tun. Bewegung ist gut gegen Osteoporose. Mein Arzt hat mir empfohlen, mit leichten Gewichten zu arbeiten. Jedenfalls habe ich Mamie dort im Fitnessstudio kennengelernt. Sie ist geschieden, schon ein paar Jahre länger als ich, aber wir haben viel gemeinsam. Sie meinte, ich sollte mal was ganz Neues probieren, und ich dachte einfach: warum nicht?«

»Also, du hast dir die Haare gefärbt und dich in einem Fitnessstudio angemeldet. Und wer ist der Mann, der dich gerade angerufen hat? Und der dir SMS schickt?«, fragte Kaylie und dachte daran, wie brüchig die Stimme ihrer Mutter geklungen hatte, als sie Kaylie anrief und ihr berichtete, dass ihr Vater ausziehen würde. Damals wirkte sie so verletzlich, doch davon war der Frau, die da vor ihr saß, nichts mehr anzusehen. Kaylie wusste nicht, ob sie sich für sie freuen oder ob sie sich lieber verkriechen und sich wünschen sollte, dass ihre Mommy wieder zurückkäme.

»Er heißt Patrick und ist sehr nett. Er arbeitet bei einer Bank. Sehr solide. Seit fünf Jahren geschieden.«

»Oh, Mom, das ist wundervoll. Du hast es verdient, glücklich zu sein.« Unter dem Tisch versetzte Danica ihrer Schwester einen Tritt.

Kaylie schüttelte ihre Überraschung ab. »Du verdienst es wirklich, glücklich zu sein. Tut mir leid, Mom. Es ist nur so, dass mein Leben im Moment auf der Stelle tritt, und du und Danica, ihr bewegt euch vorwärts. Wir haben uns eine Weile nicht gesehen und schon ist alles anders. Ich meine, du hast jemanden kennengelernt. Wow.«

»Und du bekommst ein Baby. Es gibt nichts Wunderbareres als ein Kind auf die Welt zu bringen und eine Familie zu gründen.«

»Ich weiß, du hast recht, aber ich vermisse meine Arbeit. Ich war nicht darauf gefasst, dass mein ganzes Leben sich verändert, wenn das Baby da ist.«

Danica und ihre Mutter sahen einander an und Kaylie biss sich auf die Zunge.

»Kaylie, das ist einfach ein neuer Weg, den du einschlägst. Das ist alles. Du wirst dich daran gewöhnen. Du wirst stolz darauf sein. Es ist die beste Zeit deines Lebens.«

Die beste Zeit meines Lebens? Und was war mit den letzten zehn Jahren? »Es ist nur alles ein bisschen viel auf einmal. Chaz fährt bald nach L. A. und ich mache mir Sorgen«, sie beugte sich über den Tisch und flüsterte: »dass er mich nicht mehr attraktiv findet.« Sie lehnte sich zurück und warf ihr Haar über die Schulter. »Meine Knöchel schwellen an, meine Karriere ist im Eimer und abends bin ich erledigt.« Sie hätte nie gedacht, dass sie sich über ihr Leben beschweren würde.

»Wann bekomme ich deinen Prinzen denn zu Gesicht?«, fragte ihre Mutter.

Ihre Mutter hatte nie viel Aufhebens um Kaylies Aussehen gemacht. Das fiel Kaylie im letzten Moment ein, als sie sich beschweren wollte, weil niemand auf diese Sorge einging, die sie bewegte. Früher, als sie einander näherstanden und sich regelmäßig sahen, hätte ihre Mutter vielleicht die Augen verdreht und ihr gesagt: Sei nicht so kindisch. Es gibt Wichtigeres auf der Welt als dein Aussehen. Mittlerweile vermisste Kaylie Kommentare wie diesen.

Kaylie und Chaz waren zusammengezogen, sobald sie

wusste, dass sie schwanger war, und sie waren so sehr mit sich beschäftigt, dass sie ganz vergessen hatte, ihn ihrer Mutter vorzustellen. »Wir machen bald eine Zeit aus. Versprochen. Er hat im Moment furchtbar viel zu tun, weil das Filmfestival vor der Tür steht. Ich wusste überhaupt nicht, dass der Leiter eines Festivals so viel reisen muss. Ich dachte, ein Leiter … nun ja, er leitet eben, dachte ich.« Chaz leitete das Colorado-Indie-Filmfestival und musste alle Fäden in der Hand halten, vom Werben um Sponsoren bis hin zu Essenseinladungen für Prominente. Er hatte zwar einen kleinen Stab von Mitarbeitern, die die wichtigsten Bereiche abdeckten, doch nun stand das Festival kurz bevor und die Suche nach Sponsoren war zu einem der Hauptthemen geworden. Ohne Sponsoren – von denen manche mehr als zehntausend Dollar spendeten – konnte das Festival nicht stattfinden.

Ihre Mutter trank einen Schluck. »Hast du mit deinem Vater gesprochen? Weiß er von dem Baby?«

Wie konnte sie ihn so locker erwähnen? »Nein, ich habe nicht mit ihm gesprochen. Das weißt du. Er ist mit dieser Frau zusammen, wie immer sie auch heißt. Er hat seine Wahl getroffen.« Ihr Vater hatte seine Geliebte zwei Jahre nach der Scheidung geheiratet und Kaylie war weder zur Hochzeit gefahren noch hatte sie seine Anrufe erwidert. Weihnachts- und Geburtstagskarten warf sie ungelesen weg. Für sie existierte er einfach nicht mehr, sehr zum Kummer ihrer Mutter. Auch von der Halbschwester, die sie angeblich hatte, wollte sie nichts wissen. Danica dagegen schrieb ihm von Zeit zu Zeit, doch soweit Kaylie wusste, hatte sie ihn weder gesehen noch mit ihm gesprochen, seit er die Familie verlassen hatte.

»Oh, Kaylie, das solltest du wirklich nicht tun. Dein Vater liebt dich.«

»Mom, es ist schwer für sie«, sagte Danica zu Kaylies Verteidigung. »Es ist schwer für uns beide.«

»Hast du auch nichts mehr mit ihm zu tun?«, fragte ihre Mutter.

»Ich schicke ihm Karten zu Weihnachten«, meinte Danica.

Kaylie wechselte das Thema. »Ich glaube, ich brauche einen Mädelsabend.«

»Wann hast du Camille und die anderen zuletzt gesehen? Vor ungefähr zwei Monaten habe ich mit Camilles Mutter gesprochen. Sie sagte, ihr neues Haus ist zum Sterben schön«, meinte ihre Mutter.

»Ich hab sie eine Weile nicht gesehen, aber wir telefonieren und schreiben SMS.« Kaylie fiel plötzlich auf, dass das letzte Treffen schon ziemlich lange her war.

»Ich organisiere einen Mädelsabend, okay? Wir könnten uns in einem dieser netten kleinen Cafés treffen.« Danica nahm ihr Handy heraus, um ihren Terminkalender zu checken. »Blake kann an diesem Abend etwas mit Chaz unternehmen. Das ist bestimmt nett.«

»Ich will nicht in ein Café. Ich will in die Bar None«, jammerte Kaylie.

Danica ließ ihr Handy sinken. »Du bist schwanger«, sagte sie entgeistert. »Du darfst keinen Alkohol trinken.«

»Ich will ja gar keinen Alkohol trinken.« Kaylie spürte, wie sie wacher und lebhafter wurde. Die Aussicht, auszugehen und sich mit ihren Freundinnen zu amüsieren, ließ die Worte nur so aus ihrem Mund purzeln. Sie hatte gar nicht gemerkt, wie sehr sie es vermisste, etwas mit ihnen zu unternehmen. »Ich will nur abhängen und meinen Spaß haben, gute Musik hören. Ich will mich lebendig und attraktiv fühlen, und nicht schwanger und müde. Außerdem könnten wir gemeinsam überlegen, wie ich an

Engagements für die Zeit nach der Geburt komme.«

Ihre Mutter lächelte. »So ist's recht. Du hast immer schon gewusst, wie man das Beste aus allem macht.«

Kaylie umarmte ihre Mutter zum Abschied und versprach, sich öfter bei ihr zu melden. Sie sah ihr nach und hoffte, dass sie ihr Versprechen halten würde. Aber an manchen Tagen war es verdammt schwer, an ihre Mutter zu denken und nicht diese Wut in sich hochsteigen zu fühlen, die ihre besten Absichten zunichtemachte.

»Selbst ihr Gang ist anders«, sagte sie und legte den Kopf schief.

»Meinst du? Ich glaube, sie ist einfach glücklich.« Danica holte ihren Autoschlüssel hervor. »Soll ich die Mädels anrufen?«

»Und ob!«, seufzte Kaylie. Die Männer, die am Nebentisch gesessen hatten, kamen aus dem Restaurant und beäugten Kaylie und Danica. Kaylie lächelte.

»Kaylie!«, sagte Danica streng. »Du kannst es nicht lassen, oder?«

»Das will ich doch hoffen«, sagte sie und öffnete die Tür ihres Wagens. »Ich bin schwanger, nicht tot. Außerdem haben sie wahrscheinlich dich angesehen. Ich brauchte nur einen kleinen Schub für mein Ego.«

Danica schüttelte den Kopf. »Also wirklich. Wann soll denn der Mädelsabend steigen?«

Kaylie schob sich hinters Steuer. »Je eher desto besser. Ich muss mein Leben sortieren, bevor das Baby kommt.«

Danica spielte mit dem Autoschlüssel. »Du machst dir wirklich Sorgen wegen deines Aussehens, nicht wahr?«

Kaylie sah die Besorgnis in Danicas Blick und wusste, dass sie besser den Mund hielt. Wenn sie ihr die Wahrheit sagte — *nur ungefähr jede einzelne Sekunde am Tag, und wenn ich dann noch die Schuldgefühle wegen Mom dazutue und mir ansehe, wie meine Karriere abschmiert, nun, dann bin ich manchmal kurz vorm Ausrasten –*, würde sie einen von Danicas Vorträgen über sich ergehen lassen müssen, dass sie stolz auf sich sein solle, und nicht nur wegen ihres Aussehens. Es war besser, wenn sie ihren Kummer für sich behielt. »Nein, das war nur Geplauder. Sag mir Bescheid, wann es für die anderen geht. Mir würde sogar heute Abend passen.«

Auf dem Rückweg machte Kaylie im Village halt und kaufte ein paar Sachen für das Babyzimmer. Als sie schließlich nach Hause fuhr, fühlte sie sich schon besser.

Drei

Chaz saß in seinem Arbeitszimmer mit dem Rücken zu dem Panoramafenster, das die Westseite ihres Grundstücks überblickte. Er hatte den Telefonhörer am Ohr.

»Wir können es uns nicht leisten, sie zu verlieren. Sie ist die wichtigste Sponsorin für das Festival«, sagte Chaz zu Max Armstrong, die für die Koordination der Sponsoren zuständig war. Sie wusste nur zu gut, wie wichtig die Sponsoren für das alljährlich stattfindende Event waren. Und sie wusste, dass sich Chaz die allergrößte Mühe geben würde, damit das Festival zum Erfolg wurde. Sein Vater hatte es praktisch aus dem Nichts geschaffen, mit nicht viel mehr als einer Idee und einer Filmleinwand auf der Rückseite des Rathauses. Dank Chaz' Bemühungen hatte es inzwischen an die dreißigtausend Besucher zu verzeichnen. Chaz gehörten dreißig Prozent des Unternehmens, während sich die beiden Partner seines verstorbenen Vaters die restlichen beiden Drittel untereinander aufteilten. Sie hatten allerdings mit dem täglichen Kleinkram nichts zu tun, was Chaz durchaus entgegenkam.

Das Festival dauerte zwei Tage und mittlerweile waren fünf Kinos, mehrere Cafés und Restaurants und mehr fliegende Händler daran beteiligt, als man zählen konnte. In seinen

Anfängen hatte das Festival sich kaum getragen, doch mittlerweile konnten sie sich auf genügend regelmäßige Geldgeber verlassen, sodass sie Kosten problemlos deckten. Wenn sie jedoch Lea Carmichael als ihre wichtigste Sponsorin ein paar Wochen vor dem Festival einbüßten, würden sie rote Zahlen schreiben, und Chaz war sich nicht sicher, ob sie diesen Verlust auf die Schnelle durch andere Sponsoren ausgleichen konnten.

Als Max ihm erzählt hatte, dass Lea Carmichael das Festival auch in diesem Jahr wieder sponsern würde, wollte er zunächst ablehnen, ohne Rücksicht auf die Auswirkungen, die es auf das ganze Unterfangen haben würde. Bei dem Festival vor zwei Jahren hatten sie ein paar Tage mit heißem, leidenschaftlichem Sex verbracht, und sie hatte versucht, mehr daraus zu machen. Alte Flammen und neue Verlobte passten nicht gut zusammen. Doch in den letzten drei Wochen hatten sie drei wichtige Sponsoren an das Filmfestival von Little Rock verloren – nach Ansicht vieler das Filmfestival der Zukunft.

Er hatte kurz an seinen Treuhandfond gedacht, den er noch nie angerührt hatte. Er würde die Finger davon lassen. Dann dachte er an Kaylie und daran, dass sie gar nichts von dem Geld wusste. Und auch nicht von Lea. Chaz schämte sich, dass er sich auf Lea eingelassen hatte. Es war das einzige Mal gewesen, dass er seine traditionellen Überzeugungen beiseitegeschoben und mehr Zeit im Bett mit einer Frau verbracht hatte als auf seinem Posten beim Festival. Er hatte sehr wohl mitbekommen, wie Max ihn an jenem Wochenende angesehen hatte, als sei sie enttäuscht von ihm. Nach dem Wochenende hatte er es auch in seinen eigenen Augen gesehen. Kaylie hatte er nichts von der Episode mit Lea erzählt. Er wollte nicht, dass sie sich jedes Jahr Gedanken machte, wenn er auf dem Festival war. Gleichzeitig hatte er damit natürlich sein Ego geschützt und sich davor gedrückt, sich seine Schuldgefühle einzugestehen, weil er das Erbe seines Vaters nicht würdig vertreten hatte. Dabei war es egal, mit wie vielen Männern Kaylie zusammen gewesen war, bevor sie ihn kennenlernte. Er maß sich an seinen eigenen Maßstäben, die strenger waren als die anderer Leute, und sein Vater hatte die Latte ziemlich hoch gehängt, als Chaz noch ein Kind war. Wenn er Kaylie von Lea erzählte, müsste er akzeptieren, dass er seinen Vater enttäuscht hatte. Und das war nichts, wonach es ihn drängte.

»Hör zu, Max, was will sie? Wir können es uns nicht leisten, ihre Unterstützung zu verlieren.«

»Ich weiß nicht, was sie will, Chaz. Du kennst sie doch. Sie ist arrogant und boshaft, und wenn sie etwas will, dann gibt sich nicht auf, bis sie es hat. Sie macht Andeutungen … und stichelt.« Max stieß einen frustrierten Seufzer aus.

»Ich weiß. Lea Carmichael bekommt, was Lea Carmichael will, aber vorher muss sie ihr Opfer noch ausgiebig quälen. Was hast du ihr angeboten?« Chaz wusste aus Erfahrung, was passierte, wenn man mit Lea verhandelte. Man konnte sich ebenso in eine Löwengrube stürzen. Er wünschte, er hätte sich nie auf sie eingelassen. Aber sie war so verdammt aggressiv gewesen – und sie war jede sündige Sekunde im Bett wert. Sie hatte ihn mit ihren hinreißenden schokoladenbraunen Augen gelockt, der Tequila hatte nachgeholfen und er war ihr auf den Leim gegangen.

In jenem Jahr hatten sie während des Festivals eine stürmische Affäre, doch zwei kurze Tage reichten und schon versuchte sie, sein Leben in die Hand zu nehmen. Sie legte fest, wie er mit anderen Sponsoren verhandeln sollte, plante seinen Umzug nach L. A., weil sie selbst dort zu sehr mit der Elite verwoben war, als dass sie hätte umziehen können. Als sei seine

Karriere verzichtbar. Beim bloßen Gedanken an sie wurde ihm übel – aber sie brauchten ihre finanzielle Unterstützung und Chaz ging normalerweise keiner Herausforderung aus dem Weg.

»Was ich ihr geboten habe? Alles. Sie hat fünfzig Freikarten, wird bei den Feierlichkeiten vor der Eröffnung und bei allen Parties erwähnt, und dazu natürlich die üblichen Sachen: eine VIP-Lounge, beste Platzierung in den Printmedien. Ich weiß nicht, womit ich sie sonst noch ködern soll.«

Chaz fuhr sich mit der Hand durchs Haar. Er glaubte zu wissen, was Lea wollte, und er war nicht bereit, es ihr zu geben. »Ich werde mit ihr reden. Nächste Woche bin ich sowieso in L. A., weil ich mich mit dem Technikteam treffe. Ein paar Stunden mehr oder weniger machen keinen Unterschied.«

»Chaz.«

Er hörte den warnenden Unterton in ihrer Stimme. »Gibt es andere Sponsoren, die wir anzapfen könnten?«

»Nicht wirklich. Wir haben schon alles aus ihnen herausgeholt.«

»Ich komme schon damit klar, Max.«

»Es wird jedes Jahr schlimmer. Du musst ihr klarmachen, dass du nicht wieder mit ihr ins Bett steigst, und auf ihr Sponsoring verzichten. Und während du deine prekäre Situation überdenkst, solltest du auch ein paar Gedanken an Kaylie verschwenden. Du weißt schon, diese liebe, wunderschöne Frau, mit der du verlobt bist? Die schwanger ist? Wie wird sie sich fühlen, wenn du losziehst, um Lea zu umschmeicheln, damit sie nicht aus dem Sponsoring aussteigt? Vor allem nach eurer Vorgeschichte?«

Ihre Worte trafen Chaz bis ins Mark. Lea war eine starke Frau, die es mit den ausgebufftesten Verbrechern aufnehmen könnte, wenn es darum ging, andere zu manipulieren. Von den berühmt-berüchtigten Carmichael-Beinen einmal abgesehen, die selbst den charakterstärksten Mann dahinschmelzen ließen. Als er ihre kurze Affäre beendet hatte, hatte sie versucht, ihn zurückzugewinnen, und ihm sexy E-Mails und Fotos aufs Handy geschickt, bei deren Anblick er sich schmutzig fühlte. Er hatte das Gefühl, sich gründlich abduschen zu müssen, wenn er nur daran dachte. Als ihre Versuche nicht fruchteten, änderte sie ihre Taktik und attackierte ihn mit einer Gehässigkeit, wie er sie noch nie erlebt hatte.

Damals war er nicht auf der Suche nach einer festen Beziehung gewesen – und Lea war eine männerfressende Schlange der gefährlichsten Art, die ihn nach und nach erdrückt hätte. Und dann hatte er Kaylie getroffen und wusste vom ersten Moment an, dass sie die Frau war, mit der er den Rest seines Lebens verbringen wollte. Sie hatte alles, was Lea nicht hatte. Kaylie war sexy, aber auf eine hinreißende, offene Art. Sie war klug und freundlich und hatte nicht die geringste Absicht, ihn zu manipulieren.

Kaylie hatte ihr eigenes Leben – und sie war gewiss kein Kind von Traurigkeit. Chaz erkannte, dass Kaylies Probleme mit festen Bindungen daher rührten, dass ihr Vater die Familie verlassen hatte. Schon bald wurde klar, wie gut er und Kaylie zusammenpassten. Sein eigener Vater hatte dieselbe miese Nummer abgezogen wie ihrer und zunächst hatte Chaz so reagiert wie Kaylie. Doch dann hatte er ihn zur Rede gestellt und seine Seite der Geschichte gehört. Sein Vater erzählte ihm, wie schwierig es gewesen war, mit seiner kaltherzigen Mutter zu leben – der Mutter, die Chaz hatte beschützen wollen. Als sein Vater starb, war er froh, dass er sich mit ihm ausgesöhnt hatte.

Kaylie war wie ein hartgekochtes Ei. Sie hatte eine robuste

Schale, passte aber gut auf, dass ihre schützende Hülle unversehrt blieb und ihr verletzliches Herz nicht zum Vorschein kam. Er wollte nichts mehr, als sie zu lieben und ihr zu helfen, diese harte Schale Stück für Stück abzutragen, sodass er die empfindsame, liebevolle Frau umsorgen konnte, von der er bisher nur einen flüchtigen Blick hatte erhaschen können.

Mit seiner Beziehung zu Kaylie war er sich sicher. Er musste nur Lea davon überzeugen, dass sie ihn losließ, ohne sie dabei als Sponsorin zu verlieren.

»Mach einen Termin mit ihr aus. Ich rede mit ihr.« Chaz legte auf und fragte sich, worauf zum Teufel er sich da eingelassen hatte.

Vier

Nach dem Mittagessen mit ihrer Mutter und Kaylie fuhr Danica zu AcroSki, um kurz mit Blake zu sprechen. Im Geschäft war viel Betrieb. Alyssa Brown, eine der Angestellten, war gerade dabei, die Regale mit Sonnenschutzcreme aufzufüllen. Alyssa hatte Blake sehr geholfen, als sein Freund und Geschäftspartner Dave bei einem Skiunfall ums Leben kam. Sie hatte zwei Jahre lang als Aushilfe für die beiden gearbeitet. Nach dem Unfall hatte sie ihre Stunden aufgestockt und arbeitete nun Vollzeit im Laden und im Büro. Dort kümmerte sie sich um all den Papierkram, den Dave früher erledigt hatte.

Alyssa begrüßte sie, während sie die Flaschen im Regal ausrichtete. »Hey, Danica. Blake ist im Büro.« Dann fügte sie hinzu: »Michelle ist gerade gekommen. Sie ist hinten bei den Shorts.«

Im Rahmen eines Große-Schwester-Projekts für junge Mädchen, die Unterstützung brauchten, war Danica im vergangenen Jahr ein paar Monate lang Michelle Parces Patin gewesen, während ihre Mutter eine Entziehungskur machte und das Mädchen bei ihrer Großmutter Nola wohnte. Nun lebte Michelle wieder bei ihrer Mutter und so trafen sie und Danica sich nicht mehr regelmäßig. Michelle arbeitete jedoch stundenweise im No Limitz, sodass sie weiterhin engen Kontakt hatten. Seit Kurzem hatte Alyssa sie unter ihre Fittiche genommen und dafür war Danica ihr sehr dankbar. Michelle brauchte jemanden, zu dem sie aufsehen konnte und der ihr altersmäßig näherstand.

»Ich sag ihr kurz Hallo.«

Danica fand Michelle an einem Kleiderständer mit Shorts, die äußerst knapp geschnitten waren. Als sie sie kennenlernte, hätte sie sich nicht getraut, solche Shorts zu tragen. Danica freute sich, dass Michelle selbstbewusster wurde.

»Hallo, Schätzchen«, sagte Danica.

»Danica!« Michelle umarmte sie. »Besuchst du Blake?«

»Ja. Und du bist shoppen?«

Michelle zuckte die Schulter. »Eigentlich wollte ich mit Alyssa quatschen, aber hier ist so viel los, da will ich sie nicht stören.«

Alyssa hatte einen guten Einfluss auf Michelle. Sie war zweiundzwanzig Jahre alt und wurde nicht mehr von den typischen Teenagerängsten geplagt, die Michelle voll im Griff hatten.

»Bestimmt wird es bald leerer. Soll ich dich gleich irgendwohin mitnehmen?«, fragte Danica.

»Nein, danke. Ich bleib einfach eine Weile hier.«

»Okay, ich schau mal kurz bei Blake rein und dann bin ich wieder im Jugendzentrum.« Sie drückte Michelle kurz und ging dann weiter nach hinten zum Büro.

Als sie auf sein Büro zuging, ließ die Erinnerung sie einen Moment innehalten. Sie musste an die Quickies mit Blake im Badezimmer des Ladens denken. Damals war sie schon ein paar Monate mit Blake zusammen und hatte endlich gelernt, die Therapeutin in ihr hinter sich zu lassen und glücklich zu sein, ohne bei allem, was Blake sagte, seine Motive zu hinterfragen. Es war nicht einfach gewesen, die Fragen nach dem Warum und dem Wie wegzuschieben, doch sie war stolz auf sich, dass sie es geschafft hatte. Blake hatte ihr den Weg geebnet. Er hatte ihr ehrlich von seinem bewegten Vorleben erzählt, und obwohl sie keine vergleichbare Liste an Eroberungen vorzuweisen hatte, akzeptierte sie, dass jeder eine Vergangenheit hat. Und so kamen sie überein, all das hinter sich zu lassen. Sie nahm sich einen Moment Zeit, um sich in Erinnerung zu rufen, dass auch sie eine Vergangenheit hatte.

Als sie die Hand nach der Klinke ausstreckte, schwang die Tür auf und Blake trat in den Flur. »Hallo, Babe. Ich wusste gar nicht, dass du hier bist.«

Wie immer bekam sie beim Anblick seines Zwei-Tage-Bartes und der dichten dunklen Haare weiche Knie. Sie errötete wie ein verliebter Teenager. Er senkte seine Lippen auf ihre und schob sie sanft gegen die Tür, während seine Zunge sie liebkoste, dass ihr fast schwindelig wurde. Als er seinen Mund von ihrem löste, schluckte sie. Es machte sie verlegen, wie ihr Körper sofort auf ihn reagierte.

»Wie schön, dass du meine Küsse noch nicht leid bist«, neckte er.

»Ich kann mir nicht vorstellen, dass ich sie jemals leid sein sollte.«

»Gut. Dann zieh bei mir ein.« Die gelben Pünktchen in Blakes grünen Augen schimmerten. Seit zwei Monaten lag er ihr ständig in den Ohren, dass sie bei ihm einziehen solle, und obwohl sie bis über beide Ohren in ihn verliebt war, hielt irgendetwas sie zurück. Sie war noch nicht bereit, alles aufzugeben, was sie sich geschaffen hatte – und ihre Eigentumswohnung gab ihr ein Minimum an Sicherheit.

»Oh.« Schmollend schob sie die Unterlippe vor. »Mach diesen Kuss nicht mit diesem Druck kaputt, okay?«

Er wandte sich um, doch sie hielt ihn am Gürtel zurück. »Oh nein, du läufst jetzt nicht davon. Komm her.«

Er drehte sich lächelnd um und trat dicht zu ihr. »Willst du noch mehr?« Er verteilte sanfte Küsse auf ihren Wangen.

»Ich muss mit dir reden.« Seine Küsse lenkten sie ab. Ihr ganzer Körper schrie geradezu nach ihm. Sie sah, dass Alyssa in ihre Richtung kam, und schob ihn sanft weg. »Wegen Kaylie.«

»Ist alles okay bei ihr?«

»Ja, es ist alles in Ordnung. Sie ist nur nicht sie selbst. Sie ist …« Danica suchte nach dem richtigen Wort. »Sie ist unglücklich.«

»Wegen Chaz? Was hat er getan? Ich mag Chaz wirklich, aber wenn du willst, rede ich mit ihm.« Blake richtete sich zu seiner vollen Größe auf und Danicas Herz schmolz dahin, weil er ohne einen Augenblick zu zögern bereit war, für ihre Schwester in die Bresche zu springen.

»Nein, das ist es nicht. Sie fühlt sich einfach dick und unattraktiv. Außerdem bekommt sie keine Engagements mehr und ich glaube, sie braucht einfach etwas Aufmerksamkeit. Ich hoffe, die Babyparty hilft, ihre Nerven zu beruhigen, aber die ist erst in zwei Wochen. Daher plane ich einen Mädelsabend, vielleicht bei mir zu Hause.« *Ich hoffe, das ist alles, was sie braucht.* »Würde es dir etwas ausmachen, etwas mit Chaz zu unternehmen, wenn wir uns treffen? Vielleicht ein Männerabend? Nur, um sicherzugehen, dass von seiner Seite aus alles okay ist?«

Blake zuckte die Schultern. »Klar. Aber um diese Jahreszeit weiß er meist nicht mehr, wo ihm der Kopf steht. Schließlich steht das Festival vor der Tür. Sein Telefon ist bestimmt schon am Ohr festgewachsen.«

Wahrscheinlich trug das zu Kaylies Unsicherheit bei. Chaz kümmerte sich nicht genug um sie und eine Prinzessin wie Kaylie war es gewohnt, im Mittelpunkt zu stehen. Danica hatte eine andere Idee. »Vielleicht sollte ich sie bei der TeenNight im Jugendzentrum auftreten lassen?« Ihre Augen leuchteten. »Hey, das könnte genau das Richtige für sie sein.« Sie stellte sich auf die Zehenspitzen und gab ihm einen Kuss auf den Mund. »Danke! Du organisierst den Abend mit Chaz, ja?«

Danica wartete Blakes Antwort nicht ab, sondern ging rasch Richtung Ausgang. Wenn Kaylie tatsächlich bei ihrer Teen-Night auftreten sollte, musste sie eine Menge umorganisieren. Es wäre das perfekte Ambiente – ein lockerer Abend mit Musik und Tanz und ohne Alkohol. Draußen war genug Platz für alle, ohne dass es Gedränge gab. Sie würde noch ein bisschen darüber nachdenken und herausfinden müssen, ob Kaylie das wirklich schaffen konnte.

Blake rief ihr nach: »Ja, Schatz, ich liebe dich auch!«

Sie drehte sich um und schickte ihm einen Luftkuss.

Als Danica an diesem Abend nach Hause kam, war sie erledigt. Sie hatte die Pläne für den Tanzabend geändert und schließlich doch beschlossen, noch zu warten, bevor sie Kaylie anbot, im Jugendzentrum aufzutreten. Sie wollte sichergehen, dass es nicht alles zu viel für ihre Schwester wurde. Deren Stimmungen waren schwer einzuschätzen bei all den Schwangerschaftshormonen, die im Hintergrund ihr Unwesen trieben.

Sie verbrachte so viele Nächte bei Blake, dass sie ihn schmerzlich vermisste, kaum dass sie die Tür zu ihrer Eigentumswohnung aufgeschlossen hatte. Sie ließ ihre Handtasche an der Eingangstür fallen und beschloss, im Kühlschrank nachzusehen, ob irgendetwas schlecht geworden war. Außer ein paar Äpfeln, einem schlaffen Salatkopf, zwei Joghurts und Fertigsoßen war nicht viel darin. *Warum bin ich heute überhaupt hierhergefahren?* Sie hatte gedacht, sie sollte in ihrer Wohnung nach dem Rechten sehen. Schließlich war sie eine Weile nicht hiergewesen. Nun kam es ihr fast dumm vor.

Sie zog ihr Handy hervor, um Blake anzurufen, doch dann hatte sie eine Idee und legte das Telefon beiseite. Sie wusste eine todsichere Methode, um sich von Kaylie und dem Tanzabend im Jugendzentrum abzulenken. *Nichts geht über Spontaneität.* Danica rannte die Treppe zu ihrem Schlafzimmer hoch. Das Herz schlug ihr bis zum Hals, wenn sie daran dachte, was sie vorhatte. Als sie in ihren Schubladen nach der zartesten Spitzenunterwäsche kramte, die sie besaß, fiel ihr auf, dass Blake die freche, vorwitzige Seite an ihr zum Vorschein gebracht hatte – und ihr gefiel es.

Sie duschte, rasierte sich die Beine und gab sich dann besondere Mühe mit ihrer wilden dunklen Mähne. Beim Schminken betonte sie vor allem ihre Augen, die geheimnisvoll und verführerisch aussehen sollten. Leider war das Ergebnis nicht so, wie sie es sich vorgestellt hatte. *Ich sehe aus wie ein Waschbär.* Sie wischte etwas von dem Eyeliner ab, und als sie mit dem Resultat zufrieden war, schälte sie sich aus dem Handtuch, das sie sich umgewickelt hatte. Sie cremte sich mit duftender Körperlotion ein, von den Fingerspitzen bis zu den Zehen.

Sie zog ihr Spitzenhöschen und das mit Spitze besetzte Unterhemd an, schnappte sich ihre Schuhe mit den Killerabsätzen und ging nach unten. Sie war froh, dass sie die

Pille nahm. Sie hatte vor, Blake nach allen Regeln der Kunst zu verführen, und da sollte er nicht anhalten und nach einem Kondom suchen müssen. Wenn alles so lief, wie sie sich das vorstellte, würde er keinen klaren Gedanken mehr fassen können.

Sie zog ihren kurzen schwarzen Mantel an, band sich den Gürtel um die Taille und schlüpfte in ihre Schuhe. Ein letzter Blick in den Spiegel sagte ihr, dass sie verdammt gut aussah.

Erst als sie bei Blakes Wohnung angekommen war, fiel ihr ein, dass sie überhaupt nicht wusste, wie sie Blake verführen sollte, bis er keinen klaren Gedanken mehr fassen konnte.

Hm, dann muss ich wohl improvisieren.

Sie hatte ihn nicht angerufen und ihm gesagt, dass sie unterwegs war. Als sie die Tür aufschloss, fand sie ihn, nur mit einer Jeans bekleidet, fest schlafend im Bett. Der arme Kerl. Er hatte in der letzten Zeit so hart gearbeitet.

Einen Augenblick lang stand Danica unschlüssig da. Sie hatte einen Mantel an. Er war Teil der ganzen sexy Aufmachung. Wie sollte sie sich auf ihn setzen und ihn betören, wenn sie einen Mantel anhatte? Aber wenn sie ihn auszog, bekam er gar nicht mit, wie sie sich für ihn in Schale geschmissen hatte. Während sie noch überlegte, was sie als Nächstes tun sollte, spürte sie, wie Blake mit seinem Zeh an der Innenseite ihres Oberschenkels entlangfuhr.

»Du bist ja wach«, sagte sie, als würde sie ein Geheimnis verraten.

Er setzte sich auf und strich mit den Händen an ihren Beinen hoch bis zu ihrem Hintern. »Wenn eine schöne Frau in der Nähe ist, sind alle meine Antennen auf Empfang gerichtet«, neckte er.

»Mist.« Sie runzelte die Stirn. »Ich wollte dich doch verführen.«

Er ließ seinen Blick über ihre Aufmachung schweifen. »Das hört sich gut an. Sieh sich das einer an. Wer bist du und was hast du mit meiner Freundin gemacht?« Er griff nach dem Gürtel ihres Mantels.

»Ich werde dich trotzdem verführen«, versprach sie.

»Oh, da bin ich mir ganz sicher.« Er machte ihren Mantel auf und stellte sich vor sie. »Danica«, flüsterte er und sah sie so glutvoll an, dass sie ihren Plan, ihn zu verführen, fast vergaß. Am liebsten hätte sie ihm einfach die Kleider vom Leib gerissen.

Er legte ihr seine kräftige Hand auf die Schulter und ließ den Mantel langsam zu Boden gleiten. Sie spürte seine warmen Lippen auf ihrem Hals.

Sie schloss genüsslich die Augen, als er sich von ihrem Arm zu ihrer Brust tastete. »Warte«, flüsterte sie und schob seine Hand beiseite. »Ich will dich wirklich verführen.«

»Hast du schon«, grinste er.

»Oh nein, mein Lieber, das war noch gar nichts.« Sie drückte ihn zurück aufs Bett. Er stützte sich auf die Ellbogen und sah ihr zu, als sie sich wie eine Raubkatze auf ihn schob. Als ihr Gesicht über seinem war, legte er sich zurück.

Danica senkte ihren Mund auf seinen, küsste ihn langsam und genüsslich, ließ den Kuss schließlich tiefer werden und erkundete seinen Mund, schmeckte ihn, liebte ihn. Blake zu küssen war wunderbar. Er packte ihre Hüften und sie löste sich widerstrebend von ihm. Sie schüttelte den Kopf.

»Nein«, flüsterte sie. Sie beugte sich über ihn. Ihr Haar streifte seine Brust, während sie die Vertiefungen zwischen seinen Bauchmuskeln küsste und die Zunge über die zarte Haut am Hosenbund wandern ließ.

Er krallte seine Finger in ihr Haar, als sie mit der Zunge am

Hüftknochen entlangfuhr und ihn dann vorsichtig biss. Sie liebte es, wenn er zwischen zusammengepressten Zähnen die Luft einsog. Sie küsste die Stelle, dann schob sie die Hände hoch bis zu seiner Brust. Dort verharrte sie, umspielte mit den Fingern seine Brustwarzen, während sie sich küssend einen Weg zu ihnen bahnte, um sie dann mit der Zunge zu umschmeicheln, bis sie ganz hart waren.

Wieder streckte er die Hände nach ihr aus, doch sie entwand sich seinem Griff und glitt an seinem Körper hinunter. Sie machte den Knopf seiner Jeans auf, bevor sie den Bereich genau unterhalb des steifen Stoffes küsste. Sie zog den Reißverschluss auf und schob seine Hose bis zu den Knien hinunter, wo sie seine Beine gefangen hielt.

Blake hob den Kopf. »Baby«, sagte er. »Komm her.«

Für Danica war es ungewohnt, dass sie die Initiative ergriff, und sie wusste nicht, was sie heute Abend dazu gebracht hatte, aber sie liebte es, den Hunger in seinen Augen zu sehen und zu wissen, dass er warten musste, bis sie fertig war. Sie schob ihre Finger unter das Bündchen seiner Boxershorts und zog sie quälend langsam herunter. Dabei folgte sie der Falte, die von seiner Hüfte bis zu der Stelle zwischen seinen Beinen führte.

Er krallte die Hände in die Decke.

»Gefällt dir das?« *Oh mein Gott, habe ich das wirklich gesagt?*

»Was meinst du wohl?«, erwiderte er mit gepresster Stimme.

»Gut.« Sie legte seinen Schaft frei und ließ ihre Zunge an seiner ganzen Länge entlanggleiten. Dabei entlockte sie ihm das köstlichste Stöhnen, die sie je von ihm gehört hatte. Sie küsste die zarte Haut unterhalb seiner Hüfte und tastete sich mit den Lippen bis zur Innenseite seiner Schenkel. Sie küsste, streichelte, leckte und berührte jeden Fleck Haut, nur nicht da, wo er es am meisten wollte. Er wölbte sich unter ihr, doch sie gab nicht nach. Ihr Haar streichelte seine Härte, während sie seine Beine mit zarten Bissen übersäte.

»Du bringst mich um«, sagte er und streckte die Hand nach ihrem Haar aus.

»Mach dir keine Sorgen, du wirst als glücklicher Mann sterben.« Sie glitt vom Bett und zog ihm erst die Jeans, dann die Boxershorts aus. Lieber Himmel, er sah prachtvoll aus, wie er dalag mit den unglaublich männlichen Muskeln, die sich unter seiner sonnengebräunten Haut abzeichneten. Sie streifte ihr Spitzenhöschen ab und küsste sich an seinen Beinen hoch, bis sie rittlings auf ihm saß.

Er schlug die Augen auf und streichelte ihre Brüste durch den dünnen Seidenstoff des Hemdes. Sie drängte sich in seine Hände und verlor ihr eigentliches Ziel, ihn zu verführen, aus den Augen.

Er setzte sich auf und zog ihr das Hemd aus. Dann nahm er eine Brust in jede Hand und führte sie zusammen, legte seinen Mund um beide Brustwarzen gleichzeitig. Wieder drängte sich Danica ihm entgegen und ein Stöhnen entfuhr ihren Lippen. Er fuhr mit der Zunge von den Brustwarzen bis hinunter zu ihrem Bauchnabel. Ihr Innerstes pulste ihm entgegen, als sie sich vorbeugte und sein Gesicht in beide Hände nahm und ihn küsste, bis sie kaum noch atmen konnte.

Plötzlich schwebte sie in der Luft. Es brauchte einen Moment, bis sie begriff, dass seine Hände auf ihren Hüften lagen und er sie auf seine Erregung senkte.

»Blake«, keuchte sie auf, als er sie ganz ausfüllte, und begann, sich mit ihm zu bewegen. Er packte die Außenseite ihrer Schenkel, bewegte sie schneller, zog sie fester auf sich, drang immer tiefer in sie ein, bis jeder Nerv in Flammen zu stehen schien. Sie klammerte sich an seine kräftigen Arme, als sie schnell und unerwartet den Höhepunkt erreichte, der so überwältigend war, dass sie am ganzen Körper zitterte.

Blakes Zunge war auf ihrem Hals, ihrem Ohrläppchen und der empfindsamen kleinen Kuhle unter ihrem Ohr. Danica versuchte, sich zu konzentrieren, doch seine Berührungen raubten ihr jeden klaren Gedanken.

Plötzlich schlang er einen starken Arm um ihre Taille und drehte sie beide um. Ihre Beine klemmte er sich unter die Arme, stieß tiefer und tiefer in sie und berührte sie an Stellen, die kleine Stromstöße durch ihren Körper zu schicken schienen. Sie griff nach ihm, doch ihre Arme gehorchten ihr nicht, sondern fielen wieder aufs Bett zurück. Dann waren ihre Beine wieder auf dem Bett und Blake legte sich auf sie, seine Bewegungen wurden langsamer, er küsste sie und erforschte ihren Mund mit seiner Zunge.

»Lieber Gott, ich liebe dich«, sagte er und lehnte seine Wange an ihre. »Ich liebe dich so sehr.«

Danica versuchte, etwas zu erwidern, doch er bewegte sich weiter in ihr, nun wieder schneller und sie stand kurz vor einem weiteren Höhepunkt. Blake schob seine Hände unter ihren Rücken, dann packte er ihre Schultern und hielt sie so, dass sie jeden seiner Stöße reglos entgegennahm. Sie spürte, wie er ihn ihrem Innern anschwoll und schlang ihm die Beine um die Hüften, sie wollte ihn ganz und gar in sich haben. Als sie die Augen schloss und einen weiteren fantastischen Orgasmus erlebte, schrie er ihren Namen und wölbte seinen Rücken, stieß immer härter und schneller, dann langsamer in ihre Mitte, während er keuchend seinen eigenen Höhepunkt erlebte und schließlich auf sie sank.

Schweißgebadet lagen sie da. Im Schlafzimmer war nichts zu hören außer ihrem zufriedenen Atmen.

»Willkommen zu Hause, Baby«, flüsterte Blake.

Danica wusste nicht, wo sie lieber gewesen wäre.

Fünf

Am nächsten Tag tanzte Kaylie in Shorts und einem weit geschnittenen Top durch das geräumige Wohnzimmer in Chaz' Haus. Sie wiegte die Hüften zur Musik und freute sich auf die Aussicht auf einen Mädelsabend. Kaylies Zweifel wegen ihres Körpers waren vergessen, sobald sie Musik hörte. Es war, als würde sie in eine ganz andere Welt getragen. Sie hatte sich solche Sorgen wegen ihrer Karriere gemacht und ihr Kopf war voll von Kinderwagen und Kindersitzen. Daran war nichts auszusetzen, doch sie hoffte, dass ihre Freundinnen ihr dabei helfen würden, eine Richtung zu finden. Schließlich waren sie mit dafür verantwortlich, dass sie sich schließlich entschieden hatte, ihrem Herzen zu folgen und eine Karriere im Musikbereich anzusteuern. In ihrem letzten Jahr am College hatten sie nächtelang zusammengehockt und sich einen Büroberuf nach dem anderen vorgenommen, lauter Berufe, bei denen sich nicht das Gefühl haben müsste, im Schatten von Danica, der Therapeutin, zu stehen. Aber am Ende konnten sich weder ihre Freundinnen noch Kaylie selbst vorstellen, dass sie etwas anderes machen würde als singen, und es war eine gute Entscheidung gewesen. Sie liebte ihr Leben, es füllte sie aus und machte Spaß – selbst wenn sie bisweilen dachte, ihre Berufswahl sei ein weiterer Grund, weshalb sie auf der unsichtbaren Intelligenzskala eine Stufe unter Danica stand.

Kaylie ging in den Garten und pflückte frische Blumen am Waldrand – ein netter kleiner Bonus, wenn man ein so riesiges Grundstück besaß. Die Blumen waren für die Vase auf dem Esstisch gedacht. Chaz' Haus im Stil eines Chalets war geräumig, die Räume waren offen gestaltet, und als Kaylie einzog, war nicht zu verkennen, dass es das Haus eines Mannes war. Auf dem großen weißen Sofa lagen keine Kissen, der Kaminsims war kahl und sie wusste nicht, ob Chaz so etwas wie Vorhänge überhaupt kannte. Allerdings hatte er einen hervorragenden Blick auf die Berge und außer einem leerstehenden Haus, das etwa eine Meile entfernt stand, gab es keine Nachbarn. Es war also verständlich, dass er sich nicht um die Fensterdekoration gekümmert hatte. Sie selbst hatte etwas gegen die Morgensonne, vor allem, weil sie nun keinen Grund mehr hatte, bei Sonnenaufgang aufzustehen.

Sie erinnerte sich daran, dass ihre Mutter sie immer mit Sprüchen wie »Raus aus den Federn!«, »Morgenstund hat Gold im Mund« oder »Wer den Fuchs fangen will, muss mit den Hühnern aufstehen« geweckt hatte, meist im Morgengrauen – so fühlte es sich zumindest an den Wochenenden an. Es war so seltsam gewesen, ihre Mutter wiederzusehen, vor allem mit ihren roten Haaren und ihrem neuen Stil. Und dem Handy. Und mit Anrufen und SMS von diesem Mann. Eigentlich wollte sie sich wirklich darüber freuen, dass ihre Mutter so frisch und munter wirkte, doch als sie sie sah, kam sie sich wieder wie die Collegestudentin von damals vor und der Schmerz war wieder da. Ob er jemals verschwinden würde?

Ihr Handy vibrierte. »Hallo?«, sagte sie. Schweigen. »Hallo?« Außer einem Summen war nichts zu hören. Verdammt. Die

Verbindung in den Bergen war unzuverlässig und das machte sie fast verrückt. Sie stapfte ärgerlich zum neu eingerichteten Festnetztelefon und dabei fiel ihr ein, dass sie sich noch nicht einmal die Nummer aufgeschrieben hatte, nachdem Chaz das Telefon hatte anschließen lassen. Sie ermahnte sich, sie sich zu notieren, während sie Camilles Nummer wählte.

»Hola, chica«, sagte Kaylie.

»Kaylie? Ich habe die Nummer gar nicht erkannt.«

Kaylie und ihre Freundinnen waren zusammen aufgewachsen. Camille war immer eine Art Anführerin gewesen, während Kaylie das Partygirl war. Sie stellte sich Camille vor, in ihrem schönen großen Haus. Sie hatte erst vor ein paar Monaten geheiratet, sodass sie durchaus noch als frisch vermählt durchgehen konnte. Sie selbst konnte es kaum abwarten, diesen Schritt zu tun. Chaz und sie hatten beschlossen, erst nach der Geburt des Babys zu heiraten. Kaylie wollte keine Hochzeitsfotos, auf denen sie schwanger war. Sie legte sich die Hand auf den Bauch und sagte zu Camille: »Das ist das neue Telefon, das Chaz in sein Arbeitszimmer hat legen lassen. Hör mal, hat Danica dich schon angerufen?«

»Schätzchen, Danica hat mich angerufen, kaum dass ihr bei Felbys fertig wart. Klingt mir nach Intervention.«

Typisch Danica. »Intervention?« *Was zum Teufel hat Danica dir erzählt?* »Und?«

»Und ... wir treffen uns heute Abend in der Bar None, wobei ich kaum glauben kann, dass du in deinem gegenwärtigen Zustand wirklich dort hingehen willst.«

»Ach, halt die Klappe. Heute Abend? Heute Abend ist Mädelsabend?«

»Wieso nicht? Hat dich dein supertoller Verlobter am Gängelband? Zu müde? Wenn es dir nicht passt –«

»Du machst wohl Witze! Natürlich passt es mir und wir werden einen superschönen Abend haben.« Im Geiste ging Kaylie ihren Kleiderschrank durch und stellte fest, dass sie nichts Passendes für einen Abend in der Bar None hatte. Sie stellte sich Camille mit ihren gestylten Fingernägeln und ihrer perfekten Frisur vor. Natürlich würde sie in einem unglaublich sexy Kleid aufkreuzen, bei dessen Anblick alle Männer in Ohnmacht fielen. »Ich muss noch einkaufen.«

Laut singend fuhr Kaylie durch die Stadt zum Village. Die Aussicht auf einen Abend mit ihren Freundinnen lenkte sie von der Sorge um ihre Karriere und ihre Taillenweite ab.

Sie hielt gerade an einer Ampel, als ihr Handy vibrierte. Ihre Mutter schickte ihr eine SMS. *Es war so schön, dich zu sehen. Ich vermisse dich. Tut mir leid, dass ich dir jetzt erst zum ersten Mal eine SMS schicke.* Kaylie warf das Handy auf den Beifahrersitz, als die Ampel auf Grün schaltete. Sie freute sich, dass sich ihre Mutter bei ihr gemeldet hatte, gleichzeitig ärgerte sie sich auch. Bei dem Gedanken, dass ihre Mutter einen anderen Mann küsste als ihren Vater, drehte sich ihr der Magen um. Dabei hatte sie immer noch so viel Wut in sich aufgestaut, dass sie ihre Eltern gar nicht als Paar sehen konnte. Wenn es um ihre Mutter und deren neue Beziehung ging, konnte sie ihren Gefühlen offenbar nicht trauen.

Sie wünschte, sie könnte mit jemandem über ihre Schwangerschaft und über die Hormone sprechen, die sie in ungeahnte Stimmungshochs katapultierten, nur um sie im nächsten Moment in katastrophale Tiefen zu ziehen. In den letzten Monaten hatte sie sich Mühe gegeben, diese Schwankungen zu verbergen. Leider kannten sich ihre Freundinnen mit Schwangerschaften nicht aus, sie würden also gar nicht verstehen, wovon sie redete. Und Danica war bis über beide Ohren verliebt und glitt scheinbar mühelos in ihren neuen Beruf und ihre neue Beziehung. *Was ist bloß los mit mir?* Zum ersten Mal seit Jahren fragte sie sich, ob es sich so anfühlte, wenn man seine Mutter brauchte. Der Gedanke, der auf dem Fuße folgte, war sehr schmerzhaft. *Werde ich diese Kluft jemals schließen können?*

Zehn Minuten später parkte Kaylie ihr Auto auf dem Parkplatz im Village und warf einen kurzen Blick in den Rückspiegel, bevor sie ausstieg. Sie sah grauenvoll aus. Sie frischte ihr Make-up auf und fuhr sich mit dem Kamm durch die Haare. Es war strohiger geworden, seit sie schwanger war, und nun standen ihr einzelne Strähnen wie ein Heiligenschein vom Kopf ab.

In der Nachmittagssonne schlenderte sie durch das Village und sah sich die Auslagen in den Schaufenstern an. Sie ging in ein Geschäft, in dem sie sich sicher sein konnte, modische Sachen zu finden, in die sie auch mit ihrem Bauchumfang noch passte. Oft waren die Sachen um die Hüfte oder an den Oberschenkeln zu weit geschnitten, doch in diesem Laden war sie bisher immer fündig geworden. Aus den Lautsprechern ertönte ein Lied von The Fray und hinter der Ladentheke standen zwei Teenager und lachten und wippten im Rhythmus der Musik. Kaylie sah ihnen zu und kam sich albern vor, weil sie neidisch war auf ihre nackten, gebräunten Waschbrettbäuche.

Sie sah die Sachen auf dem Kleiderständer durch und fand einige Tops, die sich über ihren stetig wachsenden Bauch strecken würden. Das Tanktop, das sie zu ihren Schwangerschaftsjeans anhatte, stand unten herum ab wie ein Zelt, daher suchte sie nach etwas, das enger anlag. Sie nahm einen Arm voll extragroßer Blusen, T-Shirts und Tanktops und ging zur Umkleidekabine. Sie zog an der Tür. Abgeschlossen. Auf keinen Fall wollte sie diese fröhlichen Mädchen um etwas bitten. Musste sie zum Glück auch nicht.

Die Tür der benachbarten Umkleidekabine ging auf und eine sehr große, schlanke Frau mit langen braunen Haaren trat heraus. »Bitteschön«, sagte sie und ließ dabei ihre perfekten weißen Zähne und ihre hinreißenden Grübchen aufblitzen.

»Danke.« Kaylie huschte hinein und kam sich eher wie ihre Mutter vor und nicht wie sie selbst. Sie war viel zu matronenhaft für dieses Geschäft. Verdammt, nicht einmal ihre Mutter war noch so matronenhaft. In ihrer Bluse mit den angeschnittenen Ärmeln und der weißen Hose hatte sie frisch und modisch ausgesehen. Kaylie ließ sich auf die Bank in der Kabine sinken und hielt die Sachen, die sie sich ausgesucht hatte, auf dem Schoß.

Sie zog ihr Tanktop aus und streifte sich ein grün abgesetztes Top in einem hübschen Hellgelb über den Kopf. Ja, das sah aus, als könnte es gehen. Doch so sehr sie sich auch gegen die Erkenntnis sträubte: Es passte hinten und vorne nicht. Sie wollte es über ihre Brüste ziehen und konnte nicht glauben, dass es einfach steckenblieb. »Das ist jetzt nicht wahr, oder?«, sagte sie. Sie zog und zerrte an dem Rand des Hemdes, doch der blieb, wo er war. Kaylie drehte sich zum Spiegel. Ihr nackter Bauch wölbte sich vor wie ein gigantischer Basketball. Eine schwache braune Linie verlief in der Mitte. Ihr Bauchnabel sah aus wie eine verzerrte Narbe und gar nicht wie der niedliche kleine Knopf, auf den sie immer so stolz gewesen war.

Sie vermisste ihr Piercing, das sie in der sechzehnten Woche auf den Rat ihrer Ärztin widerstrebend herausgenommen hatte.

Sie besah sich ihren Körper und sank zurück auf die Bank. Sie fühlte sich schlimmer als zuvor.

Es klopfte an der Tür zur Umkleidekabine. »Alles in Ordnung bei Ihnen? Soll ich Ihnen eine andere Größe bringen?«

Mühsam zog sich Kaylie das Tanktop aus. »Nur, wenn Sie etwas in Elefantengröße da haben.« Seufzend zog sie sich ihr Schwangerschaftstop wieder an und öffnete die Tür.

Eines der Mädchen von der Ladentheke stand davor. Ihr Blick fiel auf Kaylies Bauch. »Oh.«

»Tja, ich dachte, die würden mir passen.« Sie zeigte auf die Blusen und Shirts, die sich auf der Bank stapelten.

»Um die kümmere ich mich später.« Das Mädchen warf ihr dunkles Haar über die Schulter und legte Kaylie die Hand auf den Arm. »Hey, wie wäre es, wenn Sie zu Dead Zone gehen? Sie wissen schon, dieser coole Laden am Ende der Straße? Sie haben diese riesigen Hippie-Hemden, ganz fließend und leicht. Die passen Ihnen bestimmt und mit der richtigen Jeans sehen sie sicher richtig süß aus.« Sie sah sich Kaylies Jeans an. »Wie die hier, die finde ich toll.«

Kaylie ließ sich von der Begeisterung des Mädchens mitreißen. »Meinen Sie?« Sie strich ihr Top glatt und fühlte sich schon nicht mehr ganz so wie Babar, der Elefant.

»Ganz bestimmt.« Das Mädchen strahlte sie an. »Hey, Shay«, rief sie dem anderen Mädchen hinter der Ladentheke zu. »Würde sie nicht wahnsinnig süß aussehen in diesen Hemden von Dead Zone?«

Shay kaute auf ihrem Kaugummi und hatte Ähnlichkeit mit einer Kuh. Sie hatte eine ganze Reihe von silbernen Ohrringen an den Ohrläppchen und mehrere lange Ketten aus Silber und Leder um den Hals. »Total!«, sagte sie.

»Ehrlich? Danke.« Kaylie verließ den Laden mit schwungvollem Schritt.

Zwei Stunden später trat Kaylie die Rückfahrt zu ihrem Chalet an. Auf dem Rücksitz stapelten sich Tüten und Taschen von Dead Zone, ihrem neuen Lieblingsladen. Als ihr Handy klingelte, fuhr sie an den Straßenrand. Seit sie wusste, dass sie schwanger war, machte sich ihr Beschützerinstinkt bemerkbar. Sie schrieb während der Fahrt keine SMS mehr und nahm auch keine Anrufe mehr entgegen, wenn sie unterwegs war. Aus den Lautsprechern drang leise Musik von Lee Brice.

Sie erkannte die Nummer auf ihrem Display. Es war das Reno, der Nachtclub, in dem sie die letzten drei Jahre gesungen hatte. Er war einer ihrer liebsten Veranstaltungsorte und die Besucher liebten sie mit jedem Auftritt mehr. Sie warteten nach der Show auf sie, um sich ein Autogramm geben zu lassen, und sie fühlte sich wie eine echte Prominente. Auch wenn sie natürlich wusste, dass sie weit davon entfernt war, eine zu sein. Um dieses Engagement machte sie sich keine Sorgen. »Lisa, wie geht's?«

»Hi, Kaylie.«

Kaylie spürte das Zögern in Lisas Stimme und versuchte, es zu ignorieren. »Ich hatte erst nächste Woche damit gerechnet, von dir zu hören.«

»Ich weiß. Kaylie, hör zu. Ich habe schlechte Nachrichten.«

Kaylies Herz sank, während Lisa stotternd und unbeholfen erklärte, dass sie den Gig nicht bekommen hatte. Sie schaltete den Motor aus und drückte den Radioknopf mit dem Zeigefinger, sodass im Wagen völlige Stille herrschte, bis auf

Lisas Stimme aus ihrem Handylautsprecher. Sie sagte gerade, frischgebackene Mütter seien unzuverlässig. Bei Babys müsse man ständig damit rechnen, dass etwas Unvorhergesehenes passierte. Und außerdem: Würde sie ihr Baby wirklich über Nacht alleine lassen wollen?

Sie war zu fassungslos, um etwas zu entgegnen. »Okay, danke, dass du mir Bescheid gesagt hast.« Kaylie verabschiedete sich und starrte aus dem Fenster. Einerseits wollte sie bei ihrem Baby sein, andererseits wollte sie nicht denselben Fehler machen wie ihre Mutter und zu Hause bleiben und den Kontakt zu allem verlieren, was sie vor der Geburt ihrer Töchter ausgemacht hatte. *Vielleicht ist es gut,* dachte sie, *dass ich auf diese Weise gezwungen bin, eine Weile zu Hause zu bleiben. Ich sollte mir nichts vormachen. Ein Und-sie-lebten-glücklich-bis-ans-Ende-ihrer-Tage gibt es nicht. Auf gar keinen Fall ende ich so wie Mom, mit nichts als einem gebrochenen Herzen. Ich habe zu hart gearbeitet, als dass ich meine Unabhängigkeit plötzlich aufgeben könnte. Ich muss auf eigenen Füßen stehen. Außerdem: Wenn ich keinen Beruf habe, ist das ein weiterer Beweise dafür, dass ich nicht so schlau und nicht so fähig bin wie Danica.* Etwas musste sich ändern und Kaylie war fest entschlossen, herauszufinden, was es war.

Sechs

Kaylie ließ die Tüten im Auto und warf sich auf die Couch.

»Stimmt was nicht?«, fragte Chaz, als er ins Wohnzimmer kam. Er schob die bunten Sofakissen beiseite und setzte sich neben Kaylie. Auf dem Couchtisch stellte er ein Glas mit Eiswasser und einer Zitronenscheibe ab.

Sie starrte auf den Kaminsims, auf dem dicht gedrängt gerahmte Fotos standen, die sie in den vergangenen Monaten gemacht hatten. Ihr Lächeln schien wie ein Lichtstrahl durch die schattige Dunkelheit ihrer Enttäuschung. »Ich habe den Auftritt im Reno nicht bekommen, den ich in den letzten drei Jahren hatte.« Sie verschränkte die Arme und kam sich vor wie ein mauliges Kind. Innerlich wand sie sich vor Scham, schaffte es aber nicht, diese Haltung abzuschütteln. Lisas Anruf hatte sie umgehauen. »Das war wie eine feste Größe in meinem Terminkalender, weißt du? Darauf konnte ich mich immer verlassen. Und ich dachte, sie nehmen mich bestimmt, weil der Auftritt acht Wochen nach dem Geburtstermin sein sollte. Die Leute haben mich geliebt.« Sie schüttelte den Kopf. »Ich versteh das nicht.«

»Warum, meinst du, haben sie dich diesmal nicht engagiert?«

Kaylie liebte alles an Chaz, das Grübchen in seinem Kinn, das zerzauste blonde Haar und seine Stimme, die wie eine Liebkosung klang. Doch in diesem Moment spielten ihre Hormone verrückt, die Erkenntnis, dass ihre Karriere am Ende war, war noch ganz frisch und so fiel ihr nichts weiter ein als ein schnippisches *Woher soll ich das wissen?* Etwas so Unfreundliches würde sie jedoch nie zu dem Mann sagen, den sie anbetete. Stattdessen presste sie die Lippen aufeinander und sah auf ihren Bauch.

»Es tut mir leid«, meinte Chaz und zog sie an sich. »Wahrscheinlich haben sie früher einmal Mütter mit kleinen Kindern angeheuert, die im letzten Moment abgesagt haben, ohne dass sie auf die Schnelle jemand anderen finden konnten.«

Sie lehnte sich an ihn und schloss die Augen. Der Duft seines Rasierwassers ließ sie jedes Mal weich werden. »Ja, vielleicht«, sagte sie. »Alle meine Engagements waren richtig harte Arbeit. Ich musste mich jedes Mal aufs Neue beweisen, aber diesen Job hatte ich sicher. Drei Jahre lang bin ich dort aufgetreten und hab sie nie hängenlassen. Zählt Verlässlichkeit denn gar nichts?« Nervös wickelte sie sich eine Strähne um den Finger. »Seit meiner Zeit am College hab ich so hart daran gearbeitet, meinen Weg zu finden und mir einen Namen zu machen. Und ich hab es geschafft. Noch nie hatte ich solche Schwierigkeiten, Engagements bekommen. Ich dachte immer, dass ich irgendwann einen Plattenvertrag kriege – dass sich meine harte Arbeit auszahlt. Und jetzt ist dieser Gig auch noch abgesagt, zusätzlich zu all den anderen, und es kommt mir vor, als könnte ich nur noch zusehen, wie sich alles in Luft auflöst.«

»Du kannst doch jede Menge andere Sachen machen«, sagte er.

Sie runzelte die Stirn. »Zum Beispiel?« Dann sah sie auf

ihren Bauch hinunter und lachte. »Babys machen?«

»Nun, das macht auf jeden Fall Spaß«, sagte er und gab ihr einen Kuss.

»Ja, aber das haben wir doch alles schon durchgekaut. Ich will meine Karriere. Das weißt du.«

Er küsste sich sanft an ihrem Kinn entlang. »Du könntest die Band managen.«

»Ausgeschlossen. Wer bin ich denn? Das Mädchen für alles?« *Warum bin ich bloß so patzig? Er kann doch nichts dafür.*

Ihr schnippischer Tonfall macht ihm offenbar nichts aus. Er schob ihr das Haar aus dem Gesicht und legte ihr die Hand auf die Wange. »Du könntest schreiben statt singen«, sagte er dann.

Kaylie hatte Schwierigkeiten, sich zu konzentrieren, wenn er wie jetzt seine Hand von ihrer Wange in ihren Nacken gleiten ließ, sie aufs Schlüsselbein küsste und sich dann bis zur Unterseite ihres Kinns vorarbeitete. Sie ließ den Kopf nach hinten fallen und flüsterte: »Ich bin aber keine Schriftstellerin.«

Er zog sie auf seinen Schoß und strich ihr das glatte blonde Haar von den Schultern. »Lieder. Du kannst Lieder schreiben, wenn du sie nicht singen kannst.« Er legte sie aufs Sofa und ließ sich neben sie sinken. Mit dem Finger fuhr er durch die Schlucht zwischen ihren Brüsten. »Du musst auch nicht unbedingt arbeiten, wenn du nicht willst.«

»Was?« Kaylie gab ihm einen Stoß gegen die Brust. Was glaubte er denn, was sie tun würde? Zu Hause bleiben und Hausfrau und Mutter spielen?

»Wir brauchen das Geld nicht. Außerdem arbeitest du normalerweise bis spät in die Nacht, auch an den Wochenenden. Ich meine ja nur.«

Kaylies Puls raste. Nie im Leben würde sie ihren Beruf aufgeben. Viel war davon nicht übrig, aber sie würde nicht einfach alles aufgeben. Sie würde nicht so werden wie ihre Mutter. Sie hatten schon oft darüber gesprochen. »Ich liebe meinen Beruf. Ich singe für mein Leben gern.« Sie schwang die Beine über den Rand der Couch und stand auf. »Ich bin nicht nur zum Kinderkriegen da.«

»Ich habe doch gar nicht gesagt —«

»Nein, aber du hast es gedacht. Ich konnte es deiner Stimme anmerken.« Kaylie ging vor dem Sofa auf und ab. Wut brodelte in ihr und sie wusste, dass sie sie gegen den Falschen richtete. Chaz war gerade in ihrer Schusslinie und sie schaffte es nicht, ihre Gefühle in den Griff zu bekommen. Verdammte Hormone. In den Augenwinkeln brannten Tränen. *Warum musste alles sich verändern?*

»Ich hab es nicht so gemeint.«

Chaz sah sie verwirrt an und Kaylie wusste genau, wie er sich fühlte — gefangen in einem Netz aus Östrogen und Kaylies ins Stocken geratener Karriere, das er unmöglich entwirren konnte.

»Hör zu«, sagte er und stieß einen frustrierten Seufzer aus, »ich dachte nur, dass du Songs schreiben könntest, wenn du nicht singen kannst. Oder du könntest einfach mal eine Pause machen oder so, bis du so weit bist, dass du wieder anfangen kannst.«

Seine blauen Augen flehten um Verständnis, doch Kaylies Zorn war nicht zu bremsen. Sie bekam ihn einfach nicht unter Kontrolle. »Ich bin immer bereit zu arbeiten«, fauchte sie.

»Was? Hast du geglaubt, dass dir Bars im achten Schwangerschaftsmonat Engagements anbieten? Oder dass sie keinen Plan B haben?« Seine Stimme wurde lauter, und obwohl Kaylie ihm deswegen keine Vorwürfe machte, drängte er sie damit weiter in die Defensive.

»Ich habe seit Monaten nicht gearbeitet und, nein, ich bin

nicht davon ausgegangen, dass sie mich im achten Monat noch engagieren. Aber ich habe auch nicht damit gerechnet, dass meine Karriere nach der Geburt nicht weitergeht.« *Auch wenn ich nicht weiß, ob ich das wirklich will.* »Ich dachte, ich bin dann wieder dabei. Ich dachte, all die Veranstalter, für die ich schon gearbeitet habe, würden mich wieder beschäftigen, ohne sich darüber Gedanken zu machen.«

Chaz fuhr sich mit der Hand durchs Haar. »Okay, ich hab's kapiert«, meinte er. »Es ist gemein, es ist nicht fair. Aber, Kaylie, jetzt kannst du eine Pause einlegen, dir Zeit für dich nehmen und bald auch für unser —«

Kaylie hob abwehrend die Hand. »Oh ja, ich weiß, was jetzt kommt. Bald habe ich gar kein Eigenleben mehr.« *Lieber Himmel, halt die Klappe. Welches neurotische Biest hat sich meiner Stimmbänder bemächtigt?*

»Aber du hast das Baby«, bettelte er.

»Ja, und das ist jedes Opfer wert. Aber jetzt, in diesem Moment«, sie sank auf die Couch und ließ die Tränen laufen, »fühlt es sich nicht so an, als sei es das wert. Es fühlt sich an, als würde ich verschwinden und durch eine geistlose Kinderfabrik ersetzt werden, und danach bin ich ein Windeln wechselndes, erschöpftes Nichts, während du genauso strahlend und intellektuell ausgefüllt bist wie eh und je.« *Genau wie bei meinen Eltern.*

Chaz schüttelte den Kopf. In seinem Blick lag so viel Mitleid und Kaylie hatte das Gefühl, als würde es sie wie eine Decke einhüllen, doch ihre Hormone hatten die Oberhand gewonnen. Sie hatten die volle Kontrolle über ihren Sprechapparat übernommen. Die Tränen strömten nur so über ihr Gesicht, als sei es eine Wüste, die nach jedem Tropfen lechzte. »Sieh mich bloß nicht so an. Meinst du, ich *will* mich so fühlen?«, fuhr sie ihn an und stapfte ins Schlafzimmer.

Sieben

Danica erinnerte sich mit jeder Faser ihres Körpers an die Freuden der vergangenen Nacht. Am Morgen konnte sie sich nicht von Blake trennen. Die Aussicht, im Bett zu bleiben und sich zu lieben, war einfach zu verführerisch, doch nun zahlte sie den Preis für diese zusätzlichen vierzig Minuten. Bevor sie zur Arbeit fuhr, hastete sie zu Camille, wo ihre Freundinnen schon auf sie warteten. Sie wollten noch vor der Arbeit über die Babyparty für Kaylie sprechen. Es war schwierig genug, einen Termin zu finden, der allen passte, und sie überließ ihnen eh schon die meiste Arbeit. Sie hatte ein schrecklich schlechtes Gewissen, doch die zusätzliche Zeit mit Blake bereute sie dennoch nicht. Die TeenNight im No Limitz stand bevor und eigentlich wusste sie nicht, wann sie sich auch noch um die Babyparty kümmern sollte, doch schließlich war es die erste Babyparty ihrer Schwester und sie war wild entschlossen, sie zu einem vollen Erfolg zu machen.

Camille öffnete ihr die Tür und begrüßte sie mit ihrem typischen Kreischen. »Du hast es geschafft. Ich hab mir schon Sorgen gemacht. Ich weiß ja, dass du schrecklich beschäftigt bist.« Sie sah umwerfend aus in ihren knappen weißen Shorts und dem rauchblauen Tanktop.

Danica spürte, dass sie rot wurde. »Mrs Danber«, sagte sie neckend und hoffte, dass ihre geröteten Wangen nicht so auffielen. »Das hier würde ich mir doch nicht entgehen lassen.« Sie umarmte Camille und sah sich dann in der gefliesten Diele um. »Wow, du hast nicht übertrieben, als du von dem Haus erzählt hast.«

»Ja, ich weiß. Jeff war ziemlich sauer, weil es so lange gedauert hat, bis es endlich fertig war, aber –« Sie machte eine einladende Handbewegung. Der Eingangsbereich erstreckte sich über zwei Etagen, in der Mitte hing ein Kristallkronleuchter. Danica berührte das Treppengeländer der breiten Treppe, die sich in sanften Kurven hinauf in das zweite Stockwerk wand.

»Komm, ich zeig es dir. Ich habe das ganze Haus fertig, nur im Gästezimmer gibt es noch ein Problem. Ich kann mich einfach nicht entscheiden, welche Bettdecke ich nehmen soll.« Camille führte sie durch ein geschmackvoll eingerichtetes Wohnzimmer mit zierlichen Beistelltischen und einem dichten schwarzen Teppich mit grauen Sprenkeln, der einen interessanten Kontrast zu der cremefarbenen Couch und den schwarz und türkis gemusterten Kissen bildete.

Danica kam das Haus gigantisch vor. Sie hatte das Gefühl, in eine Fernsehsendung geraten zu sein, in der die Villen prominenter Schauspieler vorgestellt wurden.

»Fühlt sich an wie in einem Musterhaus.«

»Ja, ich weiß, was du meinst.« Camille lachte. »Jeff sagt, er will sich nicht schämen müssen, wenn Kunden zu Besuch kommen.«

»Er ist doch Sportmanager, oder? Kommen da wirklich Kunden zu Besuch?« Danica musste an den Film *Jerry Maguire* denken.

»Manchmal schon, denke ich.«

Sie nahm sich vor, herauszufinden, wen Blake in der Sportwelt besonders mochte, und zu sehen, ob sie etwas arrangieren konnte. Nahmen Sportmanager auch Profiskifahrer unter ihre Fittiche?

Sie gingen einige breite, mit Teppich ausgelegte Stufen hinunter und gelangten in einen Raum mit großen Glastüren, die auf die Terrasse hinausführten.

»Die Mädels sind draußen«, sagte Camille und schob die Türflügel auseinander. »Seht mal, wer hier ist«, flötete sie.

»Danica!« Chelsea war als Erste bei ihr und sie drückte Danica so fest, dass ihr die Luft wegblieb.

»Da bist du ja!« Marie nahm Danica kurz in den Arm und benebelte sie mit der tropischen Duftnote ihrer Sonnenmilch.

Sie machten es sich im Schatten eines großen Sonnenschirms in den gepolsterten Gartensesseln bequem. Auf dem Tisch standen allerlei Leckereien zum Frühstück – frisches Obst, Croissants, Muffins.

»Hm, das sieht ja köstlich aus«, sagte Danica. Camille reichte ihr einen fruchtigen Cocktail, der mit einem Papierschirmchen geschmückt war.

»Bahama Mama, natürlich alkoholfrei«, sagte Chelsea und sog genüsslich an ihrem Strohhalm.

»Wir stellen uns vor, dass wir auf den Bahamas sind.« Marie kicherte. »Ich weiß nicht, wie Camille das hinkriegt, aber ihre alkoholfreien Cocktails schmecken immer wie das Original. Wir können schließlich nicht beschwipst zur Arbeit kommen. Das Mädel hat was drauf«, sagte sie augenzwinkernd.

Dann weihten sie Danica in die Einzelheiten der Babyparty ein.

»Also, zur Party sind nur Mädels eingeladen, keine Jungs, wie ihr wisst.« Marie hob mahnend den Zeigefinger, als müsste sie die Freundinnen erst daran erinnern. »Alles in rosa und babyblau. Ballons, Luftschlangen, Servietten, Tischdeko.« Sie blätterte eine Seite in ihrem Notizbuch um. Marie war Einkäuferin für eine Boutique. Durch ihren Job kam sie mit Leuten auf der ganzen Welt in Kontakt und konnte mühelos mit Terminen, Zeitzonen und den unterschiedlichsten Persönlichkeiten jonglieren. Für eine Babyparty war sie genau die Richtige.

Eine Stunde später hatten sie die Einzelheiten für die Party geklärt und beschlossen, welche der üblichen albernen Spiele sie spielen würden. Kaylie würde sie hinreißend finden, da war sich Danica sicher. Sie selbst genoss es, mit ihren Freundinnen zusammen zu sein, und wäre am liebsten noch länger geblieben, doch sie musste unbedingt im No Limitz nach dem Rechten sehen.

»Ich muss wirklich los und ich habe so ein schlechtes Gewissen, dass ich bei der Babyparty nicht mehr übernehmen kann«, sagte Danica.

»Machst du Witze?«, fragte Camille. »Wir leben für solche Sachen. Ich meine, es gibt doch nichts Schöneres als das erste Baby einer Freundin zu feiern, oder? Mach dir keine Sorgen, Danica, wir haben alles im Griff. Jede Menge Geschenke und noch mehr blöde Spiele.«

»Ich kann es gar nicht abwarten!«, rief Marie. »Ich liebe dieses Spiel mit den vollen Windeln, wo man in jede Windel einen zermatschten Schokoriegel legt und jemand raten muss, welche Sorte es ist.«

Danica zog die Nase kraus. »Hm, das ist bestimmt lustig.

Obwohl mir Schokoriegel ohne Windeln immer noch lieber sind. Ich lass mir gerne die Augen verbinden und rate, welche Sorte es ist.«

»Sei doch kein Spielverderber«, sagte Marie.

»Also, ehrlich gesagt, ist mir Danicas Version auch lieber«, meinte Chelsea.

»Was? Du auch? Ich dachte, wir hätten alle dafür gestimmt!« Marie schob schmollend die Unterlippe vor.

Das neckische Gezänk war das Signal für Danica, aufzubrechen, bevor die Frage nach den Spielen von Neuem aufgewärmt wurde.

Sie umarmte ihre Freundinnen und dankte ihnen noch einmal. Als sie zur Haustür ging, rief ihr Camille hinterher: »Und was ist mit eurer Mom?«

Danica blieb wie angewurzelt stehen. Eigentlich hatte sie fest vorgehabt, ihre Mutter einzuladen, doch dann hatte sie beschlossen abzuwarten, wie sich die Dinge zwischen ihr und Kaylie entwickelten. Bis jetzt sah es so aus, als würde alles so bleiben, wie es in den vergangenen Jahren gewesen war.

»Sie kommt ganz bestimmt!«, rief Danica. *Egal, ob Kaylie es will oder nicht oder ob Mom etwas anderes vorhat. Ich sorge dafür, dass sie kommt.* Sie nahm sich vor, Kaylie ein bisschen mehr zu drängen, sich mit ihrer Mutter zu versöhnen.

Acht

Danica hatte immer mehr Ideen, was sich aus dem Jugendzentrum alles machen ließe. Anfangs hatte sie einen einzigen Wunsch: Sie wollte jungen Leuten die Möglichkeit bieten, sich in einer sicheren Umgebung zu treffen und Spaß zu haben. Gleich nachdem sie ihre Lizenz als Therapeutin zurückgegeben hatte, hatte sie einen Businessplan entwickelt und sich dann nach einem geeigneten Standort umgesehen. Die Leute in der Stadt hatten sie ermutigt, Blake hatte sie unterstützt, wo es nur ging, und Danica wusste, dass sie die richtige Entscheidung getroffen hatte. Von der Stadt bekam sie ein Gründerdarlehen, mit dem sie im ersten Jahr ihre Mitarbeiter bezahlen konnte. Das erleichterte ihr die Entscheidung, ihre Pläne umzusetzen. Passende Mitarbeiter zu finden, erwies sich als überraschend einfach. Sally Tuft, die Witwe von Blakes altem Geschäftspartner, wollte etwas ganz Neues anfangen. Sie kümmerte sich jetzt um die Buchhaltung und die Terminorganisation. Michelle und Rusty, Sallys Sohn, hatten Teilzeitjobs übernommen. Und vor Kurzem hatte sie auf Blakes Vorschlag hin Gage Ryder engagiert. Er war Sportlehrer an einer Highschool in Washington gewesen, bevor er nach Allure zog, um einer unglücklichen Beziehung zu entkommen. Er und

Blake hatten sich beim Skifahren kennengelernt. Nun arbeitete Gage stundenweise im No Limitz, er war für die Sportangebote verantwortlich. Was das Jugendzentrum anging, zogen er und Danica am selben Strang.

Die TeenNight stand kurz bevor und Danica überlegte, was sie noch erledigen musste. Es war die erste öffentliche Veranstaltung im No Limitz, zu der alle Jugendlichen des Viertels eingeladen waren. Es sollte Musik und Tanz geben und natürlich Snacks und etwas zu trinken. Danica stellte gerade eine Liste von freiwilligen Helfern zusammen, die sie an dem Abend brauchen würden, als Kaylie in ihr Büro kam.

»Hey, hast du viel zu tun?«, fragte sie. Ihre Wangen waren gerötet und ihr Haar war zerzaust. Danica wusste sofort, dass etwas nicht stimmte.

Gage tauchte neben Kaylie im Türrahmen auf. Er sah aus wie eine jüngere Version von Hugh Jackman. Kaylie kannte ihn zwar, seit er vor zwei Monaten im Jugendzentrum angefangen hatte, doch nun sah sie ihn sich noch einmal genauer an.

»Hi«, sagte sie und knipste ihren Charme mit einem strahlenden Lächeln an, das so echt wirkte, dass Danica es fast geglaubt hätte.

Danica schüttelte den Kopf. Ihre Schwester mochte hochschwanger und verlobt sein, doch sie bekam es immer noch hin, dass ihr die Männer zu Füßen lagen. »Ich nehme an, es geht dir besser«, sagte sie, während Kaylie ihren Blick über Gages knapp eins neunzig großen Körper schweifen ließ.

Kaylie setzte sich zu Danica an den Tisch. »Hast du zu tun?«

»Klar.« *Und jetzt?*

»Ich will dich auch nicht stören«, meinte Kaylie, während sie sich eine Haarsträhne um den Finger wickelte und Gage aus großen sanften Augen ansah.

»Ich komm später nochmal vorbei«, sagte Gage und schenkte ihr ein warmes Lächeln, bevor er den Flur hinunter verschwand.

Kaylie sah ihm nach. »Hm, nicht übel.«

»Kaylie! Du bist schwanger und lebst mit deinem Verlobten zusammen. Was stimmt bei dir nicht?«, fauchte Danica.

»Schwanger und verlobt, aber nicht tot.« Sie lächelte süffisant.

Danica schloss seufzend die Augen. »Was ist denn los mit dir? Erst ziehst du über Mom her, weil sie endlich etwas aus ihrem Leben macht. Dann bist du in Tränen aufgelöst wegen deines Jobs und jetzt … jetzt flirtest du mit meinem Angestellten?«

»Aber außer Flirten würde ich nie etwas machen.« Kaylie verschränkte trotzig die Arme.

Danica starrte sie an und schüttelte den Kopf.

»Danica, nun komm schon. Sei nicht so streng mit mir. Ich sehe zum Fürchten aus, niemand engagiert mich und Chaz und ich haben uns so heftig gestritten, dass er wahrscheinlich nie wieder mit mir spricht.«

»Ihr habt was? Warum?« Würde Kaylie jemals zur Ruhe kommen?

Kaylie senkte den Blick. »Er hat davon geredet, dass ich mir eine andere Beschäftigung suchen sollte, bis ich wieder auftreten kann. Als würde ich einfach zu Hause bleiben und außer Kinderkriegen nichts mehr machen.«

»Hat er das wirklich gesagt? Das kann ich mir gar nicht vorstellen. Er steht dir doch immer zur Seite.«

Kaylie spielte mit dem Saum ihres Hemdes.

»Kay? Hat er es gesagt oder hat er es nicht gesagt?«

»Nun, nicht so direkt, aber er hat es so gemeint. Oder

vielleicht auch nicht. Ich weiß nicht.«

Danica seufzte. »Warum tust du das immer wieder?« Sie stand auf und ging im Raum auf und ab. Ihre Schwester zu einem ruhigeren Lebensstil zu bringen, wäre der größte Therapieauftrag, den sie je gehabt hatte – und das würde sie sich nicht antun. Das hoffte sie zumindest. Natürlich würde sie Kaylie nie im Stich lassen. »Kaylie.« Sie hörte selbst, wie frustriert ihre Stimme klang, und ermahnte sich, die ganze Sache etwas entspannter anzugehen. Sie setzte sich neben ihre Schwester und sagte:»Ich weiß, das alles ist neu für dich. Dein Körper verändert sich, das ist ungewohnt und beschwerlich.«

»Du hörst dich an wie Mom, als ich dreizehn war.«

»Lieber Himmel, du hast recht.« Danica lachte. »Sie sieht toll aus, findest du nicht?« Danica war begeistert, dass ihre Mutter sich so verändert hatte. Sie wirkte zuversichtlich und tatkräftig. Danica nahm sich vor, stärker als bisher auf sie zuzugehen. *Viel zu leicht verliert man sich in der Hektik des eigenen Lebens und vergisst die Familie darüber.*

Kaylie zuckte die Achseln.

»Kaylie, warum bist du so wütend auf sie? Sie darf sich doch amüsieren, oder? Bei dir hat sich in der letzten Zeit viel verändert. Bei mir auch. Warum sollte bei ihr alles so bleiben, wie es immer war?«

»Soll es ja gar nicht. Es fühlt sich nur seltsam an. Sie hatte nicht den Mut, sich von Dad zu trennen, nach allem, was er ihr angetan hat, und ich denke, ich bin immer noch wütend, weil sie so schwach war und zugelassen hat, dass Dad sie so sehr verletzt. Und wenn ich dann höre, dass sie sich mit einem Mann trifft ... Mit einem Mann, Danica. Mom trifft sich mit einem Mann.« Sie sah Danica direkt in die Augen. »Meinst du nicht, dass das seltsam ist?«

»Überhaupt nicht. Ich glaube …« *Dass du in einer Welt gefangen bist, in der du das verletzliche kleine Mädchen bist, dessen Eltern sich getrennt haben.* Kaylie gegenüber die Therapeutin zu spielen war nicht ratsam. »Ich glaube, dass sie es verdient hat, glücklich zu sein und ihr Leben so zu gestalten, wie es ihr gefällt. Außerdem weichst du vom Thema ab.«

»Tu ich nicht. Du hast davon angefangen.«

»Ach, egal. Bist du aus einem bestimmten Grund hergekommen? Ich habe keine Zeit, mich über Mom und ihre Männerbekanntschaften aufzuregen.« Es tat ihr in der Seele weh, dass es Kaylie offenbar so schwerfiel, sich mit ihrer Mutter und ihrer Lebensweise zu arrangieren, doch sie hatte viel zu tun. Außerdem wusste sie aus Erfahrung, dass Kaylie an jedem Rat, den sie ihr gab, irgendetwas auszusetzen fand oder ihn in den falschen Hals bekam.

»Was ist für heute Abend geplant?«, fragte Kaylie.

»Wir übernachten alle bei mir. Oh je, ich habe vergessen, dir das zu sagen, oder?«

Wieder zuckte Kaylie die Achseln. »Camille sagte, wir treffen uns in der Bar None, aber von einer Übernachtungsparty hat sie nichts gesagt.« Ihre Augen leuchteten.

Danica wusste, dass ihre Vorfreude nicht nur mit der Aussicht zu tun hatte, mit ihren Freundinnen auszugehen. Wenn sie bei Danica übernachtete, konnte sie dem Streit mit Chaz aus dem Weg gehen. »Du kannst nicht jedes Mal davonlaufen, wenn ihr euch streitet oder Chaz irgendetwas sagt, das er gar nicht so meint. Das machst du ständig so, Kaylie. Du sagst auch Dinge, die du nicht so meinst, wie sie sich anhören, aber trotzdem läuft niemand davon.« *Aha, kurzer Rückfall in den Therapeutenmodus.* Sie konnte nicht tatenlos zusehen, wie Kaylie ihre Beziehung zu Chaz kaputtmachte, noch bevor sie richtig begonnen hatte. Schließlich musste sie auch an ihr Baby denken. Danica wusste allerdings, dass Vorsicht geboten war. Wenn sie Kaylie sagte, sie solle am Abend zu Hause bei Chaz bleiben, würde sie genau das Gegenteil tun.

»Ach du lieber Gott, nun fang doch nicht damit an. Ich laufe nicht davon. Ich musste mir für heute Abend etwas zum Anziehen kaufen. Etwas, womit ich mich in der Bar None sehen lassen kann.«

Natürlich, etwas zum Anziehen. Typisch Kaylie. Am liebsten hätte sie ihr gesagt, wie glücklich sie sich schätzen konnte, jemanden wie Chaz an ihrer Seite zu haben, der sie liebte und alles für sie tun würde. Stattdessen lächelte sie Kaylie aufmunternd zu. »Heute Abend wird es bestimmt toll.«

Kaylie sprang auf und umarmte sie. »Danke, dass du das organisiert hast. Ich glaube, ein entspannter Abend mit den Mädels ist genau das, was ich brauche, meinst du nicht? Kein Druck, keine Sorgen wegen irgendwelcher Engagements und kein trauriger Chaz, der mich anstarrt und sich fragt, warum ich so verrückt bin.«

»Du bist nicht verrückt, Kay. Deine Hormone sind durcheinander, das ist alles.« Sie lachte. »Hör mal, ich hab jetzt zu tun, aber wir sehen uns ja später.«

Gage erschien in der Tür und Kaylie stand auf. »Danke, Schwesterchen. Auf Wiedersehen«, sagte sie mit einem koketten Lächeln zu Gage.

»Kay.«

Kaylie drehte sich um und sah sie etwas entnervt an.

»Fahr nach Hause und vertrag dich mit Chaz.« Die große Schwester in ihr hatte gewonnen.

Als Kaylie gegangen war, sagte Gage: »Wow, selbst mit diesem Riesenbauch ist sie umwerfend.«

»Ja, ja, ich weiß«, meinte Danica seufzend. Kaylie hätte sich über das Kompliment gefreut.

Gage setzte sich neben sie und sah die Unterlagen für das bevorstehende Event durch. »Das war jetzt nicht anzüglich gemeint. Ich will damit nur sagen, dass sie weiß, wie man flirtet. Ich meinte nicht, dass —«

»Ehrlich, Gage, es ist okay. Ich weiß, wie hinreißend Kaylie ist.« Sie sortierte die Zeitpläne für die Veranstaltung und legte sie in der richtigen Reihenfolge auf den Tisch. Dabei fiel ihr ihre Idee ein, Kaylie bei der TeenNight auftreten zu lassen. Sie musste noch einmal gründlich darüber nachdenken. »Lass uns das hier erledigen.«

Danica erklärte Gage, wie sie sich den Abend vorstellte. Aus den Augenwinkeln sah sie, dass Gage sie anstarrte. »Was ist?«, fragte sie ihn.

»Ich will nicht, dass du einen falschen Eindruck von mir hast. Ich bin nicht so ein Typ.«

»Was für ein Typ bist du nicht? Einer, der weiß, wann er es mit einer heißen Blondine zu tun hat? Na komm schon, Gage. Kaylie ist heiß, selbst im achten Monat«, sagte sie und verdrehte die Augen. Sie war in Gedanken bei der bevorstehenden Veranstaltung und Kaylies Besuch hatte ihr gerade noch gefehlt. Allmählich verlor sie die Geduld. Sie wollte endlich mit den Planungen weiterkommen.

»Ich bin nicht der Typ, der etwas mit der Verlobten eines anderen anfängt«, sagte er.

»Das hätte ich auch nie vermutet. Kaylie ist eben Kaylie. Sie ist meine Schwester und ich liebe sie, aber es fällt ihr nicht leicht, Vertrauen zu anderen zu haben, und sie ist etwas unsicher. Und im Moment hat sie viel aufzuarbeiten.«

»Den Eindruck hatte ich auch. Sie erinnert mich an meine

Ex-Freundin in Washington. Sie war so darauf fixiert, im Mittelpunkt zu stehen, dass sie alles getan hätte, um sich die Aufmerksamkeit der anderen zu sichern.«

Es war eine Sache, wenn Danica die Probleme ihrer Schwester ansprach. Es war jedoch etwas ganz anderes, wenn es jemand tat, der sie kaum kannte. Zu ihrer eigenen Überraschung fuhr sie sofort die Krallen aus und verwandelte sich in die große Schwester, die die kleine beschützte. Sie wollte einfach nicht glauben, dass Kaylie immer so unsicher sein würde, wie sie es im Moment war. Schließlich bekam sie bald ein Kind und Chaz liebte sie. Sicher würde sie lernen, die Situation zu akzeptieren. Oder? »Kaylie ist stark«, hörte sie sich sagen. »Sie schafft das schon. Sie hat es bisher immer geschafft.«

»Als ich herausfand, was zwischen ihr und meinem Kollegen lief, war mir klar, dass wir keine gemeinsame Zukunft haben würden.«

Danica war in Gedanken ganz bei Kaylie und hatte den Faden ihrer Unterhaltung verloren. Sie schüttelte ihre Sorgen ab und konzentrierte sich auf Gage. »Oh, das ist ja schrecklich. Das wusste ich nicht. Es tut mir leid«, sagte sie.

»Tja, man lernt nicht aus. Deine Schwester ist hübsch und lebhaft, aber sie ist nicht mein Typ.«

Klar. Sehr überzeugend. Sie sah, dass er durch die geöffnete Tür in den Flur starrte. Sie beendeten ihre Planungsbesprechung und als Gage ihr Büro verließ, fiel ihr auf, dass Sally an ihrem Schreibtisch saß und ihm nachschaute, wie er zu den Basketballplätzen ging.

Neun

Chaz ging im Wohnzimmer auf und ab und ließ dabei die Tür nicht aus den Augen. Er versuchte, trotz Kaylies unberechenbarer Stimmungsschwankungen geduldig und nachsichtig zu sein. Das Schlimmste war jedoch, dass er nachvollziehen konnte, was sie im Moment durchmachte. Sie war der Typ Frau, nach dem sich alle umdrehten, egal, wo sie war. Und nun war sie schwanger. Sehr schwanger. Was Kaylie nicht mitbekam, war, dass sich immer noch alle nach ihr umdrehten. Sie sah nicht, wie die Männer sie anstarrten. Chaz sah es sehr wohl, und obwohl es ihn jedes Mal fast rasend machte vor Eifersucht, war er stolz darauf, dass sie ihm gehörte. Ach, verdammt, er war überhaupt stolz auf sie, nicht nur wegen ihres Aussehens. Sie hatte wirklich hart dafür gearbeitet, sich in der Musikszene einen Namen zu machen, doch Chaz war realistisch. Er wusste, dass sie sehr viel mehr konnte als singen. Ihm wäre es egal, wenn sie nie wieder ein einziges Lied singen oder ein schrecklicher Autounfall sie völlig entstellen würde. Er wollte sie in allem unterstützen, was sie tat. Und wenn sie eben als Popstar Karriere machen wollte, würde er ihr auch dabei helfen. Kaylie hatte ein riesengroßes Herz und noch nie hatte er diese unerklärliche, allumfassende Hingabe für eine Frau empfunden. Wenn sie ihn berührte … Heiliger Strohsack, manchmal dachte er, sein ganzer Körper würde explodieren, wenn sie ihn berührte. Doch nun musste er stark genug für sie beide sein, obwohl er mit der bevorstehenden Reise nach L. A. und dem Durcheinander mit Lea selbst genug Sorgen hatte.

Er hatte überlegt, sie festzuhalten, sie daran zu hindern, aus dem Haus zu stürmen, aber er hatte nicht die Energie dazu. Außerdem würde es ihr vielleicht guttun, etwas Zeit mit Danica zu verbringen. Danica konnte ihr wahrscheinlich viel besser helfen als er. Er zog sein Handy aus der Tasche und wählte Kaylies Nummer, doch noch bevor es läutete, legte er auf. Sollte er sie anrufen und sie bitten, nach Hause zu kommen? Oder sollte er ihr erst einmal Zeit geben, Dampf abzulassen? Während er noch überlegte, klingelte das Telefon in seinem Arbeitszimmer.

Chaz ging über den Flur in sein Büro. »Chaz Crew.«

»Hi, Chaz, ich bin's noch einmal. Max. Ich hab dich auf deinem Handy angerufen, aber die Mailbox sprang sofort an.«

Chaz sah auf sein Handy hinunter. Keine Verbindung. »Das ist der Grund, weshalb wir das Festnetztelefon ins Büro haben legen lassen, das weißt du doch. Oft genug haben wir hier oben in den Bergen kein Netz.«

»Stimmt, das hatte ich vergessen. Ihr habt es ja auch erst seit einer Woche oder so. Aber zu deinen Reiseplänen: Du fliegst am Dienstag. Sobald wir auflegen, buche ich die Flüge. Lea hat übrigens eine Änderung verlangt.«

»Dienstag? Also morgen?« Chaz holte tief Luft. Wie um alles in der Welt sollte er das hinkriegen? Vor allem um Kaylie machte er sich Sorgen. »Warum? Ich bin doch nächste Woche sowieso in L. A. Ich fliege nicht zweimal hin.« Was zum Teufel hatte Lea nun wieder vor?

»Sie ist gerade auf Hawaii und trifft sich da mit ein paar Typen, die dort ein Filmfestival aufziehen wollen. Ich habe versucht, euer Treffen zu verschieben, bis sie wieder in L. A. ist. Ich habe ihr sogar angeboten, dass ihr euch über Skype unterhaltet, aber sie besteht darauf, dass ihr euch persönlich seht, und zwar morgen.«

Ein Adrenalinstoß wirbelte seine Gedanken durcheinander, während er aus dem Erkerfenster über die Berge sah. Er wischte sich den Schweiß von der Stirn. Er wollte den Abend mit Blake verbringen, während Kaylie sich mit ihren Freundinnen traf. Dabei müsste er ihr eigentlich erklären, was es mit Lea auf sich hatte.

»Bist du noch da?«, fragte Max. »Hör zu, du musst dich nicht mit ihr treffen. Wir haben jede Menge Zeit. Ich kann bestimmt ein paar kleinere Sponsoren an Land ziehen.«

»Auf gar keinen Fall. Bis zum Festival sind es nur noch zehn Wochen.« Er ging nervös auf und ab. »Das ist der Grund, weshalb sie jetzt dieses Theater macht. Und sie will mich aus meiner vertrauten Umgebung weglocken. Hawaii? Lieber Himmel. Sie weiß genau, dass sie uns in der Zange hat.«

Er überlegte kurz, dann sagte er: »Max, es rechnet sich nicht, wenn ich nach Hawaii fliege. So kurzfristig sind die Tickets wahnsinnig teuer.« Heute Abend würde er es Kaylie erzählen. Er würde auf keinen Fall zulassen, dass dieses kleine Versäumnis zwischen ihnen stand. Wenn er Lea richtig einschätzte, wollte sie ihn zurückgewinnen. Und sie würde mit Sicherheit dafür sorgen, dass Kaylie von ihrer kurzen, stürmischen Affäre erfuhr. Verdammt, so durfte er nicht denken. Wenn er sich die Zügel aus der Hand nehmen ließ, hatte er verloren. Er würde dieses Spielchen beenden, bevor es noch weitere Kreise zog.

»Nein. Wenn der Flug so teuer wäre, könnte ich dich vielleicht noch überreden, Lea als Sponsor zu vergessen, und wenn wir rote Zahlen schreiben, dann schreiben wir eben rote Zahlen. Aber leider hast du genügend Meilen gesammelt. Die reichen sogar noch für Kaylie.«

»Oh, ich glaube nicht, dass das eine gute Idee wäre.« Schließlich wusste Kaylie noch nicht einmal von Leas Existenz. Lea würde sie bei lebendigem Leib verschlingen. »Wir dürfen keine roten Zahlen schreiben, Max. Wir können es uns nicht leisten, Lea als Sponsorin zu verlieren. Ob wir das Festival stattfinden lassen können oder es absagen müssen, hängt allein von ihrem Geld ab. Also, ich fliege hin.«

»Soll ich als Unterstützung mitkommen?«

Max war die tüchtigste Sponsorenkoordinatorin, die Chaz jemals gehabt hatte, und nach fünf Jahren war sie wie eine kleine Schwester für ihn. Er überlegte. »Vielleicht verhagelt es ihr erst recht die Laune, wenn du mitkommst und aufpasst, dass sie sich benimmt.«

»Die Frage ist doch eher, ob du dich benimmst.«

»Was meinst du wohl?«, fragte Chaz und klang dabei überzeugter, als er tatsächlich war.

»Willst du meine ehrliche Meinung?«

»Klar.« Chaz setzte hinter den Schreibtisch.

»Nun, in all den Jahren, die ich dich jetzt schon kenne, bist du mit den schillerndsten Filmstars, den reichsten Debütantinnen und mit den ärgerlichsten Dummchen ausgegangen, die es überhaupt gibt. In dieser Zeit hast du mit wer weiß wie vielen Frauen geschlafen«, sagte Max.

»Ich bin mit ihnen ausgegangen, aber ich habe nicht mit ihnen geschlafen. Jedenfalls nicht mit vielen. So einer bin ich nicht, Max.«

»Wie auch immer. Was ich sagen will, ist: Ich habe noch nie

gesehen, dass du von einer Frau so hingerissen bist wie von Kaylie. Und ich habe dich noch nie so sehr von deinem Penis gesteuert gesehen wie bei Lea. Also, wenn du mich fragst, ob du das hinkriegst, kann ich dir ehrlich keine klare Antwort geben.«

»Hm, danke für die Blumen.« Chaz stützte den Kopf in die Hand.

»Ich weiß, dass du Kaylie liebst, und ich möchte gerne glauben, dass du dich benehmen kannst. Andererseits habe ich dich schon gekannt, bevor sie in dein Leben getreten ist.«

Die Wahrheit schmerzte. Was sie umso schmerzhafter machte, war die Tatsache, dass Chaz und Kaylie offen über ihre Vergangenheit gesprochen hatten, und sie hatte ihm bedingungslos geglaubt. Er erinnerte sich, wie erleichtert er war, als sie sagte, dass sie ihn so liebte, wie er war. Das Schuldgefühl, dass er ihr die Sache mit Lea verschwiegen hatte, schnürte ihm die Luft ab. Er wusste, dass sie sich bei jedem Festival Sorgen machen würde, wenn er ihr von der Affäre erzählt hätte. Und da ihm Lea völlig egal war, hielt er es für klüger, Kaylie nicht von dieser unrühmlichen Episode zu erzählen.

Er war überzeugt, dass er standhaft bleiben würde, doch Lea traute er nicht. Er dachte wieder daran, das Geld aus seinem Treuhandfond zu nehmen. Er hasste die Vorstellung, den Rest des Familienvermögens anzutasten, gleichzeitig war die Idee verführerisch, Lea ein für alle Mal zum Schweigen zu bringen. Allerdings hatte er es schon mit stärkeren Gegnern als Lea Carmichael aufgenommen. Je mehr er darüber nachdachte, desto mehr redete er sich ein, dass sich alles zum Guten wenden würde – und wenn sich herausstellte, dass sie es wirklich auf ihn abgesehen hatte, dann wäre es eben an der Zeit, ihr diesen Zahn zu ziehen. Max wäre ihm auf jeden Fall eine große Hilfe, egal, wie die Begegnung mit Lea ablief.

»Ja, vielleicht hast du recht. Komm mit nach Hawaii.«

Zehn

Als Danica bei Blake ankam, war sie erledigt. Eigentlich hatte sie überhaupt keine Lust, den Abend in der Bar None zu verbringen. Am liebsten hätte sie sich ihre Jogginghose angezogen und sich neben ihn aufs Sofa gekuschelt.

»Geht es Kaylie besser?«, fragte Blake, als sie ins Wohnzimmer kam.

»Ich weiß nicht recht. Sie hat mich von ihrem Handy aus angerufen und gesagt, dass sie nach Hause fährt und sich für heute Abend fertig macht. Und hinterher will sie Eiscreme essen und meine Pelzschluffen anziehen und fernsehen. Ich mache mir mehr Sorgen um Chaz. Ich meine, ich kenne Kaylie, und ich weiß, dass es nicht viel zu bedeuten hat, wenn sie die Türen knallt und aus dem Haus rennt. Sie läuft vor allem davon. So ist sie nun mal. Aber Chaz weiß das nicht.« Danica setzte sich neben Blake auf die Couch und als er den Arm um sie legte, lehnte sie sich an ihn und genoss seine Wärme, auch wenn es nur für ein paar Minuten war.

»Dann sag's ihm.«

Danica schüttelte den Kopf. »Das geht nicht. Sie ist schließlich kein Kind mehr. Sie muss diese Sachen selbst regeln.«

»Willst du weiter darüber reden?« Er gab ihr einen Kuss auf die Wange.

»Eigentlich nicht«

»Willst du mir erzählen, wie es deiner Mom geht?«

Sie musste lächeln. Blake war der beste Partner, den sie sich vorstellen konnte. In ihrer Praxis hatte sie so viele kaputte Leute mit ihren kaputten Beziehungen erlebt, dass sie überhaupt nicht mit so viel Aufmerksamkeit rechnete. Und hier war er, ihr Märchenprinz, und war einfach perfekt in allem, was er tat. Warum also konnte sie nicht einen Schritt weitergehen und mit ihm zusammenziehen?

»Mom geht es gut.« Danica ging in die Küche, holte sich einen Apfel und biss hinein. »Sie hat einen Mann kennengelernt. Und ein Handy hat sie, sie kann auch SMS verschicken. Oh, und sie hat sich in einem Fitnessstudio angemeldet und sich die Haare rot gefärbt.«

»Hört sich nach Midlife-Crisis an«, witzelte Blake.

»Vielleicht, aber ich freue mich für sie. Ich betrachte es nicht als Krise, sondern eher als eine Suche nach sich selbst. Ich wünschte nur, Kaylie könnte sich mit ihr aussöhnen. Sie ist in einer seltsamen Wut gefangen, und das tut mir leid für Mom. Mom will einfach nur ein Teil ihres Lebens sein.«

Blake kam in die Küche und holte eine Pfanne hervor. »Sie wird sich schon einkriegen. Gib ihr einfach etwas Zeit. Hühnchen?«

Danica warf einen raschen Blick zur Uhr. In anderthalb Stunden war sie mit den Mädels verabredet. »Kochst du?«

»Yep.«

»Dann sag ich nicht nein.« Danica liebte es, dass es in ihrer Beziehung nicht die übliche Rollenverteilung gab. Sie teilten sich die Arbeit ganz selbstverständlich, es war ein ausgeglichenes

Geben und Nehmen. »Ist das das Hühnchenfleisch, das schon ewig im Kühlschrank liegt?«

»Nicht ewig. Es ist okay.« Er gab ihr einen Kuss auf die Wange. »Ich finde es toll, dass du so einfach zufriedenzustellen bist.« Blake schnitt das Fleisch in dünne Scheiben und beäugte Danica. »Und? Willst du hören, was Chaz denkt?«

Danica wirbelte herum. »Hast du mit ihm gesprochen?«

»Du hast mir doch gesagt, ich soll ihn anrufen und mich mit ihm verabreden.«

Kaylies dramatische Auftritte hatten sie so sehr beschäftigt, dass sie daran gar nicht mehr gedacht hatte. »Oh je, und was hat er gesagt? Wahrscheinlich hält er sie allmählich für verrückt und will nichts mehr mit ihr zu tun haben. Ich hoffe, sie hat die ganze Sache nicht vermasselt.«

Blake reichte Danica ein Glas Wein. »Sie ist nicht verrückt.«

Danica nippte an ihrem Wein. »Nein, sie ist nur ein bisschen beschädigt.«

»Das ist aber nicht nett.«

»Nein, aber es stimmt. Wir sind doch alle ein bisschen beschädigt, oder?«

Blake überlegte einen Augenblick und fragte dann: »Ist das der Grund, weshalb du nicht zu mir ziehen kannst? Weil du beschädigt bist?«

Ja, aber im Moment geht es um meine beschädigte Schwester. Danica schüttelte den Kopf. »Erzähl mir, was Chaz gesagt hat. Zwei Krisen auf einmal sind mir zu viel.«

»Er sagte, dass es ihm egal ist, ob sie arbeitet oder nicht. Er will nur, dass sie glücklich ist. Als er meinte, sie könnte während der Schwangerschaft Songs schreiben statt sie zu singen, ist sie aus dem Zimmer gestürmt.«

»Tja, das hat sie mir ganz anders erzählt.«

»Genau. Sie meint, dass er sie ans Haus fesseln will, damit sie ein trostloses Dasein als Hausfrau und Mutter fristet. Ich habe keine Ahnung von Frauen und ihren Hormonen, aber er sagt, ihre Gefühle gehen wild durcheinander. Er scheint es gewohnt zu sein.«

»Das hört sich nicht gut an«, meinte Danica. »Selbst wenn er an ihre hormonell bedingten Stimmungsschwankungen gewöhnt ist, wird er sie ziemlich schnell leid sein.«

»Nicht alle Männer laufen vor ihren Problemen davon. Denk nur daran, wie oft du mich abgewiesen hast, und ich bin immer noch da.« Blake warf das Hähnchenfleisch in die Pfanne, rührte kurz um und trat dann näher zu Danica, bis sie den süßen Wein in seinem Atem riechen konnte. »Du weist mich immer noch ab und ich gehe nicht weg.«

Danica legte ihm die Hand auf die Brust. Er fühlte sich wundervoll an und sie war hin und her gerissen, ob sie dem Verlangen nachgeben sollte, das sich in ihr regte. Verdammt. Eine einzige Berührung und sie konnte nicht mehr klar denken. Wo war die professionelle, distanzierte Danica, die ihre Gefühle unter Kontrolle hatte? Ein Blick in seine hungrigen Augen reichte und sie scherte sich keinen Pfifferling mehr um die zurückhaltende Frau, die sie früher gewesen war. Sie wollte ihn gerade küssen, als ihr klar wurde, was er gerade gesagt hatte. »Ich weise dich nicht ab. Ich bin nur noch nicht so weit, dass ich bei dir einziehen könnte.« Sie dachte an Kaylie und sagte: »Vielleicht sollte ich zu ihr fahren und ihr den Kopf geraderücken.«

»Kannst du das nicht heute Abend machen? Du siehst sie doch gleich.« Er zog sie in die Arme. »Vielleicht kann ich dir den Kopf geraderücken«, neckte er sie.

»Ich hoffe, heute Abend geht es nicht nur um

Schadensbegrenzung«, sagte sie. Blake ließ seine Hände über ihren Hintern gleiten. »Für beides habe ich keine Zeit«, flüsterte sie. »Für Abendessen und ... das.« *Lieber Himmel, ich will dich.* »Also wirklich, wir sind wie läufige Hunde«, sagte sie, als er sie auf den Hals küsste.

»Wuff.«

<h1 style="text-align:center">Elf</h1>

Am Nachmittag musste Chaz mit einigen Schauspielern und Schauspielerinnen verhandeln. Dabei kreisten seine Gedanken unablässig um die Reise nach Hawaii, die er am liebsten vergessen hätte. Außerdem hüllte sich Kaylie in beharrliches Schweigen. Ihre abweisende Art traf ihn mitten ins Herz. Er war heilfroh, dass er mit Blake verabredet war. Ein Abend unter Männern war jetzt genau das Richtige. Sein Haus hatte sich in Windeseile in eine Östrogenhölle verwandelt, sogar schlimmer als sonst.

Als Kaylie aus dem Schlafzimmer kam, hatte sie ein kurzes Kleid an, das er noch nie gesehen hatte. Es war smaragdgrün und umgab ihren Körper wie eine zweite Haut. Mit ihrem blonden schulterlangen Haar und den wohlgeformten gebräunten Beinen sah sie so unglaublich sexy aus und er spürte, wie sein Körper sofort reagierte. Am liebsten hätte er sie in die Arme geschlossen und alles vergessen: den Abend mit Blake, Kaylies Probleme mit ihrer Karriere und ihren Streit, der immer noch in der Luft lag. Gleichzeitig wusste er, dass er ihr von Lea erzählen musste. Er hatte sich mindestens fünfzig verschiedene Formulierungen zurechtgelegt, wie er es ihr beibringen könnte. Plötzlich fiel ihm ein, dass er ihr noch nicht einmal etwas von seiner Reise nach Hawaii gesagt hatte.

»Du siehst bezaubernd aus.« Er beugte sich herunter, um ihr einen Kuss auf die rubinroten Lippen zu geben.

Sie duckte sich weg. »Vorsicht, Lippenstift.«

Er war hin und her gerissen. Einerseits brauchte er vor seiner Reise die Gewissheit, dass zwischen ihnen wieder alles in Ordnung war. Andererseits wollte er sein Geständnis hinter sich bringen, das ihm auf der Seele brannte. Aber wäre es nicht grausam, Kaylie ausgerechnet jetzt mit Lea zu überfallen? Ihr Streit hing immer noch wie eine dunkle Wolke über ihnen und außerdem war er kurz davor, eine halbe Weltreise zu unternehmen, um die Frau zu treffen, die er ihr bisher verschwiegen hatte. An der Tatsache, dass er Kaylie angelogen hatte, führte kein Weg vorbei. Er wusste nicht, wie sie auf seine Beichte reagieren würde, doch er musste ihre Reaktion akzeptieren, auch wenn es ihm möglicherweise das Herz brach.

»Kaylie, ich muss nach Hawaii fliegen, um dort einen Sponsor zu treffen. Max hat angerufen, es gibt eine Änderung. Ich fliege morgen.« Sie sah ihn mit offenem Mund an. Er brachte es nicht über sich. Er hatte das Gefühl, als würde er sie verlassen, aber das hatte er doch gar nicht vor. Wahrscheinlich war es die Lüge, die ihn ganz durcheinanderbrachte. Er musste es ihr erzählen, verdammt. Noch heute Abend. Er würde es ihr sagen, wenn sie von ihrem Mädelsabend zurückkam. Dann würde sie entspannter sein und hätte die Nachricht mit seiner Hawaii-Reise verdaut.

»Morgen?«

»Ja.«

»Morgen? Wirklich?« Kaylie runzelte die Stirn.

»Es tut mir leid. Wenn es eine andere Möglichkeit gäbe ...«

Sie zuckte die Achseln. »Nun, es ist ja nicht das erste Mal, dass wir getrennt sind. Wie lange wirst du weg sein?«

»Vielleicht zwei Tage. Es wird ziemlich hektisch. Die langen Flüge, das Meeting – ich werde kaum Zeit zum Schlafen haben.«

»Wann geht's los?«

»Ich weiß es nicht genau. Max hat alles arrangiert, und wie ich sie kenne, hat sie einen verdammt frühen Flug gebucht.«

Sie warf einen Blick auf ihr Handy. »Ich bin spät dran«, sagte sie und nahm ihre Tasche und die Autoschlüssel. »Chaz, dieser Streit vorhin – das war meine Schuld. Ich habe einfach überreagiert. Lass uns morgen darüber reden oder wenn du wieder da bist.« Sie legte den Kopf schief und das Licht ließ ihre blauen Augen schimmern. Ihr Blick war weich und gleichzeitig besorgt. »Es ist doch alles in Ordnung mit uns, oder?«

Sag's ihr. Sei ehrlich. »Ja, alles in Ordnung.« Endlich hatte sie wieder festen Boden unter den Füßen. Er konnte diese mühsam errungene Sicherheit nicht aufs Spiel setzen, indem er es ihr jetzt erzählte. *Himmel, ich bin ein Feigling.* »Kaylie, ich kann die Reise absagen. Ich würde sowieso lieber bei dir bleiben.«

»Machst du Witze? Ich weiß doch, wie wichtig Sponsoren sind. Ich komme schon klar. Es sind doch nur ein, zwei Nächte, vielleicht auch drei. Oh, das hätte ich fast vergessen. Wir übernachten heute alle bei Danica, ich bin also erst morgen wieder zu Hause. Wenn ich früh genug da bin, können wir uns ja dann unterhalten.« Sie nahm ihre Handtasche und die Schlüssel und ging zur Tür.

Bei Danica übernachten? Chaz musste sich schnell entscheiden. Zunächst wollte er das aus dem Weg räumen, was sie vorhin so geärgert hatte. Wenn er ihr dann gestehen musste, dass er ihr etwas verheimlicht hatte, hätten sie diesen Punkt zumindest geklärt. »Hör mal, Kaylie, das mit dem Zuhausebleiben und Kinderkriegen habe ich nicht so gemeint, wie du dachtest.«

»Ich weiß«, sagte sie lächelnd.

»Also, wir sollten vielleicht reden.« *Und ich sollte dir von meiner Lüge erzählen, damit ich ein reines Gewissen habe und wir zusammen weitergehen können, ohne dass uns etwas im Weg steht.* In Gedanken probierte er, wie er es ihr sagen sollte. *Ich muss dir etwas erzählen. Erinnerst du dich, dass ich dir sagte, ich hätte nie etwas mit jemandem gehabt, der mit dem Festival zu tun hat …* Nein, so geht es nicht … *Kaylie, ich habe dich belogen und ich muss das aufklären …* Er konnte sich genau vorstellen, wie der Abend mit Geschrei endete: *Du hast mich angelogen?* Und zum Schluss würde sie sagen: *Ich will dich nie wiedersehen.*

Sie schob sich eine Strähne hinters Ohr und zuckte die Schulter. »Was meine Karriere angeht, so muss ich eine Menge nachdenken, und dazu brauche ich ein bisschen Zeit. Es tut mir wirklich leid, dass ich vorhin so überreagiert hab.«

Verdammt. Ihre Karriere. Wie konnte er seine eigenen Schwierigkeiten auf dem Berg an Problemen abladen, mit dem sie schon zu kämpfen hatte? Er musste versuchen, ihr das zu vermitteln. »Zusammen finden wir eine Lösung«, sagte er.

Sie ging wortlos zur Tür, doch dann drehte sie sich noch einmal um und schickte ihm einen Luftkuss. *Jetzt oder nie.*

»Kaylie, wir müssen wirklich reden«, sagte er. »Ich … Da ist etwas, was ich mit dir besprechen will.«

Kaylie lächelte. »Kann das nicht bis morgen warten?«

Nein! Chaz spürte, wie sich sein Magen zusammenzog. Seine Nerven standen in Flammen und jeder Muskel in seinem Körper war angespannt. Er konnte die Sache mit Lea nicht einfach auf sich beruhen lassen. »Kannst du mich nachher anrufen? Wenn ihr bei Danica seid?« Er klang so verzweifelt. Sie musste es doch mitbekommen, wie wichtig es ihm war.

»Klar, aber es kann spät werden«, sagte sie und war verschwunden, bevor er den Mut aufgebracht hatte, ihr die Wahrheit zu sagen.

Während der Fahrt in die Stadt wurde er immer wütender. Er war ein verdammter Idiot. Er hätte Kaylie schon längst von Lea erzählen sollen. Vielleicht sollte er geradewegs zur Bar None fahren und ihr alles beichten. Endlich klar Schiff machen. Aber eigentlich machte er sich etwas vor. Die Spannung zwischen ihnen hatte nichts mit Lea zu tun. Wenn er ihr jetzt die Sache mit Lea auftischte, würde er nur Öl ins Feuer gießen und ihre Unsicherheit noch verstärken. Verdammt. Er hätte ihr schon längst von Lea erzählen sollen. Chaz schwor sich, dass er ihr nie wieder etwas verheimlichen würde.

Er fuhr an dem einzigen anderen Haus in ihrer Straße vorbei. Davor stand ein verwittertes Schild mit der Aufschrift »zu verkaufen«. Chaz schob die Gedanken an Lea beiseite und dachte stattdessen darüber nach, wie sehr er es liebte, außerhalb der Stadt zu wohnen. Es war wie ein Stück vom Paradies, nur für ihn und Kaylie. *Kaylie.* Ihre Stimmungen waren so extrem in der letzten Zeit. Er wünschte, er könnte ihr helfen, das Durcheinander zu entwirren, das in ihrem hübschen Kopf herrschte. Seine Beichte wegen Lea würde ihre Probleme nur noch schlimmer machen. Und am Tag vor seiner Abreise war das das Letzte, was sie gebrauchen konnte.

Von Kaylie wanderten seine Gedanken zu Danica. Sie waren so unterschiedlich. Danica war immer zur Stelle, wenn

Kaylies Leben wieder einmal aus den Fugen geriet. Klar, dass er sich ausgerechnet die wilde und spontane der beiden Schwestern ausgesucht hatte. Danica war nett und sah hübsch aus, aber sie war eben nicht Kaylie. Niemand war wie Kaylie. Kaylie berührte ihn, wie nur sie ihn berühren konnte. Sie beruhigte ihn, wenn er wütend war, und half ihm, sich zu entspannen, wenn er müde war. Sie war nicht nachtragend und sie war weder eifersüchtig noch besitzergreifend. Lieber Himmel, er wünschte sich die Zeit zurück, bevor all dieser Unfug losging: bevor Kaylie keine Engagements mehr bekam und bevor er erkannte, dass es ein Fehler war, etwas vor Kaylie zu verheimlichen.

Sein Handy klingelte und katapultierte ihn wieder in die Gegenwart. Es war Blake.

»Ich bin unterwegs«, sagte Chaz.

»Es tut mir wirklich leid, aber ich muss dir absagen.«

»Oh.« *Mist. Ich könnte ein bisschen Ablenkung gut gebrauchen.* »Wir können uns auch bei dir treffen, wenn du keine Lust hast, in die Stadt zu fahren.«

»Nein, das ist es nicht«, sagte Blake. »Ich hab mir den Magen verdorben. Lebensmittelvergiftung. Ich glaube, das Hühnchenfleisch war nicht mehr ganz frisch. Mein Magen fühlt sich an, als würde er brennen. Zum Glück hat Danica nichts davon gegessen.«

»Oh je, das hört sich grässlich an. Okay, wir holen es nach. Soll ich dir irgendwas aus der Apotheke besorgen?«

»Nein, mein Arzt meint, im Moment könnte ich nichts tun, nur abwarten. Es könnte auch irgendein Virus sein. Ich soll nur viel trinken, das Übliche eben. Tut mir wirklich leid, dass es heute Abend nicht klappt.«

»Macht nichts, Hauptsache, du kommst bald wieder auf die Beine.« Chaz beschloss, durchs Village zu fahren und ein bisschen Dampf abzulassen. Vielleicht würde er auch allein einen trinken gehen. Und er wusste auch, wo.

Inzwischen war es Abend geworden und die Lichterketten in den Bäumen entlang der Hauptstraße waren eingeschaltet. Das Städtchen Allure war für zwei Dinge bekannt: die Skipisten und das romantische Flair. Die Lichter leuchteten auch außerhalb der Wintersaison, sodass die Besucher im Sommer eine Ahnung davon bekamen, wie schön es in Allure war. Das mochte er besonders an dieser Stadt. Vielleicht sollte er einfach ein bisschen spazieren gehen, bevor er sich in die Bar setzte.

Er stellte das Auto ab und ging zu Fuß durchs Village. Bald hatte er das andere Ende der Hauptstraße erreicht und die letzten Geschäfte hinter sich gelassen. Er bog in eine schmale, von Wohnhäusern gesäumte Gasse ein, die ihm bestens bekannt war. Chaz stieg ein paar Betonstufen hinunter und öffnete die Tür zum Taylor's Cove. Der leicht abgestandene Geruch einer typischen Kellerkneipe schlug ihm entgegen. Taylor's Cove war eine der wenigen Bars im Village, die die Touristen mieden. Joe Taylors Großvater hatte sie in den späten Sechzigerjahren eröffnet. Damals bestand seine Kundschaft meist aus Arbeitern, die am Rande des Village lebten. Als das Village größer wurde, verbreitete der alte Taylor das Gerücht, seine Kneipe sei ein Treffpunkt für raue Burschen. Selbst die Leute aus Allure machten einen Bogen um sie. Chaz war kaum nach Allure gezogen, als man ihn schon vor diesem finsteren Loch warnte, und eigentlich war er aus purer Neugier zum ersten Mal hier gelandet. Er mochte die Kundschaft, die meist aus älteren Männern bestand, und die Schmucklosigkeit der Bar gefiel ihm. Im Taylor's Cove konnte er sich entspannen, seinen Gedanken nachhängen, ohne dass die Leute ihn nach dem Festival fragten oder Sponsoren ihn bedrängten, weil sie mehr für ihr Geld wollten.

Er erklomm einen der hölzernen Barhocker. Dabei fiel ihm ein, dass er nicht mehr hier gewesen war, seit er Kaylie kennengelernt hatte. Er klopfte mit den Fingerspitzen auf die Theke. »Einen Kamikaze bitte, Joe.«

»Chaz, hallo«, sagte Joe. »Was treibt dich hierher? Steckst du nicht mitten in den Festivalvorbereitungen? Musst du keine Sponsoren suchen?« Joe zog ihn immer wieder damit auf, dass er in seiner Anfangszeit als Leiter des Filmfestivals versucht hatte, selbst kleine Geschäftsleute wie den Gemüsehändler an der Ecke als Sponsoren zu gewinnen. Mit seinem tiefen, gutmütigen Lachen hatte Joe ihn ausgelacht und ihm dann gesagt, dass die Dinge in Allure nicht so liefen wie andernorts. Hier bat man seine Freunde nicht um Geld. Schließlich hatte Chaz begriffen, dass er sich besser in den größeren Unternehmen nach Geldgebern umsah.

»Deshalb bin ich ja hier.« Chaz nahm sein Glas entgegen und prostete Joe zu. »Auf das Festival«, sagte er und stürzte den Inhalt hinunter. Dann nickte er Joe zu. »Machst du mir noch einen?«

»Du weißt doch: Eine Minute.« Joe sah Chaz streng an.

»Stimmt.« Chaz drehte sich um und ließ den Blick durch die Kneipe schweifen. In einer Ecke entdeckte er Max und musste lachen. Vor Jahren hatte er ihr diese Kneipe gezeigt. Wie er neigte sie dazu, sich vor der Welt zu verkriechen. Er warf Joe einen fragenden Blick zu.

»Als sie reinkam, grummelte sie, sie müsse nach Hawaii fliegen.«

»Bringst du mir meinen Cocktail rüber, wenn die Minute um ist?«, sagte Chaz und trat an Max' Tisch.

Sie saß mit gesenktem Kopf da und hielt ihr Glas mit

beiden Händen fest. »Darf ich mich setzen?«

Ohne aufzublicken, deutete sie auf den Stuhl.

»Das hier ist meine Kneipe. Warum bist du hier?«, fragte er. Max machten Reisen nichts aus, daher wusste er, dass anderes los war.

»Du hast mich hierher gebracht, kaum dass ich bei dir angefangen hab, weißt du noch?« Sie sah ihn aus ihren braunen Augen an.

»Als wir Ross verloren haben«, sagten sie wie aus einem Munde und lachten.

»Der erste Sponsor, den du davongejagt hast«, meinte er neckend.

Sie sah ihn finster an.

Im Gegensatz zu einigen Frauen, denen Chaz in seinem Beruf begegnet war, hatte Max nie versucht, sich nach oben zu schlafen. Damals hatte Ross angeboten, das Festival zu unterstützen – als Gegenleistung für eine Nacht mit ihr. Max hatte abgelehnt und sich durch ihren Fleiß und ihr Organisationstalent einen Namen gemacht in der Welt der Festivals. Chaz war froh, dass er sie in seinem Team hatte, doch nun fragte er sich, ob er sie ausnutzte, wenn er sie mit nach Hawaii schleppte.

»Hör mal, wenn du nicht nach Hawaii fliegen willst, musst du nicht mitkommen. Ich bin ja schon groß, ich komme zurecht.«

Sie presste die Lippen aufeinander und verschränkte die Arme. Seit Chaz ihr zum ersten Mal begegnet war, hatte sie ihr langes, dunkles Haar im Nacken zu einem Pferdeschwanz gebunden. Selbst während des Festivals trug sie ihre üblichen Jeans und das T-Shirt mit dem Festivallogo, eine Brille mit schmalem rotem Rand auf der kecken Nase und keine Spur von Make-up auf der porzellanweißen Haut.

»Okay, vielleicht nicht, aber ich kann wirklich alleine fliegen. Bevor du zu uns gestoßen bist, habe ich es schließlich auch geschafft.«

»Ach, wirklich? Mit Miss Mouse als Koordinatorin der Sponsoren? Du musstest ihre ganze Arbeit machen und deine noch dazu. Von der Sache mit Lea will ich gar nicht erst anfangen.«

Lea. Chaz lehnte sich auf seinem Stuhl zurück. »Was beschäftigt dich denn nun wirklich?«, fragte er.

»Passen wir nur gut auf, dass du nicht bei Lea landest, okay?«

»Max, wirklich! Du kennst mich doch.«

»Warum bist du eigentlich hier? Wir fliegen noch vor Sonnenaufgang.«

»Was?«

»Du solltest wirklich deine Nachrichten abhören«, sagte sie und leerte ihr Glas.

Chaz zog sein Telefon hervor und sah, dass das Lämpchen blinkte. Wenn er kein Netz hatte, konnte er auch seine Nachrichten nicht empfangen. Mist. Er hielt sich das Handy ans Ohr und Max zog es weg.

»Nachtflug, und zwar heute Nacht.«

»Ein Nachtflug? Ehrlich? Bist du sauer auf mich?«

»Nein, ich bin nicht sauer auf dich.« Sie stand auf und nahm ihre Jacke und ihre Tasche. Dann lächelte sie. »Und ich möchte wirklich mit nach Hawaii. Es gibt da ein paar andere Dinge, die mir durch den Kopf gehen. Mach dir um mich keine Sorgen.«

Er sah ihr nach, als sie die Kneipe verließ. *Ein paar andere Dinge?* Bisher hatte Max noch nie erzählt, ob es einen Mann in ihrem Leben gab. Arbeit und Privatleben hielt sie streng voneinander getrennt. Eigentlich wusste er kaum etwas über sie und hätte schwören können, dass sie in den letzten fünf Jahren mit keinem einzigen Mann verabredet gewesen war. Jedenfalls hatte sie nie ein Date erwähnt.

»Bitte schön, ein Kamikaze. Und die nächste Regel lautet –«

»Fünf Minuten, ich weiß. Ich kenne deine Regeln, Joe. Bevor ich meinen nächsten Kamikaze bekomme, muss ich fünf Minuten warten. Kapiert.«

»Ist ein gutes Rezept gegen Ärger.« Joe wischte sich die Hände an einem Handtuch ab, das ihm über der Schulter hing, und ging zum Tresen zurück.

Chaz zog sein Handy hervor. Er wollte Kaylie anrufen und ihr sagen, dass er mitten in der Nacht aufbrechen würde, doch dann fiel ihm ein, dass sie bei dem Lärm in der Bar None kaum hören würde, wenn ihr Handy klingelte. Stattdessen schickte er ihr eine SMS. *Nehme den Nachtflug. Ich liebe dich.*

Eine Stunde und mehrere Cocktails später verließ Chaz die Kneipe und machte sich auf den Weg zu seinem Auto. An der Fahrertür lehnte Max. Als er näherkam, streckte sie die Hand aus.

»Schlüssel«, sagte sie nur.

»Was –«

»Erfahrungswerte, Chaz. Weißt du, was ich in all den Jahren in deinem Team gelernt habe? Dass du manchmal jemanden brauchst, der sich um dich kümmert. Du hast heute kein Wort über Kaylie verloren und nach Hawaii wolltest du sie auch nicht mitnehmen. Das sieht mir aus, als sei da was im Busch.«

Er reichte ihr sein Schlüsselbund und sie holte eine Reisetasche aus dem Kofferraum ihres Wagens und warf sie auf den Rücksitz seines Autos. Dann hielt sie ihm die Beifahrertür auf. »Steig ein«, sagte sie.

»Du hast deine Reisetasche mitgebracht? Ins Taylor's Cove?«

»Ich habe gepackt, als ich aus dem Büro nach Hause kam. Du kennst mich doch. Ich bin immer gerne auf alles vorbereitet.«

Er stieg ins Auto und sie sagte: »Handy?«

»Warum?«

»Weil wir nicht denselben Fehler machen wollen wie letztes Jahr. Weißt du noch, wie du die arme Frau angerufen hast, die du in der Woche vor dem Festival kennengelernt hattest? Keine betrunkenen Anrufe mehr.«

Er stellte sein Handy aus und gab es ihr.

Zwölf

Die Bar None war schwach erleuchtet, die Musik ging fast im Stimmengewirr der Besucher unter. Kaylie, Danica und ihre Freundinnen saßen um einen runden Tisch, nicht weit vom Tresen.

Chelsea hatte die Getränke bestellt: »Piña coladas für die Mädels! Oh, und eine alkoholfreie Colada für die werdende Mutter. Heute Abend tun wir so, als seien wir in Mexiko.«

Marie erzählte von einer Geschäftsreise, auf die sie ihren Chef – der nach ihren Angaben der *Sexiest Man Alive* war – vor Kurzem begleitet hatte. Währenddessen schweiften Kaylies Gedanken ab. Sie dachte an Chaz und an seine Reaktion, als er sie in ihrem neuen Kleid aus dem Schlafzimmer hatte kommen sehen. Natürlich hatte sie bemerkt, dass es ihn anmachte. Dabei hatte sie es gar nicht darauf angelegt. Dass ihr bloßer Anblick diese Wirkung auf ihn hatte, überraschte sie. Sie lehnte sich zurück und sah auf ihren Bauch hinunter. Ein spitzbübisches Lächeln breitete sich auf ihrem Gesicht aus. Sie war also immer noch sexy.

»Oh mein Gott, du machst wohl Witze!« Danica stieß Kaylie mit dem Ellbogen an und riss sie aus ihren Gedanken.

»Was?« Kaylie sah in die fassungslosen Gesichter ihrer

Freundinnen. War ihr Kleid verrutscht? Sie sah auf ihre Brüste hinunter. Nein, alles in Ordnung.

»Ja, wirklich«, sagte Marie stolz.

»Hab ich was verpasst? Was wirklich?«, fragte Kaylie.

»Maries oberster Chef stammt aus derselben Gegend wie Marie!«, sagte Chelsea. »Und sie hat ihn sich nicht geschnappt!«

Camille und Chelsea waren zusammen mit Kaylie und Danica in Allure aufgewachsen. Marie hatten sie kennengelernt, als sie in ihrem letzten Jahr an der Highschool nach Allure zog.

Chelsea lachte. »Wie konntest du nicht mitbekommen, wie sexy er ist? Okay, eins müssen wir noch klären. Wie sexy ist Mr. Sexy denn nun? So wie Channing Tatum oder Ryan Reynolds? Wenn er so sexy wie Channing ist, hättest du es unmöglich übersehen.«

Marie tippte sich nachdenklich mit dem Zeigefinger ans Kinn. »Er war eher so wie Channing als so wie Ryan, aber damals waren diese Jungs tabu. Die Braden-Brüder? Ihr wisst doch, was das heißt. Keine Chance.«

»Die Braden-Brüder? Nie gehört.« Camille sah von Marie zu Kaylie.

Kaylie hielt den Atem an. *Nicht Treat. Sag, dass es nicht Treat ist.*

»Josh Braden«, sagte Marie mit verträumtem Blick.

Kaylie atmete erleichtert aus. Sie hatte Treat bei einer Party am College gesehen. Er war in Begleitung des schönsten Mädchens, das auf ihrer Etage im Wohnheim lebte. Doch dann sah er Kaylie. Ihre Blicke trafen sich und in diesem Moment wurde alles andere – der Lärm, die Leute, die Musik – vollkommen unwichtig. Außer ihm und Kaylie gab es nichts. Sie hatten nie miteinander geredet. Kein Wort, kein weiterer Blick. Nur dieser eine Moment, bevor die Party ringsum wieder aufbrandete. Bald darauf verschwand er wieder, zusammen mit dem Mädchen, mit dem er gekommen war. Vier schmerzhafte Monate lang war Kaylie in ihn verliebt.

Kaylie schüttelte die Gedanken an Treat ab. Sie hatte Chaz, und Chaz war nicht nur sexyer, sondern er gehörte ganz ihr und er liebte sie und sie wollte es um keinen Preis anders haben. Chaz war ihr Rettungsanker in dem Gefühlschaos, das sie gerade durchmachte. Okay, es lief nicht immer alles glatt zwischen ihnen, doch wenn sie überreagierte und dachte, er wolle sie ans Haus fesseln, dann war es die Schwangerschaft, die ihr in die Quere kam. Es war nicht das, was sie wirklich für ihn empfand. Seine Zuverlässigkeit, seine Loyalität und seine rückhaltlose Ehrlichkeit halfen ihr, wie kein anderer Mann es konnte.

»Die Braden-Brüder sind in einer Stadt ganz in der Nähe aufgewachsen. Wohlhabende Familie, gingen auf die besten Colleges, alles vom Feinsten.« Sie blickte verschwörerisch in die Runde. »Ich hätte ihn mir schnappen sollen, als ich die Gelegenheit dazu hatte.«

»Als hättest du jemals eine Chance gehabt. Du warst damals – wie alt? In der neunten Klasse, oder?«, neckte Kaylie sie. »Und? Hat es bei eurer Geschäftsreise gefunkt?«

»Nicht wirklich. Das ist es ja gerade. Nach dem Meeting sind wir mit ein paar Leuten essen gegangen. Ich schwöre, er hat mehr als einmal zu mir herübergesehen, aber irgendwie wurde ich auf einmal ganz schüchtern und bin dann früh zu Bett gegangen.«

»Du Loser!« Camille versetzte Marie einen leichten Schlag auf den Arm.

»Du und schüchtern? Das kann ich gar nicht glauben«, sagte Danica.

Marie senkte den Blick. Ihr hellbraunes Haar streifte ihre Schulter, als es nach vorn fiel. »Er war so sexy, dass es mich umgehauen hat.«

»So ging es mir mit Chaz auch«, sagte Kylie stolz.

Danica erhob ihr Glas und die anderen folgten ihrem Beispiel. In Kaylies Glas schwamm eine Kirsche. »Auf meine Schwester«, sagte sie.

»Auf Kaylie«, sagten die anderen.

»Oh, ihr seid so lieb«, sagte Kaylie. Sie war froh, wieder im Mittelpunkt zu stehen, und schob die Erinnerung an Treat beiseite. Dass ihre Freundinnen Alkohol tranken, während sie sich mit alkoholfreien Drinks begnügen musste, machte ihr überraschenderweise nichts aus. Als sie so mit ihnen zusammensaß, merkte sie, dass sie diese Vertrautheit und das Zusammensein vermisst hatte, nicht den Alkohol. Kaylie konnte ganz gut ohne Alkohol leben. Und sie konnte auch ohne Flirten und Herumknutschen leben, obwohl sie manchmal das aufgeregte Gefühl vermisste, wenn sie einem Mann zum ersten Mal begegnet war, wenn sie überlegte, ob er sie ansprechen würde oder nicht, wenn die verstohlenen Blicke hin und her gingen und sie sich ihres Triumphes schließlich sicher war. So war es mit Chaz auch gewesen, und nun gab es zwischen ihnen so viel mehr, als sie sich je hätte vorstellen können. Sie hätte nie gedacht, dass sie sich eine solche Beziehung überhaupt wünschte. Wieder gingen ihre Gedanken zu dem Moment zurück, als sie in ihrem neuen Kleid aus dem Schlafzimmer kam. Die Lust in Chaz' Augen, seine spontane Erregung. In ihrem Bauch flatterten ein paar Schmetterlinge und da wusste Kaylie, dass sie nichts verpasste. Ein leises Schuldgefühl regte sich in ihr, als sie an ihren flüchtigen Abschied dachte, aber sie würde es wiedergutmachen. Und zwar richtig.

»Also, Mädels, ich brauche eure Hilfe.« Alle Blicke waren auf sie gerichtet. »Könnt ihr euch vorstellen, dass ich keine Engagements mehr bekomme? Nicht einmal die, die ich vor der Schwangerschaft immer hatte?«

Camille machte eine wegwerfende Handbewegung. »Du musst doch gar nicht arbeiten.«

Kaylie entging es nicht, dass sie Danica dabei einen Blick zuwarf, die die Stirn runzelte und den Kopf schüttelte. »Was meinst du?«

Wieder dieser Blick. »Als du schwanger wurdest, hat Chaz gleich gesagt, dass es ihm egal ist, ob du arbeitest oder nicht.«

»Stimmt«, meinte Marie.

Kaylie beäugte Danica, die sich über ihr Glas beugte und Kaylies Blicken auswich. Ihr Bein wackelte nervös unter dem Tisch. Offenbar hatten Danica und ihre Freundinnen über ihre Karriere und die abgesagten Engagements gesprochen. Nun gut, darum würde sie sich später kümmern.

»Das mag ja sein, aber trotzdem. Ich habe mir den Erfolg in meinem Beruf erkämpft und werde ihn nicht einfach aufgeben.«

»Ich habe meinen aufgegeben und es keinen Tag bereut«, sagte Danica lächelnd.

»Das stimmt nicht ganz. Du hast immer noch einen Beruf, nur einen anderen«, erwiderte Kaylie.

Danica legte ihrer Schwester den Arm um die Schultern und sagte: »Kaylie, du wirst es nicht übers Herz bringen, dich von deinem Baby zu trennen, um vor fremden Leuten zu singen.«

Es war, als hätte Danica ihre geheimsten Gedanken gelesen. Vielleicht hatte sie recht und Kaylie würde ihr Baby nicht in andere Hände geben wollen. Trotzdem sollte sie zumindest die Möglichkeit haben, es zu tun. »Ich denke, wir Frauen müssen vorsichtig sein. Uns nicht zu verletzlich machen oder für einen

Mann alles aufgeben, was wir uns erarbeitet haben. Du bist das beste Beispiel, Danica. Du hast das Jugendzentrum und bist nicht nur Hausfrau und Mutter.«

»Eines Tages vielleicht doch.« Danica lehnte sich zurück und Kaylie starrte sie an, als hätte sie den Verstand verloren.

»Was?«, fragte sie entgeistert und setzte dann ärgerlich hinzu: »Du weißt genau, was ich meine, Danica.« Musste sie es tatsächlich noch einmal sagen? »Ich kann nicht werden wie Mom.«

»Ich mag eure Mutter sehr«, sagte Chelsea ohne zu zögern.

»Ich auch«, stimmte Marie ein.

»Kaylie, was meinst du damit?«, fragte Camille. »Warum willst du nicht wie eure Mutter sein?«

Kaylie war froh, dass wenigstens eine von ihnen wissen wollte, was sie dachte. »Mom hatte keinen Beruf, sie war Hausfrau und Mutter und hatte nie etwas Eigenes. Sie hatte nur uns.« Sie sah ihre Schwester an, die nickte und die Schulter zuckte. Vermutlich war sie nicht mehr ganz nüchtern. Erst redete sie davon, dass eine Mutter bei ihrem Kind bleiben sollte, und dann machte sie eine Kehrtwende und pflichtete Kaylie bei. »Und als unser Vater auszog, hatte sie nichts. Sie war … zerstört. Und Geld hatte sie auch keins.«

Camille beugte sich vor. »Ich verstehe, was du meinst, Kaylie.«

»Was? Ich würde meine rechte Hand dafür geben, wenn ich nicht mehr arbeiten müsste, auch wenn ich fünfzehn Jahre später ohne einen Pfennig dastehe.« Chelsea sah Kaylie an, als sei sie verrückt geworden.

Camille schüttelte den Kopf. »Ich habe meinen Beruf an den Nagel gehängt, weil ich mich auf das neue Haus konzentrieren wollte. Ich habe Möbel gekauft, es eingerichtet.

Ich hätte nie gedacht, dass das so viel Arbeit sein würde. Versteht mich nicht falsch. Am Anfang hat es Spaß gemacht. Und Jeff möchte, dass ich zu Hause bin, aber ich habe keine Kinder und manchmal habe ich das Gefühl, meine Zeit zu verschwenden.«

»Genau das meine ich«, sagte Kaylie. »Was hast du jetzt vor?«

Camille zuckte die Achseln. »Ich weiß nicht. Mit dem Kinderkriegen wollen wir noch eine Weile warten, also suche ich mir vielleicht wieder eine Stelle. Aber wenn ich daran denke, fühlt es sich komisch an. Stellt euch vor, ich arbeite wieder als stellvertretende Leiterin der Personalabteilung. Soll ich mich anstrengen und hart arbeiten, damit ich eines Tages Abteilungsleiterin werde? Was ist, wenn wir beschließen, dass wir Kinder haben wollen? Dann habe ich all die Zeit darauf verschwendet, Karriere zu machen, nur um den Beruf schließlich aufzugeben.«

»Seht ihr? Das meine ich. Es gibt keine einfache Antwort«, sagte Kaylie zu Danica gewandt, die verdächtig wenig sagte.

»Was ist?«, fragte Danica sie nun.

»Nun komm schon. Schließlich bist du hier die Therapeutin«, drängte Kaylie sie.

»Kommt nicht infrage.« Sie schüttelte so heftig den Kopf, dass ihre Locken tanzten. »Ich werde keine Entscheidungen treffen, die nur du allein treffen kannst. Ich kenne dich doch: Hinterher machst du mich dafür verantwortlich.«

»Da habt ihr's. Nicht einmal meine eigene Schwester hilft mir. Was soll ich bloß tun?«

Mit einem Ruck setzte Chelsea ihr Glas auf den Tisch, sodass alle sie ansahen. Ihre Wangen waren gerötet und ihr glattes braunes Haar hing ihr voll und dicht auf die Schultern. Sie zeigte mit einem rosa lackierten Fingernagel auf Kaylie. »Das

Wichtigste ist doch: Was willst du machen? Was sagt dir dein Herz?«

»Ach, mein Herz ist im Moment so durcheinander«, gab Kaylie zu. »Ich will bei meinem Baby sein, aber ich will auch nicht alles verlieren, was ich mir erarbeitet habe.«

Chelsea lehnte sich zurück und warf die Arme in die Luft. »Da hast du es. Es muss also etwas sein, was du von zu Hause aus machen kannst.«

»Und was mit Musik zu tun hat«, meinte Camille.

»Oh, da finden wir sicher etwas«, setzte Marie hinzu.

»Chaz meinte, ich sollte schreiben, aber –«

»Ja!«, unterbrach Marie sie aufgeregt. »Das ist es! Schließlich denkst du dir immer neue Texte aus, wenn du zur Musik im Radio singst.«

»Ich meine, du solltest es versuchen«, pflichtete Camille ihr bei.

»Ich weiß nicht. Ich kann nicht gut schreiben.« *Hatte Chaz vielleicht doch recht?* Sie hatte so wütend reagiert, als er mit diesem Vorschlag ankam. Wieder regte sich ihr schlechtes Gewissen.

»Kaylie, du weißt doch, dass du alles tun kannst, wenn du es nur willst«, sagte Danica, ohne den Blick von ihrem Glas zu heben.

Schreiben? Ich soll Songs schreiben? Vielleicht kann ich das tatsächlich. »Nun, es schadet sicher nicht, wenn ich es mal probiere.« Kaylie gähnte und hielt sich dann entsetzt die Hand vor den Mund. »Tut mir leid.«

»Langweilen wir dich?«, fragte Marie scherzhaft.

»Ich bin immer so müde«, sagte Kaylie.

»Ich hatte auf einen Karaoke-Abend gehofft.« Chelsea schob

schmollend die Unterlippe vor.

Kaylies Augen leuchteten. »Wirklich?« Sie sah sich in der Bar um und ihr Puls ging schneller. Sie schob ihren Stuhl zurück und stand auf. »Wer macht mit?«

»Ich!« Marie sprang auf und zog Chelsea mit.

»Na, dann muss ich wohl auch mitmachen. Ich singe aber nur Lieder, die ich kenne«, sagte Camille und stand ebenfalls auf. »Komm, Danica, du kannst doch nicht hier sitzen bleiben.«

Danica schüttelte den Kopf. »Kaylie ist die Einzige in der Familie, die singen kann. Ich halte mich heraus.«

Kaylie zog Danica hoch. »Oh nein, das wirst du nicht tun. Nun komm schon.« Kaylie folgte ihren Freundinnen, die auf ihren sehr hohen Absätzen in Richtung Bühne schwankten.

Der Barkeeper kannte Kaylie und Danica seit Jahren, und wenn Kaylie singen wollte, lehnte er nie ab. Er schaltete die Karaoke-Maschine an und plötzlich wurde es still im Raum.

Die Musik setzte leise ein und wurde allmählich lauter, als die Freundinnen zusammen *Love Story* von Taylor Swift sangen. Sie sangen schief, kannten den Text nicht und kicherten zwischendurch immer wieder. Nur Kaylie hielt den Ton und den Rhythmus, sie bot die Worte dar wie ein Geschenk. Die anderen gaben den Versuch schließlich auf und gingen lachend von der Bühne, sodass Kaylie allein dort stand, den riesigen Babybauch vorgestreckt, und sang, als gelte es das Leben.

Als die letzten Töne verklangen, stemmte sie die Hände in die Seiten und knickste. Sie kostete den Moment aus wie eine Drogensüchtige, die sich endlich den ersehnten Schuss setzt. Lieber Himmel, wie sehr sie es vermisste, vor Publikum zu stehen und die Musik mit jeder Faser ihres Körpers zu spüren. Sie vermisste es, dass ihre Lungen bei jedem tiefen Ton brannten und die hohen Töne in der Kehle kitzelten. All das, die Bühne, die Begeisterung, war ihr Lebenselixier. Wie sollte sie das aufgeben?

Dreizehn

Chaz' Kopf dröhnte, als sein Wecker um halb zwei in der Frühe klingelte. Er lag auf dem Rücken und starrte an die Decke. Einen Arm hatte er auf Kaylies Seite des Bettes ausgestreckt. Warum zum Teufel läutete sein Wecker mitten in der Nacht? *Hawaii. Nachtflug. Mist.* Konnte es sein, dass sich sein glückliches Dasein innerhalb von vierundzwanzig Stunden in ein undurchdringliches Chaos verwandelt hatte? Als Kaylie am Abend zuvor weggegangen war, machte sie nicht den Eindruck, als würde alles im Chaos versinken, aber sie wusste ja auch nichts von Lea. Chaz dämmerte, dass das Chaos möglicherweise noch viel größer war, als er vermutet hatte. Kaylie hatte nicht angerufen … und in Hawaii wartete Lea auf ihn.

Er schleppte sich ins Bad und stellte sich unter die kalte Dusche, um die Nebelschwaden aus seinem Kopf zu vertreiben. Während das kalte Wasser auf ihn herunterprasselte, dachte er an den Tag, der vor ihm lag. Ein stundenlanger Flug – und dann Lea Carmichael. Er steckte bis zum Hals in Problemen. Er rasierte sich rasch und zog sich an, dann ging er ins Wohnzimmer, auf der Suche nach seinem Handy. Er wollte sehen, ob Kaylie ihm eine SMS geschickt hatte.

Sein Handy hatte keinen Empfang, also ging er in sein

Arbeitszimmer, um Kaylie anzurufen. Gerade noch rechtzeitig fiel ihm ein, dass es noch nicht einmal zwei Uhr morgens war und er sie unmöglich mitten in der Nacht wecken konnte. Max kam aus dem Gästebad. Sie war fertig angezogen und wirkte viel zu frisch für diese unchristliche Uhrzeit.

»Hallo, Schlafmütze. Ich hatte schon überlegt, ob ich dich aus dem Bett zerren muss.«

Chaz fuhr sich mit der Hand über das Gesicht. »Danke, dass du mich gestern Abend nach Hause gebracht hast.«

»Du kannst von Glück sagen, dass ich da war. Dass du nach all den Kamikazes nicht mehr Auto fahren kannst, sollte dir doch wohl klar sein. Was hast du dir bloß dabei gedacht?«

Dass ich Kaylie die Sache mit Lea hätte beichten sollen. »Ich hab gar nichts mehr gedacht.« Chaz war froh, dass Max ihn eingesammelt hatte. Wer weiß, ob er sonst heil nach Hause gekommen wäre. Max. Die zuverlässige, tüchtige Max. Sie war die beste Mitarbeiterin, die er je gehabt hatte. Sie kümmerte sich nicht nur um die Sponsoren, die sie so dringend brauchten, sondern erledigte vieles, noch bevor er überhaupt daran dachte. Er wusste, dass er sich immer auf sie verlassen konnte.

»Warum warst du gestern Abend eigentlich im Taylor's Cove?«, fragte er sie.

»Ich weiß nicht. Ich habe das Gefühl, dass diese Sache mit Lea meine Schuld ist. Ich hätte dir gar nicht sagen sollen, dass es ein Problem mit ihr gibt. Dann hätte ich einfach andere Sponsoren aufgetrieben und du würdest nicht in diesem Chaos stecken.«

Chaz wusste, dass Max ehrlich und gewissenhaft war, doch er hätte sich nie träumen lassen, dass sie sich für etwas verantwortlich fühlen würde, das ganz klar auf seine Kappe ging. »Max, das meinst du doch nicht ernst.«

»Doch, wenn ich sie als Sponsorin abgelehnt hätte, wäre alles in Ordnung.«

»Dann hätten wir das Festival absagen müssen, Max. Du hast alles richtig gemacht, wie immer«, sagte er und klopfte ihr wohlwollend auf den Rücken.

»Ich hab dir Kaffee gekocht.« Sie reichte ihm einen Thermobecher. »In vierzig Minuten müssen wir am Flughafen sein.«

Chaz hatte schon öfter bemerkt, dass Max manchmal ganz verlegen wurde, wenn er sie lobte. Und dann wieder strahlte sie ihn an, wenn er ihr ein Kompliment machte. Wahrscheinlich würde er nie begreifen, wie Frauen tickten. Zum Glück war Kaylie die Einzige, die er wirklich verstehen musste. Er packte schnell eine Tasche und als sie zur Tür hinausgingen, schwor er sich, dass er Kaylie die Wahrheit sagen würde, sobald er ihre Stimme hörte. Egal, was sonst um ihn herum passierte. Das war er ihr schuldig. Das war er ihrem ungeborenen Kind schuldig.

Vierzehn

Das Mondlicht schien durch das Fenster in Danicas Fernsehzimmer, wo Kaylie im Schlafanzug und mit Plüschpantoffeln an den Füßen saß. Sie liebte dieses Zimmer. Das Sofa ließ sich zu einem riesigen Doppelbett ausziehen und erinnerte sie daran, wie sie und Danica früher bei ihren Großeltern übernachtet hatten. Danica schlief in ihrem Schlafzimmer im Obergeschoss und Camille und Chelsea hatten das Gästezimmer belegt. Marie war auf dem Ausziehsofa im Wohnzimmer eingenickt, während Kaylies Gedanken ununterbrochen um ihre Engagements kreisten – besser gesagt, um die Tatsache, dass sie keine Engagements mehr bekam. Sie konnte nicht schlafen und hatte versucht, Songtexte zu schreiben, wie Chaz und die Mädels ihr geraten hatten. Doch alles, was sie zu Papier brachte, war einfach nur schlecht, und so gab sie es auf. Dabei war sie in der Bar None so hoffungsvoll gewesen.

Sie wünschte, sie wäre von der Bar aus nach Hause gefahren, statt bei Danica zu übernachten. Chaz nahm den Nachtflug nach Hawaii und er fehlte ihr schon jetzt. Ihre Mutter hatte ihr eine weitere Nachricht hinterlassen und sie war froh, dass sie den Anruf verpasst hatte. Sie war noch nicht so weit, dass sie sich mit ihrer Mutter und ihrem neuen Lebensstil auseinandersetzen konnte. Erst musste sie mit ihrem eigenen Leben klarkommen.

Kaylie fühlte sich ein wenig verloren und das gefiel ihr überhaupt nicht. Bisher hatte sie immer alles unter Kontrolle gehabt und nun kam sie sich vor wie eine Versagerin. Wer war sie, wenn sie nicht sang und jede Party in Schwung brachte? Natürlich war ihr klar gewesen, dass mit der Schwangerschaft vieles anders werden würde, doch ihre Reaktion auf diese Veränderungen überraschte sie selbst. Und was noch viel schlimmer war: Sie wusste, dass sie dabei war, das einzig Gute in ihrem Leben zu zerstören – ihre Beziehung zu Chaz. Er hatte ihre verrückten Stimmungsumschwünge nicht verdient, aber sie bekam sie einfach nicht in den Griff. Selbst ihre Ärztin half ihr nicht weiter. *Es sind doch nur neun Monate. Und hinterher werden Sie sehen, dass es das wert war.*

Ihre Schwester sagte ihr ständig, dass sie in einer Beziehung erst glücklich sein würde, wenn sie mit sich selbst zufrieden war. Und obwohl Danica vermutlich glaubte, dass sie nie auf ihren Rat hörte, hatte sie nicht nur zugehört, sondern sich diesen speziellen Rat tatsächlich gemerkt. Das Problem war, dass Kaylie immer dachte, sie sei glücklich. Und nun dämmerte ihr, dass dieses permanente Glücksgefühl nichts als eine Illusion war. Sie genoss es, hübsch zu sein und Aufmerksamkeit zu bekommen, und auf der Bühne zu stehen und zu singen war wie ein Lebenselixier für sie. Ohne das Scheinwerferlicht, ohne die Begeisterung des Publikums oder die bewundernden Blicke der Männer, wenn sie dachten, dass ihre Freundin es nicht mitbekam, war sie nichts weiter als eine durchschnittliche junge Frau. Und sie musste besser als der Durchschnitt sein. Danica war nicht durchschnittlich und sie würde es verdammt nochmal auch nicht sein.

Sie holte die zusammengeknüllten Blätter aus dem Papierkorb, strich sie glatt und sah sich ihre kümmerlichen Texte noch einmal an. Chaz hatte angenommen, dass ihr die Worte nur so aus der Feder fließen würden. Es war frustrierend zu sehen, dass das nicht stimmte.

Kaylie las sich ihre Texte immer wieder durch und hoffte insgeheim, dass sie daran doch noch etwas entdecken würde, womit sich etwas anfangen ließ. Schlecht. Die Texte waren schlecht. Sie konnte nicht schreiben. Sie wusste nicht, was sie mit ihrem Leben anfangen sollte. Wenn sie nicht singen konnte, könnte sie genauso gut in einem Plattenladen arbeiten. Oder in einem Restaurant. Eigentlich war es vollkommen egal. Wenn sie nicht singen konnte – und schreiben konnte sie offenbar auch nicht –, dann war es ihr gleichgültig, was sie tat.

Sie stellte das Radio an, um sich abzulenken, und ging dann in die Küche, um sich eine Schale Cornflakes zu holen. Wenn sie nicht singen und auch nicht schreiben konnte, so konnte sie doch wenigstens essen. Sie summte leise zur Radiomusik, achtete aber darauf, nicht zu laut zu werden und niemanden zu wecken, obwohl sie sich ziemlich sicher war, dass die Mädels vorerst ausgeschaltet waren. Sie hatten alle mehr als genug getrunken. Bevor sie wusste, wie ihr geschah, tanzte sie zu Taylor Swifts *I Knew You Were Trouble* durch die Küche. Plötzlich hielt sie inne.

»Das stimmt nicht«, flüsterte sie. »Es ist nicht allein seine Schuld.«

Sie hastete ins Fernsehzimmer, schnappte sich einen frischen Bogen Papier und einen Stift, sank aufs Sofa und begann zu schreiben.

Fünfzehn

Danicas Handy klingelte und sie hoffte, dass es Kaylie war. Als sie ins Jugendzentrum gefahren war, schlief Kaylie noch. Camille und die anderen Mädels mussten ebenfalls weg, daher hatten sie ihr einen Zettel in die Küche gelegt und die Wohnungstür abgeschlossen, als sie gingen. Sie hatte schon dreimal versucht, Kaylie auf ihrem Handy zu erreichen, doch es schaltete sich immer sofort die Sprachbox ein. Sie warf einen Blick auf das Display. Mom. Danica stellte fest, dass ihr Herz nicht wie sonst heftig zu pochen begann, wenn die Nummer ihrer Mutter auf dem Display erschien. Sie überlegte, was sich geändert hatte, und die Therapeutin wusste die Antwort. *Mom ist endlich glücklich. Du musst kein schlechtes Gewissen mehr haben, weil du dein Leben lebst und selbst glücklich bist.*

»Hi, Mom.« Danica war gar nicht klar gewesen, wie sehr sie ihrer Mutter aus dem Weg gegangen war, nachdem ihre Eltern sich getrennt hatten. Sie hatte sich immer noch alle paar Wochen mit ihr getroffen und mit ihr telefoniert, doch sie spürte ihr Unglücklichsein wie eine Last auf den Schultern, sobald sie ihre Stimme hörte. Als sie mit dem College fertig war, versuchte sie, in ihrem Beruf Fuß zu fassen, und seitdem hatte sie immer ein schlechtes Gewissen, weil sie nicht nach Hause gekommen und ihrer Mutter geholfen hatte, über ihre Verletztheit hinwegzukommen. Nun zerstreuten sich diese Schuldgefühle, weil sie sah, dass ihre Mutter ihr Leben in die Hand genommen und ihm eine neue Richtung gegeben hatte.

»Hi, Schätzchen. Ich habe versucht, Kaylie zu erreichen, aber sie geht nicht ans Telefon. Ich weiß, dass ich mir vielleicht zu viele Hoffnungen mache, aber ich dachte, nach unserem Lunch könnten wir vielleicht versuchen, den Kontakt nicht wieder einschlafen zu lassen.«

Danica hörte die Anspannung in ihrer Stimme und beeilte sich, besänftigend dagegenzuarbeiten. »Wahrscheinlich hat sie einfach ihr Handy ausgeschaltet.«

»Meinst du, es ist alles okay?«

Nun also wieder dieser Stress. Danica hasste es, zwischen ihrer Mutter und Kaylie gefangen zu sein. Sie hatte das Gefühl, ständig etwas zu dieser komplizierten Mutter-Tochter-Beziehung sagen zu müssen. »Ja, Mom. Sie macht sich Sorgen wegen ihrer Arbeit, das ist alles. Die Mädels und ich waren gestern Abend mit ihr in der Bar None und sie hat bei mir übernachtet.« Sally erschien in der Tür und Danica hob einen Finger. »Sie wird sich schon berappeln. Sie braucht nur ein Weilchen, um sich zu sortieren.«

»Nun, das hoffe ich sehr. Weißt du, es hat sie so unglücklich gemacht, dass ich mit eurem Vater zusammengeblieben bin, ich meine, als sie herausbekam, dass ich seit Jahren von seiner Affäre wusste und mich trotzdem nicht von ihm getrennt habe. Sie war so wütend, weil er von einem Tag auf den anderen ausgezogen ist, aber ich glaube, es hat sie noch wütender gemacht, dass es meine Entscheidung war, bei ihm zu bleiben.«

Danica seufzte und hielt den Hörer zu. »Ich brauche noch einen Moment«, sagte sie zu Sally. »Ich komme gleich zu dir.«

Sally nickte und signalisierte ihr: *Ist okay, keine Eile.* Im Flur traf sie auf Gage und Danica beobachtete die beiden. Sally sah sehr elegant aus mit ihrem perfekt frisierten weißblonden Haar und ihrer grazilen Figur. Selbst in Jeans und T-Shirt und mit einem bunten Seidenschal um den Hals sah sie aus, als wäre sie einer Modezeitschrift entsprungen. Als sie so neben Gage stand, der mit seinen Cargo-Shorts und seinen muskulösen Waden sportlich und auf seine ganz eigene Art attraktiv wirkte, bildeten sie ein perfektes Paar. *Hm.*

Danicas Mutter erzählte derweil, dass sie sich ebenfalls hässlich und unförmig vorgekommen sei, als sie mit Danica schwanger war. »Mom, das solltest du Kaylie erzählen, nicht mir.«

»Das würde ich ja, wenn ich sie nur erreichen könnte.« Ihre Mutter schwieg einen Moment und fuhr dann fort: »Vielleicht sollte ich unangenehme Themen gar nicht anschneiden, aber meinst du nicht, dass Kaylie ihren Frieden mit eurem Vater machen sollte? Schließlich bekommt sie bald ein Baby, und da dachte ich ... Ich meine, ich bin ihre Mutter und Mütter kriegen immer am meisten ab, wenn die Kinder Probleme mit den Eltern haben. In meinem Herzen weiß ich, dass der Riss zwischen uns eines Tages heilen wird, aber es ist Jahre her, seit sie euren Vater gesehen oder mit ihm gesprochen hat.«

»Das ist ein Problem, das ich nicht lösen kann, Mom. Ich sag es ihr, aber erwarte bitte keine Wunder.«

»Sie sollte ihm wirklich keine Vorwürfe machen. Solche Dinge passieren nun mal in einer Ehe, und niemand hat wirklich Schuld daran. Nun, jedenfalls dachte ich, das Baby würde uns helfen, Brücken zu bauen.«

Danica wollte nicht auf das eingehen, was ihre Mutter sagte. Kaylie sollte sich sicher mehr Mühe geben, ihre Mutter zu verstehen. Andererseits hätte ihre Mutter es nicht so lange laufen lassen sollen. Sie wollte nicht in die Rolle der Therapeutin rutschen, daher schwieg sie und hoffte, ihre Mutter würde über etwas anderes sprechen.

Schweigen breitete sich zwischen ihnen aus. Danica wollte nicht zwischen ihrer Mutter und Kaylie stehen. Das hatte sie nun jahrelang gemacht. Kaylie war erwachsen und irgendwann würde sie lernen müssen, mit ihrer Mutter zurechtzukommen – und mit ihrem Vater. Danica spielte geistesabwesend mit den Papieren auf ihrem Schreibtisch und überlegte, wann sie zuletzt mit ihrem Vater gesprochen hatte. Sie schickten sich jedes Jahr eine Weihnachtskarte, aber an das letzte Gespräch mit ihm konnte sie sich nicht erinnern.

Sie spürte den Schmerz ihrer Mutter in ihrem Schweigen. So hatte sie es immer bei ihrem Vater gemacht – sich in Schweigen gehüllt und gewartet, dass er den ersten Schritt tat. Eigentlich hatte Danica abwarten wollen, wie sich die Beziehung zwischen Kaylie und ihrer Mutter entwickelte, bevor sie ihre Mutter zur Babyparty einlud. Doch da Kaylie keinerlei Anstalten machte, sich mit ihrer Mutter auszusöhnen, konnte sie nicht länger warten. »Mom, Kaylies Babyparty ist für das übernächste Wochenende geplant. Eigentlich wollte ich dir eine Einladung schicken, aber dann haben wir beschlossen, alle per Telefon einzuladen. Ich dachte, Kaylie würde die Einladungen sonst vielleicht irgendwo sehen. Kommst du auch? Bitte?« Gleich, nachdem sie die Frage gestellt hatte, wurde ihr klar, wie unwohl ihre Mutter und Kaylie sich fühlen würden. Es fiel ihr nicht immer leicht, die Therapeutin in sich zu ignorieren. Sie musste den beiden helfen, sich zu versöhnen, und sei es nur, um nicht ständig zwischen zwei Stühlen zu sitzen. Sie schloss die

Augen und hoffte, ihre Mutter würde sagen, dass sie keine Zeit hatte.

»Sehr gerne. Wann und wo?«

Sechzehn

Als Kaylie aufwachte, war sie wie benebelt. Sie zwinkerte die Müdigkeit weg, warf einen Blick auf die Uhr und schnellte in die Höhe – so gut eine hochschwangere Frau eben in die Höhe schnellen konnte. Zwei Uhr? Hatte sie tatsächlich so lange geschlafen? Sie war erst nach fünf Uhr morgens zu Bett gegangen. Als ihr Blick auf einen Papierstapel auf dem Tisch fiel, lächelte sie. Diese Blätter waren voll von Songs, die sie geschrieben hatte. In den frühen Morgenstunden hatte sie das Gefühl gehabt, dass sie gut waren – und zwar richtig gut.

Sie griff nach ihrem Handy, um Chaz eine SMS zu schicken. *Tut mir leid, dass ich dich heute früh verpasst habe. War lange auf. Ich liebe dich.* Dann hörte sie ihre Sprachbox ab. Das Herz wurde ihr schwer, als sie Chaz' Nachrichten vom Abend zuvor hörte. Er vermisste sie. Es tat ihm leid. Er wollte doch nur, dass sie glücklich war. Aus seiner Stimme war ein leichtes Zögern herauszuhören, als wollte er eigentlich etwas anderes sagen. Aber vielleicht war sie auch einfach nur müde und bildete sich alles nur ein. In der Bar None zu singen war berauschend gewesen, und als sie sich schließlich hingesetzt hatte, um zu schreiben, war es, als würde ihr Herz durch die Finger aufs Papier strömen. Am Ende war sie erschöpft, körperlich und geistig. So, wie Chaz' Stimme sich anhörte. *Mist!* Sie hatte vergessen, ihn anzurufen, als sie bei Danica waren. Darum klang er so unglücklich.

Kaylie sank auf die Couch und hörte sich die Nachricht ihrer Mutter an. Sie entschuldigte sich, weil sie sie mit der Neuigkeit überfallen hatte, dass sie sich mit einem Mann traf, und fragte, ob sie sich zum Abendessen treffen sollten, um zu reden. Kaylie speicherte die Nachricht. Sie wusste nicht, wie sie darauf reagieren sollte, und war zu müde, um ernsthaft darüber nachzudenken. Camille und Marie hatten beide eine Nachricht hinterlassen und schwärmten von dem wunderbaren Abend, den sie zusammen verbracht hatten. Dann waren da noch zwei Nachrichten, beide von Chaz.

»Kaylie, ich steige gleich ins Flugzeug und wollte gerne deine Stimme hören. Aber die Sprachbox wird es wohl auch tun.« Die Enttäuschung in seiner Stimme erschreckte sie. »Du hast vergessen, mich anzurufen«, sagte er mit einer leichten Schärfe im Ton. »Nach unserer Ankunft in Hawaii werde ich die meiste Zeit in Besprechungen sitzen, und dann fliegen wir gleich zurück. Es wird also nicht einfach sein, mich zu erwischen, auch wegen der Zeitverschiebung. Aber vielleicht brauchst du sowieso etwas Zeit, um dich zu sortieren. Ich … Wir müssen wirklich reden.«

Sie wählte Chaz' Nummer und hinterließ ihm eine Nachricht: »Ich habe deine Nachricht eben erst bekommen. Der Abend war schön. Ich habe furchtbar lange geschlafen. Tut mir leid, dass ich vergessen habe, dich anzurufen. Ich hoffe, du hast eine gute Reise. Mit dem Sponsor wirst du dir sicher einig. Lass dir Zeit. Ich liebe dich.«

Kaylie nahm den Papierstapel mit den Songs und stopfte ihn in ihre Umhängetasche. Dann spülte sie ihre Schale mit den durchgeweichten Cornflakes aus, räumte Küche und Fernsehzimmer auf und machte sich auf den Heimweg. Sie konnte das merkwürdige Gefühl nicht abschütteln, dass Chaz irgendwie verärgert klang. Weil sie vergessen hatte, ihn anzurufen? Das war normalerweise kein Grund für ihn, ärgerlich zu werden. Er wusste schließlich, wo und mit wem sie zusammen war. Was zum Teufel war bloß los?

Immer, wenn sie an einer Ampel warten musste, gingen ihre Gedanken zurück zu dem vielversprechenden Papierstapel mit den Songs. Sie war so froh, dass sie offenbar mehr konnte als singen. Zu Hause würde sie sie sich gleich noch einmal ansehen. Chaz würde stolz auf sie sein, wenn er nicht mehr so gereizt war. Sie sollte nicht so kritisch mit ihm sein. Schließlich hatte er zu nachtschlafender Zeit aufbrechen müssen, um seinen Flug zu erwischen, und das würde wohl die meisten Menschen gereizt klingen lassen.

Als sie die lange Zufahrt zum Haus hochfuhr, überlegte sie, ob sie das Schreiben zum Beruf machen könnte, bis das Baby etwas älter war und sie wieder als Sängerin auftreten würde oder vielleicht sogar einen Plattenvertrag bekam. Dann müsste sie nicht alles aufgeben, das sie sich so mühsam erarbeitet hatte, und würde auch das Baby nicht allein lassen. Sie könnte ja zu Hause schreiben, und selbst wenn mit Chaz etwas schiefging … Sie verbot sich, weiterzudenken. Sie war nicht ihre Mutter. Zwischen ihr und Chaz war alles bestens. Sie hatten eine feste, glückliche Beziehung, auch wenn sie sich in der letzten Zeit etwas seltsam benommen hatte.

Kaylie ließ ihre Taschen gleich bei der Haustür stehen. Plötzlich fühlte sie sich noch müder als vorher. Sie sah in den großen Spiegel, der in der Diele hing. Die Ringe unter ihren Augen sprachen Bände. Sie hatte bei Danica nicht geduscht und ihr Haar war strohig und ungekämmt. Unter ihrem Schwangerschafts-T-Shirt wirkten ihre Brüste matronenhaft und schlaff. Ihr Auftritt in der Bar None war ein Fehler gewesen. Wahrscheinlich hatte sie dort oben auf der Bühne lächerlich ausgesehen, in ihrem viel zu engen Kleid.

Schwer atmend schleppte sie sich ins Wohnzimmer. Sie fuhr mit dem Finger über den Kaminsims und zögerte bei jedem Foto. Auf den Bildern war sie glücklich und schlank. Wer wollte sie jetzt noch ansehen, mit diesen dämlichen Ringen unter den Augen und ihrem aufgedunsenen Körper? Was um alles in der Welt hatte sie sich gestern eingeredet? Chaz konnte unmöglich erregt sein, als er sie so sah. Entweder hatte sie alles völlig falsch gedeutet oder er dachte an jemand anderen, denn sie war hässlich und unattraktiv.

Am besten legte sie sich für eine Weile hin. Auf dem Weg zu ihrem Schlafzimmer kam sie am Gästebad vorbei und sah, dass das Licht brannte. Auf dem Waschbeckenrand lag eine Haarbürste. Es war die Bürste einer Frau und sie gehörte ganz sicher nicht ihr. Kaylie wusch sich das Gesicht und nahm die unbekannte Bürste mit in ihr Schlafzimmer. Wem gehörte sie wohl? Vielleicht hatte Danica sie dort liegenlassen. Sie ging in Chaz' Arbeitszimmer und wählte ihre Nummer.

»Kaylie?«

»Hallo. Hör mal, hast du eine Haarbürste bei uns vergessen?«, fragte Kaylie.

»Was? Nein, warum sollte ich?«

»Ich weiß nicht.« Sie zog ein langes dunkles Haar zwischen den Borsten hervor und hielt es angewidert zwischen Daumen und Zeigefinger. »Irgendwas stimmt nicht. Chaz ist weg, er ist in Hawaii und –«

»Kaylie, nun mal langsam. Dass er nach Hawaii fliegen wollte, wusstest du doch, oder?«

Kaylie stiegen Tränen in die Augen. Sie versuchte, sich zu beruhigen, doch ihr Herz schlug so heftig, dass sie kaum denken konnte.

»Hat Blake irgendwas gesagt, wie Chaz gestern Abend war?«, fragte Kaylie.

»Blake? Nein, er hatte sich den Magen verdorben und hat Chaz gar nicht gesehen.«

»Was? Wer hat dann … Oh nein.« *Vielleicht hatte er meine Launen satt und war wütend, weil ich ihn nicht angerufen habe und dann – oh Gott. Würde er sich wirklich nach einer anderen umsehen?* »Ich hatte versprochen, ihn gestern Abend anzurufen, und hab es vergessen. Und bevor ich zur Bar None gefahren bin, stimmte irgendetwas nicht, aber ich habe mir immer wieder eingeredet, es sei alles in Ordnung. Und jetzt ist er weg und es ist alles meine Schuld.«

»Ich verstehe nicht. Du sagst, du hast ihn nicht angerufen? Meinst du: überhaupt nicht? Während du mit uns zusammen warst? Warum sollte er sich darüber ärgern?«

»Ich habe ihm gesagt, dass ich ihn anrufe, wenn wir bei dir sind.« Sie wischte sich die Tränen ab und verfluchte sich, weil sie so nah am Wasser gebaut hatte. »Ich habe nicht nachgedacht. Ich habe geschrieben.«

»Kaylie, du bist doch kein Kind mehr. Du hast Verantwortung, und du und Chaz, ihr seid erwachsene Menschen. Dieser Mann ist der Vater deines Kindes.«

»Hast du mir überhaupt zugehört? Ich habe geschrieben. Geschrieben, verstehst du? Ich bin gut, und wenn ich gut genug bin, dann kriege ich eines Tages vielleicht doch einen Plattenvertrag, Danica. Und Chaz hat mir gesagt, ich sollte es mal versuchen. Ich sollte Lieder schreiben, damit ich es nicht so schlimm finde, wenn ich nicht singen kann. Und weißt du was? Es funktioniert.« *Und jetzt ist er weg.*

»Na prima, du kannst also Songs schreiben und bist allein zu Hause. Ich weiß nicht, was mit euch beiden los ist, aber gestern Nachmittag habt ihr euch gestritten und gestern Abend hast du ihn nicht angerufen. Kann es sein, dass du das absichtlich gemacht hast, unterbewusst, meine ich?«

»Also wirklich, Danica. Meinst du, so etwas würde ich tun?« *Vielleicht doch? Nein, ganz bestimmt nicht.*

»Ich weiß nicht, aber möglicherweise hat er das Gefühl, dass du ihn für selbstverständlich hältst. Dagegen solltest du etwas unternehmen.«

Kaylie wurde von Sekunde zu Sekunde wütender. Sie musste gar nichts unternehmen. Schließlich war sie nicht diejenige, die jemand anderen ins Haus mitbrachte. Warum würde er eine Frau mitbringen? Sie starrte die Bürste an und stellte sich vor, wie Chaz einer Frau zusah, die sich die Haare bürstete. Dann ging er langsam auf sie zu, legte von hinten die Arme um sie, küsste sie auf den Hals ... *Hör auf! Sofort!* Sie warf die Bürste in den Papierkorb und betrachtete sie wütend. Eigentlich sollte sie Danica davon erzählen, aber es war ihr zu peinlich. Würde er sie wirklich betrügen? *Ist er auch nicht besser als Dad?*

»Entschuldige, Kaylie, ich sollte mich nicht einmischen. Es wird sich alles einrenken. Du willst doch, dass sich alles einrenkt, oder?«

»Ach, verdammt, Danica«, rief Kaylie. »Natürlich will ich das. Ich liebe Chaz. Ich liebe uns.« *Aber vielleicht liebt er mich nicht. Ich darf nicht so enden wie Mom.*

»Soll ich zu dir kommen?«

»Nein, nein, du hast recht«, sagte Kaylie mit tränenerstickter Stimme. »Ich war gedankenlos. Ich will, dass all das funktioniert. Ich hab mich nur zu sehr in meine Probleme verstrickt.« Kaylie ging ins Wohnzimmer und ließ sich aufs Sofa sinken. Zwischen den Kissen lugte etwas hervor. Ein Strumpf. Ein Frauenstrumpf. »Oh Gott.«

»Was ist?«

»Nichts.«

»Kaylie?«

»Ich muss Schluss machen.«

Kaylie starrte ungläubig auf den Strumpf in ihrer Hand. Sie lief zu ihrer Kommode und wühlte in der Schublade, in der sie ihre Socken aufbewahrte. Sie wusste, dass dieser Strumpf nicht ihr gehörte, aber sie wollte einfach nicht glauben, dass Chaz sich mit einer anderen Frau treffen und sie sogar in das Haus mitnehmen würde, in dem sie zusammen wohnten. Es war die alte Geschichte ihrer Eltern.

Sie ballte den Strumpf in der Faust zusammen und wählte Chaz' Nummer. Mist, nur die Sprachbox. »Da bin ich einen Tag nicht zu Hause und schon lässt du eine andere Frau hier einziehen? Wie kannst du mir das antun? Ich habe ihre Sachen gefunden, Chaz. Ich dachte, ich könnte dir vertrauen.« Sie legte auf und schleuderte das Telefon ans andere Ende der Couch. Dann warf sie sich in die Kissen und schluchzte.

Die Scheidung ihrer Eltern hatte Kaylie tief getroffen und die Tatsache, dass ihre Mutter sich wegen der Kinder nicht von ihrem Vater trennen wollte, machte sie immer noch wütend. Eins hatte sie jedoch daraus gelernt: Es war leichter zu gehen, bevor ein Baby da war. Sie packte zwei große Koffer mit ihren

Sachen und zerrte sie nach draußen zu ihrem Auto.

Er würde natürlich jede Menge Ausreden parat haben, und sie würde ihm nichts davon abnehmen. Sie liebte ihn. Sie hatte ihm vertraut und, ja, sie hatte vergessen ihn anzurufen, aber das war noch lange kein Grund, sich in ihrem gemeinsamen Zuhause mit einer anderen Frau zu vergnügen. Kaylie legte die Hand auf ihren Bauch und dachte an das Baby, an ihr Baby, und mit jedem schmerzhaften Gedanken zog sich ihr Herz ein bisschen mehr zusammen.

Kaylie setzte sich auf die Treppe ihres wunderschönen, mit Zedernholz verkleideten Chalets und fragte sich, ob sie Chaz gegenüber fair war. Sie rieb über die Stelle, an der sie die Tritte des Babys spürte. »Ich darf nicht wie Mom sein«, sagte sie zu ihrem Bauch.

Ihr Telefon vibrierte. Sie angelte es aus der Handtasche und schaltete es aus, ohne nachzusehen, von wem der Anruf kam. Sie wollte nicht mit Chaz reden. Für halbgare Ausreden und lahme Entschuldigungen hatte sie im Moment nichts übrig. Sie hatte ihm vertraut – und was hatte er daraus gemacht?

<h1 style="text-align:center">Siebzehn</h1>

Als sich die Türen des Flugzeugs öffneten, hasteten Max und Chaz mit den anderen Passagieren ins Flughafengebäude, holten ihr Gepäck vom Laufband und suchten sich dann ein Taxi, das sie ins Hotel bringen sollte. Chaz dachte ununterbrochen an Kaylie. Er hatte ein schlechtes Gewissen, weil er abgereist war, ohne vorher reinen Tisch gemacht zu haben. Andererseits hatte sie sich auch nicht gerade Mühe gegeben, ein Gespräch in Gang zu bringen. Seine Gedanken wanderten zu Lea. Inzwischen war sein Widerwille gegen die erzwungene Reise nach Hawaii verflogen und er erinnerte sich nur zu gut daran, was sie so anziehend gemacht hatte: Ihre Stimme, die selbstbewusst und sexy klang, ihre Beine, die sie ihm um die Hüfte geschlungen hatte, die Art, wie sie – lieber Himmel, was machte er da? Der Sex war gut, Lea war schlecht. Er schüttelte sich, wie um die Gedanken an sie zu vertreiben. Er durfte nicht vergessen, warum er den weiten Weg nach Hawaii zurückgelegt hatte. Es ging darum, Lea als Sponsorin zu sichern. Darauf musste er sich konzentrieren – und nur darauf.

»Willkommen auf Hawaii«, sagte Max ironisch.

Chaz stöhnte. Die Sonne war viel zu hell und er schwitzte. Er hatte sich vorgestellt, mit Kaylie auf Hawaii zu sein, in den

Flitterwochen. Aber nicht mit Max und schon gar nicht mit der Aussicht, Lea zu treffen.

Er hielt ein Taxi an und war froh, dass er im Flugzeug geschlafen hatte. Zum Glück hatte Max ihn jede Stunde geweckt und dafür gesorgt, dass er genug trank. Besonders frisch fühlte er sich nicht, während sie nun zum Hotel fuhren, doch er funktionierte, und vielleicht wurde es dadurch sogar einfacher, mit Lea fertigzuwerden.

»Wie willst du vorgehen?«, fragte Max.

Neben der guten alten tüchtigen Max mit ihrem Pferdeschwanz zu sitzen war beruhigend. Wenn sie sich in Schale geschmissen oder sogar Make-up aufgelegt hätte, wäre er nervös geworden, als sei Lea jemand, vor dem er sich in acht nehmen müsste. Aber wenn Max so gelassen war wie immer, konnte es ja nicht so schlimm sein. Er stellte sich Lea als eine Prinzessin vor, die sich in eine böse Hexe verwandelt hatte. Das machte es ihm leichter, ihre verführerische Seite zu vergessen und sie als die zu sehen, die sie wirklich war: eine berechnende, destruktive Frau. Das durfte er keine Sekunde vergessen. Insgeheim betrachtete er die Reise nach Hawaii einfach als eine der zahlreichen Besprechungen mit Sponsoren, doch Max' Frage machte ihm klar, dass er keine Ahnung hatte, wie er vorgehen wollte.

Max sah es ihm sofort an. »Lieber Himmel, Chaz!« Sie seufzte und zog einige Papiere aus ihrer Umhängetasche. »Sieh dir die an. Hier sind die Veranstaltungen gelistet, die sie sponsert, und was sie als Gegenleistung bekommt. Du kannst doch nicht ohne Vorbereitung in die Höhle des Löwen stolpern.« Max zeigte auf den Strand, an dem sie entlangfuhren. »Das sieht herrlich aus.«

»Mm-hmm. Ich habe einen groben Plan, ich muss ihn mir

nur noch einmal genau durch den Kopf gehen lassen.« Er überflog die Papiere. Sie sponserte sechs Festivals, mit hohem Einsatz. Dafür bekam sie überall die absolute Vorzugsbehandlung und all das, was Max ihr schon versprochen hatte. Bei der größten Veranstaltung gingen die Organisatoren sogar noch einen Schritt weiter. »Ein Chalet in Colorado? In Allure?«, sagte Chaz ungläubig. »Soll das ein Witz sein?«

»Keineswegs. Das war ihre Forderung und die Leute vom Raindance Filmfestival haben sich breitschlagen lassen. Offenbar gehört das Chalet ihnen, irgendein Time-Sharing-Arrangement, aber sie bekommt für jedes Jahr, in dem sie das Festival sponsert, drei Monate Wohnrecht.«

»In Allure? Es gibt doch weiß Gott genügend andere Orte. Warum gerade Allure? Die Organisatoren des Raindance Festivals sitzen ganz woanders.« Chaz fuhr sich mit der Hand durch die Haare. Die Sache wurde immer verzwickter. Die Vorstellung, dass sich Lea drei Monate im Jahr in Allure aufhalten und er ihr immer wieder begegnen würde, war unerträglich. Was hatte sie vor?

»Ich kann mir nur einen Grund denken, weshalb es sie nach Allure zieht.« Ihre Blicke trafen sich.

»Heiliger Strohsack! Bloß nicht. Es muss etwas anderes dahinter stecken. Das ist ein Irrtum, ein schlechter Witz, was weiß ich.« Er starrte aus dem Fenster und schäumte innerlich. Welch eine Frechheit von Lea Carmichael. Was führte sie im Schilde und warum hatte sie damit so lange gewartet? Als sie schließlich am Hotel ankamen, war er außer sich vor Wut.

»Es ist nur eine Nacht, Chaz. Das schaffst du«, beruhigte Max ihn, als sie zur Rezeption gingen.

»Eine Nacht? Eher drei Monate«, fauchte er. Ohne ein Wort zum Portier oder der freundlichen Dame am Empfang stürmte er Richtung Aufzug und überließ es Max, die Wogen zu glätten.

Max wollte ihm ihre Tasche abnehmen, während sie auf den Aufzug warteten. »Nein, ich trage sie. Wenn ich eine Hand frei habe, schlage ich womöglich den Aufzug kurz und klein.«

Max lächelte. »Du bist nicht der Typ, der Aufzüge kurz und klein schlägt.«

Er lachte. »Nein, da hast du recht.« Er sah auf die Uhr. Es war fast elf. »Wann treffen wir sie?«

»Um zwei im großen Sitzungssaal.«

»Guter Treffpunkt.«

»Sie wollte, dass wir uns zum Abendessen treffen, aber ich dachte, wenn sie dich erst zum Abendessen gelockt hat, dann schafft sie es auch, dich zu einem Drink zu verführen, und dann …« Sie schwieg vielsagend.

»Dieses Mal wird nicht verführt«, sagte Chaz entschlossen. »Ich leg mich noch eine Weile aufs Ohr, bevor wir uns mit ihr treffen.«

Ihre Zimmer lagen im fünften Stock. Max schloss ihre Tür auf und Chaz folgte ihr mit ihrem Gepäck, das er auf das Bett fallen ließ. Sie zog die Vorhänge auf und schaute hinunter aufs Meer.

»Wow, nicht schlecht, was?«

»Tja, die Hiltons wissen, wie man's macht.« Chaz öffnete die Balkontür und trat nach draußen. Die Seeluft füllte seine Lungen. Er reckte sich und spürte, wie die Spannung in seinen Schultern ein wenig nachließ. »Waikiki ist wunderschön, nicht wahr?«

Max holte tief Luft. »Ich hätte nie gedacht, dass ich jemals nach Hawaii komme, und sei es nur für eine Nacht«, sagte sie mit einem leisen Lächeln.

»Nein?«

Max schüttelte den Kopf. »Mein Leben sieht anders aus als deins. Ich bin das Vorspiel. Ich klopfe sie weich und du erledigst den Rest bei Wein und gutem Essen.«

»Vorspiel?«, fragte Chaz erstaunt.

Max errötete und ging ins Zimmer zurück. »Eigentlich lohnt es sich nicht, den Koffer auszupacken. Schließlich sind wir nur eine Nacht hier.«

Chaz nahm seine Tasche. »Ich suche mir mein Zimmer und leg mich eine Weile aufs Ohr. Wenn du mich brauchst, ich bin in –« Er sah auf seinen Schlüssel, doch Max wäre nicht Max gewesen, wenn sie sich seine Zimmernummer nicht gemerkt hätte.

»Du bist in Zimmer 522, drei Türen weiter. Ich wecke dich eine halbe Stunde, bevor wir uns mit ihr treffen.«

Chaz' Zimmer war genauso geschnitten wie Max'. Er ließ seine Tasche auf den Boden fallen und öffnete die Balkontür. Stimmen und Verkehrslärm drangen herein. Er zog sich Hemd und Hose aus und legte sich ins Bett. Zehn Minuten später schlief er wie ein Toter.

Er wachte auf, als jemand entschlossen an seine Tür klopfte. Im Zimmer war es dunkel und die Uhr zeigte halb sieben. Er streifte rasch seine Jeans über und fluchte leise, während er auf einem Bein zur Tür hüpfte. »Warum hast du mich so lange schlafen lassen?«, sagte er, während er seine Hose zuknöpfte.

Vor ihm stand Lea in einem schulterfreien schwarzen Minikleid. Ihr schwarzes welliges Haar fiel ihr auf die Schultern.

Ihre Lippen waren dunkelrot geschminkt, und als sie die Hand nach ihm ausstreckte, sah Chaz, dass ihre Fingernägel dieselbe Farbe hatten.

»Chaz«, schnurrte sie.

Achtzehn

Danica sah auf die Uhr und hastete dann zu ihrem Büro, um ihre Tasche zu holen. Sie wollte so schnell wie möglich zu ihrer Wohnung fahren, denn sie war sich sicher, dass sich Kaylie dort vergraben hatte. Sie hatte versucht, sie auf ihrem Handy und über Chaz' Bürotelefon zu erreichen, leider ohne Erfolg. Warum musste Kaylie immer davonrennen? *Und wohin würde sie rennen, wenn ich mit Blake zusammenzöge?*

Sally kam ihr auf dem Flur entgegen. »Ich habe die Verzichtserklärungen für die TeenNight. Kannst du sie dir mal ansehen?«

»Ja, klar.« Die TeenNight ging vor. Danica nahm die Papiere und ging mit Sally in ihr Büro.

»Hey!«, rief ein Jugendlicher von der Couch im Eingangsbereich.

Danica versuchte, sich zu erinnern, wo sie ihn schon einmal gesehen hatte. Die Jugendlichen kamen seit dem ersten Tag in Scharen ins Jugendzentrum und bis jetzt war der Besucherstrom nicht abgerissen. In der Schulzeit waren es etwas weniger, doch nun war es Sommer und sie verbrachten oft den ganzen Tag hier. Sie hatte versucht, sich alle Namen einzuprägen, doch dieser Junge war zum ersten Mal hier, jedenfalls konnte sie sich nicht erinnern, ihn schon einmal im Zentrum gesehen zu haben, obwohl ihr sein Gesicht bekannt vorkam.

»Brad? Wissen Sie noch?« Er stand auf.

»Natürlich, Brad. Letztes Jahr hab ich dich mit Michelle im Café getroffen. Wie geht es dir?«

»Prima. Ich habe gehört, dass Michelle hier arbeitet. Ist sie hier?«

Sally stieß Danica den Ellbogen in die Rippen.

»Ja, sie müsste hier sein. Hast du es hinten beim Kicker versucht? Dort hat sie heute Dienst. Ich habe sie eben noch gesehen.«

»Danke«, rief er und hastete davon, während Danica und Sally ihren Weg zum Büro fortsetzten.

»Ich glaube, da läuft was zwischen Michelle und Rusty«, meinte Sally.

»Was?« Danica erinnerte sich an die Zeit unmittelbar nach Daves Tod. Damals war Rusty aggressiv und tief verletzt gewesen, doch diese Phase hatte er inzwischen hinter sich gelassen, und seit Michelle wieder bei ihrer Mutter lebte und den Teilzeitjob im Jugendzentrum hatte, war sie viel offener geworden. Sie und Danica nahmen zwar nicht mehr an den wöchentlichen Ausflügen des Große-Schwester-Projekts teil, aber wenigstens redeten sie von Zeit zu Zeit miteinander. »Das hätte sie mir sicher erzählt.« Hätte sie das wirklich? Danica vermisste die Vertrautheit, die sie noch vor einem Jahr miteinander hatten, und nahm sich vor, sich öfter mit Michelle zu treffen.

»Ja, vielleicht. Ich bin mir auch nicht sicher. Jedenfalls schreiben sie sich ständig. Ich frage mich, ob ich mir Sorgen machen muss. Ich meine, Dave hat ihm zwar das Wichtigste über Sex erzählt, aber trotzdem.«

»In der Schule haben sie doch auch Aufklärungsunterricht. Es wäre nicht das Schlimmste, wenn sie zusammen wären, oder?«

Sally runzelte die Stirn. »Nein, wahrscheinlich hast du recht. Aber du weißt ja, wie schnell so etwas wieder auseinandergeht. Und was ist dann? Schließlich arbeiten beide hier. Und in diesem Alter nehmen sie eine Trennung meist sehr schwer.«

»Ja, das stimmt.« Danica nahm sich vor, genauer auf die zwei zu achten. »Oh, der arme Brad!«

Sally zuckte die Achseln, doch es war dieses scheinbar beiläufige Achselzucken, das ihren mütterlichen Stolz kaum überspielte: Ihr Sohn hatte gewonnen.

»Woher weißt du, dass sie sich schreiben?«, fragte Danica.

»Immer, wenn ich Rusty frage, wem er schreibt, sagt er, er schreibt an Michelle.«

»Vielleicht sind sie einfach nur gute Freunde«, meinte Danica. Sie setzte sich an den Tisch in ihrem Büro und breitete die Papiere aus, die Sally mitgebracht hatte.

Sally setzte sich zu ihr. »Gage macht sich gut, oder?«, fragte sie.

Danica war so vertieft in die Papiere, dass sie Sallys Frage kaum hörte. »Mm-hmm. Ich glaube, das sollten wir anders formulieren. Dann wird es klarer.« Sie zeigte auf die Abfindungsklausel und sah plötzlich, dass Sally nervös mit ihrer Armbanduhr spielte. »Alles okay?«

»Ja, klar.« Sally setzte ein Lächeln auf.

Danica beuge sich zu ihr.« Sally, ich bin's. Was ist los? Wie geht es dir wirklich?«

Sally nickte. »Gut. Wirklich gut. Die Therapeutin, die du empfohlen hast, hat mir sehr geholfen, und ich habe mich sogar mit Trisha angefreundet. Wir treffen uns einmal im Monat und gehen zusammen essen.« Nach dem Tod ihres Mannes erfuhr Sally von Trisha, einer Frau, mit der Dave als Jugendlicher zusammen war. Nach der Trennung hatte sie den gemeinsamen Sohn Chase zur Welt gebracht, doch Dave erzählte sie erst ein paar Monate vor seinem Tod von ihm, als sie wieder nach Allure gezogen war. Als Dave starb, hatte er Chase gerade ein wenig kennengelernt und hatte noch nicht den Mut aufgebracht, Sally von ihm zu erzählen.

»Tatsächlich?«

»Ja, ich weiß, es klingt seltsam, aber Dave und sie waren so lange zusammen und sie ist die Mutter seines Kindes. Rusty fällt es viel schwerer, Chase zu akzeptieren, aber für mich ist es okay. Eigentlich macht es sogar Spaß. Sie kannte Dave, als ich ihn nicht kannte, und sie hat mir viel von ihm erzählt, wie er früher war.«

»Das freut mich für dich. Es mag sich ein bisschen seltsam anhören, aber ich denke, es ist gut für dich.«

»Danke. Das denke ich auch.«

In diesem Moment kam Gage ins Büro und Sallys Augen leuchteten auf. »Privatgespräche?«

»Nein, komm nur«, sagte Danica.

»Ich glaube, für die TeenNight haben wir alles im Griff. Die Koordination der Helfer ist ein bisschen kompliziert, aber darum kümmert sich Sally«, sagte er und lächelte Sally zu.

»Das ist alles unter Dach und Fach«, antwortete Sally und senkte rasch den Blick. Sie war rot geworden, wie Danica erstaunt feststellte.

»Prima«, sagte Gage. »Das war's schon. Ich wollte dich nur auf dem Laufenden halten.«

Er drehte sich um und ging davon. Sally atmete tief aus.

»Gage? Im Ernst?«, neckte Danica sie.

»Seit Daves Tod habe ich keinen Mann angesehen, und als wir verheiratet waren, waren andere Männer sowieso kein Thema.« Sally hob den Blick und Danica sah das Unbehagen in ihren Augen.

»Hey, das ist doch in Ordnung. Es ist jetzt fast ein Jahr her und es ist okay, wenn du nach vorne schaust.« Sie drückte Sallys Hand. »Er ist nicht zu übersehen, nicht wahr?« *Eine Romanze im Büro?* Danica war nicht ganz wohl bei dem Gedanken. *Lad dir nicht noch mehr Sorgen auf, du hast mit Kaylie genug zu tun,* ermahnte sie sich.

»Oh je, ich bin schlimmer als ein Teenager.« Lachend verbarg Sally das Gesicht in den Händen.

Ihre Hoffnung auf einen frühen Feierabend hatte sich eh zerschlagen, daher erledigte Danica noch ein paar Telefonate und ging dann in den Raum mit den Kicker- und Billardtischen. Sie war einfach zu neugierig. Rusty stand im Flur und sah durch das in die Wand eingelassene Fenster in den Raum. Sie stellte sich neben ihn und verschränkte die Arme. Brad und Michelle lehnten an einem der Billardtische. Michelle sah schüchtern von Brad zu ihren Händen und dann wieder zu Brad, mit einem Lächeln in den Augen.

»Sie sieht glücklich aus«, sagte Danica zu Rusty.

»Kann sein«, sagte er und ging davon.

Danica sah Brad und Michelle eine Weile zu, bevor sie zurück zum Eingangsbereich ging. Es machte sie stolz zu sehen, wie Michelle sich entwickelt hatte. Sie war nicht länger das schüchterne Mädchen, das sich wie eine Aussätzige fühlte. Neuerdings zeichnete und malte sie – was sie selbst auf den

Besuch in der Buchhandlung zurückführte, den sie mit Danica unternommen hatte. Damals hatte sie ihre ersten Kunstbücher erstanden. Außerdem war sie eine gewissenhafte Angestellte.

Dass sich Rusty so schnell zurückgezogen hatte, machte ihr Sorgen, aber sie konnte sich nun nicht auch noch mit dem Liebeskummer eines Teenagers herumschlagen. Ihre Schwester hielt sie genügend auf Trab.

»Ich mache Schluss für heute«, sagte sie und gab Sally einen Zettel mit einer Telefonnummer. »Kannst du dir bitte die Lieferung der Tische noch einmal bestätigen lassen? Solche Sachen machen mich immer unruhig.«

Auf dem Weg zu ihrem Auto wählte sie Kaylies Handynummer. »Kaylie, ich weiß, dass du da bist. Mach dein verdammtes Telefon an.« Als sie bei ihrer Wohnung ankam, schob sie das Garagentor auf und sah Kaylies Wagen. Sie spähte durch das Fenster und sah zwei große Koffer auf der Rückbank. »Oh Kaylie.«

Neunzehn

Chaz schüttelte verwirrt den Kopf. Lea trat ins Zimmer und legte ihre sehnigen Arme um ihn. Er erstarrte, als der dünne Seidenstoff über ihren Brüsten seine nackte Haut streifte. Die verführerische Berührung weckte ein Verlangen in ihm, gegen das er mit aller Kraft ankämpfte. »Ich … ich dachte, es sei Max.«

Sie hielt ihn an sich gedrückt, legte ihre Wange an seine und flüsterte: »Ich habe Max angerufen und unser Treffen verschoben.«

Er tauchte aus der Testosteronwoge auf, die sein Gehirn überschwemmte, und schob sie weg.

Ihr Blick blieb an seinem ungemachten Bett hängen. »Wie ich sehe, bist du schön ausgeruht.«

»Wo ist Max?«, fragte er, schnappte sich sein Hemd und zog es hastig über. Einer Frau wie Lea näherte man sich am besten in einer Ritterrüstung. *Verdammt, Max, wo bist du?*

»Ich habe sie gebeten, unsere Reservierungen im Restaurant zu bestätigen.« Kokett lächelnd sah Lea ihm zu, wie er sein Hemd zuknöpfte. Die Gier in ihren Augen war nicht zu übersehen.

Er wandte ihr gerade lange genug den Rücken zu, um sich

nach seinem Handy umzusehen. *Verdammt.* Max hatte es in ihre Handtasche gesteckt, als er im Flugzeug schlief.

»Sie war gar nicht begeistert von der Idee«, räumte Lea stolz lächelnd ein. »Ich musste sie praktisch zwingen, ins Restaurant hinunterzugehen.« Sie musterte Chaz von oben bis unten. »Ich habe ihr aber versichert, dass ich nichts tun würde, was wir nicht schon früher getan haben.«

»Sie halten uns einen Tisch frei«, hörte er Max' atemlose Stimme von der Tür aus.

»Max.« Er wirbelte herum. Max trug einen kurzen schwarzen Rock, flache Schuhe und ein türkisfarbenes Top. Das Haar fiel ihr in weichen Locken auf die Schultern. Chaz hatte Mühe, in dieser schönen, attraktiven Frau seine bescheidene, bebrillte Angestellte wiederzuerkennen. Erst als Max errötete und den Blick senkte, merkte Chaz, dass er sie ungläubig angestarrt hatte.

Im nächsten Moment war Max wieder die geschäftige, selbstbewusste Mitarbeiterin, die sich zwischen ihn und Lea drängte und sagte: »Tut mir leid, dass ich mich verspätet habe. Lea hat unser Treffen verschoben, also habe ich dich schlafen lassen. Ich wollte dich gerade wecken, als sie hier erschien. Eine Dreiviertelstunde zu früh.«

Mist. Leas plötzliches Auftauchen hatte ihn schon durcheinandergebracht, doch der Anblick von Max in Mädchenkleidern, nein, in Frauenkleidern warf ihn vollends aus der Bahn. »Ich muss duschen und mich rasieren. In einer halben Stunde komme ich ins Restaurant nach.« Er machte seine Tasche auf und holte ein frisches Hemd hervor.

»Ich kann hier auf dich warten«, sagte Lea und streckte die Hand nach ihm aus. Ihre Augen funkelten verführerisch.

Max ging dazwischen. »Es gibt da ein paar Dokumente, die

ich mit Ihnen durchgehen möchte. Am besten erledigen wir das jetzt gleich.«

Chaz warf Max einen dankbaren Blick zu, als sie die schmollende Lea aus dem Zimmer führte. Dann fiel ihm sein Handy ein. »Max, gibst du mir mein Handy?«

»Es ist in meinem Zimmer«, sagte sie und reichte ihm den Schlüssel.

Chaz fand sein Handy in der Seitentasche von Max' Reisegepäck. Er wollte es einschalten, doch das Display blieb dunkel. *Verdammter Akku.* Er stellte es in das Ladegerät und rief Kaylie vom Hoteltelefon aus an. In Hawaii war es halb acht. Er überlegte, wie spät es in Colorado war, doch er war zu durcheinander für solche Rechnereien.

»Hi, Süße. Ich weiß, bei euch ist es wahrscheinlich mitten in der Nacht, aber ich wollte gerne mit dir sprechen. Bei meinem Handy ist der Akku versackt, ich weiß also nicht, ob du mich angerufen hast. Aber da ist etwas, worüber ich mit dir reden muss. Morgen bin ich wieder zu Hause.« Er legte auf und machte sich auf den Weg ins Restaurant.

Zwanzig

Als Danica ihre Wohnungstür aufschloss, dröhnte ihr laute Musik entgegen. Sie hielt sich die Ohren zu und warf einen Blick ins Wohnzimmer. Der Boden war mit Papieren übersät. In der Küche sah es nicht besser aus. Sie ging weiter ins Fernsehzimmer, um die Musik leiser zu stellen.

»Kaylie?«, rief sie. Sie suchte im Erdgeschoss, dann ging sie die Treppe hoch und fand ihre Schwester schließlich auf dem hinteren Balkon. Dort saß sie, kritzelte auf einen Notizblock und kaute an einer roten Lakritzstange.

»He, das ist mein Ersatz für die Zigarette danach.« Sie setzte sich neben Kaylie auf einen Stuhl und seufzte frustriert. Reichte es nicht, wenn Kaylie von ihrer Wohnung Besitz ergriff? Musste sie auch noch ihre Lakritzreserven aufessen? Was würde sie sich sonst noch unter den Nagel reißen?

Kaylie sah sie an. Erst als sie die Lakritzstange verputzt hatte, fragte sie: »Musst du nicht bei der Arbeit sein oder bei Blake oder so?«

»Hast du keine eigene Wohnung?«, gab Danica zurück.

Statt zu antworten, begann Kaylie auf ihren Notizblock zu schreiben.

»Erzählst du mir, was los ist, oder belegst du einfach nur

meine Wohnung mit Beschlag, bringst alles durcheinander und tust so, als würdest du in den nächsten Wochen kein Kind bekommen?«

Kaylie schrieb weiter. »Ich habe eine Socke gefunden«, sagte sie, ohne aufzublicken. »Und eine Bürste.«

»Eine Socke? Und eine Bürste?«

Kaylie nickte.

»Kaylie, ich habe keine Zeit für Spielchen. Ich muss bis zum Wochenende die TeenNight im Jugendzentrum unter Dach und Fach haben.« *Und deine Babyparty bis zum darauffolgenden Wochenende.* »Willst du reden oder nicht?«

»Ich werde nicht so enden wie Mom«, sagte Kaylie, als sei damit alles gesagt.

»Wo wir gerade von Mom sprechen: Sie macht sich Sorgen um dich. Sie möchte wirklich, dass eure Beziehung wieder ins Lot kommt. Willst du das nicht auch? Sie hat mich gestern zweimal angerufen und heute auch noch einmal. Und dann hat sie mir noch zwei SMS geschickt.«

Kaylie kniff die Lippen zusammen. Dann sagte sie: »Ja, klar. Aber darauf kann ich mich im Moment nicht konzentrieren.«

»Mom kommt bei dir immer an letzter Stelle. Sie meinte, du solltest mit Chaz reden.«

Kaylie warf ihr einen empörten Blick zu. »Hast du Mom davon erzählt?«

»Ich wusste nicht, dass es geheim bleiben sollte. Was ist überhaupt los? Warum liegen diese Koffer in deinem Auto? Verlässt du ihn?«

»Ich habe eine Socke gefunden! Und eine Bürste!«, antwortete Kaylie mit schriller Stimme. Sie war kurz davor, in Tränen auszubrechen. »Die Socke einer Frau und die Bürste einer Frau, und sie gehören nicht mir.«

»Ach, komm schon, Kaylie. Chaz würde dich nie betrügen. Er betet dich an. Wahrscheinlich sind es deine Sachen und du hast sie einfach vergessen. Oder Max war aus irgendeinem Grund da. Es gibt ganz bestimmt eine vernünftige Erklärung. Chaz würde keine andere Frau auch nur eines Blickes würdigen.«

Kaylie schüttelte den Kopf. »Nein, ich werde nicht wie Mom enden. Ich werde nicht die Frau sein, die von ihrem Mann betrogen wird. Es ist besser, wenn ich jetzt gehe, bevor das Baby da ist.«

Danica wollte sie in den Arm nehmen, doch Kaylie wich aus.

»Lieber Himmel, Kaylie. Das ist nicht irgendein dramatisches Spielchen, sondern die Wirklichkeit. Dein Kind braucht beide Eltern.« Danica verschränkte die Arme und schäumte innerlich. Wie würde sie mit der Situation umgehen, wenn sie an Kaylies Stelle wäre? Sie zwang sich, ruhiger zu werden. »Hast du mit ihm geredet? Wahrscheinlich waren die Sachen schon da, bevor ihr euch kennengelernt habt.«

»Die Socke steckte zwischen den Sofakissen und die Büste lag auf dem Waschbecken.«

Danica musste zugeben, dass das nicht gut klang. Trotzdem konnte sie sich nicht vorstellen, dass Chaz ihre Schwester hinterging. »Nun, wie oft räumst du die Sofakissen ab und machst darunter sauber? Ich mache das nämlich nie. Ich habe keine Ahnung, was sich unter diesen blöden Kissen verbirgt.« Sie nahm sich vor, in Zukunft gründlicher zu sein. Sicherheitshalber sollte Blake sein Sofa beim ersten Mal selbst saubermachen, damit sie nicht dasselbe Drama erlebten wie Kaylie und Chaz.

Kaylie sah sie aus den Augenwinkeln an. Sie erinnerte

Danica an das verzweifelte kleine Mädchen, das weinte, weil es auf einen Marienkäfer getreten war. Danica schloss die Augen. Sie war ihre Schwester. Kaylie brauchte sie und sie würde ihr keine Vorhaltungen machen und sie nicht wegschicken. Mochten die Schwangerschaftshormone sie auch noch so durcheinanderbringen: Kaylie war und blieb Kaylie.

»Manchmal liegen die Dinge ganz anders, als es auf den ersten Blick scheint, Kaylie.« Danica lehnte sich zurück und betrachtete die Bergkette in der Ferne. Der Himmel war so blau, als hätte ihn jemand mit Wasserfarben angemalt. Warum konnte Kaylies Leben nicht so schön sein wie der Himmel? »Du bist nicht Mom. Chaz ist nicht Dad. Wann wirst du dir endlich erlauben, glücklich zu sein?«

Kaylie wischte sich die Tränen aus den Augen. »Ich war glücklich.«

»Warum liegen dann die beiden Koffer in deinem Auto? Und warum bist du hier und nicht in deinem Haus?« Sie gab sich große Mühe, ihre Stimme nicht vorwurfsvoll klingen zu lassen.

»Gestern dachte ich, er wollte, dass ich meinen Beruf aufgebe und zu Hause bleibe. Aber das haben wir geklärt. Was dann passiert ist, weiß ich nicht. Er sah irgendwie schuldbewusst aus, als ich zur Bar None aufbrach, und ich wollte nicht noch mehr Streitereien, also bin ich gefahren, obwohl er sagte, er müsse mit mir reden. Vielleicht war es das, was er mir sagen wollte. Dass er eine andere kennengelernt hat, dass ich ihm zu launisch bin oder was auch immer. Wenn es das ist«, sagte sie schluchzend, »selbst, wenn es das Ende unserer Beziehung sein sollte ... wenigstens weiß ich jetzt, dass ich schreiben kann.«

»Wie kann eure Beziehung auf einmal zu Ende sein? Du bist

hier und er ist weiß Gott wo.«

»Er ist auf Hawaii. Das habe ich dir gestern doch erzählt.«

»Hawaii?«

Kaylie schüttelte den Kopf. Die Tränen liefen ihr über die Wangen. »Hat mit seiner Arbeit zu tun.«

»Okay, er ist also auf Hawaii. Egal. Beziehungen gehen nicht einfach auseinander, weil ihr euch gestritten habt oder du vergessen hast, ihn anzurufen. Ihr wollt heiraten, er ist dein zukünftiger Ehemann. Ich glaube, ihr braucht einfach ein bisschen Zeit, um ein paar Dinge zu besprechen.«

Kaylie starrte sie finster an. Sie wollte gerade etwas erwidern, doch Danica unterbrach sie.

»Weißt du noch, wie Jimmy Walker in deinem Schließfach das Armband gefunden hat, auf dem Steve Brewsters Name eingraviert war?«

»Ja, aber was hat das mit —«

»Und weißt du noch, wie wütend er war?«

Kaylie nickte.

»Und du hattest keine Ahnung, wie es in dein Schließfach gekommen war?«

»Du hast es dort hingelegt.«

»Ist ja jetzt egal. Jedenfalls kannst du Chaz nicht wegen einer Socke und einer Haarbürste verlassen, und du kannst nicht in meiner Wohnung sitzen und dich selbst bemitleiden.« Und schon war sie wieder in ihre angestammte Rolle geschlüpft und sagte Kaylie, wo es lang ging.

»Tue ich ja gar nicht. Ich schreibe.« Sie reichte Danica ihren Notizblock.

Danica überflog die eng mit Texten und Noten vollgekritzelten Seiten.

»Er hatte recht. Ich kann tatsächlich schreiben.« Kaylie

lächelte traurig.

»Kay, die sind so ehrlich, so unmittelbar, sie gehen einem durch und durch.« Plötzlich sah sie ihre Schwester mit anderen Augen. »Hast du die geschrieben? Das sind doch sicher zehn Songs.«

»Es sind zwölf und unten liegen auch noch drei. Ich weiß nicht, was passiert ist. Unser Streit hat mich wirklich aufgewühlt, und als ich heute früh aufwachte und Radio hörte, traf es mich wie ein Schlag. Die Songs stimmten nicht. Sie drückten nicht die richtige ... ich weiß nicht, wie ich es sagen soll ... sie waren nicht intensiv, nicht verzweifelt genug. Die Texte waren irgendwie kindisch, als würden sie von Teenagern handeln, also fing ich an zu schreiben, was ich empfand. Und dann schrieb ich immer weiter und die Ideen sprudelten immer schneller, sodass ich kaum mitkam mit dem Schreiben.«

»Die sind wirklich umwerfend. Was hast du damit vor?«

Kaylie zuckte die Achseln.

»Du kennst dich doch im Musikgeschäft aus. Gerade du müsstest doch wissen, was du damit anstellen willst.«

»Ich habe die Texte noch nicht einmal gesungen. Vielleicht hören sie sich schrecklich an.«

Danica schüttelte den Kopf. Die Liedtexte waren hervorragend. Sie drückten genau das aus, was sie empfand, wenn sie Blake ansah, wenn sie seine festen, warmen Hände auf ihrer Haut spürte, und sie fassten in Worte, wie unglücklich sie war, wenn sie sich stritten. »Sie hören sich ganz bestimmt nicht schrecklich an.«

Wieder zuckte Kaylie die Schultern. »Vielleicht könnte ich Alex fragen, ob die Band sie mir vorspielen kann.«

»Ja, prima.« Danica stand auf, setzte sich jedoch gleich wieder. Vor lauter Begeisterung hatte sie vergessen, dass ihre kleine Schwester gerade ihren Verlobten verlassen hatte.

»Was ist?«, fragte Kaylie unwirsch.

»Kaylie, du kannst nicht einfach davonlaufen. Hat Chaz dich angerufen?«

Kaylie schwieg.

»Wo ist dein Handy?« Wütend stürmte Danica vom Balkon in die Wohnung. Wie konnte ihre Schwester nur so dumm sein? Würde sie ihr ganzes Leben vermasseln, wenn Danica sie nicht an die Hand nahm und alles für sie regelte? Sie lief in die Küche, nahm Kaylies Handtasche und kippte den Inhalt auf den Tisch. »Wo ist dein Handy?«, fragte sie ihre Schwester, die nun ebenfalls in der Küche stand, noch einmal.

»Im Auto.«

»Kaylie!« Sie rannte in die Garage, holte das Telefon aus dem Auto und schlug die Tür hinter sich zu. »Hör deine Nachrichten ab und ruf deinen Verlobten an. Ehrlich, Kaylie. Was um alles in der Welt hast du dir dabei gedacht?« Dann dämmerte es ihr. Vielleicht konnte sich Kaylie tatsächlich nicht auf eine feste Beziehung einlassen, obwohl sie mit Chaz schon einen guten Anfang gemacht hatte. Vielleicht war sie wirklich viel stärker traumatisiert, als Danica wahrhaben wollte.

Sie sank auf einen Küchenstuhl. »Liebst du ihn?«, fragte sie Kaylie so freundlich und fürsorglich wie möglich. Kaylie nickte, während ihr wieder die Tränen übers Gesicht rannen.

Danica seufzte erleichtert. »Dann bring das in Ordnung«, sagte sie leise. »Ruf ihn an. Bring die Sache in Ordnung, bevor es zu spät ist.«

Kaylie nahm das Telefon und ging ins Nebenzimmer. Als sie kurz darauf wieder in die Küche kam, waren ihre Augen rotgerändert.

»Und?«

»Ich konnte ihn nicht erreichen, aber ich habe eine Nachricht auf seiner Sprachbox hinterlassen.« Sie legte das Telefon auf den Tisch und fingerte nervös am Saum ihres T-Shirts herum. »Meine erste Nachricht war furchtbar. Ich habe ihn geradewegs beschuldigt, mich zu betrügen.« Sie sah erschöpft aus.

Danica umarmte sie. »Alles wird gut. Streit ist normal, das passiert nun mal. Lass uns deine Sachen zurückbringen, und wenn er anruft, klärt ihr die ganze Angelegenheit.«

»Meinst du wirklich, dass die Socke schon länger dort gelegen hat? Und wem könnte die Bürste gehören?«

Danica lächelte. »Ich bin sicher, dass die Socke nicht erst seit gestern da liegt. Chaz liebt dich, und ich bin sicher, dass er alles erklären kann.« *Hoffe ich zumindest.* Als sie Kaylie half, ihre Songs einzusammeln, fiel ihr auf, dass sich ihre Wohnung nicht mehr wie ihre Wohnung anfühlte, sondern eher wie ein Ort, an dem sie früher einmal gewohnt hatte. Kaylie konnte ihre Sachen überall verteilen und es machte ihr nichts aus. Gleichzeitig merkte sie, dass sie noch nicht bereit war, ihre Zelte abzubrechen und zu Blake zu ziehen. Sie hatte gern ein Sicherheitsnetz. Für alle Fälle.

Einundzwanzig

Die Platzanweiserin führte Chaz zu einem Tisch in der Ecke, von dem aus man einen Blick aufs Meer hatte. Natürlich. Etwas anderes kam für Lea nicht in Frage.

Die Anspannung in Max' Blick warnte ihn, dass Leas Forderungen bei ihr nicht auf Gegenliebe stießen.

»Bitte entschuldigt die Verspätung.« Er setzte sich Lea gegenüber und ließ Max dabei nicht aus den Augen.

Lea legte ihre Hand auf seine, ihre Augen waren zu Schlitzen verengt. Ihre Stimme klang wie tiefes, sinnliches Schnurren. »Wir haben die Zeit genutzt und uns ein bisschen besser kennengelernt.«

Er zog seine Hand zurück, als hätte er sich verbrannt. Der Duft ihres Parfüms lag schwer in der Luft. Als sie in seinem Zimmer war, hatte er ihn nicht wahrgenommen, doch nun hatte er das Gefühl, darin zu versinken. Er räusperte sich und schob die Erinnerungen weg, die der Duft weckte.

Max brach das Schweigen. »Sollen wir bestellen?«

»Die junge Dame hat es eilig«, meinte Lea und wies mit der Nase auf Max. Dann hob sie ihr Glas. »Wir haben dir Scotch bestellt«, sagte sie selbstsicher.

Er tat so, als würde er die Speisekarte studieren. In Wirklichkeit hatte er alle Mühe, ihr Parfüm zu ignorieren, und fragte sich gleichzeitig, warum Max sich so herausgeputzt hatte.

»Ich trinke keinen Scotch mehr«, sagte er knapp und verzog den Mund zu einem schiefen Lächeln.

Max nickte ihm kaum merklich zu.

Die Spannung war fast mit Händen zu greifen. Chaz sah sich in dem noblen Restaurant um. Auf den Tischen brannten Kerzen, das Silberbesteck funkelte auf den blauen Tischdecken. Er stellte sich vor, wie er hier mit Kaylie sitzen würde, wie er ihre Hand nehmen und wie sie gemeinsam in die Nacht hinaussehen und die Romantik des Meeres genießen würden. Kaylie. Keine Lügen mehr, das hatte er sich vorgenommen. Er war ein Mann und von nun an würde er sich den Konsequenzen seines Handelns stellen.

Lea trank fast eine ganze Flasche Wein alleine. Immer, wenn Chaz das Gespräch auf das Sponsoring bringen wollte, winkte sie ab und meinte, sie könnten später darüber reden. Warum sollten sie ein gutes Essen mit Geschäftlichem verderben? Und jedes Mal zog sich sein Magen noch mehr zusammen.

Schließlich hatte Chaz genug. Er faltete seine Serviette und legte sie auf den Tisch. »Lea, was soll dieses Spielchen? Du lässt mich um die halbe Welt fliegen, damit ich mit dir am Tisch sitze?«

»Du hast deine Babysitterin mitgebracht«, seufzte Lea.

Chaz sah Max an. »Nein, ich habe meine Mitarbeiterin mitgebracht, die für die Koordination der Sponsoren zuständig ist. Max leitet seit Jahren unser Sponsorenprogramm und das weißt du. Du hältst uns hin und ich möchte wissen, warum.«

»Es wird dir nicht gefallen, was ich dir sagen werde.« Sie tupfte sich die Mundwinkel mit der Serviette ab.

»Lea, wir bieten Ihnen —«

Lea brachte Max mit einer Handbewegung zum Schweigen. Dann drehte sie sich zu Chaz und kreuzte aufreizend die Beine.

Er wandte den Blick nicht von ihrem Gesicht. Er würde ihr nicht noch einmal in die Falle gehen.

»Was ihr mir zu bieten habt, interessiert mich nicht.« Lea beugte sich zu Chaz. »Ich habe alles, was ich will, und wie es aussieht, werde ich noch eine ganze Menge mehr bekommen.«

»Könnten Sie erklären, was Sie damit meinen?«, sagte Max.

Chaz wurde mit jeder Minute wütender. Er hatte Leas Spielchen endgültig satt. »Lea«, sagte er und musste sich zusammenreißen, um sie nicht anzuschreien, »ich weiß nicht, was du im Schilde führst, aber ich möchte so schnell wie möglich nach Hause zu meiner schwangeren Verlobten.« Er beobachtete sie genau, doch sie ließ sich nicht anmerken, ob sie von seiner Beziehung zu Kaylie wusste.

Lea lehnte sich auf ihrem Stuhl zurück. »Tja, es macht richtig Spaß, euch zwei zappeln zu lassen.«

»Okay, das reicht.« Chaz stand auf. »Max, lass uns gehen. So dringend brauchen wir ihr Geld nicht.« Dann würde er eben auf sein Familienerbe zurückgreifen. *Zur Hölle mit dem Stolz.*

Max stand auf.

»Setz dich, Chaz«, sagte Lea. »Und deine Babysitterin auch«, fügte sie hinzu und wies auf den leeren Stuhl.

»Entschuldige dich bei Max«, forderte Chaz sie auf.

Lea musterte Max von oben bis unten. »Sie sind ein bisschen alt für eine Babysitterin. Hmm ... oh, jetzt verstehe ich. Sie und Chaz? Na, wenn das keine Überraschung ist.«

Max errötete.

»Lea, das war's.« Chaz ging um den Tisch herum und nahm Max beim Arm.

»Ich kaufe ein Drittel des Festivals.«

Leas Worte ließen Chaz einen Moment erstarren, bevor er sich zu ihr umdrehte. »Du machst was?«

»Du hast mich richtig verstanden. Du brauchst Sponsoren, also dachte ich, warum sollte ich nicht dafür sorgen, dass du jedes Jahr das Geld bekommst, das du brauchst.«

»Tu das nicht, Lea.« Chaz schlug das Herz bis zum Halse. Es war wie ein böser Traum.

»Ich würde ja gerne auch das zweite Drittel kaufen, aber wie es scheint, ist der andere Kumpel deines Vaters nicht so leicht zu überreden wie Jansen.«

Carl Jansen war ein Geschäftspartner seines Vaters gewesen, und Chaz hatte fast vergessen, dass die beiden sich zerstritten hatten. Obwohl er immer noch seinen Anteil am Festival besaß, hatte er keinerlei Interesse daran gezeigt, seit Chaz die Leitung übernommen hatte. Daher hatte Chaz auch nie versucht, ihm sein Drittel abzukaufen. »Das kann er nicht machen. Jedenfalls nicht ohne meine Zustimmung.« Er hatte keine Ahnung, ob das stimmte, aber irgendetwas musste er Lea entgegensetzen.

»Oh doch, das kann er – und er macht es auch. Dafür sorge ich schon«, erwiderte Lea mit vielsagendem Lächeln.

»Sie würden mit jedem schlafen«, presste Max hervor. »Er ist ein alter Mann.«

»Ein alter, wohlhabender Mann, der etwas besitzt, das ich haben will.«

»Er ist verheiratet!«, zischte Max.

Chaz stand zwischen Max und Lea und schäumte vor Wut. »Warum tust du das? Du kannst dir alles kaufen, was du willst. Jedes Festival. Jedes Unternehmen. Du hast mehr Geld, als du jemals ausgeben kannst. Warum mein Festival?«

Lea lächelte ihn wortlos an. Es war mehr, als Chaz ertragen konnte.

»Bist du so wütend, weil ich mich von dir getrennt habe, dass du dich in mein Unternehmen drängen musst, koste es, was es wolle?« Er wandte sich ab, dann drehte er sich noch einmal um und sagte: »Du bist erbärmlich.«

»Chaz, ich muss mich doch sehr wundern. Du unterschätzt mich. Du bist dir doch sicher darüber im Klaren, dass mir fast jedes Mittel recht ist, um das zu bekommen, was ich will. Und es ist mir egal, wer dabei zu Schaden kommt.«

Chaz bemerkte nicht, wie ihn die Leute anstarrten, als er aus dem Restaurant stürmte. Er sah weder das zufriedene Lächeln auf Leas Gesicht noch den fürsorglichen Blick, den Max ihm zuwarf, während sie neben ihm zum Ausgang hastete. Chaz sah nur noch rot.

Zweiundzwanzig

Danica fuhr hinter Kaylie her zu ihrem Haus, um ihr zu helfen, sich wieder häuslich niederzulassen. Und um sicherzugehen, dass sie blieb, wo sie war. Als sie auf dem Sofa saß und mit spitzen Fingern die Socke hochhielt, bemerkte sie: »Immerhin ist es eine Socke, kein Tanga.«

Kaylie runzelte die Stirn und ließ sich neben ihr auf dem Sofa nieder. »Wusstest du, dass es auch Tangas für Schwangere gibt?«

»Red keinen Unsinn.«

»Doch, bestimmt.« Kaylie stand auf und zeigte Danica ihren rosafarbenen Tanga.

»Das sieht aber unbequem aus.« *Und wenn du mir alle deine Tangas zeigst: So leicht lasse ich mich nicht ablenken.* »Konzentrieren wir uns lieber auf deine Beziehung«, sagte Danica.

Kaylie zupfte ihren Rock zurecht und setzte sich wieder. »Ich bin eine Idiotin. Ich war immer schon eine Idiotin.«

»Dann sollte er das besser jetzt herausfinden und nicht erst, wenn ihr verheiratet seid.«

Kaylie boxte Danica auf den Arm.

»Was hast du nun vor?«, fragte Danica. Natürlich wusste sie, dass Kaylie nicht die geringste Ahnung hatte, wie es weitergehen sollte.

Kaylie zuckte stumm mit den Achseln.

»Komm, wir machen einen Plan.« Sie nahm Kaylie bei der Hand und zog sie in Chaz' Arbeitszimmer. »Wir brauchen Stift und Papier.«

Kaylie holte einen Schreibblock aus einer Schublade.

»Okay. Erstens: Ruf Chaz an, egal, wie lange es dauert, bis du ihn erwischst. Du musst es immer wieder probieren. Mit wem ist er auf Hawaii?«

»Keine Ahnung.«

Danica überlegte einen Moment. »Am besten fragst du Max. Sie weiß, wie man ihn erreichen kann. Also, zweitens: Max anrufen, wenn du Chaz nicht ans Telefon bekommst. Drittens: Alex anrufen. Du solltest wieder mit der Band arbeiten. Das ist gut für dein Selbstbewusstsein.« Danica ging im Arbeitszimmer auf und ab. Der Gedanke, Kaylie bei der TeenNight im No Limitz auftreten zu lassen, ging ihr immer noch durch den Kopf. Wahrscheinlich wäre es genau das, was sie brauchte, um wieder ein bisschen Mut zu fassen und Vertrauen in ihre Fähigkeiten zu gewinnen. »Ich habe eine tolle Idee. Du bist doch immer noch mit der Band zusammen, oder?«

»Ja, klar. Sie begleiten mich zwar nicht bei jedem Engagement, aber wir treten immer noch zusammen auf, wenn uns jemand anheuert.«

»Wenn deine Band mitmacht, könntet ihr bei unserer Veranstaltung spielen.«

»Du hast doch gesagt, dass du schon eine Band engagiert hast, die dir jemand von der Stadtverwaltung empfohlen hat.«

»Ja, stimmt, aber das kann ich absagen. Glaub mir, ich kriege das hin. Du musst nur zusehen, dass du auftreten kannst und dass die Band einverstanden ist.«

»Danica, sieh mich an.«

Danica musterte Kaylie. Ihr dichtes Haar umrahmte das hübsche Gesicht, das ein bisschen voller war als vor der Schwangerschaft. Ihre Brüste waren schwer und rund und lagen wie zwei weiche Pampelmusen auf ihrem Bauch. Sie sah nicht mehr aus wie Kaylie, die Barbiepuppe, sondern besser, reifer. Sie sah aus wie Kaylie, die werdende Mutter, und Danica hoffte, dass Kaylie sich in den nächsten Wochen selbst so sehen würde.

»Du könntest nicht schöner aussehen.«

Kaylie legte sich die Hand auf den Bauch. »Was ist los mit mir? Warum haut mich dieser ganze Mist gerade jetzt so um? Du weißt, dass ich nicht oft weine. Ich habe normalerweise keine Probleme mit meinem Aussehen oder meinem Beruf, aber in letzter Zeit«, hier machte sie eine hilflose Geste mit den Händen, »prasselt alles nur so auf mich ein. Und nun läuft mir offenbar auch noch mein Verlobter davon.«

»Nun hör schon auf, Kaylie. Chaz betrügt dich nicht. Es gibt sicher eine ganz vernünftige Erklärung. Es ist ja nicht so, als hätte er es darauf angelegt, eine Frau für eine flüchtige Affäre hierherzuschleppen. Die Sachen könnten auch Max gehören. Und du, mein Schwesterherz, bist im Moment ein Opfer deiner Hormone. Du versuchst, Auftritte für die Zeit nach der Geburt zu organisieren, als würdest du dein altes Leben nahtlos wieder aufnehmen, wenn das Baby da ist. Und dann hast du gemerkt, dass es wohl nicht ganz so einfach sein wird. Tja, so ein Realitätsschock kann einen ganz schön durcheinanderbringen.«

»Meinst du, das ist es? Ich meine, mit dem Auftritt im Reno hatte ich fest gerechnet, und wenn ich genau überlege, war es diese Absage, die mir den Rest gegeben hat. Ich hatte Chaz davon erzählt, als er sagte, ich sollte es doch mal mit Schreiben versuchen ... oder gar nichts machen.« Kaylie malte kleine

Herzchen auf das Papier. »Ich habe seit Wochen keine Engagements mehr«, gestand sie Danica.

»Das ist bestimmt schwierig für dich. Warum hast du mir nichts gesagt?«

»Weil du alles hinbekommst, was du dir vornimmst. Nichts hält dich zurück. Als du als Therapeutin in deiner eigenen Praxis angefangen hast, hast du dir ein Ziel gesteckt und es erreicht – oder sogar übertroffen. Du wolltest im ersten Monat vier neue Klienten und am Ende waren es sechs, weißt du noch?«

Oh ja, Danica erinnerte sich sehr gut daran. Sie hatte sich riesig gefreut über ihren Erfolg.

»Ich hatte mir auch ein Ziel gesteckt. Ich wollte singen, bis ich zu unförmig wurde. Aber als die Absagen kamen, war ich noch lange nicht zu unförmig. Ich war einfach nur … rundlich. Das tat weh. Immer, wenn wieder eine Absage kam, hatte ich das Gefühl, all meine Arbeit sei umsonst gewesen. Als würde es nicht zählen, dass ich jede Menge Erfahrung habe.«

»Ich bin sicher, dass die Absagen nichts damit zu tun hatten, dass du dicker ausgesehen hast. Wahrscheinlich gibt es ein Problem mit den Versicherungen. Schwangere Frauen sind nun mal empfindlicher und dann bist du ja auch nicht gerade in familienfreundlichen Etablissements aufgetreten.«

»Stimmt«, meinte Kaylie.

»Stell dir vor, du singst in einer Bar, umgeben von einer Horde betrunkener Kerle. Sie springen womöglich auf die Bühne, es wäre schließlich nicht das erste Mal. Und du als Schwangere mittendrin – ein Alptraum für jeden Barbesitzer«, sagte Danica scherzhaft.

Kaylies Lippen verzogen sich zu einem leichten Lächeln. »Das könnte passieren, stimmt. Weil ich sexy bin.«

Aha, da ist die alte Kaylie wieder. »Ja, du bist sexy.«

»Auch, wenn ich etwas rundlich bin«, fügte Kaylie selbstbewusst hinzu.

Danica nickte wortlos. Sollte sich Kaylie ruhig glücklich reden.

»Und selbst jetzt, mit diesem riesigen Babybauch, bin ich immer noch sexy. Nur Auftritte in Bars gehen im Moment nicht, weil mir etwas zustoßen könnte.«

»Okay, ich hab's kapiert. Du bist sexy, sexy, sexy. Könntest du jetzt vielleicht an deiner Beziehung arbeiten?«, sagte Danica lachend.

Dreiundzwanzig

Max und Chaz saßen an einer Strandbar am Meer. »Konzentrier dich einfach auf den warmen Wind und die Musik«, sagte Max.

Chaz schüttelte den Kopf. Der Wind und die Musik waren ihm egal. Er musste herausfinden, wie es mit dem Festival weiterging. Er hatte Jansen und Cooper, seinen Anwalt, angerufen und beiden eine Nachricht auf Band gesprochen, die keinen Zweifel daran ließ, wie aufgebracht er war. Wenn es Lea gelang, sich ein Drittel des Festivals unter den Nagel zu reißen, machte er sich keine Illusionen: Sie war auf dem Kriegspfad. »Warum hat Jansen mir nicht Bescheid gesagt? Wie kann es sein, dass ich nichts davon wusste?«

»Weißt du noch, dass ich dir sagte, du solltest Vorstandssitzungen einberufen? Und du hast gesagt —«

»Warum schlafende Hunde wecken?« Chaz nickte. »Das war das Dümmste, was ich je gesagt habe.«

Max nickte vorsichtig.

Chaz musterte sie, während er an seinem zweiten Drink nippte. »Du siehst klasse aus, aber warum hast du dich heute Abend so aufgebrezelt?«

»Ich dachte, sie hat sich bestimmt total aufgedonnert«, erwiderte Max, ohne ihn anzusehen. »Ich wusste, dass sie nicht mit mir rechnete. Ich dachte einfach, dass sie jemanden in Jeans überhaupt nicht ernst nehmen würde.«

»Also hast du dich selbst aufgedonnert, um sie einzuschüchtern?«

Max rührte mit dem Strohhalm in ihrem Glas. »So naiv bin ich nun auch wieder nicht. Ich dachte, es würde … sie zum Nachdenken bringen.«

»Zum Nachdenken bringen? Du wolltest Lea Carmichael zum Nachdenken bringen?« Chaz schüttelte ungläubig den Kopf. Als er bemerkte, dass sie enttäuscht in sich zusammensackte, legte er ihr die Hand auf den Arm. »Hey, eigentlich keine schlechte Idee. Nur leider schwer umzusetzen.«

»Ich dachte, wenn sie denkt, dass wir zusammen sind, lässt sie vielleicht die Finger von dir.«

»Max. Du hast das für mich getan?« Es hatte offenbar eine Weile gedauert, bis der Groschen bei Lea gefallen war, doch Chaz hätte nie gedacht, dass Max so weit gehen würde, um ihn zu beschützen.

»Für dich und Kaylie.«

»Oh, Max. Das hättest du nicht tun müssen. Danke.« Dass Max sich solche Mühe geben würde, um seine Beziehung zu Kaylie zu schützen, berührte ihn sehr. Am liebsten hätte er sie in den Arm genommen und gedrückt, doch es fühlte sich nicht richtig an, mit einer Frau, die nicht Kaylie war, über einem Drink an einer Bar zu sitzen und sie dann auch noch zu umarmen. Noch mehr Schuldgefühle konnte er im Moment wirklich nicht brauchen.

»Ich wusste, dass zwischen dir und Kaylie etwas nicht stimmte«, sagte Max. »Mach dir keine Sorgen. Sie weiß, dass sie sich den besten Mann in ganz Colorado geschnappt hat.«

»Das glaube ich kaum.«

Max sah ihn an. »Mach dir nichts vor. Kein anderer Mann kann dir das Wasser reichen.«

Sie bestellten noch ein paar Drinks und irgendwann zog Max ihr Handy hervor. »Willst du Kaylie anrufen?« Sie sprach langsam und betont präzise, wie jemand, der zu viel getrunken hat.

»In Colorado ist es erst« – er sah auf seine Uhr – »vier Uhr morgens. Zu früh.« Er rutschte von seinem Barhocker. »Komm, wir machen einen Strandspaziergang.«

»Jetzt?« Max schwankte leicht, als sie aufstand.

Chaz fasste sie um die Taille. »Du hast reichlich getrunken und der Tag war lang genug. Wir können ins Hotel zurückgehen, wenn dir das lieber ist.«

»Nein, hier am Strand ist es schön«, sagte Max. Sie hakte sich bei ihm unter und sah ihn mit glasigen Augen und einem seligen, besäuselten Lächeln an.

Sie zogen sich die Schuhe aus und gingen barfuß über den weichen, kühlen Sand. Die Wellen rauschten und Chaz merkte, wie die Anspannung in seinen Schultern langsam nachließ. Er wünschte, Kaylie wäre bei ihm. Der weiße Sand und der romantische Spaziergang im Mondschein würden ihr gefallen. In diesem Augenblick vermisste er sie schmerzlicher denn je.

Max erzählte, wie schwierig es gewesen war, für diesen Abend etwas Passendes zum Anziehen zu finden. »Ich kam mir vor wie ein kleines Mädchen, das sich verkleidet«, sagte sie.

»Du siehst wunderschön aus. Warum ziehst du solche Sachen nicht öfter an?«

»Wunderschön?«

»Ja, du bist hübsch, Max.«

Als sie nickte, geriet sie wieder ins Schwanken und lehnte sich an ihn.

»Du hast es richtig gemacht, weißt du? Mit Kaylie, meine ich. Ich weiß, dass du sie liebst.«

»Ja, ich liebe sie. Ich hasse es, wenn ich nicht mit ihr zusammen sein kann. Im Moment ist sie so empfindlich.«

»Sie ist schwanger, Chaz. Da spielen die Hormone einfach verrückt. Sie wird sich schon wieder beruhigen.« Max blieb stehen und sah Chaz an. »Hör mal, wo war sie eigentlich gestern Abend?«

»Mädelsabend mit Danica. Sie überlegt, was sie tun soll, wenn das Baby da ist.«

Max stolperte und landete an Chaz' Oberkörper. Sie hob den Kopf und sah ihn mit großen Augen an.

»Du hast zu viel getrunken. Wir sollten ins Hotel zurückgehen.«

Statt umzukehren, setzte sich Max in den Sand. »Kaylie hat dich auf eine Weise erwischt, wie keine andere Frau es je geschafft hat. Es wird sich alles einrenken.«

Chaz starrte aufs Meer, auf dem das Mondlicht schimmerte, und hoffte, dass Max recht behalten würde.

Chaz setzte sich neben sie und dann legten sie sich in den Sand und sahen in den sternenübersäten Nachthimmel.

»Das Leben ist so …«

»Was?« Chaz schloss die Augen. Der Alkohol fegte seine Gedanken weg und hinterließ eine angenehme Leere.

Max lehnte den Kopf auf seinen Arm und machte die Augen zu. »Es ist kompliziert«, sagte sie leise und atemlos.

Chaz öffnete die Augen. Er war so betrunken, dass der Mond von einer Seite zur anderen zu pendeln schien. Vielleicht sollte er sich einen Moment ausruhen.

»Ich liebe es, für dich zu arbeiten«, sagte Max und wedelte

mit der Hand. »Wie das Leben ist oder nicht ist? Keine Ahnung. Aber ich liebe dich. Meinen Job. Das Festival.«

Chaz war schon eingeschlafen.

Vierundzwanzig

Max' Telefon weckte sie, als es gerade hell wurde. Verwirrt setzten sie sich im Sand auf. Max fischte ihr Handy aus ihrer Handtasche.

»Hallo?«

Chaz fegte sich den Sand von den Kleidern.

»Sicher. Ja, Sir. Kein Problem. Er wird da sein.«

»Was gibt's?«, fragte Chaz, als sie das Telefon wieder in die Tasche schob.

»Das war Cooper. Er sagte, er hat dir eine Nachricht auf Band gesprochen. Jansen liegt in Seattle im Krankenhaus. Es sieht nicht gut aus.« Max las ihre Nachrichten und kaute dabei an ihren Fingernägeln.

»Was?«

Max klopfte sich den Sand ab, während sie zum Hotel zurückgingen. »Das Technikteam muss ein paar Sachen klären. Am besten sofort.«

»Wie sollen wir das denn hinkriegen?«

»Keine Sorge. Mit dem Technikteam reden wir über Skype. Und dann fliegen wir nach Seattle. Ich kümmere mich um die Flüge.« Sie reicht Chaz ihr Telefon. »Ruf deine Verlobte an«, sagte sie.

Chaz seufzte und wählte Kaylies Nummer. Da redete alle Welt von technologischem Fortschritt und mobiler Kommunikation, aber ihm und Kaylie gelang es nicht, miteinander zu reden. »Verdammt.« Als sich die Sprachbox meldete, sagte er: »Hallo, ich bin's. Ich fliege von hier aus direkt nach Seattle, Jansen ist im Krankenhaus. Tut mir leid. Bitte ruf mich an. Ich vermisse dich.« Als er aufblickte, sah er, dass Max ihn beobachtete, wie eine Mutter ihren Sohn im Teenageralter beobachten würde, um sich zu vergewissern, dass er alles richtig machte. Max wusste immer, wo es lang ging, und in all dem Chaos ringsum war er dankbar für ihre Zuverlässigkeit und ihren Durchblick.

Am späten Nachmittag hielten sie über Skype ihre Besprechung mit dem Technikteam ab, die Max routiniert wie immer abwickelte. Es ging um die Vereinbarungen mit den Betreibern der Verkaufsstände und um die Bewilligung weiterer Ausgaben. Max kannte alle Haushaltsposten auswendig und hatte online Zugang zu allen Verträgen und Lageplänen. Man hätte meinen können, dass sie die technischen Einzelheiten immer über Skype abwickelte. Max gelang es, Gelder so zu verschieben, dass die neuen Ausgaben gedeckt waren, und am Ende kamen sie überein, dass sie künftig regelmäßige Skype-Konferenzen abhalten würden.

Das Festival fand einmal im Jahr in Weston statt. Max wusste, wie viele Steckdosen jeder Verkaufsstand brauchte, kannte den Energiebedarf der Beleuchter und hatte die Notrufnummer für einen Stromausfall im Kopf. Wenn Beyoncé im Superdome in der Halbzeitpause auftrat, mochten zwar die

Lichter ausgehen, doch das würde beim Festival in Weston nicht passieren: Max hatte Generatoren besorgt und die Leute, die sie bedienen würden, standen auch bereit.

»Ich hätte noch nicht einmal dabei sein müssen«, sagte Chaz, als sie schließlich auf dem Weg zum Flughafen waren.

»Doch, musstest du«, sagte Max und wischte sich den Schweiß von der Stirn. »Bei unserem Treffen mit Lea war ich deine moralische Stütze und bei der Besprechung mit dem Technikteam hast du mir den Rücken gestärkt. Außerdem wollen sie dich sehen, nicht mich.«

»Max, ich glaube, ich weiß gar nicht zu schätzen, wie viel du für das Festival tust.«

Max schüttelte den Kopf. »Wie meinst du das?«

»Ich meine, ich weiß es natürlich zu schätzen. Ich habe mir nur bisher nie klargemacht, wie viele Dinge du regelst. Ich meine, du bist für die Koordination der Sponsorengelder verantwortlich, also denke ich immer, du kümmerst dich um Spenden und Sponsoren und die Verteilung der Gelder. An all die anderen Dinge habe ich noch nie gedacht.«

»Danke, Chaz. Ich erledige eben alles, was mit den Finanzen zu tun hat, aber um die Buchhaltung kümmert sich Scott.« Scott Harden, der Buchhalter, war schon lange vor Max' Zeit zu dem Unternehmen gestoßen.

»Das weiß ich, aber du hattest alle Ausgaben für alle Abteilungen parat.«

Max lächelte. »Das ist mein Job.«

»Eigentlich nicht, oder? Warum kümmerst du dich also darum?« Als sie schwieg, setzte er hinzu: »Wie sind wir bloß ohne dich zurechtgekommen?« Chaz erinnerte sich nur zu gut, wie chaotisch die Organisation gewesen war, bevor Max die Sache in die Hand nahm. Im ersten halben Jahr hatte sie Tag und Nacht gearbeitet und ein System auf die Beine gestellt, das tatsächlich funktionierte.

Max zuckte die Schultern. Sie wollte etwas sagen, überlegte es sich aber anders. »Ich tue es, damit es richtig gemacht wird. Damit alles professionell aussieht.«

»Nun, vielen Dank. Ich weiß deinen Einsatz sehr zu schätzen, und wenn du mal das Gefühl hast, dass ich all das für zu selbstverständlich halte, gib mir einen Tritt vors Schienbein.« Chaz zog sein Handy hervor, um seine Nachrichten abzuhören. Plötzlich wich ihm das Blut aus dem Gesicht.

»Lea?«, fragte Max.

»Kaylie. Hast du in unserem Haus etwas liegen lassen?«

»Nicht, dass ich wüsste. Warum?«

»Sie ist stinksauer. Sie denkt, ich hätte eine andere Frau mit nach Hause genommen. Das ist doch verrückt.«

Max fiel die Kinnlade herunter. »He, ich *bin* eine Frau«, erinnerte sie ihn.

Chaz warf ihr einen finsteren Blick zu.

»Ich glaube nicht, dass ich etwas vergessen habe. Ich rufe sie an. Wenn sie weiß, dass ich die Frau war, die in eurem Haus war, beruhigt sie sich.« Sie zog ihr Handy hervor, doch Chaz hielt ihre Hand fest. »Was ist?«, fragte Max.

Chaz war sich nicht sicher, was er in diesem Augenblick empfand. Er lehnte den Kopf zurück und hatte Mühe, seine Gefühle in Worte zu fassen. »Sie vertraut mir nicht.«

»Doch, das tut sie.«

»Nein, tut sie nicht. Sie hat irgendwas im Haus gefunden und schon ist sie überzeugt, dass ich etwas mit einer anderen Frau habe. Nach all der Zeit, die wir jetzt zusammen sind.« Eine Affäre zu haben und eine Affäre aus der Zeit zu verschweigen, bevor sie sich kennengelernt hatten, waren für Chaz zwei völlig verschiedene Paar Schuhe.

»Chaz, du hast selbst gesagt, dass sie im Moment sehr empfindlich reagiert. Geh nicht so hart mit ihr ins Gericht.« Plötzlich riss sie die Augen auf. »Moment mal, Chaz. Ich glaube, ich habe meine Haarbürste bei euch vergessen. Heute früh habe ich meinen Kamm benutzt, weil ich meine Bürste nicht finden konnte. Ach, du lieber Himmel! Das tut mir ja so leid!«

Er schloss die Augen. »Meine Güte, im Moment geht aber auch alles schief. Erst lasse ich die Vorstandssitzungen schleifen, obwohl du mehr als einmal gesagt hast, dass ich mich darum kümmern soll. Und nun bin ich kurz davor, eine Frau zu heiraten, in die ich bis über beide Ohren verliebt bin, die mir aber nicht vertraut. Ich bin froh, dass es deine Bürste ist, weil ich überhaupt nicht wusste, wovon sie redet, aber sie sollte instinktiv wissen, dass ich sie nie hintergehen würde.«

Max' Handy klingelte. Auf dem Display erschien Kaylies Nummer.

»Geh nicht dran«, sagte Chaz barsch.

»Chaz, lass es mich ihr sagen.«

»Geh nicht dran. Ich kann im Moment nicht darüber nachdenken.« Er betete Kaylie an, doch in der letzten Zeit war sie derart unberechenbar geworden, dass er keine Ahnung hatte, wie er damit umgehen sollte. Nachdem sich Lea als ein Albtraum erwiesen hatte, blühte ihm mit Kaylie vielleicht etwas Ähnliches? Zog er etwa nur psychotische Frauen an? Hatte er irgendwelche Anzeichen bei Kaylie übersehen? Oder waren es wirklich nur die Hormone, die verrückt spielten? Er hatte keine andere Frau auch nur eines Blickes gewürdigt, seit er Kaylie kennengelernt hatte. Sie war die Frau, die er liebte, und die einzige Frau, mit der er zusammensein wollte. Es war doch nicht möglich, dass er denselben Fehler noch einmal gemacht hatte. Kaylie war nicht durchgeknallt wie Lea. Sie bekam nur ihre Hormone nicht in den Griff und fühlte sich deshalb unsicher. Oder?

Als sie am Flughafen ankamen, hatte er einen Entschluss gefasst. Erst würde er die Situation mit Jansen und Lea klären. Dann würde er sich um die Sache mit Kaylie kümmern. Eins nach dem anderen. Das galt auch für Albträume.

Fünfundzwanzig

Zwei Stunden, nachdem sich Danica verabschiedet hatte, hatte Kaylie zu Mittag gegessen und ein Nickerchen gemacht und fühlte sich schon viel besser. Auf Chaz' Schreibtisch stand ein Foto von ihr und ihrer Mutter. Sie nahm es in die Hand und fuhr mit dem Finger über das Gesicht ihrer Mutter. Ihr wurde warm ums Herz und sie wünschte, es gäbe eine einfache Möglichkeit, den Konflikt zwischen ihnen zu bereinigen. Ihr war klar, dass sie diejenige war, die alles so kompliziert machte, aber sie wusste nicht, wie sie das ändern sollte. Als sie das lächelnde Gesicht ihrer Mutter betrachtete, wollte sie sie nach ihren Babysachen fragen. Hatte sie noch ihre Babydecken? Ihre Strampler? *Vielleicht schaffe ich es bald, sie danach zu fragen.*

Sie stellte das Bild wieder auf den Schreibtisch. Sie war einfach noch nicht bereit für diesen Anruf. Sie nahm die Liste, die Danica für sie aufgeschrieben hatte, und rief als Erstes Alex an. Er versprach, die Band für den folgenden Nachmittag zusammenzutrommeln.

Dann rief sie Camille an.

»Wow, ich dachte, du seist spurlos verschwunden«, meinte Camille. »Ich habe dir jede Menge Nachrichten hinterlassen, aber du meldest dich ja nicht. Eine schöne Freundin bist du.«

»Ja, ich weiß, aber heute ging alles drunter und drüber.«

»Alles okay bei dir?«, fragte Camille besorgt.

Es ging doch nichts über eine gute Freundin. Camilles fürsorgliche Stimme war wie die Umarmung, die sie so dringend brauchte. Wie erzählte man einer seiner besten Freundinnen, die noch dazu frisch verheiratet war und auf Wolke sieben daherschwebte, dass man den eigenen Verlobten im Verdacht hatte, eine Affäre zu haben, dass man sich unattraktiv vorkam und sich einfach nur hinlegen und sterben wollte? Sie hätte mit Camille darüber reden können und sich wahrscheinlich hinterher besser gefühlt. Das Gespräch mit Danica hatte schon einen guten Teil ihrer Sorgen zerstreut. Doch bei ihren Freundinnen war Kaylie nie diejenige gewesen, die sich ständig bei den anderen ausheulen musste, und sie würde nicht ausgerechnet jetzt anfangen, ihr Image als glückliche Barbie anzukratzen.

»Ja, alles prima. Es war so toll mit euch. Als ihr alle im Bett wart, habe ich angefangen, Songs zu schreiben.«

»Wirklich? Das ist super, Kaylie. Es ist gut, wenn du etwas hast, womit du deine Zeit ausfüllst.« Camilles Stimme klang sehnsüchtig.

»Ist bei dir alles okay, Camille? Gestern drehte sich alles um meine Karriere, und du hast gar nicht erzählt, wie es dir und Jeff geht.«

»Mir? Oh ja, mir geht's gut. Und Jeff auch«, sagte Camille eine Spur zu schnell. »Hast du von Chaz gehört?«

In ihrer Stimme hörte Kaylie dasselbe gekünstelte Lächeln, das auch auf ihrem Gesicht zu sehen war. »Er muss für ein paar Tage nach Seattle. Sein Geschäftspartner ist krank.«

»Oh je. Und wie geht's meinem Baby?«

Kaylie legte die Hand auf den Bauch und lächelte. »Du meinst wohl *mein* Baby. Es tritt wie ein Weltmeister. Wahrscheinlich ist es doch ein Junge.« Wieder dachte Kaylie an ihre Mutter und die Babysachen. Hatte ihre Mutter gewusst, dass sie Mädchen erwartete, als sie schwanger war? Sie musste sie unbedingt danach fragen, wenn sie das nächste Mal mit ihr sprach.

»Nein, bloß nicht. Du musst ein Mädchen kriegen«, kreischte Camille. »Wir machen eine verwöhnte Prinzessin mit einer großen Klappe aus ihr. Sie wird bestimmt fantastisch.«

»Tja, lassen wir uns überraschen.« Kaylie verdrehte die Augen. Sie war wirklich froh, dass sie es bei einer einzigen Ultraschalluntersuchung belassen hatten. Irgendwann hätte sie ihren Freundinnen sicher nachgegeben und das Geschlecht des Babys herausgefunden.

»Nun ja, ich gebe die Hoffnung nicht auf.«

»Camille, kannst du mir einen Gefallen tun? In vier Wochen kommt das Baby und wir haben noch keine Babyparty gehabt.« Sie kam sich selbstsüchtig vor, aber Camille würde sie bestimmt verstehen. Eine Babyparty gehörte einfach dazu. Vielleicht hatten ihre Schwester und die Freundinnen schon längst etwas geplant, aber sie wollte auf keinen Fall riskieren, dass sie es möglicherweise vergaßen und sie ihr Baby ohne Babyparty bekam.

Camille schwieg.

»Camille?«

Keine Antwort.

»Oh nein, jetzt hab ich alles kaputtgemacht, nicht wahr?«, stöhnte Kaylie. »Mist, Mist, Mist.«

»Hast du wirklich gedacht, wir vergessen deine Babyparty?«, fragte Camille beleidigt.

»Ich bin eine Idiotin. Es tut mir leid. Weiß Danica davon? Wenn ja, dann hat sie sich nichts anmerken lassen.«

»Von mir erfährst du nichts. Kein Wort.«

»Kannst du mir sagen, wann die Party ist? Ich werde –«

»Kein Wort, habe ich gesagt. Und jetzt lege ich auf.« Dann war nur noch das Summen in der Leitung zu hören.

Der Tag wurde immer besser, dachte Kaylie. Jetzt musste sie nur noch die Geschichte mit Chaz aus der Welt schaffen. Sie hinterließ ihm eine Nachricht und rief dann Max an, der sie ebenfalls auf die Mailbox sprach. Vielleicht wusste Max, wie sie Chaz erreichen konnte. Sie nahm sich wieder ihre Lieder vor, summte vor sich hin und hatte das Gefühl, dass letztendlich doch alles nicht so schlimm war.

Als das Telefon in Chaz' Arbeitszimmer läutete, machte ihr Herz einen Satz. *Chaz.* Sie rannte über den Flur und nahm ab. »Hallo?«

»Chaz Crew, bitte.« Die harte und zugleich verführerische Stimme einer Frau machte Kaylie neugierig.

»Er ist im Moment nicht hier. Kann ich ihm etwas ausrichten?«

»Ja, bitte. Sagen Sie ihm, Lea hätte angerufen. Und dass Hawaii genau so war, wie ich es mir erträumt habe.«

»Wie bitte?« Einen Moment lang war Kaylie der Ohnmacht nahe. Die Beine gaben unter ihr nach und sie setzte sich schwerfällig in den Ledersessel.

»Sie haben richtig gehört. Sagen Sie ihm, dass ich mich wieder melde.«

Kaylies Verwirrung verwandelte sich in Wut. »Entschuldigen Sie, mit wem spreche ich?«

»Lea Carmichael.« Dann war die Verbindung unterbrochen. *Lea Carmichael. Lea Carmichael.* Der Name ging ihr ununterbrochen durch den Kopf.

Sie wählte noch einmal Chaz' Handynummer und

ermahnte sich, ruhig zu werden. Die Dinge waren nicht immer so, wie es im ersten Moment aussah. *Kein Grund zur Aufregung. Eine Kundin. Ein Missverständnis.* Chaz' Mailbox meldete sich und sie starrte das Telefon an. Sie wusste nicht, was sie sagen sollte. Wahrscheinlich würde sie noch mehr weinen, als sie es eh schon getan hatte, ihm Vorwürfe machen und jede Möglichkeit einer vernünftigen Unterhaltung ruinieren. Sie legte auf und brütete vor sich hin. Der Name Lea Carmichael ging ihr nicht aus dem Sinn.

Sechsundzwanzig

Am nächsten Tag blieb Danica länger als sonst im Jugendzentrum. Zusammen mit Sally und Gage versuchte sie, das Budget für das kommende Vierteljahr zu planen. Dabei war ihr nicht entgangen, dass Sally ganz nervös wurde, sobald Gage etwas sagte. Wie schrecklich es sein musste, nach dem Tod des Partners wieder ganz von vorne anzufangen. Sobald die beiden sich verabschiedet hatten, rief sie Blake an. Allein der Gedanke, sie könnte ihn verlieren, war unerträglich. Sie musste seine Stimme hören.

Sie war erschöpft von Kaylies Beziehungsproblemen. Es war knapp gewesen. Wenn sich Kaylie nicht berappelt hätte, hätte sie sie das ganze kommende Jahr therapieren und ihr helfen müssen, mit ihrem Leben als alleinerziehende Mutter klarzukommen. Manchmal war Kaylie wie gefangen in ihrer Unsicherheit. Danica war zwar daran gewöhnt, doch den meisten Männern riss dabei leicht der Geduldsfaden. Zum Glück hatte die Veranstaltung im No Limitz als Motivationsschub funktioniert. Hoffentlich blieb es so, bis Chaz nach Hause kam und sie ihre Probleme bereinigen konnten. Sie betete, dass Kaylie nach der Geburt des Kindes ruhiger und beständiger sein würde. Benahmen sich alle werdenden Mütter so verrückt?

Lieber Himmel, Mom. Danica wählte die Nummer ihrer Mutter.

»Hallo, Schätzchen«, begrüßte sie Danica.

»Hi, Mom. Tut mir leid, aber ich habe vergessen, dich zurückzurufen. Kaylie hat mich auf Trab gehalten.«

»Wie geht es ihr?«

Ist das eine Männerstimme im Hintergrund? »Alles in Ordnung.« *Ja, eine Männerstimme.*

Ihre Mutter kicherte.

»Mom, platze ich da gerade in irgendwas herein?« Danica verdrehte die Augen. Hoffentlich war sie nicht gerade im Bett mit ihm.

»Oh, Patrick und ich spielen gerade Bridge mit ein paar Freunden.«

»Bridge? Du spielst Bridge?«

Wieder lachte ihre Mutter. »Ja, ich spiele Bridge. Hör mal, Schätzchen, ich muss Schluss machen. Ich bin froh, dass es Kaylie gut geht.«

Nachdem ihre Mutter aufgelegt hatte, saß Danica noch lange da und starrte auf das Telefon. *Bridge?* Sie stürzte sich in ihre Arbeit, und als ihr Handy klingelte, war sie erstaunt, dass eine ganze Stunde vergangen war. Es war eine SMS von Blake. »Machst du die Tür auf?«

»Welche Tür?«, schrieb sie zurück.

»Tür zum Zentrum.«

Danica ging durch den dunklen Eingangsbereich und sah Blake mit Tüten vom China-Imbiss und zwei Kerzen vor der Tür stehen. »Was für eine schöne Überraschung!«

»Ich habe dich vermisst.«

»So lange bin ich doch gar nicht hier geblieben. Vielleicht eine Stunde länger als sonst.« Sie lachte und nahm ihm eine der

Tüten ab.

»Eine Stunde, eine Woche, was macht das schon für einen Unterschied? Ich wollte mit dir zusammen sein. Alleine zu Abend zu essen macht keinen Spaß.« Er gab ihr einen tiefen, sinnlichen Kuss.

»Wow«, sagte sie, als er seine Lippen von ihren löste. »Du hast mich wirklich vermisst.«

»Bei all den Problemen, die Kaylie und Chaz haben, war ich einfach dankbar für das, was wir haben. Und das will ich nie« – hier folgte ein weiterer Kuss – »für selbstverständlich halten.«

Danicas Lippen drängten sich seinen entgegen. Wenn sie Blake so nahe war, seine Hände auf ihrem Körper spürte, war sie ganz weit weg von den Dramen, die Kaylie inszenierte. Sie fühlte sich leicht und glücklich, und es kribbelte von oben bis unten. Sie küssten sich bis zu dem Sofa, das im Eingangsbereich stand. Blake ließ sie aufs Sofa sinken und legte sich dann auf sie.

Er schob ihr die dichten Locken aus dem Gesicht und sah ihr tief in die Augen. Danica wollte mehr. Sie wollte ihn küssen, doch er lehnte sich zurück. »Wenn du schon nicht bei mir einziehst, heiratest du mich wenigstens?«

Danica lachte. »Was?«

»Ich meine es ernst.« Sein Blick war weich und dunkel, und sein Flüstern klang sexy und schmeichelnd. »Ich liebe dich, Danica. Ich liebe deine wilden Locken und deinen Sinn für Humor. Ich liebe es, wie du dir abends alles für den nächsten Tag zurechtlegst. Ich liebe es, wie du zum Schluss noch mehr Frühstücksflocken in deine Schüssel schüttest, um den letzten Rest Milch aufzusaugen.«

Danica traute ihren Ohren nicht. Heiraten war bisher nie ein Thema gewesen. Lieber Himmel, sie wohnte ja noch nicht einmal mit ihm zusammen. Jedenfalls nicht offiziell.

»Baby.« Er küsste sie auf seine hinreißende, atemberaubende Art, die ihr jeden klaren Gedanken raubte. »Ich werde nie jemanden so lieben, wie ich dich liebe. Du bist der Schnee auf meinen Bergen, das Wachs unter meinen Skiern.«

»Wie romantisch«, neckte sie. Sie lehnte den Kopf in die Sofakissen. *Oh mein Gott! Oh mein Gott!* Es war, als sei ein Feuerwerk in ihrem Kopf explodiert: Heirate mich! Ihr Herz schrie: *Ja! Ja! Ja!* Doch ihr Kopf verknüpfte ihre Antwort mit Gedanken an Kaylie.

»Verstehst du denn nicht? Du bist mein Ein und Alles. Ich bete dich an.« Er sah sie erwartungsvoll an. Ihr Schweigen ließ sein Lächeln verlöschen. Er stand auf. »Danica?«

Ihn heiraten? Ihn heiraten. Sie zwackte einmal, dann noch einmal mit den Augen. Ihr Herz raste und in ihrem Kopf wirbelte alles durcheinander. *Verheiratet?* Plötzlich schoss ihr ein völlig unerwarteter Gedanke durch den Kopf – würden sie so enden wie ihre Eltern?

»Ich liebe dich«, flüsterte sie. Mehr brachte sie nicht zustande.

Er lächelte. »Gut?«

Die Verwirrung auf seinem Gesicht katapultierte sie zurück in die Wirklichkeit. Einen besseren Ehemann als Blake konnte sie sich nicht vorstellen. Er war zuvorkommend, mitfühlend, stark und beschützend, ohne übermäßig eifersüchtig zu sein. Sex mit Blake ließ ihre Welt in Flammen aufgehen – ach was, ein einziger Kuss von ihm reichte, um ihre Welt in Flammen aufgehen zu lassen. Warum zögerte sie also?

»Kaylie«, sagte sie. Heiliger Strohsack, hatte sie das wirklich gesagt?

»Was?« Blake setzte sich auf und Danica setzte sich neben ihn.

»Ich kann erst heiraten, wenn ich sicher bin, dass mit Kaylie alles okay ist.«

Blake stützte die Ellbogen auf die Beine und verschränkte die Hände. »Was hat Kaylie mit uns zu tun? Ich will dich heiraten, nicht Kaylie. Dich, Danica. Nur dich. Du und ich, ein Leben zusammen, du weißt schon.«

»Blake.« Sie sah ihm in die Augen und nahm seine Hand. »Kaylies Leben ist völlig durcheinander. Kannst du dir vorstellen, was passiert, wenn ich ihr sage, dass wir uns verlobt haben, während ihre Verlobung gerade in die Brüche geht? Sie wäre am Boden zerstört.«

»Okay, dann sagen wir es ihr später.«

Seine Liebe zu ihr lag in seinem Blick, in seiner Stimme, in der Wärme seiner Hand. Er hatte ihr sein Herz geschenkt und sie wollte es auf keinen Fall zerbrechen. Sie wusste nur nicht, wie sie glücklich sein sollte, während Kaylies Glück zu zerbrechen drohte. Gleichzeitig stand ihr und Blakes Glück auf dem Spiel.

Siebenundzwanzig

Kaylie probte zwei Tage lang mit der Band. Die Songs klangen großartig und die Musiker wussten genau, wie sie die Melodien richtig zur Geltung bringen konnten. Sie hatte immer noch nichts von Chaz gehört und mittlerweile war sie fast überzeugt, dass es doch Lea Carmichael war, der die Socke gehörte, obwohl Danica am Abend zuvor eine Stunde lang auf sie eingeredet hatte, um sie vom Gegenteil zu überzeugen. Alles, was Danica sagte, ergab Sinn. Chaz hatte ihr noch nie Anlass zur Sorge gegeben. Socke und Bürste könnten auch Max gehören oder jemand anderem – das hieß ja nicht automatisch, dass er sie betrog. Sie wusste, dass Chaz sie über alles liebte, und er freute sich genauso auf das Baby wie sie. Aber sie war wirklich launisch gewesen, bevor er abreiste, und dieser Blick in seinen Augen, als er sagte, sie müssten reden, machte sie ein bisschen nervös. *Warum tue ich mir das an? Er liebt mich!*

Sie hatte ihm immer wieder Nachrichten auf seine Mailbox gesprochen, bis sie schließlich aufgab. Sie wollte glauben, dass Danica recht hatte. Er hatte einfach viel zu tun. Er würde zu ihr zurückkommen und sie würden alles klären. Mit ihrer Beziehung war alles in Ordnung. Doch mit jeder Stunde, die verging, zerbrach ihr Herz ein Stückchen mehr. Sie versuchte, sich mit dem Gedanken zu trösten, dass sie in ein paar Tagen bei der Veranstaltung im Jugendzentrum auftreten würde, und im tiefsten Innern ihres Herzens wusste sie, dass sie mit allem zurechtkommen würde, egal, was passierte. Das änderte allerdings nichts an der Tatsache, dass sie Chaz wollte, dass ihr Leben wieder so sein sollte, wie es bisher gewesen war, ohne eine andere Frau zwischen ihnen.

Nach der Probe kletterte sie gerade in ihr Auto, als ihr Telefon klingelte. Es war Max.

»Ich kann nicht lange reden, aber ich wollte dir sagen, dass Chaz ganz unglücklich ist. Er bringt mich um, wenn er herausbekommt, dass ich dich angerufen habe, aber ich kann mir vorstellen, wie schwer es für dich ist, mit der Schwangerschaft und allem.«

»Hast du ihn gesehen?« Kaylie war völlig überrascht. Sie hatte vergessen, dass sie Max angerufen hatte, und tausend Fragen wirbelten ihr durch den Kopf. Der Schmerz, den sie weggeschoben hatte, war mit einem Schlag wieder da. Sie legte die Hand auf den Bauch und versuchte, ruhig und regelmäßig zu atmen.

»Wir sind in Seattle. Wir dachten, wir bleiben nur einen Tag, aber Jansen geht es sehr schlecht.«

»Was ist los?«

»Wir wissen es nicht genau, irgendwas mit dem Herzen.«

Kaylie holte tief Luft und stellte die Frage, die sie zu vergessen versucht hatte. »Max, wer ist Lea Carmichael?«

Max schwieg.

»Oh Gott, ich wusste es«, flüsterte Kaylie.

»Kaylie, hör zu, es ist alles aus zwischen ihnen. Sie will sich nur rächen, aber mach dir keine Sorgen. Chaz wird sie schon kleinkriegen.«

»Es ist aus?«

»Ja, es ist vorbei.« Sie hörte, wie Max tief einatmete. »Kaylie, Chaz liebt dich. Es ist nur alles zu viel im Moment. Aber er liebt dich mehr als das Leben selbst.«

»Aber Lea –«

»Er hat die ganze Sache beendet, und zwar endgültig.«

Beendet. Das bedeutete, dass es etwas zu beenden gab.

Achtundzwanzig

»Seattle ist schrecklich«, sagte Chaz niedergeschlagen zu Max. Sie saßen im Warteraum des Krankenhauses. Seit zwei Tagen regnete es ununterbrochen.

»Mit etwas Glück wacht Jansen heute auf und wir können ihn zur Räson bringen.« Max saß neben ihm mit ihrem Laptop auf dem Schoß.

»Cooper meint, ich habe ein Vorkaufsrecht, also können wir der ganzen Sache einen Riegel vorschieben, aber trotzdem muss es geklärt werden. Ich muss wissen, was sich Jansen dabei gedacht hat. Vor allem muss ich aber wissen, was Lea will.«

Max sah ihn mit dunklen, ernsten Augen an.

»Was ist?«, fragte Chaz. Was immer es war: Schlimmer als das, was eh schon in seinem Leben los war, konnte es nicht sein. Die Ärzte machten sich wirklich Sorgen um Jansen – und Cooper kümmerte sich um das Problem mit Lea. Das alles machte ihn krank.

Max verschränkte die Arme.

»Max, warum siehst du mich so an?« Er kannte diesen verstockten Blick. »Du siehst so aus wie damals, als wir im Kino einen Wasserrohrbruch hatten, und das einen Tag vor dem Festival. Das haben wir hingekriegt. Es gibt nichts, was wir nicht hinkriegen. Komm schon, spuck's aus«, drängte er sie.

»Du weißt, was Lea will.« Max atmete schwer. »Sie will dich, und wenn sie dich nicht haben kann, bekommt dich auch keine andere.«

Chaz lachte. »Das ist doch lächerlich. So etwas tun Leute nur in schlechten Filmen.«

Max hielt seinem Blick stand.

»Unmöglich, so weit würde sie nie gehen.«

»Chaz, ich habe ein wenig nachgeforscht und dabei ein paar ziemlich unschöne Dinge entdeckt. Sie ist viel durchgeknallter, als wir gedacht haben. Sieh dir das an.« Max zeigte ihm einige sieben, acht Jahre alte Zeitungsartikel auf ihrem Laptop, bei denen es immer um Affären mit wohlhabenden, verheirateten Männern ging. »Wie es aussieht, macht sie gerne Ehen kaputt.«

»Als ich sie kennenlernte, war ich nicht verheiratet, und außerdem ist sie viel reicher als ich.«

»In den frühen Neunzigern war sie immer mal wieder in diversen Kliniken und vor zehn Jahren stand sie vor Gericht. Sie hat versucht, die Freundin eines Ex-Freundes zu überfahren.«

»Sie wurde freigesprochen.« Chaz fuhr sich mit der Hand durchs Haar.

»Du wusstest davon?«

»Sie hat es mir damals erzählt. Sie sagte, es sei ein Unfall gewesen.«

»Chaz.«

Er sah sie an.

»Siehst du denn nicht das Muster, das sich hier abzeichnet? Sie drängt sich plötzlich in dein Unternehmen, ausgerechnet jetzt, wo euer Baby unterwegs ist und du heiraten willst?«

»Wer wartet denn ein ganzes Jahr, bevor er versucht, das Leben eines anderen kaputtzumachen?«

»Jemand, der es aus purem Vergnügen macht.« Fingernägel-kauend wandte sich Max wieder ihrem Laptop zu.

»Was beschäftigt dich sonst noch?«

»Nichts.«

»Max? Du kaust nur an den Nägeln, wenn du wirklich gestresst bist. Wie damals, als du dachtest, dein Vater würde sterben. Also? Was ist los?«

»Du wirst furchtbar wütend sein, daher würde ich es lieber nicht sagen. Wann rufst du Kaylie an?«

»Ich habe dir doch gesagt, dass ich erst diesen Mist hier erledigen will. Dann kann ich mich auf sie konzentrieren.«

»Hast du keine Angst, dass es dann zu spät sein könnte?«

Darüber machte sich Chaz mehr Sorgen, als er zugeben mochte. Doch Kaylies Anschuldigungen hatten ihn so verletzt, dass er inzwischen fast überzeugt war, sie würden sowieso nicht zusammenpassen.

»Chaz ...« Max schloss die Augen. Als sie sie wieder aufmachte, starrte er sie abwartend an. Wahrscheinlich wollte er gar nicht wissen, was sie ihm zu sagen hatte. »Ich habe sie angerufen.«

»Du hast was?« Chaz sprang auf. »Wie kommst du dazu, dich in meine Angelegenheiten mischen?«

»Ich wollte helfen. Sie ist schwanger und macht sich Sorgen.«

»Verdammt, Max.« Chaz ging zum Fenster und starrte in den Regen hinaus.

»Ich habe ihr gesagt, dass mit Lea alles vorbei ist, dass sie sich keine Gedanken zu machen braucht. Dass du sie liebst.«

»Max, sie wusste nichts von Lea«, sagte Chaz entgeistert.

Max sprang auf. »Oh mein Gott. Aber ... Nein, sie muss von ihr gewusst haben. Sie hat mich gefragt, wer Lea ist. Und darum habe ich ihr gesagt, dass du die ganze Sache beendet hast.«

In diesem Moment gingen die Türen zur Intensivstation auf und aller Augen waren auf den Arzt gerichtet, der zu Jansens Frau und Kindern trat.

»Es tut mir leid. Er hatte einen massiven Herzinfarkt. Wir haben alles getan, um ihn zu retten.«

<h1 style="text-align:center">Neunundzwanzig</h1>

Chaz und Max saßen in einem Café in der Nähe des Krankenhauses. Sie konnten es noch immer nicht fassen, dass Jansen tot war. Max wischte sich die Tränen aus den Augen. Chaz ergriff ihre Hand. »Max.« Er wusste nicht, was er sonst sagen sollte. Ein guter Mann war gestorben, und es gab keine Möglichkeit, diesen Verlust jemals wieder wettzumachen.

»Es ist … Ich kannte ihn nicht sehr gut, wir haben nur ein paarmal telefoniert. Aber hast du seine Frau gesehen? Und seine Kinder? Vermutlich hat Lea versucht, die Familie auseinanderzubringen, so wie sie versucht, dich über den Tisch zu ziehen.« Ihr Blick wurde hart. »Macht dir das keine Sorgen?«

»Mehr, als du ahnst.« Chaz hatte das Gefühl, als hätte sich ein riesiges Loch im Boden aufgetan. »Ich muss Kaylie anrufen«, sagte er leise, »bevor ich sie auch verliere.«

Max nickte.

»Erzähl mir noch einmal, was sie gesagt hat.«

Max holte tief Luft. »Also, sie hat mich gefragt, wer Lea Carmichael ist. Und weil sie ihren Namen kannte, dachte ich …« Sie sah ihn flehend an. »Wenn ich gewusst hätte, dass du ihr nichts von Lea erzählt hast, hätte ich den Mund gehalten. Ich dachte, sie wüsste von ihr und hätte daher gefragt. Sie hat so gefragt, als dächte sie, dass zwischen dir und Lea etwas läuft. Also habe ich ihr versichert, dass es aus und vorbei ist.« Wieder wischte sie sich die Augen. »Ich hätte sie nie anrufen sollen. Es tut mir leid.«

»Ist nicht deine Schuld. Ich hätte es ihr sagen sollen, aber ...« *Ich war zu feige.*

»Ich rufe Kaylie an und erkläre es ihr«, bot Max an.

»Nein, ist schon okay. Ich muss es ihr sagen. Allerdings habe ich keine Ahnung, woher sie Leas Namen kennt.« Er stand auf und holte sein Handy hervor.

»Du warst so wütend, und ich wusste, dass du es nicht so meinst. Ich wollte nur helfen«, wiederholte Max. »Und Lea würde ich alles zutrauen.«

Chaz legte ihr besänftigend die Hand auf die Schulter und ging dann aus dem Café, um Kaylie anzurufen. Beim ersten Mal klingelte es nur kurz, bevor die Mailbox ansprang. Also versuchte er es noch einmal. Und noch einmal. Und noch einmal, bis er schließlich ihre Stimme hörte.

»Hallo?«, sagte sie.

Chaz verschlug es die Sprache. Kaylies Stimme klang leer und flach. Die muntere, liebevolle Kaylie war verschwunden. Was hatte er bloß angerichtet?

»Chaz? Bist du das?«

Ihm war die Kehle wie zugeschnürt. Mehr als ein Flüstern brachte er nicht zustande. »Kaylie.«

»Chaz? Ist ... ist alles in Ordnung?«

»Ich ... nein. Kaylie, es tut mir leid.« Die Erkenntnis, dass er sie verletzt und belogen hatte, stürzte auf ihn ein. »Kaylie, es ist nicht, wie du denkst. Es tut mir so leid.«

Es zerriss ihm fast das Herz, als er sie leise schluchzen hörte.

»Kaylie, ich wollte doch nur, dass du glücklich bist. Ich

dachte, wenn ich dir von …« Er brachte es nicht einmal fertig, den Namen dieser Frau zu nennen. Er musste es tun. Das war er Kaylie schuldig. »Lea. Ich dachte, wenn ich dir von Lea erzähle, machst du dir jedes Jahr Sorgen, wenn sie unser Festival sponsert.«

»Du hast also die Nacht mit Lea Carmichael verbracht, um mich irgendwie zu schonen?«, fauchte sie.

»Was? Nein. Wovon redest du?« Er zwang die Tränen der Scham und Wut zurück, die sich in seinen Augen sammelten. Er hätte keine Geheimnisse vor Kaylie haben sollen.

»Ich weiß Bescheid, Chaz. Ich habe ihre Socke auf dem Sofa und ihre Bürste im Bad gefunden. Verdammt nochmal, Chaz, Max hat mir alles erzählt. Sie hat gesagt, dass du die Beziehung beendet hast, aber es ist zu spät. Wie sollte ich jemanden heiraten, der mich betrügt, nur weil ich vergessen habe, ihn anzurufen?« Im Hintergrund hörte Chaz Musik.

»Ich hatte vor zwei Jahren was mit Lea, nicht jetzt.« Wut stieg in ihm auf. Er versuchte, mit ruhiger, fester Stimme zu sprechen. Kaylie hatte irgendetwas völlig falsch verstanden und er musste es aufklären, und zwar sofort.

»Ich kann jetzt nicht reden. Ich probe gerade mit der Band.«

»Kaylie, ich schwöre es. Zwischen mir und Lea ist nichts passiert. Ich habe sie auf Hawaii getroffen, um mit ihr über ihr Sponsoring für das Festival zu sprechen. Mehr nicht. Du kannst Max fragen. Sie war dabei. Ich wollte nichts dem Zufall überlassen.« Das musste sie doch verstehen.

»Du hast also Max mitgenommen, weil du dir selbst nicht über den Weg traust? Das ist jämmerlich.«

Seine Stimme wurde lauter. »Verdammt, Kaylie. Das ist nicht der Grund, warum ich Max mitgenommen habe. Lea ist eine Schlange. Sie versucht, sich ins Festival einzukaufen – mit

Jansens Anteil. Und nun ist Jansen tot und –«

»Jansen ist tot?«

Chaz schloss die Augen und versuchte, sich zu konzentrieren. Plötzlich fühlte er sich so schwach, dass er sich anlehnen musste. Der Regen platschte ihm auf die Schuhe und seine Hose wurde nass. »Ja, ein schwerer Herzinfarkt. Es war schrecklich. Kaylie, Lea ist ein Albtraum. Ich schwöre dir beim Leben unseres Babys, dass ich die Sache mit ihr vor zwei Jahren beendet habe. Bevor ich dich kennengelernt habe. Wir haben damals nur ein paar Tage miteinander verbracht. Und die Socke und die Bürste gehören Max. Du kannst sie fragen.«

Kaylie schwieg und Chaz fuhr fort: »Du bist es, die ich liebe. Du bist der einzige Mensch auf der Welt, der mir etwas bedeutet. Du und unser Baby.«

Sie schwieg weiterhin.

»Kaylie, Liebling, ich bete dich an. Das weißt du doch. Ich würde das, was wir haben, nie aufs Spiel setzen, schon gar nicht für sie. Aber du musst mir vertrauen. Wir haben uns gestritten, du hast mich nicht angerufen, und schon folgerst du, dass ich etwas mit einer anderen habe? Wenn wir einander nicht vertrauen können, wie können wir dann heiraten?«

»Die Socke«, sagte Kaylie nur.

»Sie gehört Max. Als Blake unsere Verabredung abgesagt hat, war ich schon unterwegs in die Stadt, und da bin ich auf einen Drink ins Taylor's Cove gefahren. Auf mehrere Drinks, um ehrlich zu sein. Zum Glück war Max dort, sonst weiß ich nicht, wie ich nach Hause gekommen wäre. Sie hat mich gefahren und hat auf der Couch geschlafen, weil wir mitten in der Nacht nach Hawaii aufbrechen mussten. Kaylie, es gibt keine Frau auf der Welt, die deine Stelle einnehmen könnte. Als ich dich das erste Mal sah, wusste ich, dass ich nie wieder eine andere Frau ansehen würde.«

Kaylie schniefte. »Ich vertraue dir, Chaz.«

»Wirklich?«, fragte Chaz atemlos.

»Ja. Ich bin nur so durcheinander im Moment, und als ich nach Hause kam und diese Sachen fand … und …« Er hörte die Anspannung in ihrer Stimme. »Ich will nicht wie meine Mutter sein. Ich will nicht mit den Kindern zu Hause sitzen, während du da draußen bist und dein Leben lebst oder verschwindest und ein neues anfängst, während ich zurückbleibe wie ein Putzlumpen.« Im Hintergrund rief jemand. »Komme gleich, Alex«, antwortete Kaylie.

Chaz fuhr sich mit der Hand über die Augen. »Ist es das, Kay? Hast du Angst, dass ich das tue, was dein Vater getan hat?« Eine Woge der Erleichterung überschwemmte ihn. Sie misstraute nicht nur ihm. Wahrscheinlich misstraute sie jedem Mann. Chaz wusste drei Dinge über sich. Als sein Vater starb, hatte er gemerkt, dass er verborgene Kräfte besaß, die er in schwierigen Zeiten mobilisieren konnte. Er würde das Festival nie eingehen lassen, denn sein Vater hatte es aufgebaut. Und er war nicht *jeder Mann*. »Ich werde den Rest meines Lebens alles tun, um dir zu beweisen, dass du mir vertrauen kannst. Es gibt keine andere Frau in meinem Leben als dich, und es wird auch nie eine andere geben außer dir.«

»Und Max«, sagte Kaylie mit weicher Stimme.

Chaz lächelte. »Und Max. Und unsere Tochter, wenn wir eine bekommen.«

Wieder rief Alex und Kaylie meinte seufzend: »Ich muss Schluss machen. Wir proben gerade die Songs, die ich geschrieben habe. Du hattest recht. Ich kann mehr als nur singen. Und meine Songs sind richtig gut.«

»Ich bin so stolz auf dich«, sagte Chaz.

»Ich liebe dich.«

Er merkte, wie sich die Schlinge um seinen Hals lockerte. »Ich liebe dich auch, Kaylie, und werde dich ewig lieben.«

»Kommst du bis zum Wochenende nach Hause? Ich trete am Wochenende in Danicas Jugendzentrum auf.«

»Ich komme morgen wieder. Und, Kaylie …«

»Ja?«

»Es tut mir leid. Und können wir vereinbaren, dass wir keine voreiligen Schlüsse mehr ziehen? Du nicht und ich auch nicht? Diese Woche war so schlimm.«

»Versprochen.«

Chaz spürte, wie die Schlinge, die ihm den Hals zugeschnürt hatte, endgültig abfiel. Zum ersten Mal seit Tagen konnte er wieder frei atmen.

Dreißig

Im Jugendzentrum herrschte rege Betriebsamkeit, überall tummelten sich Jugendliche. Die Erwachsenen blieben unter sich. Sie unterhielten sich darüber, wer am Wochenende zu der Veranstaltung kommen würde und wie froh sie waren, dass ihre Kinder endlich einen Ort hatten, an dem sie sich treffen konnten. Auf der Suche nach Gage bahnte sich Danica einen Weg zur Basketballhalle. Dort brachte er einem Jungen gerade das Dribbeln bei. Sie lehnte sich an den Türpfosten, lauschte dem rhythmischen Aufprallen des Balls und bewunderte Gages unkomplizierte Art.

Als Gage sie sah, sagte er zu dem Jungen: »Hör mal, warum übst du das nicht eine Weile? Ich bin gleich wieder da.«

Er wartete, bis der Junge einen Rhythmus gefunden hatte, und kam dann zu Danica. »Was ist los?«

»Ich bin nur nervös. Hast du alles geregelt fürs Wochenende?«

»Ich hab alles erledigt, und heute Morgen haben Sally und ich uns vor der Arbeit zum Kaffee getroffen und sind noch einmal die Einzelheiten von Kaylies Auftritt durchgegangen. Und die Tische für draußen und die bunten Lichter, die du so magst, sind auch bestellt. Ich glaube, wir haben alles im Griff.«

»Gut.«

»Danica, ist alles okay? Du weißt noch, dass wir vorhin miteinander gesprochen haben, oder? Ich habe dich angerufen und dir alles erklärt.«

Ihr Kopf war wie ein Sieb, seit Blake um ihre Hand angehalten hatte. »Ja, ich weiß«, log sie. An das Gespräch mit Gage hatte sie gar nicht mehr gedacht. »Ich will nur doppelt sichergehen, dass alles in Ordnung ist.«

Gage legte ihr seine kräftige Hand auf die Schulter und drückte sie sanft. »Danica, wir stehen alle hinter dir. Es wird ein toller Abend, ganz bestimmt.«

Als Danica sich umdrehte, sah sie Sally im Flur. Ihre Blicke trafen sich, dann wandte Sally sich um und ging in die andere Richtung. »Danke. Ich will noch eben mit Sally sprechen«, verabschiedete sich Danica.

Sie fand sie in ihrem Büro, wo sie an einer Wand lehnte. »Warum bist du davongelaufen?«, fragte sie.

Sally errötete.

»Sally? Gibt es etwas, was ich wissen sollte?«

Sally ließ sich auf einen Stuhl fallen. »Wir haben uns zum Kaffee getroffen.«

»Ja, okay. Und?«

Sally beugte sich vor. »Es fühlte sich fast wie ein Date an.« Sie packte Danica am Arm. »Ist das normal oder bin ich völlig bescheuert? Ich meine, ich hatte seit Jahren kein Date mehr und wir arbeiten zusammen und ich weiß noch nicht einmal, ob es ein Date war oder nicht.«

»Atme erst einmal tief durch, Sally. Erstens war es eine Verabredung zum Kaffee, vor der Arbeit. Das könnte man vielleicht als Date ansehen, aber vielleicht war es auch nur eine Gelegenheit, in Ruhe die Einzelheiten der Veranstaltung durchzugehen. Wie klang er, als er dich gefragt hat? So, als wollte er mit dir flirten? Oder so wie sonst, als hätte er einfach eine gute Idee?«

»Vielleicht irgendwas dazwischen? Gestern Abend, als wir gingen, sagte er: *Lass uns morgen vor der Arbeit noch einmal die Details besprechen. Im Café Duo.*«

»Tja, das klingt eigentlich nicht unbedingt nach einem Date. Wäre es dir lieber, wenn es eins gewesen wäre?«

Sally stöhnte. »Ich weiß nicht. Ich habe ein schlechtes Gewissen. Dave ist nicht einmal ein Jahr tot und mein Herz macht jedes Mal einen Satz, wenn ich Gage sehe. Vielleicht sollte ich kündigen.«

»Oh nein, ganz bestimmt nicht.« Danica verschränkte die Arme und lehnte sich zurück. »Lass es einfach laufen und warte ab, was passiert.«

»Ich kann keinen klaren Gedanken fassen, wenn er in der Nähe ist«, gestand Sally.

»Dann bist du aber ganz schön verknallt. Du hättest mich mal sehen sollen, als ich Blake kennengelernt habe.«

»Ehrlich? Mit Dave war es ganz anders. Wir waren so jung und es ging alles so schnell, ohne Drama und ohne Schmetterlinge im Bauch.«

Wieder einmal kam sich Danica vor wie damals, als sie noch als Therapeutin arbeitete. »Manchmal ist die Liebe eben so. Was du mit Dave hattest, war etwas ganz Besonderes. Nichts und niemand kann dir das nehmen. Und wenn dein Treffen mit Gage ein Date war, dann ist das auch okay, denke ich. Ich glaube, Dave würde wollen, dass du glücklich bist.«

Sally lächelte sie schief an. »Klar.«

»Ganz bestimmt. Sei einfach du selbst und warte ab, was passiert. Vielleicht hast du es falsch gedeutet, vielleicht auch nicht.«

»Was ist mit unserer Arbeit hier im Zentrum?«

Danica überlegte kurz, doch dann folgte sie ihrem Instinkt. »Weißt du, wenn sich zwischen euch wirklich etwas entwickelt oder entwickeln könnte, würde ich euch nie im Weg stehen. Und wir können mit allen Komplikationen umgehen, die sich für die Arbeit ergeben. Ihr seid erwachsen. Schließlich werde ich euch nicht beim Knutschen in der Besenkammer finden, oder?«

»Lieber Himmel, nein! Ich habe nur Angst, dass ich mich zum Narren mache. Was soll ich bloß tun?«

»Dein Herz hat seinen eigenen Plan und hört sowieso nicht auf mich.« Sie dachte an den Abend, als sie und Blake sich zum ersten Mal geküsst hatten und sie das Gefühl hatte, dass sie auf der Stelle umfallen würde. Und seit diesem Moment, der nicht länger als einen Herzschlag dauerte, war ihr Leben wie umgekrempelt.

»Okay, dann verwandle ich mich also in eine stammelnde Idiotin«, lachte Sally.

Danica zuckte die Achseln. »Es gibt sicher Schlimmeres als in einen Mann verknallt zu sein.« *Den Heiratsantrag des Mannes ablehnen, den man liebt, um nur ein Beispiel zu nennen.* Rasch wechselte sie das Thema. »Gage sagte, du hast den Auftritt von Kaylie und der Band im Griff?«

»Ja, klar, aber eigentlich glaube ich nicht, dass sie wirklich auftreten wird. Bis zum Geburtstermin sind es nur noch drei Wochen. Die Aufregung bei einer so großen Veranstaltung wird ihr sicher nicht guttun.«

»Sie braucht das. In der letzten Zeit war sie ziemlich niedergeschlagen. Der Auftritt wird sie aufmuntern. Du kommst doch zur Babyparty, oder? Am Wochenende nach der TeenNight?«

»Ja, die möchte ich auf keinen Fall verpassen. Ach, übrigens hat deine Mutter angerufen. Sie sagte, sie hätte das Gefühl, dass mit dir etwas nicht stimmt, aber sie wolle sich nicht aufdrängen.«

»Sie hat dich angerufen?«

»Sie hat hier im Jugendzentrum angerufen, weil sie dich sprechen wollte. Sie meinte, wenn sie immer wieder auf deinem Handy anruft, fühlst du dich verpflichtet, dich sofort zu melden. Ich soll dir also nur ausrichten, dass sie angerufen hat und du dich bei ihr melden sollst, wenn du Zeit hast. Sie ist wirklich süß.«

Ihre Mutter war *süß*? Danica hätte sie eher als tüchtig und liebevoll beschrieben. Sie unterstützte ihre Töchter, aber sie hatte nichts von der zuckrigen, verzärtelnden Fürsorge an sich, die Danica mit dem Wort *süß* verband. Plötzlich dämmerte es Danica: »Oh mein Gott! Ich werde meiner Mutter immer ähnlicher!«

»Wie bitte?«

Danica hatte gar nicht gemerkt, dass sie es laut gesagt hatte. Kaylie war süß, wo auch immer sie das herhatte. Sie selbst dagegen war praktisch, vernünftig und gewissenhaft. Sie sprach die Dinge so aus, wie sie sie sah, ohne sie zu beschönigen. So, wie sie es bei Blake getan hatte. Leider wusste sie nicht, ob das gut oder schlecht war.

Sally stand auf. »Weißt du, es gibt Schlimmeres, als seiner Mutter ähnlich zu sein, glaub mir. Danke fürs Zuhören«, setzte sie hinzu und ging.

Danica nahm ihr Handy und wählte die Nummer ihrer Mutter.

Sie saßen auf der Terrasse des Mountain-Ridge-Restaurants. Es lag ziemlich genau auf der Hälfte der Strecke zwischen Allure und der Stadt, in der ihre Mutter lebte. Die Sonne war warm, doch ein sanfter Wind sorgte für die nötige Abkühlung. Danica beobachtete ihre Mutter, als sie ihren Salat aß. Ihr war noch nie aufgefallen, dass sie sich nach jedem Bissen den Mund mit der Serviette abtupfte oder dass sie beim Kauen die Lippen fest aufeinander presste. Um die Oberlippe zeigten sich feine Linien und die Adern auf ihrem Handrücken standen deutlicher hervor, als sie in Erinnerung hatte.

Eigentlich wusste sie kaum etwas über ihre Mutter, außer natürlich den Dingen, die man als Kind wahrnimmt und ins Erwachsenenalter hineinträgt: Sie konnte manchmal nerven, war immer hilfsbereit und schien stets für ihre Kinder da zu sein. Danica überlegte traurig, dass sie sie immer nur als Mutter gesehen hatte, schlimmstenfalls als jemand, der ihr lästig war, doch nicht annähernd als eine Freundin.

»Mom, ich vermisse dich«, sagte Danica aufrichtig.

Ihre Mutter lächelte. »Ja, ich vermisse dich auch, Liebes. Ist alles okay bei dir?«

Eine typisch mütterliche Antwort, doch Danica wollte mehr. Sie wollte ihre Mutter kennenlernen, herausfinden, was sie traurig, was sie glücklich machte, wie ihre neuen Hoffnungen und Träume aussahen – falls sie welche hatte. Und wenn sie ehrlich zu sich selbst war, wollte sie eigentlich wissen, wie ihre Mutter wusste, dass ihr Vater der Richtige für sie gewesen war, auch wenn er sich am Ende als der Falsche erwies.

»Ja, alles bestens. Ich habe nur das Gefühl, dass ich dich nicht besonders gut kenne.«

Ihre Mutter legte die Gabel beiseite und sah Danica an. »Liebes, du kannst mich alles fragen, ich habe nichts zu verbergen.«

»Das meine ich nicht, Mom. Aber ich bin jetzt fast dreißig und sehe dich immer noch so, wie ich dich als Kind gesehen habe. Ich weiß so wenig von dir. Lange Zeit warst du für mich einfach ...«

»Diejenige, die dich ständig ermahnt? Die alles besser weiß? Die ihre Nase in Dinge steckt, die sie nichts angehen?«

»Nein«, log Danica.

»Ist schon okay, Danica. Ich bin deine Mutter und das gehört einfach dazu.«

»Aber warum hast du mir nie gesagt, dass das nicht alles ist? Ich meine, wir haben uns monatelang kaum gesehen. Es ist meine Schuld, ich weiß, aber du bist meine Mom. Du hättest versuchen sollen, mehr Raum in meinem Leben einzunehmen. Ich mache dir keine Vorwürfe. Ich bin daran schuld, aber warum hast du es einfach zugelassen?«

»Ach, Schätzchen, wenn du Kinder hast, lernst du eine Menge – über dich selbst und über sie. Es war meine Aufgabe, euch zu erziehen und dafür zu sorgen, dass ihr anständige Menschen werdet, oder euch zumindest jede Chance zu bieten, es zu werden. Aber es ist nicht deine Aufgabe, mich dafür zu lieben oder mich als Person zu mögen.«

»Aber ich mag dich wirklich«, sagte Danica nachdrücklich.

»Nun, das ist schön, aber du solltest auch kein schlechtes Gewissen haben, wenn du mich manchmal eben nicht magst. Eine Mutter weiß, dass ihre Kinder sie lieben, selbst wenn sie behaupten, dass sie es nicht tun. Aber ich glaube nicht, dass ich mich in dein Leben drängen muss. Ich bin für dich da, wenn du Zeit mit mir verbringen möchtest, aber es ist auch okay, wenn du es nicht willst.«

Wie kann es sein, dass ich nie gesehen habe, wie stark meine

Mutter ist? Als Therapeutin hatte sie ihren Klienten immer gesagt, dass sie ihre Rolle als Eltern überdenken sollten. Warum hatte sie die Rolle ihrer Mutter – und ihre eigene – als etwas anderes gesehen? Sie seufzte und spielte mit ihrer Serviette. »Kannst du mir etwas über dich erzählen?«

Ihre Mutter lächelte, als sei Danicas Frage töricht. »Ich bin wirklich nicht besonders interessant.«

»Bitte!«

Sie überlegte einen Moment. »Ich mag Wildblumen«, sagte sie schließlich. »Ich mag ihre leuchtenden Farben, dass sie bunt durcheinanderstehen und einfach wachsen, ohne jedes Jahr angepflanzt zu werden.«

»Ja, das gefällt mir auch«, sagte Danica. *Kleine Schritte, aber es geht vorwärts.* »Was noch?«

»Zu meiner eigenen Überraschung mag ich Bridge, meine roten Haare mag ich nicht, ich gehe gerne ins Fitnessstudio, aber ich trainiere nicht gern. Mit meinen Freundinnen zu schwatzen ist schöner.« Sie sah Danica nachdenklich an. »Das solltest du auch tun: mehr Zeit mit Freundinnen verbringen. Ich habe mich so viele Jahre lang um andere gekümmert, dass der Kontakt zu meinen Freunden abgebrochen ist und ich wieder von vorne anfangen musste, nachdem –« Ihre unausgesprochenen Worte hingen in der Luft.

»Es tut mir leid, Mom, wir haben dich ganz schön auf Trab gehalten.«

»Oh nein, Liebes, ihr Mädchen wart perfekt. Aber es gab immer so viel zu tun und ich habe die Dinge aus den Augen verloren, an denen ich Freude hatte. Ich glaube, das ist ein Grund, warum sich euer Vater eine andere gesucht hat.« Sie faltete die Serviette in ihrem Schoß auseinander und wieder zusammen. »Ich hatte mich selbst aus den Augen verloren.

Wenn das passiert, kann man nicht mehr wachsen und sich lebendig fühlen. Ich habe die ganze Zeit von mir abgegeben, aber nirgendwo aufgetankt. Wahrscheinlich hat er das gespürt. Wenn er nach Hause kam, war ich müde oder habe euch bei den Hausaufgaben geholfen, und dann war da die ganze Hausarbeit. Nicht besonders romantisch!«

»Aber jede Ehe ist so.« *Oder?*

Ihre Mutter schüttelte den Kopf. »Ich weiß es nicht, ich war nur einmal verheiratet. Aber wenn ich dir einen Rat geben darf: Achte darauf, dass du immer noch Zeit für deine Freunde hast. Versuche, dich nicht so sehr in deine Beziehung zu Blake hineinziehen zu lassen, dass du vergisst, wer du bist.«

Blake. Ich muss es ihr sagen.

Ihre Mutter berührte ihre Hand. »Worum geht es dir wirklich? Stimmt etwas nicht? Ist mit dir und Blake alles in Ordnung?«

»Nein, nein, Mom. Das ist es nicht. Ich … Blake hat mich gebeten, seine Frau zu werden.«

Ihre Mutter sah sie mit leuchtenden Augen an. »Das ist wundervoll, nicht wahr?«

Danica antwortete nicht. Sie war hin- und hergerissen.

Ihre Mutter wurde ernst. »Oder ist es das nicht?«

»Doch, es ist wundervoll. Er ist wundervoll. Unsere Beziehung ist wundervoll, aber ich habe noch nicht Ja gesagt.«

»Nun, das ist okay. Er kann warten.« Sie lachte leise. »Ich habe deinen Vater zwei Wochen lang zappeln lassen, bevor ich Ja gesagt habe. Er war das reinste Nervenbündel. Er wollte mich nicht immer wieder fragen, aber ich konnte ihm die Frage ansehen, wenn wir uns getroffen haben. Wahrscheinlich wäre er geplatzt, wenn ich zu lange gewartet hätte.«

»Wirklich? So kann ich mir Daddy gar nicht vorstellen.«

»Ich weiß. Euer Vater hat sich nach eurer Geburt sehr verändert. Er hat sich mehr auf seine Arbeit konzentriert. Ich denke, er hat den Druck gespürt, eine Familie versorgen zu müssen.«

»Das kann gut sein.«

»Also, wie sieht es aus, Danica? Liebst du ihn?«

»Mehr als alles auf der Welt. Schließlich habe ich meine Praxis für ihn aufgegeben.«

»Und offensichtlich liebt er dich auch.«

Danica nickte.

Ihre Mutter trank einen Schluck Eistee und sah Danica nachdenklich an.

»Es ist Kaylie«, brachte Danica schließlich hervor. Sie hatte das Gefühl, als würde ihr eine große Last von den Schultern genommen. »Lieber Himmel, Mom. Ich kann nicht heiraten, wenn Kaylie so unglücklich ist.«

»Oh Danica.« Wieder ergriff die Mutter ihre Hand. »Du bist ihr immer eine wundervolle große Schwester gewesen. Du hast auf sie aufgepasst und ihr durch schwierige Phasen geholfen – nur schade, dass sie sich nichts sagen ließ, sobald es um Sex ging, als sie jünger war. Sie hätte die Dinge besser ein bisschen langsamer angehen lassen. Aber damals hätte sie sich wahrscheinlich von niemandem etwas sagen lassen. Sie wollte unbedingt ihre Erfahrungen sammeln.«

»Du wusstest also, dass ich mit ihr darüber gesprochen habe?« *Was wusste sie sonst noch alles?*

»Aber natürlich. Und dass sie sich weggeschlichen und gelogen hat, mit wem sie zusammen war, damit sie sich mit diesem oder jenem Jungen vergnügen konnte. Mütter wissen alles und Kaylie kann von Glück sagen, dass sie dich hatte.«

Ich weiß und es kotzt mich an. Ich wünschte, sie würde endlich erwachsen werden. Ich hasse es, dass ich ihretwegen nicht von der Stelle komme. Kaum waren Danica diese Gedanken durch den Kopf geschossen, bekam sie ein schlechtes Gewissen. Ihre Mutter musste ihren schuldbewussten Blick wahrgenommen haben, denn sie nahm Danicas Hand in ihre und sagte genau das Richtige.

»Danica, du bist nicht für Kaylie verantwortlich. Sie ist ein großes Mädchen, sie hat das College hinter sich, und obwohl sie immer noch impulsiv und vielleicht ein bisschen egozentrisch wirkt …«

Danica riss die Augen auf. »Mom!«

»Nun, manchmal jedenfalls.« Sie lachte. »Das ist eben Kaylie, aber sie ist erwachsen. Sie kann und wird ihr Leben selbst in die Hand nehmen. Du kannst sie nicht vor sich selbst retten. Du kannst ihre Probleme nicht lösen und sie wird auch nie so werden wie du.«

»Das versuche ich doch gar nicht hinzukriegen«, protestierte Danica. *Oder? Versuche ich es vielleicht doch?*

»Ich meine ja nicht, genau wie du. Ich weiß aber, wie frustriert du bist, weil sie nicht immer die besten Entscheidungen trifft.«

Danica seufzte. »Ich weiß, dass sie Chaz liebt und dass sie sich auf das Baby freut, aber sie neigt zu irrationalen Schnellschüssen. Es ist alles ziemlich durcheinander, ich weiß nicht, auf welchem Stand sie mittlerweile sind. Er hat ihr wohl gesagt, ihm sei es egal, ob sie arbeitet oder ihren Beruf aufgibt und zu Hause bleibt.«

»Oh nein. Der liebe Gott möge dem beistehen, der Kaylie sagt, was sie tun und was sie lassen soll.«

»Ja, davon kann ich ein Lied singen. Kaylie hat es so verstanden, dass sie ein Kind nach dem anderen kriegen und ein

Dasein als Hausfrau und Mutter fristen soll.«

Ihre Mutter schüttelte den Kopf. »Oh Kaylie.«

»Ich versuche, mit ihr zu reden, aber ich kann Blake nicht versprechen, ihn zu heiraten, wenn in Kaylie Leben solch ein heilloses Durcheinander herrscht.«

»Danica, hör mir gut zu. Kaylie ist Kaylie. Ich liebe sie, aber sie macht aus allem ein Drama. Du kannst sie nicht dein Leben lang beschützen. Erlaube dir, glücklich zu sein. Du hast es ebenso verdient wie sie und sie wäre entsetzt, wenn sie wüsste, dass dein Leben ihretwegen auf Eis liegt.«

»Nein, sie würde das Gefühl genießen, dass alle nach ihrer Pfeife tanzen. Sie steht gerne im Mittelpunkt.«

»Nein, das stimmt nicht.« Ihre Mutter lehnte sich in ihrem Stuhl zurück und sah Danica streng an. »Man mag deiner Schwester manches vorwerfen, aber du bist für sie die Größte. Und sie macht sich Sorgen, dass du nichts vom Leben hast. Ich habe sie zwar ein Jahr lang nicht gesehen, aber diese Dinge verändern sich nicht.«

»Dass ich nichts vom Leben habe?« *Danke sehr, aber ich habe ein sehr schönes Leben.* »Warum meinst du, dass sie sich Sorgen um mich macht? Sie ist viel zu sehr damit beschäftigt, anderen Leuten Sorgen zu bereiten.«

»Glaub mir, ich weiß es. Bevor dein Vater und ich uns getrennt haben, hat sie fast jede Woche angerufen und mir erzählt, dass sie sich Sorgen macht, weil du zu viel gelernt oder nicht genug Spaß gehabt hast. Dass ich dir zureden soll, du solltest dich mit Jungen verabreden. Sie liebt dich, Danica, und sie will das Beste für dich. Sie hat nur Angst, es sich selbst zuzugestehen.«

Danica wollte entgegnen, dass Kaylies Unsicherheiten mit der Scheidung der Eltern zu tun hatten, doch sie brachte es nicht übers Herz. Stattdessen nickte sie nur und hoffte, dass ihre Mutter recht hatte.

»Ich glaube, es hat ihr sehr zugesetzt, als euer Vater weggegangen ist«, sagte ihre Mutter. »Ich habe versucht, die Ehe zusammenzuhalten, bis ihr groß genug wart, es zu verstehen, aber Kaylie …« Sie schüttelte den Kopf. »Sie war so wütend auf mich.«

»Sie war nicht wütend auf dich«, log Danica.

»Anfangs nicht, aber als sie herausfand, dass ich bei eurem Vater geblieben bin, obwohl ich von seiner Affäre wusste, hat sie mich eines Nachts angerufen. Sie war sturzbetrunken und hat mir unmissverständlich mitgeteilt, was sie von mir hielt.«

»Oh je. Sie war betrunken. Sie hat es nicht so gemeint«, sagte Danica besänftigend.

»Wenn Kaylie betrunken ist, sagt sie die Wahrheit. Das weiß ich, seit sie nach einer Nacht mit Tommy Rose nach Hause gekommen ist. Damals war sie fünfzehn.«

»Diese Nacht habe ich ganz vergessen.« Tommy Rose war der Erste, mit dem Kaylie geschlafen hatte, und sie hatte es nur getan, weil sie ihrem Vater eins auswischen wollte. Danica musste lachen und sah, dass ihre Mutter schmunzelte.

»Euer armer Vater. Sie hat sich vor ihm aufgebaut und gesagt: ›Es tut mir nicht leid, Daddy, und es hat Spaß gemacht.‹ Sie war ein kleines Biest!«

»Sie hat es ihm vor die Füße geknallt, weil er ihr Hausarrest gegeben hat, nicht wahr?«

»Ich bin mir ganz sicher, dass sie nur mit Tommy geschlafen hat, um es ihm vor die Füße knallen zu können. Sie hat's ihm gezeigt«, sagte ihre Mutter kopfschüttelnd.

Als sie das Restaurant verließen, überlegte Danica, ob sie Blakes Heiratsantrag nicht annahm, weil sie es irgendjemandem zeigen wollte. Wollte sie sich selbst etwas beweisen? Ihre Unabhängigkeit? Wollte sie ihrem Vater zeigen, dass er beiden Töchtern die Vorstellung zu heiraten zunichtegemacht hatte? Oder hatte sie einfach dieselben Vorbehalte gegen die Ehe wie Kaylie und benutzte ihre Schwester nur als Vorwand?

Einunddreißig

Nach ihrer Probe mit der Band putzte Kaylie das Haus von oben bis unten. Fast rechnete sie damit, weitere Hinterlassenschaften von Max zu finden. Ab und zu kamen ihr leise Zweifel, ob es wirklich Max' Sachen gewesen waren, doch sie schaffte es, sie beiseitezuschieben. Dass diese Zweifel mit der Affäre ihres Vaters zu tun hatten, war ihr klar. Dann dachte sie an ihre Mutter. Es lag ihr wirklich daran, das Verhältnis zu ihr wieder ins Lot zu bringen – die Frage war nur: Wie? Anfangs, als ihre Karriere ins Rollen kam, hatte sie so viel zu tun, dass es leicht gewesen war, die Wut zu verdrängen, die sie empfand. Dass die Kluft, die sie zwischen ihnen entstehen ließ, ihre Mutter verletzte, kümmerte sie damals wenig. Doch nachdem sie ihre Mutter wiedergesehen hatte, merkte sie, dass sie sie vermisst hatte. Vielleicht würde es mit dem Baby leichter werden, ihre Beziehung wieder aufzunehmen.

Als es im Haus vor Sauberkeit blitzte, ging sie in den Garten. Bei den Blumenbeeten stand eine hölzerne Schaukel mit einem Sitz, der groß genug für zwei war. Sie schaukelte sanft hin und her und genoss den leichten Windhauch, der ihre verschwitzte Haut kühlte. Der Sonnenuntergang färbte den Himmel strahlend pink und violett.

Als sich das Baby bewegte, strich sie mit der Hand über die Stelle, an der ein Ellbogen oder Knie einen kleinen Hügel auf ihrem prallen Bauch bildete. Sie hatte den ganzen Tag an Chaz gedacht und mittlerweile war ihr klar, wie kindisch es gewesen war, wegzulaufen. Mit ihren achtundzwanzig Jahren war sie erwachsen – und sie erwartete ein Kind. Wenn sie nicht wollte, dass er sie endgültig verließ, ließ sie solche Eskapaden besser sein.

Liebe und Schönheit waren nicht alles, das war ihr klar, auch wenn ihr niemand so viel Durchblick zutraute. Kaylie wusste genau, wie andere sie sahen. Sie war die Hübsche, nicht die Kluge und Verlässliche. Sie war nicht die Frau, bei der man in einer Krise Hilfe suchte, doch als sie nun die Bewegungen des Babys unter ihrer Handfläche fühlte, verspürte sie nur den Wunsch, solch eine Frau zu sein. Sie wollte – *nein, sie musste* – jemand sein, auf den man zählen konnte. Sie brauchte es nicht für ihre Mutter oder ihren Vater, auch nicht für ihre Freunde und Bekannten. Sie brauchte diese Verlässlichkeit für sich selbst, weil sie bald ein Kind haben würde. Das war die Art von Mutter, die sie ihrem Kind sein wollte. Hübsch auszusehen und jemand zu sein, mit dem man Spaß haben konnte, war einfach. Für den Rest brauchte sie Hilfe.

Sie pflückte ein paar Blumen und brachte sie ins Haus. In der Küche fand sie eine Glasvase und während sie den Strauß hineinstellte, dachte sie weiter über die Veränderungen nach, die sie sich wünschte. Stolz sah sie sich in ihrem frisch geputzten Haus um. Wenn Chaz nach Hause kam, war alles hübsch und gemütlich. Das war doch schon etwas, oder? Sie nahm Handy, Handtasche und Schlüssel von der Anrichte und ging hinaus zu ihrem Auto.

Kaylie stand im Wartezimmer der Therapeutin, die Danica ihrer Mitarbeiterin empfohlen hatte. Diesmal wollte sie Danica nicht um Hilfe bitten. Wenn es ihr gelang, so zu werden, wie sie es sich vorstellte, und wenn sie irgendwie mit dem Weggang ihres Vaters und den Schwächen ihrer Mutter ... Nein, Schwächen war nicht das richtige Wort. Was war es, was ihre Mutter gezeigt hatte? Sie war sich nicht sicher, aber wenn sie es schaffte, damit zurechtzukommen, dann hatte sie vielleicht eine hauchdünne Chance, eine richtig gute Ehefrau zu werden. Sie wusste, dass Chaz sie so liebte, wie sie war. Er liebte ihre Persönlichkeit, ihr Aussehen – und ihren Körper – und sie wusste, dass er sie auch dann noch lieben würde, wenn all diese Dinge nicht mehr da sein sollten. Selbst wenn sie eine schreckliche Krankheit heimsuchen und ihr ihre Lebhaftigkeit und Tatkraft rauben sollte, würde er sie immer noch lieben, und sie wusste, wie selten so etwas war. An seiner Liebe hatte sie nicht den geringsten Zweifel. Aber sie wollte eine selbstbewusste Ehefrau sein, die nicht davonlief. Sie wollte die beste Mutter sein, die sie sein konnte, und das funktionierte nicht, wenn sie immer im Mittelpunkt stehen wollte.

Dr. Marsden kam aus ihrem Sprechzimmer und war genauso, wie Kaylie sie sich vorgestellt hatte: nicht besonders groß und auch nicht besonders hübsch. Mit ihren kurzen grauen Haaren wirkte sie streng, obwohl sie ihre schmalen Lippen zu einem Lächeln verzogen hatte. Ihr Hosenanzug schien ein Relikt aus den Siebzigern zu sein, und als sie ihren kräftigen Arm zum Handschlag ausstreckte, musste Kaylie an ihren Vater denken, der es auch immer so gemacht hatte. Sie fühlte sich sofort geborgen, als sei sie in den Händen einer erfahrenen Lehrerin.

Sie schüttelte Dr. Marsden die Hand. »Danke, dass ich so

schnell einen Termin haben konnte.«

»Sie meinten, es sei dringend, und eine andere Klientin hatte abgesagt. Danicas Familie hat meine volle Aufmerksamkeit.« Sie ging voraus in ihr kleines, sachlich eingerichtetes Sprechzimmer. »Haben Sie die Aufnahmeformulare ausgefüllt?«

»Ja, Ma'am. Ich habe sie am Empfang abgegeben.«

»Wunderbar. Ich sehe sie mir später an. Ihre Schwester war die beste Therapeutin in Allure. Außer mir natürlich«, sagte sie mit einem kleinen Lachen.

Selbstbewusst. Das gefällt mir.

»Für die Klienten ist es schade, dass sie aufgehört hat, aber im Jugendzentrum leistet sie gute Arbeit.« Dr. Marsden setzte sich in einen Ledersessel und bedeutete Kaylie, sich dazuzusetzen.

»Danke«, sagte Kaylie und ließ sich in die Lederpolster sinken. *Wie Hunderte von Leuten vor mir.*

»Wann kommt ihr Baby?«

»In dreieinhalb Wochen.« *Schon so bald?* Kaylie legte die Hand auf den Bauch. »Wow, es ist eine Weile her, dass ich das laut gesagt habe. Das ist nicht mehr lange hin.«

»Freuen Sie sich?«

Dr. Marsden hatte weder Stift noch Papier vor sich liegen. *Macht sie sich keine Notizen? Im Film machen sich Therapeuten immer Notizen.* Wahrscheinlich hatte sie längst gelernt, sich alle Einzelheiten ihrer Sitzungen zu merken. Die Frage machte sie etwas nervös. Sie spielte mit dem Saum ihres T-Shirts. »Ja, sehr.«

»Und Ihr Mann?«

»Wir sind noch nicht verheiratet. Wir wollten warten, bis das Baby da ist. Aber er freut sich auch.«

»Also, eine glückliche Familie, die sich auf ihr Baby freut.

Erzählen Sie mir, warum Sie hier sind.«

In Gedanken probierte Kaylie verschiedene Antworten aus. *Ich tauge nicht als Ehefrau. Ich will mehr wie Danica sein. Ich habe Angst, dass mein Verlobter mich verlässt, und ich will nicht so denken, aber der Gedanke kommt immer wieder.* Bevor sie etwas sagen konnte, meinte Dr. Marsden: »Tun Sie so, als sei ich gar nicht hier. Woran dachten Sie, als Sie im Wartezimmer saßen?«

Kaylie atmete tief durch und dann platzten die Worte einfach aus ihr heraus. »Ich will ein besserer Mensch sein. Ich will stärker und weniger egozentrisch sein. Ich will verlässlich sein. Ich will nicht mehr weglaufen, wenn es schwierig wird.« *Geschafft*, dachte sie. *Das Schlimmste wäre überstanden.* Sie hatte die Fehler eingeräumt, die sie ihr Leben lang versteckt hatte. »Oh, und ich möchte nicht wie meine Mutter sein.«

»Aha, ein paar kleine Veränderungen also.« Dr. Marsdens Witz löste die Spannung, die Kaylie die Luft zum Atmen nahm. »Können Sie mir ein wenig über Ihre Mom erzählen?«

Sie nahm sich vor, absolut ehrlich zu sein. Von Danica wusste sie, dass eine Therapie nur dann wirklich hilfreich sein konnte, wenn man ehrlich war. Egal, wie schmerzhaft es auch sein mochte. »Sie ist eine gute Mutter. Aber ich denke, sie ist schwach, und ich will nicht schwach sein.« *Tut mir leid, Mom.* »Ich habe ein schlechtes Gewissen, wenn ich so etwas sage.«

»Das wird Ihnen noch öfter passieren. Manche Dinge machen einen wütend, andere machen einen traurig oder eben schuldbewusst, wenn man sie laut ausspricht. Nur so kann man zum Kern vordringen. Aber wie Sie sicher wissen, bleibt alles innerhalb dieser vier Wände.«

»Okay. Also, sie hat nie viel von mir erwartet, dabei bin ich nicht dumm. Sie hätte mehr von mir erwarten sollen. Und ich stehe immer im Schatten von ...« *Mist.*

»Danica?«

Kaylie nickte.

Wieder deutete Dr. Marsden auf die Wände.

»Im Schatten von Danica. Wir sind ganz unterschiedlich, aber ich bin nicht weniger … ich weiß nicht … fähig als sie. Sie ist nur schlauer, entschlossener, tüchtiger in allem, was sie anpackt.« *Oh Gott. Ich bin tatsächlich weniger fähig. Schließlich sitzt Danica nicht gerade in einer Therapiestunde.* Sie wappnete sich insgeheim dagegen, dass Dr. Marsden ihre Befürchtungen bestätigte.

»Warum glauben Sie, dass sie schlauer ist?«

Meint sie das ernst? Sie versuchte, die Therapeutin nicht ungläubig anzustarren, und antwortete: »Sie war Therapeutin. Ich bin Sängerin. Da ist es doch offensichtlich, wer die Intelligentere von uns beiden ist.«

»Wollten Sie Therapeutin werden und haben es nicht geschafft?«

»Was? Nein, ich könnte niemals Therapeutin sein. Ich bin eher … ich würde mich eingesperrt fühlen, den ganzen Tag in einem Sprechzimmer …«

»Es ist also nicht so, dass Sie es nicht geschafft haben oder dass Sie nicht Therapeutin werden konnten. Es ist so, dass Sie keine Therapeutin sein wollten.«

»Genau. Ja. Danica und ich haben das College mit Bestnoten abgeschlossen, aber sie hat einen Abschluss in Psychologie und ich nur in Musik.« Sie fühlte sich genauso wie immer, wenn sie ihre Abschlüsse in einem Atemzug nannte. Sie schämte sich.

»Macht es Ihnen Spaß, als Sängerin zu arbeiten?«

Kaylie lächelte strahlend. »Und wie!«

»Warum vergleichen Sie sich also mit Danica?«

Warum verglich sie sich mit Danica? *Weil wir mein ganzes Leben lang verglichen worden sind. Ich kenne es nicht anders.* Sie schwieg.

»Haben andere Leute Sie mit ihr verglichen?« Die Wahrheit schmerzte und Kaylie fragte sich, ob es richtig gewesen war, hierherzukommen.

»Also, Ihre Freunde und Familie vergleichen Sie mit Danica und Sie haben das Gefühl, dass andere es ebenfalls tun. Das tut sicher weh.«

Kaylie nickte. Sie hatte ein schlechtes Gewissen, weil sie sich darüber beklagte, mit Danica verglichen zu werden. Danica war eine starke Frau. Es gab weniger schmeichelhafte Vergleiche.

»Ihr Verlobter vergleicht Sie nicht mit ihr.«

Kaylie war überrascht, dass sie keine Frage stellte, sondern eine Tatsache formulierte. Das machte sie stolz auf Chaz, auf ihn als Person und auf seine Art, wie er sich ihr gegenüber verhielt. Vielleicht war eine Therapie doch keine schlechte Sache.

»Wie heißt er?«

»Chaz. Chaz Crew.«

»Sexy Name.«

Kaylie lächelte. »Sexy alles.« Sie lachte. »Er vergleicht mich mit niemandem.«

»Demütigt er Sie? Gibt er Ihnen das Gefühl, dass Sie etwas nicht können? Keine direkten Vergleiche also, sondern er lässt Sie den Unterschied spüren, ohne es auszusprechen?«

»Nein, nie.« *Oder? Nein, niemals.* Sie spürte, wie sie eine Woge der Erleichterung erfasste. Sie hatte es immer gewusst, aber es jemandem zu sagen, machte es noch greifbarer. »Wahrscheinlich wollen Sie wissen, wie es sich für mich anfühlt, dass ich immer wie Danicas Schatten behandelt werde, aber eigentlich wüsste ich gerne, wie ich aufhören kann, mich so zu fühlen, wie ich mich fühle. Und was noch wichtiger ist: Wie kann ich aufhören, diejenige zu sein, die die Leute mit ihr vergleichen wollen? Oder mit jemand anderem?«

»Da haben wir ein gutes Stück Arbeit vor uns.«

Vielleicht könnten Sie das ein bisschen netter formulieren? Kaylie war enttäuscht.

»Werfen Sie nicht gleich die Flinte ins Korn. Ich wollte damit nur sagen, dass Sie eben die jüngere Schwester sind, und leider stellen Familie und Freunde oft solche Vergleiche an. Ich bin sicher, sie vergleichen sie auch oft mit Ihnen.«

Kaylie lachte. »Bestimmt nicht.«

»Ich kenne Danica ziemlich gut und sie ist eine sehr entschlossene, hartnäckige und zielstrebige Frau.«

»Stimmt genau.«

»Und wie würden Sie sich selbst beschreiben?«

»Jetzt? Oder vor der Schwangerschaft?«

»Im Allgemeinen.«

»Nun, vor der Schwangerschaft war ich hübsch, lustig, spontan. Nun bin ich schwerfällig, müde und launisch, um es milde auszudrücken.«

»Das ist normal.«

Kaylie zuckte die Achseln. »Außerdem bin ich eine gute Sängerin, und wie sich gezeigt hat, bin ich auch eine gute Songschreiberin.«

»Okay.« Dr. Marsden sah Kaylie erwartungsvoll an. Als Kaylie schwieg, fügte Dr. Marsden hinzu: »Sie haben nicht erwähnt, dass Sie schlau, tüchtig, organisiert oder sonst so sind, wie Sie Ihre Schwester beschreiben.«

Kaylie fragte sich, was sie damit sagen wollte.

»Wenn Sie selbst sich nicht so beschreiben würden, warum

sollte es dann jemand anderes tun?«

»Aber –«

»Bevor Sie antworten, möchte ich, dass Sie noch über ein paar andere Sachen nachdenken. Müssen Sie sich um Ihre Engagements selbst kümmern?«

»Ja.«

»Ist das einfach? Ich meine, ich bin keine Sängerin, also habe ich keine Ahnung, wie einfach oder schwierig es ist, an Engagements zu kommen.«

»Es ist höllisch. Es gibt immer jede Menge Konkurrenz.«

Dr. Marsden nickte.

»Und wenn Sie ein Engagement haben, müssen Sie dann irgendetwas koordinieren? Organisieren? Eine Band? Begleitmusik?«

»Ja, ich trete mit einer Band auf und wir haben unsere Setlisten, für jedes Event eine andere. Darum kümmere ich mich. Und wir drucken für jeden Auftritt Handzettel, sodass die Leute wissen, wer wir sind und wie man uns erreichen kann. Dann können sie uns engagieren, wenn sie wollen. Oh, und ich benachrichtige die Medien, damit unsere Termine in den Zeitungen und im Radio angekündigt werden. Das klappt nicht immer, aber meistens.«

»Würden Sie sagen, dass eine desorganisierte, unpraktische Frau das alles schaffen würde?«

Kaylie errötete vor Stolz. »Nein, wahrscheinlich nicht.«

Dr. Marsden nickte. »Und meinen Sie, Ihre Mutter hätte das geschafft?«

»Oh, aber sicher. Sie konnte mit einer Hand backen, mit der anderen einen Knopf annähen und gleichzeitig telefonieren. Sie wissen schon, was ich meine.«

»Könnte es sein, dass Sie nicht an die glauben, die Sie sind?«

Sie wartete Kaylies Antwort nicht ab. »Vielleicht sollten Sie darüber nachdenken.« Bevor Kaylie ihre Gedanken sortieren konnte, stellte sie schon die nächste Frage: »Warum halten Sie Ihre Mutter für schwach?«

Kaylie zögerte. Sie war kurz davor, etwas zu erzählen, das eigentlich nur ihre Familie anging, und zweifelte plötzlich, ob sie es wirklich tun sollte. Doch dann überwog der Wunsch, ein besserer Mensch zu werden, und der Wunsch, die Scheidung ihrer Eltern zu verschweigen, löste sich in Luft auf. Hastig und ungeordnet erzählte sie, wie es sich für sie anfühlte, dass ihre Mutter mit ihrem Vater auch dann noch zusammengeblieben war, als sie schon von seiner Affäre mit einer anderen Frau wusste.

»Kaylie, was hätte sie Ihrer Meinung nach tun sollen?«

»Ihn verlassen. Sie hatte es nicht nötig, hinter einer anderen Frau zurückzustehen.«

»Und was wäre dann aus Ihnen und Ihrer Schwester geworden?«

Ihre Mutter hatte zugegeben, von der Affäre gewusst zu haben, als Danica fünfzehn und Kaylie vierzehn war. »Wir waren Teenager, als sie es herausfand. Wir wären ...« Sie zuckte mit den Schultern. »Ich weiß nicht. Wir wären damit zurechtgekommen.«

»Meinen Sie wirklich? Vielleicht wären Sie tatsächlich damit zurechtgekommen, aber nach einer Trennung rebellieren viele Teenager und sind wütend auf beide Elternteile. Manche nehmen Drogen, fangen an zu trinken, andere laufen weg oder sperren sich in ihrem Zimmer ein. Manche brechen auch die Schule ab. Und manche kommen damit zurecht.«

Kaylie senkte den Blick.

»Sie beide hätten tatsächlich zu denjenigen gehören können,

die zurechtkommen. Aber das werden Sie nie wissen, weil Ihre Mutter so schwach war, zu bleiben und Sie vor all dem Schmerz zu schützen. Sie hat Sie vor der Erkenntnis geschützt, dass Ihr Vater nicht wirklich der war, für den Sie ihn gehalten haben.«

»Sie hat sich nichts anmerken lassen. Sie hat ihn all die Jahre unterstützt und uns gesagt, was für ein wunderbarer Mensch er ist. Ich erinnere mich genau.« Kaylie zwinkerte gegen die Tränen an, die ihr in die Augen stiegen. »Sie hat ihn immer verteidigt. Selbst, wenn er mich bestraft hat und ich sagte, dass ich ihn hasse, hat sie nichts gesagt. Ich wünschte, sie hätte etwas gesagt.«

»Warum?«

Kaylie schwieg.

Dr. Marsden wartete.

»Dann hätte ich ihn hassen können«, räumte Kaylie ein. »Stattdessen dachte ich, es sei ihre Schuld gewesen, dass er sich davon gemacht hat, als wir aufs College gingen.« *Denke ich wirklich so? Das ist ja schrecklich.* Sie sah in Dr. Marsdens Augen, die voller Mitgefühl waren. »Ich war so wütend auf ihn, weil er gegangen ist. Und sie hat mir erst Monate später von der anderen Frau erzählt. Sie hat ihn beschützt.«

»Warum hat sie Ihnen von der Affäre erzählt?«

»Ich habe sie immer wieder gedrängt. Ich war so wütend wegen meinem Dad, dass ich angefangen habe, ihr die Schuld zu geben, dass er ausgezogen ist. Wahrscheinlich habe ich den Bogen eines Tages überspannt. Sie hat geweint und dann kam es heraus.« Kaylie schluckte. »Sie ist einfach damit herausgeplatzt. Ich glaube, sie wollte es eigentlich gar nicht sagen.«

»Und dann dachten Sie, sie sei schwach, weil sie bei ihm geblieben ist.«

Kaylie starrte auf den Boden. In ihrem Herzen wogen die Erinnerungen schwer, die sie am liebsten vergessen hätte.

»Kaylie, Sie haben jedes Recht, so zu fühlen. Aber lassen Sie mich einen Moment den Advocatus Diaboli spielen. Haben Sie sich je überlegt, dass es Mut und Stärke brauchte, um all die Jahre zu bleiben? Und Sie und Ihre Schwester zu beschützen? Und um noch einen Schritt weiterzugehen: Weil sie Ihnen den Grund für die Scheidung verschwiegen hat, konnten Sie Ihren Vater weiterhin als den Mann bewundern, für den Sie ihn immer gehalten hatten, bis Sie ihr keine andere Wahl mehr ließen und sie sich verteidigen musste.«

»Sie klingen wie Danica«, sagte Kaylie ärgerlich. Sie machte eine wegwerfende Handbewegung, als sei das alles völlig egal, doch in Wahrheit war es alles viel zu wichtig. Es war ihre Schuld, dass ihre Mutter ihr die Wahrheit gesagt hatte. »Es tut mir leid, so meinte ich das nicht. Aber Danica sagt immer, dass Mom stark war, nicht schwach.«

»Ich rede nicht mit Danica. Ich rede mit Ihnen. Ich verstehe, warum Sie dachten, dass sie schwach ist. Das ist eine normale Reaktion. Sie wollten sie beschützen. Sie finden es schlimm, dass sie jahrelang diese Verletzung ertragen musste.«

»Ich hatte das Gefühl, dass sie kalt erwischt worden ist.«

Dr. Marsden nickte. »Das kann ich verstehen. Aber Ihre Mutter hat eine bewusste Entscheidung getroffen, die sie für die beste für alle Beteiligten hielt. Und vielleicht erfahren Sie nie, warum sie diese Entscheidung getroffen hat. Haben Sie sie danach gefragt?«

»Ja«, sagte Kaylie rasch. Dann setzte sie zögernd hinzu: »Nein, ich … wir … ich glaube, ich habe ihr Vorwürfe gemacht, aber nie wirklich nach den Gründen gefragt.«

»Vielleicht sollten Sie das tun.«

Kaylie nickte. Das war viel schwerer, als sie es sich vorgestellt hatte. Irgendwann würde sie ihrer Mutter also doch entgegentreten müssen. »Gibt es nicht einen Zauber oder so etwas – ein Mantra, ein Buch? Etwas, das mir dabei hilft?«

Dr. Marsden lachte. »Ich wünschte, so etwas gäbe es. Mir scheint, Sie sind mindestens so schlau wie Ihre Schwester, und tüchtig und zielstrebig sind Sie auch. Und Entschlossenheit? Sie sind hier bei mir, und dafür braucht es Entschlossenheit. Eine Therapie ist nicht einfach.«

»Danke«, flüsterte Kaylie. Sie war so froh, dass die Therapeutin ihr etwas sagte, worauf sie schon viel zu lange wartete.

»Mir scheint, Sie müssen ein bisschen an Ihrem Selbstbewusstsein arbeiten, aber wahrscheinlich liegt es daran, dass Sie im Schatten Ihrer Schwester aufgewachsen sind, und dieser Schatten ist ziemlich groß. Wissen Sie, Kaylie, Sie haben es nicht nur in der Hand, das Bild zu ändern, das andere von Ihnen haben, sondern Sie können auch das Bild ändern, das Sie selbst von sich haben. Und das, meine Liebe, ist ein guter Anfang.«

Zweiunddreißig

Auf dem Rückflug schlief Max mit dem Kopf an Chaz' Schulter gelehnt ein. Er war zwar auch hundemüde, doch die Sorgen hielten ihn wach. Bis jetzt hatte er noch nicht wieder von Cooper gehört. Die Frage, wie sie mit Lea umgehen würden, stand also nach wie vor im Raum und allmählich fragte er sich, ob er sie jemals loswerden würde. Zum tausendsten Mal wünschte er, er hätte sich gar nicht erst auf sie eingelassen.

Er betrachtete sein Spiegelbild im dunklen Fenster. Er war nicht sonderlich stolz auf den Mann, den er da sah. Die Sache mit Lea hing ihm wie ein Mühlstein um den Hals, doch wenn er Kaylie gleich reinen Wein eingeschenkt hätte, wäre alles nur halb so schlimm. Woher wusste Kaylie überhaupt von Lea? Ein weiterer Punkt, der ihn beunruhigte.

Als der Kapitän über Lautsprecher den Landeanflug ankündigte, schreckte Max hoch. »Tut mir leid«, sagte sie schläfrig. Ein paar Strähnen hatten sich aus ihrem Pferdeschwanz gelöst, sodass sie wie eine zerzauste Bibliothekarin aussah.

»Ist schon okay. Gut, dass du geschlafen hast.«

»Und du?« Sie unterdrückte ein Gähnen.

Er schüttelte den Kopf.

»Machst du dir Sorgen?«

»Mehr als mir lieb ist.« Er zog seinen Sicherheitsgurt straff. »Max, ich bin wirklich froh, dass du mitgekommen bist. Ohne dich wäre es alles noch viel schlimmer gewesen.«

»Ja, aber kaum hatte ich dich einen Moment aus den Augen gelassen, hat sie sich dir an den Hals geworfen. Die Art, wie sie dich angesehen hat, war unverkennbar. Sie will dich haben, um jeden Preis.« Sie lächelte ihn an.

»Wird nicht wieder vorkommen. Ich habe meine Lektion gelernt.«

Als sie ihr Gepäck eingesammelt hatten und auf dem Weg zum Parkplatz waren, erinnerte Max ihn daran, dass ihr Auto noch immer im Village stand.

»Willst du mir nun endlich erzählen, warum deine Reisetasche fix und fertig in deinem Kofferraum lag?«

»Die hatte ich schon gepackt, bevor ich in die Kneipe gefahren bin. Dieselbe Frage hast du mir gestellt, als ich dich nach Hause gebracht habe, aber da warst du wahrscheinlich zu betrunken. Mittlerweile müsstest du doch mitbekommen haben, dass ich gerne auf alles vorbereitet bin.«

»Oder dachtest du, du triffst deinen Traumprinzen im Taylor's Cove?«, neckte Chaz sie.

»Ja, klar. Schließlich bin ich genau der Typ, der auf all die heißen Kerle abfährt, wie sie im Taylor's Cove am Tresen hocken.« Sie grinste ihn schief an. »Wie oft habe ich jemanden abgeschleppt, seit wir uns kennen?«

Chaz überlegte kurz, dann erwiderte er: »Du hast noch nicht einmal einen Mann erwähnt.«

»Stimmt. Wenn es ein Umweg ist bis zum Village, kann ich mir ein Taxi nehmen.«

»Nachdem du mich aus Leas Klauen gerettet hast? Kommt nicht in Frage. Steig ein.« Im Stillen ging Chaz seine Freunde durch und überlegte, ob einer von ihnen der Richtige für Max wäre.

»Sieh mich nicht so an«, sagte Max. »Du brauchst mich nicht zu verkuppeln.«

»Offenbar kennst du mich besser, als ich dachte.« Er lachte. Seine Stimmung hob sich, je mehr sie sich Allure näherten. Er zog sein Handy hervor und Max streckte sofort die Hand danach aus.

»Ich möchte gerne heil in Allure ankommen. Sag mir, was ich schreiben soll.«

»Ist ja schon gut. Ich wollte nur Kaylie Bescheid sagen, dass ich unterwegs bin. Hat aber Zeit, bis wir im Village sind«, fügte er hinzu, doch Max schrieb schon.

Er schüttelte den Kopf. Die tüchtige Max!

Gleich darauf vibrierte sein Handy. »Sie ist schnell.« Max las die Nachricht. »Das hört sich nach Ärger an.«

»Was ist?«

»Sie schreibt, dass sie dir etwas sagen muss. Habt ihr denn nicht reinen Tisch gemacht?«

Chaz seufzte. »Doch. Mist. Hat sie dir eigentlich gesagt, woher sie von Lea wusste? Ich habe sie nicht gefragt und jetzt mache ich mir Sorgen. Lea wird nicht lockerlassen, bis sie einen Anteil am Festival hat. Ich muss Kaylie alles erzählen, von Anfang an.«

»Oh–oh, da würde ich gerne den Lauscher an der Wand spielen.«

»Ich nicht«, sagte er trocken.

»Bring es ihr schonend bei, okay? Du brauchst ihr ja nicht auf die Nase zu binden, dass ich euch beide förmlich aus dem Bett zerren musste, als du dich mit dieser Hexe zusammengetan hast. Das war so peinlich.« Sie sah aus dem Fenster.

»Das würde ich ihr nie erzählen. Es tut mir leid, Max. Es war gedankenlos von mir, dich in diese Situation zu bringen.« Er grinste. »Es hat aber Spaß gemacht.«

»Du bist wirklich unmöglich.«

Als sie neben Max' Auto hielten, sah Chaz sie an. »Hör mal, in den letzten Tagen war ich wirklich nicht ich selbst. Normalerweise trinke ich nicht so viel.«

»Ich weiß. Als ich dich ins Taylor's Cove kommen sah, war mir sofort klar, dass etwas nicht stimmte. Du und Kaylie, ihr seid doch unzertrennlich. Ich kann mich nicht erinnern, wann ich dich das letzte Mal in der Stadt gesehen habe, schon gar nicht ohne Kaylie.«

Chaz nickte ernst. »Danke nochmal, Max. Du bist wirklich eine tolle Mitarbeiterin.« Als sie ausstieg, war die Enttäuschung auf ihrem Gesicht kaum zu übersehen. Er griff nach ihrer Hand, bevor sie die Beifahrertür zuwarf. »Freundin, Max. Du bist die beste Freundin, die ich mir vorstellen kann, und ich bin dir sehr dankbar.«

Als Chaz die Haustür aufschloss, kam es ihm vor, als sei er wochenlang weg gewesen und nicht nur ein paar Tage. Er spürte, wie die Spannung aus seinen Schultern wich. Zu Hause. In dieser kurzen Zeit war so viel passiert, dass er ganz durcheinander war. Sein einziger klarer Gedanken galt Kaylie. Er vermisste sie mehr, als er es jemals für möglich gehalten hätte.

Überall duftete es nach Kaylie. *Blumen. Glück. Liebe.* Er ließ seine Taschen an der Haustür stehen. Auf der Theke zwischen Esszimmer und Wohnzimmer brannten Kerzen und auf dem

Esstisch stand eine Vase mit frischen Blumen. Kaylie lag auf dem Sofa und schlief. Ihr Bauch ruhte auf einem Nest aus Kissen. Als er sich neben sie kniete und ihr das Haar von der Wange strich, wurde es ihm warm ums Herz. Er küsste sie auf die Stirn, dann schob er sich auf die Couch und nahm sie in die Arme.

Kaylie kuschelte sich an ihn. Der betörende Duft ihres Parfüms hüllte ihn ein. Als er ihr sanft mit den Lippen über den Hals fuhr, öffnete sie die Augen und lächelte ihn an. So lagen sie da, Stirn an Stirn, und ihr Baby lag zwischen ihnen.

»Du bist wieder da«, sagte sie schläfrig.

»Ich bin wieder da.«

»Es tut mir leid.« Sie sprach hastig, als müsse er sofort hören, was sie ihm zu sagen hatte. »Ich werde mich bessern, das verspreche ich dir.«

Er streichelte ihre Wange. »Kaylie —«

Sie legte ihm den Finger auf die Lippen. »Nicht für dich. Für mich. Ich habe eine Therapie angefangen. Ich will ein paar Dinge sortieren, damit sich unser Baby nicht mit meinen Altlasten herumplagen muss.«

Chaz hatte noch nie so viel Liebe empfunden wie in diesem Moment. Er begehrte sie mit jeder Faser seines Körpers, er wollte nicht reden, sondern sie lieben, bis sie beide die Schmerzen der letzten Tage vergaßen. Doch er hatte dieses Gespräch lange genug vor sich hergeschoben. Wenn er wollte, dass Kaylie ihm vertraute, musste er alles versuchen, mit ihr ins Reine zu kommen.

»Am liebsten würde ich ganz andere Sachen mit dir machen«, gestand er, »aber es ist besser, wenn wir erst über das reden, was in den letzten Tagen passiert ist.«

Kaylie schloss einen Moment die Augen. »Wir könnten erst

die anderen Sachen machen und dann reden.« Mit verführerischem Blick ließ sie einen Finger über sein Hemd bis zum Hosenbund gleiten.

»Stimmt, aber hinterher wird es noch besser.« Er setzte sich auf, dann ergriff er ihre Hand und half ihr hoch.

»Okay«, seufzte sie. »Als diese Frau angerufen hat, hat es mich wirklich umgehauen. Es klang so, als wärt ihr zusammen, und dann waren da Max' Bürste und die Socke, und da habe ich einfach den Kopf verloren.«

»Ich bin sicher, sie hat es absichtlich gemacht, Kaylie. Sie will uns mit aller Macht auseinanderbringen.«

»Die Art, wie sie gesprochen hat – ich musste sofort an den Abend denken, an dem ich von Dads Affäre erfahren habe. All der Hass kam wieder in mir hoch. Hass auf meinen Vater und Wut auf meine Mutter. Ich weiß, ich habe sofort das Schlimmste vermutet, und es tut mir leid, dass ich meine Wut an dir ausgelassen habe. Wie konnte ich nur so dumm sein?«

Er hob ihr Kinn mit dem Finger an und sah ihr in die Augen. »Du bist alles andere als dumm, Kaylie. Du hast eben einen ausgeprägten Beschützerinstinkt – du hast dich und das Baby beschützt. Daraus kann ich dir keinen Vorwurf machen. Ich wünschte nur, du hättest es mich erklären lassen, aber du hattest allen Grund, wütend zu sein. Ich hatte dir etwas verschwiegen und *das* war richtig dumm. Ich hätte dir von Lea erzählen sollen, als wir uns kennenlernten, aber ich hatte Angst. Ich dachte, du machst dir dann bei jedem Festival Sorgen. Und ich schwöre dir, bei allem was mir lieb und teuer ist …« Er legte ihr die Hand auf den Bauch. »… und bei unserem ungeborenen Kind, dass ich dich nie und nimmer betrügen würde. Lea war ein Fehler, sonst nichts.«

»Aber … warum ist sie so rachsüchtig, wenn es … wenn es

nichts weiter als eine Liebelei war? Oder warst du in sie verliebt?«

Sie schluckte und verschränkte nervös die Hände. Zu sehen, wie sie sich gegen den nächsten Schmerz wappnete, war furchtbar. Er nahm ihre Hand.

»Es war alles andere als Liebe.«

»Aber du hast doch gesagt, dass du nicht der Typ für flüchtige Abenteuer bist.«

»Und das stimmt auch. Lea war die einzige Affäre, die ich jemals hatte. Sie hatte das Festival seit Jahren gesponsert, jedes Jahr ein bisschen mehr. Sie hat mit mir geflirtet, aber ich habe sie gar nicht beachtet. In jenem Jahr war sie besonders hartnäckig, obwohl das keine Entschuldigung ist. Aber sie hat alle Register gezogen und ich …« Er atmete tief ein. »Ich bin schwach geworden. Und es war nur dieses eine Wochenende – zwei Tage, das war alles. Ich will dich nicht anlügen, Kaylie. Es ging einzig und allein um Sex. Sonst nichts. Sie wollte mehr, und am zweiten Abend fing sie an, sich in meine geschäftlichen Angelegenheiten zu mischen. Sie wurde besitzergreifend und aggressiv, und als ich merkte, dass sie erst zu mir und dann auch zu Max und den anderen im Team unverschämt wurde, habe ich die ganze Sache beendet. Ich schwöre, Kaylie, mit Liebe hatte das nichts zu tun. Ich habe sie noch nicht einmal gemocht. Es ging nur um Sex.«

»Und soll ich mich jetzt besser fühlen?«, fragte Kaylie mit Tränen in den Augen.

»Nein, aber es ist die Wahrheit.« Er wusste, dass er sich auf gefährlichem Terrain bewegte, aber ihre Beziehung ließ sich nur heilen, wenn sie ehrlich waren. »Kaylie, du hast mir von deiner Vergangenheit erzählt, und ich weiß, dass du verstehst, was ich dir von Lea sage, auch wenn es dadurch nicht besser wird. Doch du kannst mir glauben, dass ich diesen Fehler nie wieder mache. Sieh mich an.« Als sie den Blick hob, fuhr er fort: »Als ich dich kennenlernte, wusste ich, dass es nie wieder eine andere Frau für mich geben würde. Du bist die Frau, die ich liebe, die einzige Frau, die ich jemals lieben will.«

»Das weiß ich«, sagte sie. »Du hättest mir früher von ihr erzählen sollen.«

Er nickte. »Das weiß ich jetzt auch und es tut mir wirklich leid. Ich habe mich so für das geschämt, was ich getan habe. Ich fühlte mich benutzt und schmutzig. Noch nie hatte ich mich so vor meiner Verantwortung gedrückt und es ist seitdem auch nicht wieder vorgekommen.«

»Aber ich verstehe immer noch nicht, warum sie dich jetzt nicht in Ruhe lässt.«

»Weil sie nicht bereit ist, mich aufzugeben, nehme ich an. Allerdings ist das vermutlich nicht alles. Ich glaube, sie ist einfach verrückt. Erst tut sie so, als wollte sie wegen des Festivals verhandeln, und dann ruft sie die Frau ihres Verhandlungspartners an und deutet an, dass sie mit ihm ein Verhältnis hat. Das ist doch nicht normal.« Er schüttelte den Kopf. »Max meint, wenn Lea mich nicht haben kann, dann darf mich auch sonst niemand haben.«

»Müssen wir uns Sorgen machen?« Instinktiv legte Kaylie die Hand auf den Bauch.

Chaz schüttelte den Kopf. »Nein. Cooper meint, man könne erst gegen sie vorgehen, wenn sie uns tatsächlich belästigt. Es war ein Fehler, dass ich sie als Sponsorin halten wollte und ihren Anweisungen wie ein Hündchen gefolgt bin. Das Festival war die einzige Verbindung zwischen uns und damit ist es endgültig vorbei. Max wird keinen Anruf mehr von ihr annehmen. Ich habe mir um das Festival Sorgen gemacht und das war dumm. Das Festival ist mein Job. Du bist mein Leben.« Wieder nahm er ihre Hand. »Die letzten Tage waren ein Albtraum, auch wegen all der Absagen, die du bekommen hast. Aber was wir haben, ist so stark, Kaylie. Ich kann mir nicht vorstellen, dass irgendetwas zwischen uns kommt.«

Kaylie nickte und wischte sich eine Träne weg. »Ich weiß. Und ich bin Max so dankbar. Sie hat mich angerufen, weil sie sich Sorgen um mich gemacht hat. Und jetzt weiß ich auch, was sie meinte, als sie sagte, dass du die Sache mit Lea beendet hast. Dass das schon vor zwei Jahren war, ist mir gar nicht in den Sinn gekommen. Sie war wie eine Schwester zu mir. Im Büro kümmert sie sich um dich wie eine Ehefrau. Sie ist deine Büro-Ehefrau. Wenn ich nicht da bin, sorgt sie für dich.«

»Ja, aber nicht so wie du.« Er küsste sie, und als sie den Kuss tiefer werden ließ, fiel es ihm schwer, seine Lippen von ihren zu lösen. Doch es gab noch etwas, das er ihr sagen musste.

»Ich habe das Gefühl, dass Max sich bei uns geborgen fühlt«, kam sie ihm zuvor. »So, als sei sie irgendwann einmal sehr verletzt worden, und nun tut sie alles, um die kleine Familie zu schützen, die sie mit uns hat.«

»Kaylie.« Lieber Himmel, er wollte sie küssen und nicht mehr über Max oder Lea oder sonst etwas reden. Aber er musste noch etwas loswerden und dann … »Ich wollte es dir sagen, bevor du dich mit den Mädels getroffen hast, aber du bist davongerannt und ich dachte, wir reden, wenn du wieder da bist. Die ganze Sache war mein Fehler und es tut mir so leid, dass ich dir wehgetan habe«, sagte er hastig. Je schneller er redete, umso schneller konnte er ihrer Hand freie Bahn lassen, die sich an seinem Schenkel immer höher tastete. »Und ich bin so stolz auf das, was du getan hast. In all diesem Stress warst du stark und entschlossen und hast etwas Neues an dir entdeckt, während ich es kaum von einem Tag zum anderen geschafft habe. Ich bewundere dich, Kaylie.«

Sie schob ihm die Hand zwischen die Schenkel und sofort durchzuckte ihn das Verlangen wie ein Blitz.

»Du hast mich in die richtige Richtung geschubst und ich war so gemein zu dir. Als du sagtest, dass ich versuchen könnte zu schreiben, habe ich einfach überreagiert. Dabei weiß ich noch gar nicht, ob ich Hausfrau und Mutter sein oder Karriere machen will – ich möchte mir nur alle Optionen offenhalten.« Ihr Atem ging rascher und streifte sein Kinn, als sie sich an ihn lehnte.

»Das solltest du auch. Wenn du von deiner Arbeit sprichst, leuchten deine Augen, und ich würde dich nie zu etwas drängen, was du nicht willst. Ich will nur, dass du glücklich bist, Kaylie.« Dann hielt er es nicht mehr aus und presste seine Lippen auf ihre. Gleich darauf sagte er: »Ich möchte, dass du jeden Tag aufwachst und weißt, dass jemand an deiner Seite ist, der dich anbetet und dich beschützen will.« Wieder küsste er sie, während ihre Hand weiter nach oben glitt und seine Härte umschloss. »So geht es mir mit dir. Ich wache auf und weiß, dass du mich liebst, und das Gleiche möchte ich für dich.«

Sie küsste ihn auf den Hals. »Okay, okay, sei still.« Ihr Kuss wurde tiefer, hungrig ließ sie ihre Zunge zwischen seine Lippen gleiten. Wie hatte er dieser wunderbaren, betörenden Frau nur etwas verheimlichen können? Sie drängte sich noch näher an ihn, als er ihren Kuss erwiderte und ihren Geschmack auskostete. Er würde sie niemals loslassen und er wollte verdammt sein, wenn er es zuließ, dass jemand wie Lea einen Keil zwischen sie trieb. Seine Hand strich über ihren Hals zu ihren Brüsten und sie stöhnte vor Verlangen.

»Schlafzimmer«, flüsterte sie und stemmte sich hoch. Dann

nahm sie seine Hand, führte ihn über den Flur ins Schlafzimmer und schloss die Tür. »Ich habe dich vermisst«, sagte sie, während sie sein Hemd aufknöpfte und mit beiden Händen über seinen Oberkörper fuhr. Ein wohliger Schauer durchlief ihn.

»Ich dich auch«, flüsterte er und zog sie zum Bett. Er streifte ihr das weite Sommerkleid ab. Ihre Brüste wölbten sich rund und voll über dem schwarzen Spitzen-BH. Selbst im neunten Schwangerschaftsmonat war Kaylie die betörendste Frau, die Chaz je gekannt hatte. Als er den BH aufhakte und ihre prallen Brüste freilegte, drängte sich Kaylie an ihn. »Es tut mir so leid«, sagte er.

»Schhh. Genug geredet«, flüsterte sie und streichelte ihn durch die Hose hindurch.

»Ich liebe diese Schwangerschaftsgelüste.« Er liebkoste ihre Brust mit der Zunge, bis sie keuchte. Sie ließ sich aufs Bett sinken und zog ihn näher zu sich heran, sodass sich seine Lippen noch fester um ihren Nippel schlossen.

Mit einer raschen Bewegung zog er ihren Spitzentanga herunter und ließ die Hände über ihre weichen Hüften gleiten. Sie erschauderte unter seiner Berührung und griff nach dem Knopf seiner Jeans. Sanft hielt er ihre Hand fest.

»Kaylie«, sagte er und sah ihr dabei in die Augen, die voller Begierde waren, »auf der ganzen Welt gibt es keine andere Frau für mich. Mir ist es egal, ob du arbeitest, nicht arbeitest oder sonst etwas machst, so lange du glücklich bist. Ich möchte, dass du das weißt.« Er lehnte seine Stirn an ihre. Ihr Atem strich über seine Haut. »Ich möchte nicht, dass du dir jemals wieder Sorgen machen musst. Wenn du meinst, dass da irgendetwas ist, frag mich. Ich werde dir immer eine ehrliche Antwort geben.«

»Ich glaube, da ist was«, sagte sie.

Erstaunt wich er ein Stück zurück.

Sie zog ihn wieder an sich und küsste ihn, erkundete seinen Mund mit der Zunge, als sei es das erste Mal. »Zwischen uns«, flüsterte sie und umschmeichelte seine Lippen. »Ich vertraue dir und den Rest bekomme ich auch in den Griff.« Sie gab ihm noch einen Kuss. »Aber ich werde …« Kaylie drehte ihn auf den Rücken und knöpfte seine Jeans auf. »Nie wieder …« Sie zerrte an seiner Hose, bis er sie zusammen mit seinem Slip auszog.

Kaylie warf einen Blick auf seine Erregung, die von Sekunde zu Sekunde größer zu werden schien. »Voreilige Schlüsse ziehen«, flüsterte sie und fuhr sich mit der Zunge über die Lippen.

Der Anblick ihrer Zungenspitze ließ seine Begierde ins Unermessliche schießen. Er streckte die Hände nach ihr aus, als sie sich rittlings auf ihn setzte.

Sie ließ sich auf ihn gleiten und der Schock ihrer Wärme und ihrer feuchten Mitte raubte ihm den Atem. Sie zog seine Hände auf ihre Hüfen und folgte seinem Rhythmus mit langsamen, sinnlichen Bewegungen. In diesem Augenblick fielen alle Sorgen der vergangenen Tage von ihnen ab.

Dreiunddreißig

Danica sah zu, wie sich die Sonnenstrahlen ins Zimmer stahlen und einen hellen Streifen auf Blakes Beine malten. Sie war schon seit Stunden wach und dachte über ihr Gespräch mit ihrer Mutter nach, machte sich Sorgen um Kaylie und massierte den Stressknoten, der sich in ihrem Nacken gebildet hatte.

Sie drehte sich zur Seite und betrachtete den schlafenden Blake. Er war nicht der Typ, der seine Sorgen unter Verschluss hielt, und das liebte sie an ihm. Das und vieles mehr. Eigentlich hatte sie sich auch immer für offen und direkt gehalten, aber nun stand sie vor der größten Entscheidung ihres Lebens und musste erkennen, dass sie ihre Sorgen und Bedenken verheimlichte. Im Dunkel der Nacht, als sie neben Blake lag und seinen regelmäßigen Atemzügen lauschte, hatte sie versucht, ihre Gefühle so zu betrachten, wie sie es früher mit ihren Klienten gemacht hätte, doch sie drehte sich im Kreis. All ihre Ängste hatten mit Kaylie zu tun. Sie hatte sich immer Sorgen um sie gemacht, das war nichts Neues. Aber hatte sie immer ihr eigenes Glück zurückgestellt, weil Kaylies Leben in Unordnung war?

Neben ihr wachte Blake langsam auf. Er öffnete die Augen, dann schloss er sie wieder und legte dem Arm um sie.

»Alles okay?«, fragte er schlaftrunken.

»Ja«, flüsterte sie. Nein, es war nicht alles okay. Die Lüge machte ihr zu schaffen, kaum dass sie sie ausgesprochen hatte. Es war Blake gegenüber nicht fair, Kaylie eine derart große Rolle in dem Leben spielen zu lassen, das sie sich aufbauten. Sie stellte sich vor, wie sie Kaylie sagte, dass sie heiraten würde. Kaylie würde sich nicht mit ihr freuen, sondern in Tränen ausbrechen, weil ihre eigene Beziehung in die Brüche gegangen war, und ihr dann die Schuld an ihren und Chaz' Problemen geben.

Egal, was Kaylie tun oder nicht tun mochte: Danica wurde klar, dass sie nicht bereit war, ihr eigenes Glück noch weiter warten zu lassen. Sie legte ihre Hand auf Blakes Wange und schob sich näher an ihn heran, bis ihre Knie sich berührten und sie Kopf an Kopf dalagen. »Ich ziehe ein«, flüsterte sie.

Blake riss die Augen auf. »Hab ich das richtig gehört?«

Sie küsste ihn auf den Mund. »Ich ziehe ein. Hier. Zu dir. Ich tue es.«

Er zog sie an sich. »Ja, ich dachte, das hätte ich verstanden.« Er rollte sich auf sie und drückte ihre Hände ins Kissen. »Sieh mich an und sag es noch einmal.«

Hör auf, so albern zu grinsen! Sein Lächeln war ansteckend und er war so verdammt süß. Danica versuchte, ernst zu bleiben, doch es gelang ihr nicht. »Ich ziehe ein.«

»Und was ist mit Kaylie?«

Danica schüttelte den Kopf. »Ich glaube nicht, dass sie auch hier einziehen sollte«, erwiderte sie.

Sofort waren Blakes Finger dort, wo sie am kitzeligsten war. Sie prustete los und wand sich und versuchte, seine Hände wegzuschlagen, bis sie gemeinsam durchs Bett purzelten. Die Last auf ihren Schultern war wie weggeblasen.

Er sprang aus dem Bett und vollführte einen kleinen Tanz,

schwenkte seine sexy, mit Boxershorts bekleideten Hüften und schnippte mit den Fingern.

»Du bist verrückt«, lachte sie.

Dann sank er vor dem Bett auf die Knie und Danica erstarrte.

Blake nahm ihre Hand. »Und … sonst noch was?«

Sie wusste, was er meinte. *Heirate mich. Sag Ja!* »Kleine Schritte«, flüsterte sie und hoffte, dass er verstand.

Er ließ den Kopf auf ihre Hände sinken. Sie fuhr ihm mit den Fingern durch das dichte Haar, und als er den Blick hob, sah Danica die Hoffnung in seinen Augen.

Sie liebte ihn, und während sie die Hände über seine muskulösen Schultern gleiten ließ, wusste sie, dass sie nichts lieber wollte, als seine Frau zu werden. Kaylies Traurigkeit schwebte immer noch wie ein schlechter Traum über ihr, also schwieg sie.

Schließlich stand Blake auf und Danica zerriss es das Herz, als sie sah, wie der Hoffnungsschimmer in seinen Augen erlosch. Sie fürchtete sich vor der Einsamkeit, die sie in diesem Bruchteil einer Sekunde gespürt hatte. Ihre Einsamkeit, seine Einsamkeit. Hatte sie ihm das Herz gebrochen? Brach sie ihr eigenes Herz? Verdarb sie sich alles mit dem Mann, den sie liebte? Sie griff nach seiner Hand und er sah sie mit einer Mischung aus Liebe und Schmerz an.

»Ich möchte dich heiraten, ich wünsche es mir mehr als alles in der Welt. Ich möchte Mrs. Blake Carter sein, aber nicht, wenn ich meiner Schwester damit wehtue. Wie kann ich so glücklich sein, wenn sie so zerrissen ist?«

Blake zog seine Hand weg und fuhr sich damit durch das zerzauste Haar. »Verstehe. Ich gehe duschen, dann fahre ich in den Laden. Alyssa braucht Hilfe bei der Inventur.«

Er verstand es. Und warum hatte Danica dann das Gefühl, ein Stück von ihm verloren zu haben?

Vierunddreißig

»Die Stühle kommen hierhin und die Tische für die Erfrischungen dort drüben.« Sally zeigte auf den Platz vor der Scheune. »Ich kann es immer noch nicht glauben, dass wir die Scheune bekommen haben.«

Danica konnte es auch nicht glauben. Die Scheune am Stadtrand war im Besitz des Landkreises. Vor Generationen hatte das Land, auf dem die Scheune stand, der Familie Allure gehört, nach der die Stadt benannt war. Im Laufe der Jahre hatten sie das Land Stück für Stück an andere Familien und Bauunternehmer verkauft. Zum Schluss vermachten sie die restlichen zwölf Hektar als Naturreservat dem Landkreis, zusammen mit der Scheune. Vor einigen Jahren war sie restauriert und mit einem großen Fest der Stadt übergeben worden.

Danica stand in dem geräumigen Gebäude und staunte über die dicken Holzbalken, die das Dach trugen. Überall duftete es nach Zedernholz und sie stellte sich vor, dass eines Tages ihre Hochzeit hier stattfinden würde. Der Gedanke machte sie traurig, weil sie seinen Heiratsantrag nicht annehmen konnte. Noch nicht.

»Hörst du mir überhaupt zu?«, fragte Sally.

»Was? Ja, natürlich. Tut mir leid. Es ist so schön hier.« *Konzentrier dich, Danica.*

»Du siehst aus, als wärst du mit den Gedanken meilenweit weg. Sollen wir das lieber auf später verschieben?«

»Nein, ist schon okay.« Sie traten vor die Tür und Sally zeigte Danica, wo sie die Tische hinstellen wollten. Die Lichterketten sollten in den Bäumen und an den Holzbalken aufgehängt werden.

»Morgen ist es so weit. Wann werden die Lichterketten angebracht?« Sie sah auf ihre Uhr. »War das nicht für heute Nachmittag geplant?«

»Es ist doch erst zehn, Danica. Wow, du bist aber wirklich gestresst.«

Danica seufzte. »Du hast recht. Sorry. Ist sonst alles geregelt?«

»Klar. Gage kümmert sich um die Programme, und Kaylie hat angerufen und gesagt, dass sie mit der Band zwei Stunden vorher kommt, um alles aufzubauen. Ich kann es immer noch nicht glauben, dass sie jetzt noch auftritt, aber sie meinte, ihre Ärztin hätte ihr Okay gegeben.« Sally schüttelte den Kopf und ihr blondes Haar schwang hin und her.

Danica fiel auf, dass sie mehr Schmuck trug als sonst. »Kette, Ohrringe und Armband. Mm-hmm.«

Sallys Hand ging unwillkürlich zu ihrer Kette. »Was?«

»Nichts.« Sie ging zu ihrem Auto.

»Es ist doch nur Schmuck«, murmelte Sally.

»Könnte dieser Schmuck vielleicht etwas mit Gage zu tun haben?«

Sally schwieg.

Danica legte ihr die Hand auf den Arm. »Komm, erzähl schon«, sagte sie lächelnd.

»Heute war so eine Situation …«

»Eine Situation?«

Sally errötete. »Eigentlich war es gar nichts. Wahrscheinlich sehe ich das alles viel zu dramatisch.«

»Was siehst du zu dramatisch?«

Sally sah sich vorsichtig um, obwohl weit und breit keine Menschenseele zu sehen war. »Wir haben uns heute Morgen wieder zum Kaffee getroffen, um noch einmal alles durchzugehen.«

»Wer hat wen gefragt?«, unterbrach Danica sie.

»Er hat mich gefragt.«

»Okay, erzähl weiter«, sagte Danica. Sie sah die beiden schon als Paar.

»Ich bin ja solch ein Trampel. An der Tür bin ich gestolpert und er hat mich aufgefangen. So«, sagte sie und schob ihre Hand unter Danicas Ellbogen. »Und ich stand so.« Sie stellte sich dicht neben Danica. »Und unsere Blicke trafen sich und … ich weiß nicht. Es klingt so blöd.« Sie ließ Danicas Arm los.

»Nein, es klingt gar nicht blöd. Habt ihr euch geküsst?«

Sally schüttelte den Kopf. »Aber da war etwas. Wir haben uns nicht nur kurz angeschaut, sondern uns richtig in die Augen gesehen. Kennst du das, wenn so eine Art Elektrizität zwischen zwei Leuten hin und hergeht?«

Danica dachte an den Abend, als sie sich vor der Bar None den Fuß verstaucht hatte. Wie sie sich sofort zu Blake hingezogen fühlte. Und wie ihr Körper an Stellen warm wurde, die sie schon lange nicht mehr gespürt hatte. »Oh ja, das Gefühl kenne ich. Das ist, als stünde ein Verlangen zwischen euch, aber keiner reagiert darauf. In solchen Momenten komme ich mir meist ganz dumm vor und mache auch irgendetwas Dummes.«

Sally schnallte sich an und Danica fuhr los.

»Oh ja, genauso war es. Ich habe mich entschuldigt, ihm dafür gedankt, dass er mich aufgefangen hat, und einen albernen Witz gemacht, aber dieser Blick in seinen Augen war immer noch da.«

»Das nennt man Lust.«

»Nein, je mehr ich darüber nachdenke, desto mehr denke ich, dass er starr vor Angst war. Als hätte ich mich ihm an den Hals geschmissen. Dem Himmel sei Dank, dass ich ihn nicht geküsst habe.«

»Das ist doch Unsinn. Wahrscheinlich hat er sich ebenso unbehaglich gefühlt wie du, aus demselben Grund.« Sally runzelte besorgt die Stirn. »Sally, du bist schön, klug und freundlich.«

»Ich bin Witwe. Und die Mutter eines testosterongeplagten Teenagers. Ich bin sozusagen vorbelastet. Sogar sehr vorbelastet.«

Sind wir das nicht alle? Zum Glück liebt Blake mich, egal, wie vorbelastet ich bin.

Als Sally und Danica zum Jugendzentrum zurückkehrten, hatte Gage die Programmflyer für den nächsten Abend schon zurechtgelegt. Danica konnte es kaum fassen, dass tatsächlich alles wie am Schnürchen zu klappen schien. Wenn der Abend ein Erfolg wurde, könnten sie vielleicht ein alljährliches Event daraus machen, auf das sich die ganze Stadt freute.

»Hast du die Zeitung gesehen?« Gage stand neben Danica und zeigte ihr die Ankündigung in der Allure Times.

»Auf der ersten Seite! Das ist ja fantastisch! Bestimmt wird es morgen richtig voll«, sagte Danica begeistert. Sally hielt den Blick gesenkt und spielte nervös mit einem Bleistift. Gage vermied es offenbar, sie anzusehen. Oh je. Hatte Sally recht gehabt? Bahnte sich da eine Krise an, wie sie jeder Arbeitgeber fürchtet? Danica beschloss, Sally zu erlösen. »Bringst du die nach vorne, damit die Kinder sie heute Abend mit nach Hause nehmen können?«, sagte sie und reichte ihr einen Stapel mit Einverständniserklärungen, die die Eltern unterschreiben sollten.

Sally warf ihr einen dankbaren Blick zu und hastete davon.

»Wir haben die Formulare über unsere Mailingliste verschickt, die meisten Eltern dürften also eins bekommen haben. Neunundachtzig sind schon unterschrieben zurückgekommen«, sagte Gage.

»Neunundachtzig? Wow. Ich hatte mit vierzig, fünfzig Kids gerechnet. Höchstens«, sagte Danica.

»Das wird ein Riesending, ich spür's in den Knochen.« Gage lächelte, und als er die Arme ausbreitete, um zu zeigen, wie riesig das Riesending werden würde, wirkte er entspannt und gut gelaunt. Offenbar war er erleichtert, dass Sally nicht mehr dabeistand.

»Wie ich höre, hattet ihr beide euch heute Morgen verabredet?« Sie wollte sich nicht in die Privatangelegenheiten ihrer Mitarbeiter mischen, aber sie musste wissen, ob es ein Problem gab. Okay, vielleicht war sie auch ein bisschen neugierig. Aber nur ein bisschen.

Gages Miene wurde ernst. »Ja, wir wollten noch ein paar Details durchgehen. Heute wird sie sich vor Arbeit kaum retten können und ich habe gleich zwei Basketballkurse, und da dachte ich, es spart Zeit.«

Arme Sally. Sie interpretierte viel zu viel in diese Verabredungen. »Klingt gut. Danke. Also, haben wir irgendwas übersehen? Bestimmt, oder?«

Gage starrte geistesabwesend durch die offene Tür in den Eingangsbereich.

»Gage?«

»Wie? Oh, tut mir leid.«

Wie zufällig machte Danica einen Schritt zur Seite, sodass sie den Eingangsbereich besser sehen konnte. Sally stand über ihren Tresen gebeugt, mit dem Rücken zu ihnen. Danica lächelte leise. Vielleicht lag Sally doch nicht so falsch. »Ich habe das Gefühl, als hätten wir irgendetwas übersehen.«

»Nein, bestimmt nicht. Nancy und Michelle helfen bei den Erfrischungen. Sally und ich sehen zu, dass alles reibungslos abläuft, und du bist auch da. Außerdem haben einige Eltern angeboten, die Aufpasser zu spielen, also denke ich, dass wir alles abgedeckt haben. Ich hoffe, du hast nichts dagegen, dass ich Überstunden gemacht habe?«

Was würde ich nur ohne diese Leute machen? »Wenn du auf eine Vollzeitstelle gehen willst – jederzeit. Wer besetzt die Erste-Hilfe-Station?«

Gage lächelte, nickte und blätterte in seinen Papieren. »Mrs. Peck. Sie ist eine der Schulkrankenschwestern und hat ihre Hilfe angeboten.«

»Perfekt. Ist die Erste-Hilfe-Ausstattung komplett?«

»Klar, Danica. Und danke für das Angebot.«

Danica überlegte angestrengt, was sonst noch zu tun war, als ihr Handy klingelte. Blake.

Gage zeigte wortlos zur Tür.

Danica nickte. »Ich melde mich, wenn mir noch etwas einfällt.« Sie hatte ein flaues Gefühl in der Magengegend. Blake war noch vor dem Frühstück gegangen, sodass sie nicht wie sonst bei einem Kaffee zusammengesessen und geredet hatten. Sein Abschiedskuss war halbherzig ausgefallen – nur ein flüchtiger Schmatz auf die Wange. Sonst küsste er sie immer auf den Mund. Immer. »Hi«, meldete sie sich. Ihre Stimme klang viel zu fröhlich, aber vielleicht würde etwas davon auf ihn abfärben. Vielleicht konnten sie einfach so tun, als sei alles wie sonst.

»Hey, Babe. Sollen wir uns zum Mittagessen im Café treffen?«

Danica stand auf. »Zum Mittagessen?« In Gedanken ging sie die Telefonate durch, die sie noch erledigen musste. Verdammt, sie hatte ganz vergessen, dass sie auch Leute für den Parkplatz brauchte.

»Danica? Bist du noch dran? Wenn du zu viel zu tun hast …«

»Nein, gute Idee. Sagen wir, gegen zwölf?« Sie kritzelte *Parkwächter* auf ihren Notizblock, bevor sie es vergaß.

»Prima. Bis dann.«

Bis dann. Nicht: *Ich liebe dich.* Nicht einmal: *Lieb dich.* Danica sank auf ihren Schreibtischstuhl. Jetzt war es Viertel vor elf. Noch eine Stunde und fünfzehn Minuten, bis ihr Leben zerbrach.

Fünfunddreißig

Als Kaylie die Stufen zu Dr. Marsdens Praxis hochstieg, kam ihr die vergangene Nacht wie ein Traum vor. Es waren nur ein paar kurze Tage gewesen und trotzdem war so viel passiert. Er hatte ihr ohne zu zögern verziehen und ihr dann mit schonungsloser Offenheit von seiner Affäre mit Lea erzählt. Es war keine schöne Geschichte, aber er wollte keine Lügen und keine Geheimnisse mehr vor ihr haben. Ein so persönliches und schmerzhaftes Kapitel seiner Vergangenheit preiszugeben konnte ihm nicht leichtgefallen sein. Zu ihrer eigenen Überraschung ging es ihr hinterher besser. Sie empfand keine Eifersucht, sondern verstand sein Vertrauen als Beweis seiner Liebe zu ihr. Lea würde wahrscheinlich immer ein wunder Punkt zwischen ihnen bleiben, doch für den Moment genoss sie die Gewissheit, dass Chaz sie liebte. Und sie wollte alles tun, um ihm dieselbe Gewissheit zu geben.

Chaz war unterwegs zu Cooper, um mit ihm zu beratschlagen, wie sie Lea ein für alle Mal einen Riegel vorschieben konnten. Und Kaylie freute sich auf ihre Sitzung mit Dr. Marsden. Eigentlich hatte sie nie recht daran geglaubt, dass eine Therapie etwas brachte, aber mit einer Schwester wie Danica war das wohl nicht weiter erstaunlich. Als sie nun auf dem bequemen Sofa im Wartezimmer saß, hatte sie das Gefühl, als könnte sie Bäume ausreißen. Ihre erste Sitzung bei Dr. Marsden hatte ihr schon geholfen. Vielleicht hatte die Scheidung ihrer Eltern doch nicht so tiefe Spuren hinterlassen, dass sie einer langen, glücklichen Beziehung zu Chaz im Weg stand.

Sie überlegte kurz, ob sie überhaupt eine Therapie brauchte. Die Probleme zwischen ihr und Chaz waren ausgeräumt, sie hatten sich versöhnt und alles war gut. Dann kam ihr Danica in den Sinn. *Viel zu viele Klienten brechen eine Therapie nach der ersten wichtigen Erkenntnis ab. Man muss den Müll abtragen, um an den fruchtbaren Boden zu kommen.* War sie vielleicht eine Ausnahme? Als Dr. Marsden die Tür öffnete, sah sie genauso aus wie bei ihrer ersten Begegnung, nur der Hosenanzug hatte eine andere Farbe.

»Sie sind nicht abgesprungen«, sagte sie lächelnd.

Kaylie stand auf und bevor sie wusste, wie ihr geschah, liefen ihr Tränen über die Wangen. »Ich … tut mir leid.« *Offenbar bin ich doch keine Ausnahme.*

Mit professioneller Gelassenheit führte Dr. Marsden sie ins Sprechzimmer. »Das ist nicht das erste Mal, dass ich jemanden weinen sehe, Kaylie.«

Kaylie setzte sich und zog ein Taschentuch aus einer Schachtel, die passenderweise bereitstand. Sie wischte sich die Augen trocken und putzte sich die Nase. »Wow. Tut mir wirklich leid. Keine Ahnung, was über mich gekommen ist.«

»Wollen Sie darüber reden?«

Kaylie setzte an, von den Ereignissen des vergangenen Abends zu erzählen, bis ihr wieder die Tränen kamen und sie noch einmal von vorne anfangen musste. Sie sprach schnell und ließ nichts aus, weder ihre berauschende Liebesnacht noch ihr

Gefühl, Chaz näher zu sein als je zuvor. Sie berichtete von Lea und von den verrückten Tagen vor Chaz' Rückkehr aus Hawaii. Als sie fertig war, hob sie den Blick und wappnete sich insgeheim gegen Dr. Marsdens entgeisterte Miene. Stattdessen sah sie Mitgefühl und vielleicht auch eine Spur Stolz in ihren Augen.

»Klingt nach einer ereignisreichen Nacht.«

Kaylie nickte und wischte sich die letzten Tränen ab. »Ich weiß nicht, warum ich jetzt weine. Es ist mir so peinlich.«

»Das muss Ihnen nicht peinlich sein, Kaylie. Die letzten Monate waren sehr aufwühlend für Sie. Ihre Engagements, das Durcheinander um Ihren Verlobten und dann entdecken Sie Gefühle, die mit Ihrem Vater zu tun haben und die Sie wahrscheinlich seit Jahren unter Verschluss halten. Da ist es kein Wunder, dass Sie etwas empfinden.«

Kaylie atmete tief durch. »Das Problem ist, dass ich nicht weiß, warum ich weine. Ich meine, wir haben das alles vernünftig besprochen. Es gab keinen Streit, er weiß alles über meine Vergangenheit, über die Leute mit denen ich zusammen war, alles. Und ich weiß über seine Vergangenheit Bescheid. Ich fühle mich gut.«

»Was meinen Sie, warum Sie geweint haben?«

»Sie klingen wie meine Schwester. Die antwortet auch immer mit Gegenfragen.«

»Berufsrisiko«, sagte Dr. Marsden lächelnd und wartete.

»Ich glaube, das war alles nicht so leicht zu verdauen. Und da ist noch etwas. Ich war erleichtert, dass Chaz nicht in Lea verliebt war. Er hat mir erzählt, wie schrecklich er die ganze Sache fand, und ich glaube ihm. Er hat nichts verschwiegen. Und obwohl er mir all diese schmerzlichen Erinnerungen anvertraut hat, habe ich ihm gesagt, dass ich erleichtert bin. Bin ich deswegen ein schlechter Mensch? Hätte ich ihn nicht trösten sollen? Irgendwie habe ich das Gefühl, dass ich mich richtig gemein verhalten habe.«

»Haben Sie ihm wehgetan oder hat Lea ihm wehgetan?«

»Lea, das habe ich Ihnen doch gerade erzählt.«

»Wären Sie erleichtert gewesen, wenn die beiden ineinander verliebt gewesen wären, als sie ihre kurze Affäre hatten?«

Kaylie überlegte einen Moment. »Nein. Wahrscheinlich wäre ich wütend geworden, obwohl ich überhaupt kein Recht dazu gehabt hätte. Seine Vergangenheit ist seine Sache, so wie meine Vergangenheit meine Sache ist. Ich meine, als ich in der Highschool war und später in meinem ersten Jahr am College, da dachte ich, ich sei verliebt, aber das stimmte gar nicht. Und wenn er sich darüber aufgeregt hätte, wäre ich ziemlich sauer geworden.«

»Und es sieht so aus, als seien bei Ihrer Aussprache alle Karten auf den Tisch gekommen, nicht wahr? Keine Hintergedanken?« Sie sah Kaylie erwartungsvoll an.

»Nein, keine. Er war derjenige, der damit angefangen hat. Ich habe ihm gesagt, dass ich es gar nicht wissen will, aber er hat es mir trotzdem erzählt. Er meinte, er wolle nicht das Gefühl haben, dass wir etwas voreinander zu verbergen hätten.«

»Sie waren also aufrichtig. Und Sie sagen, Sie waren erleichtert. Das hört sich für mich nicht so an, als hätten Sie etwas falsch gemacht, auch wenn es sich für Sie vielleicht so anfühlt.«

»Ich wollte ihn nur nicht verletzen«, gab sie zu.

»Kaylie, Sie sind offensichtlich ein leidenschaftlicher Mensch. Manchmal zeigt sich Leidenschaft als Aufrichtigkeit und manchmal als Wut oder Schmerz. Es ist gut, dass Sie so fürsorglich sind. Sie beide haben gerade erst angefangen, aus dem Nähkästchen zu plaudern. Wahrscheinlich kommt nach und nach noch mehr zum Vorschein.«

Kaylie zupfte an dem feuchten Taschentuch in ihrer Hand. »Lieber Himmel, hoffentlich nicht.« Sie lachte.

»Machen Sie sich nichts vor. Wie lange kennen Sie ihn jetzt?«

»Ungefähr neun Monate.« Sie errötete und fuhr mit der Hand über den Bauch.

»Das macht ungefähr siebenundzwanzig Jahre, von denen er so gut wie nichts weiß.«

»Und achtundzwanzig, von denen ich so gut wie nichts weiß.« Sie betrachtete Dr. Marsden, die ruhig und gelassen dasaß. Wie schaffte sie das nur? Ihr eigenes Leben kam ihr vor wie eine wilde Achterbahnfahrt und Dr. Marsden zuckte nicht einmal mit der Wimper, wenn sie weinte oder fluchte.

»Siebenundzwanzig, achtundzwanzig Jahre sind eine Menge Leben. Wundern Sie sich nicht, wenn da noch so manches lauert.«

Dann wechselte sie unvermittelt das Thema. »Haben Sie noch einmal über Ihre Beziehung zu Ihrer Mutter nachgedacht?«

Kaylie stöhnte. »Ich weiß, ich sollte es tun, aber ich war zu sehr mit anderen Dingen beschäftigt.«

»Sie haben doch Zeit«, beruhigte Dr. Marsden sie.

»Ich habe das Gefühl, ich sollte mich beeilen. Als hätte ich nur noch ungefähr einen Monat, um meinen Kopf geradezurücken. Und dann kommt ja das Baby.«

»Das verstehe ich, aber eigentlich müssen Sie nicht alles vor der Geburt erledigen. Und vielleicht ist das auch gar nicht realistisch. Veränderungen brauchen Zeit. Wenn das Baby da ist, ändern sich Ihre Prioritäten und wahrscheinlich können Sie sich nicht so intensiv mit sich selbst beschäftigen. Das ist normal. Gönnen Sie sich also die Freude über Ihr Baby.«

»Genau aus diesem Grund möchte ich mir über einige Dinge im Klaren sein, bevor das Baby auf der Welt ist. Chaz soll wissen, dass er mir als Mutter trauen kann.«

»Warum sollte er Ihnen nicht trauen?«

Musste sie eigentlich immer so direkte Fragen stellen? Kaylie sah verstohlen auf die Uhr. Ihre Zeit war bald um und sie überlegte, ob sie die Antwort bis zum nächsten Mal verschieben sollte.

Aber sie brauchte Hilfe, also sagte sie: »Ich habe überhaupt keine Erfahrung mit Babys. Ich habe nicht einmal als Babysitterin gearbeitet, weil ich immer mit irgendwelchen Jungs beschäftigt war. Ich habe keine Ahnung vom Windelwechseln oder wie man ein Kind in den Schlaf wiegt.«

»Das geht vielen Frauen so. Das meiste lernen Sie ganz von alleine. War Ihre Mutter liebevoll und ermutigend?«

»Zu mir? Ja. Danica hat sie dagegen eher unter Druck gesetzt als mich.«

»Würden Sie also sagen, dass sie Ihnen ein gutes Vorbild war, selbst eine liebevolle und ermutigende Mutter zu werden?«

Kaylie nickte nachdenklich. »Ja, ich glaube schon.«

»Kaylie, Sie sagen mir nicht, was Sie wirklich bewegt, und Sie müssen es mir auch nicht sagen, aber wenn Sie so weit sind, bin ich für Sie da.«

Kaylie spürte, wie die Zeit verrann. Schließlich brach es förmlich aus ihr heraus. »Was ist, wenn ich es nicht schaffe, nach der Geburt wieder abzunehmen, und deswegen zickig werde? So ist das nämlich bei mir, wissen Sie. Wenn ich nicht gut aussehe, dann mache ich allen in meiner Umgebung das Leben schwer. Als wollte ich nicht, dass sie glücklich sind.«

Dr. Marsden sah sie strahlend an. »Ich glaube, das ist ein ganz wichtiger Punkt. Damit beenden wir unsere Sitzung für heute, aber in der nächsten Sitzung haben wir Zeit, darüber zu reden.«

»Aber … wie können Sie mich denn so hängen lassen? Können Sie mir denn nicht sagen, was ich tun soll?«, fragte sie ärgerlich.

»Bei einer Therapie geht es nicht darum, dass ich Ihnen die Antworten gebe. Es geht darum, dass Sie die Antworten in sich selbst finden. Ich helfe Ihnen nur, den richtigen Weg einzuschlagen.«

»Kapiere ich nicht.«

»Das ist okay, Kaylie.« Dr. Marsden stand auf und klopfte ihr auf die Schulter. »Da gibt es nichts zu ›kapieren‹. Gehen Sie nach Hause. Denken Sie darüber nach. Erlauben Sie sich wirklich, das zu durchdenken, was Sie mir gerade gesagt haben. Dann reden wir.«

»Aber morgen ist Samstag.« Panik stieg in ihr auf. Sie hatte das Gefühl, ohne diese Sitzungen nicht klarzukommen.

»Ja, und da Sie bis zur Geburt des Babys wöchentliche Sitzungen haben wollten, habe ich Ihnen für Montagvormittag einen Termin freigehalten. Dann sehen wir weiter.«

Sechsunddreißig

Cooper saß in seinem vornehm eingerichteten Büro in der Innenstadt hinter seinem Mahagonischreibtisch. Bevor er Cooper persönlich kennenlernte, hatte sich Chaz ihn immer als untersetzten Glatzkopf mit einer Zigarre im Mundwinkel vorgestellt. Am Telefon klang er barsch und unfreundlich, seine Stimme war tief und rau und er kam immer direkt zur Sache. Chaz musste lachen, wenn er daran dachte, wie er dem hoch gewachsenen Mann mit seinem grau melierten Haarschopf und den blitzenden grünen Augen zum ersten Mal begegnet war. Trotz seines Alters war er ein begeisterter Snowboarder und immer braungebrannt.

»Chaz, mein Junge«, sagte Cooper und streckte ihm die Hand entgegen.

»Cooper.« Chaz schüttelte ihm die Hand und setzte sich ihm gegenüber auf den Besucherstuhl. »Danke, dass du dich um dieses ganze Chaos kümmerst.« Er warf einen Blick auf die Familienfotos auf Coopers Schreibtisch, auf denen seine Frau Belinda und die drei erwachsenen Kinder zu sehen warn. »Belinda sieht wunderschön aus. Neues Foto?«

Cooper nahm das Foto und fuhr sanft mit der Hand darüber. »Ja, das habe ich gemacht, als die Jungs letzten Monat hier waren. Sie ist wirklich schön, nicht wahr?«

Die Tür ging auf und eine schlanke Frau mit beeindruckender Oberweite, engem Rock und Hochhackigen kam lächelnd herein. Sie war der Inbegriff der sexy Sekretärin.

»Shirley, sag Chaz Crew guten Tag.«

Sie klapperte ein paarmal mit den Wimpern und streckte Chaz eine zierliche Hand entgegen. »Mr. Crew. Schön, Sie kennenzulernen.«

»Shirley ist unsere neue Fachangestellte.« Cooper nahm die Papiere, die Shirley ihm reichte, und unterschrieb sie dort, wo sie mit ihrem perfekt manikürten Fingernagel hinzeigte. »Danke, meine Liebe«, sagte Cooper, als sie hinausging.

Chaz schüttelte den Kopf. »Du spielst also immer noch dieselben Spielchen.«

Cooper beugte sich vor, als wollte er Chaz den Stift in die Brust stoßen. »Ist alles nur Show. Ich würde nie etwas daraus werden lassen, das weißt du. Aber was schadet es, wenn sie sich hübsch und begehrenswert vorkommen.« Sein Blick ging zurück zu dem Foto seiner Frau und er schüttelte den Kopf. »Lass dir eins gesagt sein, Chaz. Niemand wird so für dich da sein wie die Frau, die mit dir durch die guten und die schlechten Tage gegangen ist. Merk dir das, falls du jemals in Versuchung kommen solltest.«

Chaz nickte. Diesen Rat hatte Cooper ihm in den letzten Jahren schon öfter gegeben.

»Und dann noch etwas. Bald kommt euer Baby, und was ich dir jetzt sage, wird dir niemand sonst sagen. Deine Frau wird sich in ein Monster verwandeln, egal wie lieb und sexy sie vorher war. Wenn sie ein Baby hat, benimmt sie sich wie eine Bärin, die ihr Junges verteidigt. Da hast du nichts mehr zu melden.« Er lehnte sich zurück und schlug die Beine übereinander. »Fasse dich in Geduld. Lass sie all die Babyfragen entscheiden. Sag ihr, dass sie wunderschön aussieht, denn du wirst sie immer noch wunderschön finden, auch wenn sie in der Schwangerschaft aus dem Leim gegangen ist.«

»Cooper —«

»Ich bin ein paar Jährchen älter als du und halte mich für einen weisen alten Mann, also hör mir zu.« Er beugte sich wieder vor. »Warte einfach ab. Kinder großzuziehen ist herrlich, aber es ist auch verdammt kompliziert. Ihr werdet euch ihretwegen streiten. Du wirst dich vielleicht sogar auf die Seite der Kinder schlagen und plötzlich arbeitet ihr gegeneinander, deine Frau und du.«

Chaz wollte etwas sagen, doch Cooper hob die Hand.

»Leider kann dir dein alter Herr diese Sachen nicht mehr sagen, daher solltest du mir noch einen Moment zuhören. Wenn es so weit ist, atme tief durch und sag dir, dass die Kinder eines Tages groß sind und eigene Familien haben. Eine Frau wie Shirley mag dir zwar im ersten Augenblick wie die Lösung all deiner Probleme erscheinen, doch nur die Frau an deiner Seite wird wirklich verstehen, was du durchgemacht hast. Und nur die Frau an deiner Seite kann wirklich diese Bedürfnisse erfüllen, die du in all den Jahren beiseitegeschoben hast, in denen du auf irgendwelchen Sportplätzen herumgestanden oder nervös auf die Uhr geschaut hast, weil die Kinder wieder einmal zu spät nach Hause kommen.«

»Das ist eine ganze Menge, woran ich denken soll, Coop. Sprichst du aus Erfahrung?«

Cooper lachte sein tiefes, raues Lachen. »Ach was, das hat mein Vater mir mit auf den Weg gegeben, und immer, wenn ich in Versuchung geriet, habe ich gehofft, dass er recht hatte. Und weißt du was? Er hatte tatsächlich recht. Mit diesem hinreißenden, langbeinigen Geschöpf im Vorzimmer habe ich nicht das Geringste gemeinsam. Sie sieht nur mein Geld und mein attraktives Äußeres.« Wieder lachte er und fuhr sich mit der Hand durchs Haar.

»Wenn ich dich so höre, würde ich meine Frau am liebsten auf der Stelle anrufen«, sagte Chaz halb im Scherz. »Du bist doch nicht krank oder so?«, fragte er dann.

»Nein, aber nach der Sache mit Jansen und angesichts deiner bevorstehenden Hochzeit dachte ich, es ist Zeit, dir das zu sagen. Heutzutage denken die Kids, dass Beziehungen austauschbar sind.«

»Ja, die meisten schon. Ich nicht. Du hast meinen Vater ja gekannt.«

»Er war ein Ehrenmann«, nickte Cooper.

»Okay, jetzt weiß ich, dass ich meine Frau nicht betrügen soll. Vielleicht könnten wir uns nun Jansens Anteil am Festival zuwenden?«

Cooper zog ein paar eng beschriebene Seiten unter einem Papierstapel hervor. »Lea Carmichael. Besitzt mehrere Firmen in verschiedenen Bundesstaaten. Darunter sind einige Firmen in der Musik- und Unterhaltungsbranche und ein paar Restaurants im Ausland, außerdem ein großer Anteil an einem Sportartikelhersteller. Alles mit Daddys Geld eingekauft. Meine Kontakte sagen, sie ist eine Halsabschneiderin und ist es gewöhnt, das zu kriegen, was sie will. Gerne auch auf Kosten anderer.«

»Am liebsten auf Kosten anderer.«

»Das bestätigen einige einstweiligen Verfügungen gegen sie.« Cooper legte die Papiere beiseite. »Gibt es irgendetwas, was ich wissen sollte, bevor wir weitermachen?«

»Lieber Himmel, Cooper. Nein. Wir hatten vor zwei Jahren eine kurze Affäre. Sie war wie eine Klette, sehr fordernd. Ich habe die ganze Sache beendet und erst vor Kurzem wieder von ihr gehört, als Max mir sagte, dass sie das Festival sponsern will und Gegenleistungen verlangt.«

»Ich kann dir nur raten, sie loszuwerden, Chaz. Wenn du deine zukünftige Frau liebst, solltest zusehen, dass du Lea Carmichael loswirst.«

Chaz beugte sich vor und nickte. »Das habe ich auch vor. Max setzt Himmel und Hölle in Bewegung, um andere Sponsoren zu finden.« Er sah Cooper unverwandt an. Die Dringlichkeit in seiner Stimme war nicht zu überhören. »Sie sagte, sie würde sich ins Festival einkaufen, und das darf nicht passieren. Sie hat Kaylie angerufen und ihr mehr oder weniger zu verstehen gegeben, dass wir zusammen sind. Diese Frau ist eine Pest, und ich will, dass sie aus meinem Leben verschwindet, bevor sie es zerstört.«

»Sie wollte ihr Spielchen mit dir treiben, Chaz. Sie kann sich nicht ins Festival einkaufen. Du hast das Vorkaufsrecht und ich nehme an, dass du Jansens Anteil aufkaufen willst? Mit Jansens Familie habe ich schon gesprochen und mit Claude auch. Er würde seinen Anteil ebenfalls gerne loswerden. Ich glaube, Jansens Tod hat ihm den Schreck in die Knochen fahren lassen. Also, wenn du das Festival ganz übernehmen willst, lässt sich das arrangieren.«

Das Festival ganz übernehmen? Dann läge alle Entscheidungsgewalt bei ihm. Er handelte zwar seit Jahren selbständig, doch als alleiniger Besitzer wäre er auf der sicheren Seite. Die Finanzierung war eine andere Sache. Der größte Teil seines Familienvermögens war in Aktien angelegt, einen begrenzten Betrag hatte er allerdings zur sofortigen Verfügung. Er betrachtete ihn jedenfalls als begrenzt. Für die meisten Leute wären zwei Millionen unendlich viel. Er würde mit Kaylie darüber sprechen müssen und das bedeutete, dass er ihr sagen musste, wie viel Geld er tatsächlich besaß. Bisher hatte er seine Vermögensverhältnisse immer für sich behalten – ein weiterer Rat, den Cooper ihm gegeben hatte. Keine seiner Freundinnen hatte darüber Bescheid gewusst und Kaylie war keine Ausnahme. Chaz sah ein, dass er einen Fehler gemacht hatte. Als er ihr die Affäre mit Lea gestand, hätte er auch in diesem Punkt die Karten auf den Tisch legen sollen. Er rieb sich mit der Hand über das Gesicht und fragte sich, wie er so dumm sein konnte.

»Du denkst an deine Verlobte, nicht wahr?«, sagte Cooper mit wissendem Lächeln.

Chaz nickte.

»Wie ich sehe, hast du meinen Rat befolgt. Sehr gut. Und dabei kann es auch bleiben. Du müsstest mit siebenhundertdreißig rechnen. Die tun dir nicht weh. Schließlich hat dir dein Großvater genug hinterlassen.«

Chaz schüttelte mit dem Kopf.

»Ich weiß, ich weiß«, seufzte Cooper. »Hör zu, Chaz. Ich verstehe, dass du das alles aus eigener Kraft schaffen willst. Und genau das tust du ja.«

»Coop, ich leite das Festival meines Vaters und lebe von den Zinsen, die das Erbe meines Großvaters abwirft.«

»Du kannst dir deine Familie nicht aussuchen. Du weißt, dass du Glück hattest, nicht wahr? Du kannst stolz sein auf deine Vorfahren. Dein Großvater hat sein Geld ehrlich erworben, ebenso wie dein Vater. Sie hatten einfach den richtigen Riecher, dein Großvater mit seinen Immobiliengeschäften und dein Vater mit seinen Investitionen in Software und in die Unterhaltungsbranche.«

Als Chaz schwieg, fuhr er fort: »Chaz, deine Investitionen und Geldanlagen haben dir in den letzten anderthalb Jahren eine Million eingebracht. Das hast du selbst geschaffen. Mit deinen Entscheidungen und deiner Intelligenz.«

Es war nicht, dass Chaz sich seines Wohlstands schämte. Es ging ihm einfach darum, wie man ihn sah. In der Schule hatte irgendein Idiot ihn einmal als verwöhnten Schnösel bezeichnet, und seitdem verschwieg er tunlichst, woher sein Reichtum stammte. Er hatte seinen Treuhandfonds gut angelegt und das machte sich bezahlt, doch es war eine unbestreitbare Tatsache, dass diese Investitionen ohne seinen Treuhandfonds nicht möglich gewesen wären.

»Okay, ich übernehme das Festival. Kannst du alles in die Wege leiten? Ich spreche mit Kaylie.«

»Sei vorsichtig. Geld kann eine seltsame Wirkung auf Leute haben.« Coopers Warnung stieß nicht auf taube Ohren.

Siebenunddreißig

Danica hatte ein flaues Gefühl im Magen, als sie die Tür zu dem Café aufschob, in dem sie Blake zum ersten Mal gesehen hatte. Blake winkte ihr von einem Tisch in der Ecke zu.

»Entschuldigung«, flüsterte Danica, als sie sich zwischen den Tischen hindurchzwängte. »Hi«, begrüßte sie ihn mit dünner Stimme und zupfte nervös an ihrem T-Shirt.

Blake stand auf und gab ihr einen Kuss. »Wie war dein Tag bis jetzt?«, fragte er, als sie sich gesetzt hatten.

Danica erzählte ihm, was sie am Vormittag gemacht hatte. Gleichzeitig versuchte sie, herauszufinden, was in seinem Kopf vorging. »Wie war eure Inventur?«

»Das ist einer der Gründe, weshalb ich mit dir reden wollte, aber ich hole erst einmal unser Mittagessen. Für dich habe ich einen Caesar Salad bestellt. Ich hoffe, das ist okay?«

»Perfekt.« Sie gab sich Mühe, dankbar zu klingen, dabei wusste sie genau, dass sie keinen Bissen essen konnte. Sie sah ihm nach, als er quer durch das Café zum Tresen ging. *Beruhige dich.* Danica atmete ein paarmal tief durch. *Du hast ihm gerade erst gesagt, dass du bei ihm einziehst, also wird er dich kaum fallenlassen, weil du ihn nicht vom Fleck weg heiratest.*

Blake stellte das Tablett ab und reichte Danica einen Eistee.

»Einmal Eistee mit Süßstoff, zwei Zitronenscheiben und extra Eis.«

Oh Gott, bitte mach, dass er sich nicht von mir trennt. Ich liebe all diese kleinen Dinge. Sie atmete noch einmal tief durch. *Sei still und denk positiv.*

»Weißt du noch, als wir uns zum ersten Mal gesehen haben?« Blake biss in sein Sandwich.

Danica rieb sich die Nase. »Wie könnte ich das vergessen?« Ein Schauder rann ihr über den Rücken, als sie daran dachte, wie Blake ihr zum ersten Mal die Hand auf den Arm gelegt, wie ihr Körper auf seine Berührung, seinen Blick, seine Stimme reagiert und wie sie ihre schmerzende Nase vergessen hatte, die er kurz zuvor mit dem Ellbogen gerammt hatte. Bis er verstohlen zu einer Blondine hinübersah und ihr klarwurde, dass er auch nicht anders war als die anderen Typen. Inzwischen wusste sie, wie anders er war. Sie schüttelte die Erinnerung ab und griff nach seiner Hand. »Blake, ich glaube, wir sollten miteinander reden.«

»Ja, ich weiß«, sagte er munter.

»Ich möchte nicht, dass du dich von mir trennst, weil ich dich noch nicht heiraten kann.«

Blake legte sein angebissenes Sandwich beiseite. »Mich von dir trennen? Danica, glaubst du wirklich, ich würde mich einfach so von dir trennen? Nach all dem, was wir durchgemacht haben, um zusammensein zu können?«

»Aber du willst heiraten.«

»Nein. Ich will dich heiraten. Das ist etwas anderes. Aber es ist mir egal, ob wir in einem Monat oder in zehn Jahren heiraten. Ich werde da sein.«

Danica brachte kein Wort heraus.

Er ergriff ihre Hände und sah sie mit ernsten Augen an.

»Danica Snow, hör auf, dir Sorgen zu machen.«

Sie nickte stumm.

»Bei der Inventur haben Alyssa und ich heute eine Kiste mit alten Akten gefunden. Nicht besonders interessant, aber ich hatte sie total vergessen. Als wir den Laden eröffnet haben, haben wir einen Pakt unterschrieben.«

»Einen Pakt? Ein Pakt mit Dave?« Danica merkte erst jetzt, dass sie den Atem angehalten hatte.

»Ja. Ich weiß, es hört sich an, als wären wir gerade einmal zwölf Jahre alt gewesen, aber so eine Art von Pakt ist es nicht. Wir hatten keine Ahnung, wie sich der Laden entwickeln oder ob uns die ganze Sache überhaupt liegen würde. Also haben wir vereinbart, dass wir in fünf Jahren alles verkaufen, wenn es uns keinen Spaß mehr macht.«

»Klingt vernünftig. Das ist jetzt drei Jahre her, oder?« Danica hatte keine Ahnung, was all das mit ihr zu tun hatte, aber sie war froh, dass er sie in seine Überlegungen einbezog.

»Stimmt. Nun, ich habe nachgedacht. Ich hatte genug Geld zurückgelegt, um Dave auszahlen zu können, falls er aussteigen wollte. Und ich habe endlich den Mut gefunden, mit Sally zu reden. Sie hat ja nun etwas Zeit gehabt, sich zu überlegen, was sie mit ihrer Hälfte der Firma anfangen will. Ich könnte sie auszahlen oder sie könnte weiterhin mit fünfzig Prozent beteiligt sein.«

Danica wusste immer noch nicht, was sie mit diesen Informationen anfangen sollte, aber wenigstens schienen sie einen großen Bogen um das Thema Hochzeit zu machen.

»Sie sagt, sie will an ihren fünfzig Prozent festhalten.« Blake sah Danica eindringlich an. »Ich werde sie also nicht auszahlen. Und da dachte ich, ich sollte das Geld vielleicht für unsere Hochzeitsreise sparen. Wann immer du so weit bist. Aber ich weiß ja, dass Frauen viel Wert auf die Hochzeitsreise legen. Du kannst dir aussuchen, wohin du fahren willst.« Blakes Augen leuchteten und Danica wusste, wie viel ihm das bedeutete.

»Das ist … wundervoll«, sagte sie. War es reiner Zufall, dass er auf die Hochzeitsreise zu sprechen kam? Oder wollte er leisen Druck ausüben? *Hör auf, wie eine Therapeutin zu denken!*

»Ja?«, fragte er.

»Ja. Du bist so aufmerksam. Das haut mich manchmal um. Bist du sicher, dass du das Geld nicht für etwas anderes ausgeben willst? Etwas für dich? Für den Laden? Ich meine, ich bin nicht wie die meisten Frauen. Es ist dein Geld, Blake. Du brauchst mich nicht zu fragen, wenn du es ausgeben willst.«

»Ich wusste, dass du das sagen würdest. Die Therapeutin in dir, die du ja hartnäckig leugnest, fragt sich jetzt, ob ich dir das alles erzähle, damit ich etwas anderes von dem Geld kaufen kann und du hinterher nicht enttäuscht bist, wenn kein Geld für eine Hochzeitsreise da ist.«

Er kannte und akzeptierte all ihre kleinen Eigenarten und dafür liebte sie ihn. Er wusste, dass eine aufwendige Hochzeitsreise ebenso wenig zu ihr passte wie eine teure Hochzeitsfeier. Ihr machte es nichts aus, wenn sie noch jahrelang entweder in seiner oder ihrer Wohnung wohnten. Hauptsache, sie waren zusammen. Aber warum erzählte er ihr das alles?

»Weißt du, mir war klar, dass du mich mit dem Geld machen lässt, was ich für richtig halte«, fuhr er fort. »Und deshalb habe ich tatsächlich etwas davon gekauft.«

»Blake –« *Sag mir bitte, dass es kein Ring ist. Und keine Anzahlung auf eine Hochzeitsreise!*

»Keine Sorge. Es ist keine Hochzeitsreise. Aber du hast gesagt, dass du zu mir ziehst. Und ich kann dir gegenüber immer ehrlich sein, weil du vernünftige Entscheidungen triffst und ich deinen Entscheidungen vertraue.«

Sie konnte den Blick nicht von ihm wenden. Sein dichtes, dunkles Haar ließ ihn jünger wirken, sorgloser. Und als sie in seine leuchtenden grünen Augen sah, wäre sie am liebsten aufgesprungen, um ihn auf der Stelle zu küssen.

»Du durchdenkst die Dinge und gibst mir immer klare, ehrliche Antworten. Darauf kann ich zählen, so wie du darauf zählen kannst, dass ich dich nie verlassen werde.«

Er sah sie an, als sei sie der einzige Mensch auf der Welt, der Mittelpunkt seines Lebens. Danicas Magen schlug Purzelbäume. *Du bist zu gut, um wahr zu sein.*

Er griff nach ihrer Hand. »Komm, wir lassen uns das Mittagessen einpacken. Ich möchte dir etwas zeigen.«

Achtunddreißig

»Das ist ja wunderbar!« Max sprang auf und umarmte Chaz. »Du wirst der alleinige Besitzer? Lea kann sich also nicht einen Teil des Festivals unter den Nagel reißen?«

»Nein, dann kann sie uns nichts mehr anhaben.« Chaz war von Cooper aus direkt ins Festivalbüro gefahren, und als er sich in dem kleinen Lagerhaus umsah, in dem sich Plakate, Werbetafeln und andere Sachen stapelten, die sie für das Festival brauchten, wusste er, dass er die richtige Entscheidung getroffen hatte.

»Kannst du es dir denn leisten, beide auszuzahlen? Wir haben Mühe, das Festival aus den roten Zahlen zu halten, Chaz. Wie willst du das finanzieren?«

»Max –«

Max lief aufgeregt auf und ab. »Nein, nein, du hast ja recht. Es geht mich nichts an.« Sie wirbelte herum und sah ihn mit einem strahlenden Lächeln an. »Ich freue mich nur so für dich!«

Ihre Begeisterung wirkte ansteckend und Chaz musste lachen. In ihrem T-Shirt, den abgeschnittenen Jeans und den schwarzen Turnschuhen sah sie aus wie achtzehn und nicht wie über zwanzig. Warum wusste er eigentlich nicht, wie alt sie war? Sie arbeitete schließlich schon lange genug bei ihm. Er erinnerte sich an ihren letzten Geburtstag, aber ihr Alter wusste er nicht. *Seltsam.*

»Wie alt bist du, Max?«

»Warum? Weil ich mich so kindisch aufführe?« Sie lachte.

»Nein, ich weiß es nur nicht mehr.«

»Weil ich es dir nicht gesagt habe.« Sie setzte sich wieder hinter ihren Schreibtisch. »Was ist mit Lea?«

»Eleganter Themenwechsel. Was soll mit ihr sein?«

»Wie geht es jetzt weiter? Sie hat angerufen. Rufst du sie zurück?«

Chaz setzte sich ihr gegenüber. »Nach allem, was wir durchgestanden haben? Und nach dem, was Cooper gesagt hat? Kommt nicht in Frage. Hast du die Sponsorengelder zusammen?«

»Fast«, sagte sie. »Es gibt noch eine kleine Lücke, aber ich wollte nichts sagen, weil ich dachte, dass ich noch ein paar Sponsoren an Land ziehen kann.«

»Max.«

»Mach dir keine Sorgen. Ich bekomme sie zusammen. Ich habe ein paar Leute angerufen und sie gebeten, sich umzuhören.« Max wählte die Nummer des nächsten potenziellen Sponsors. »Gib mir ein bisschen Zeit. Ich kriege das hin.«

Er sah die Zweifel in ihrem Blick und überlegte, dass er sogar auf seinen Treuhandfonds zurückgreifen würde, um Lea aus ihrem Leben fernzuhalten. Natürlich könnte er das Geld, mit dem er seine Partner auszahlen wollte, auch ins Festival stecken, doch eigentlich hatte er es für alle Fälle als Notgroschen vorgesehen. Schließlich musste er für Kaylie und das Kind sorgen und brauchte diese Sicherheit, falls das Festival irgendwann nicht mehr zu halten war. Es war Geld, das er selbst verdient hatte und das frei verfügbar war. Es war sinnvoller, damit die Partner auszuzahlen, als damit das Festival zu finanzieren. Als alleiniger Besitzer des Festivals hatte er Sicherheit. *Max wird sich etwas einfallen lassen.* Sie hatte es bisher immer geschafft.

Kaum hatte Max aufgelegt, blinkte das Lämpchen am Telefon: eine neue Nachricht. Sie hörte sie ab und machte sich Notizen. Dann sprang sie auf. »Chaz«, rief sie. »Ich glaube, wir haben einen neuen Sponsor.«

»Wer ist es?«

»Nennt sich Take Enterprises. Hast du schon mal von denen gehört? Ich bin mir nicht sicher, wer sich dahinter verbirgt, aber ich werde ein bisschen recherchieren und melde mich dann bei ihnen. Sie wollen ein Werbebanner.«

»Ein Banner? Das macht zwanzigtausend. Ein Unbekannter gibt uns zwanzig Riesen? Sollte mich nicht wundern, wenn Lea dahintersteckt.«

Neununddreißig

»Kannst du mir nicht wenigstens einen Tipp geben, wohin wir fahren?«, fragte Danica, als sie die Stadt hinter sich ließen. »Oh Mist, ich habe vergessen, Camille anzurufen.« Sie zog ihr Handy hervor und wählte Camilles Nummer. »Hey, tut mir leid, ich sollte dich zurückrufen.«

Camille berichtete ihr, wer alles zugesagt hatte, zur Babyparty zu kommen. Danica wäre es am liebsten gewesen, wenn Kaylie vor der Party wenigstens den Versuch unternommen hätte, mit ihrer Mutter ins Reine zu kommen, doch sie wollte sich nicht zu sehr einmischen.

»Niemand hat abgesagt? Kaylie wird staunen.« Sie lächelte Blake zu.

»Nein, keine Absagen. Deine Mom hat angerufen und nicht nur zugesagt, sondern auch versprochen, Cookies mitzubringen. Sie ist wirklich süß. Meine Mom hätte eine Flasche Wodka mitgebracht.«

Danica lachte. »Ja, sie ist süß, da hast du recht. Und sie ist ganz schön schlau.«

»Okay, okay, ich hab's kapiert«, lachte Camille.

»Sorry. Was ist jetzt noch zu tun?«

»Sorg einfach dafür, dass Kaylie pünktlich zur Party

erscheint. Mehr nicht.«

»Das kriege ich hin. Danke für alles, was du mit den Mädels übernimmst. Grüße sie von mir, ja? Ich habe ein schlechtes Gewissen, bei den Vorbereitungen war ich euch ja keine große Hilfe. Die Veranstaltung im No Limitz nimmt so viel Zeit in Anspruch. Ich kann euch gar nicht genug danken.«

»Du brauchst kein schlechtes Gewissen zu haben, wir werden dich schon noch einspannen, keine Sorge.«

Sie verabschiedeten sich und Danica schob ihr Handy in die Tasche zurück. »Hey, warum fahren wir zu Kaylie?«

Blake fuhr die gewundene Bergstraße zu Kaylies und Chaz' Chalet hoch. »Ich muss etwas abholen. Tust du mir einen Gefallen? Hinten liegt ein Ordner mit Papieren, die ich dir zeigen wollte. Kannst du mir den reichen?«

In dem Moment, als Danica sich umdrehte, bog Blake in eine schmale, von Bäumen gesäumte Zufahrt ein.

Danica versuchte, den Aktenordner zu packen, der auf dem Boden hinter ihrem Sitz lag. »Ich komme nicht dran.«

»Doch, bestimmt. Versuch's nochmal.« Blake musste grinsen, als das Haus in Sicht kam. Über eine saftig grüne Wiese führte ein Gartenweg zu einem kleinen Haus im Stil eines Chalets.

Danica gab den Versuch auf, an den Aktenordner zu kommen. »Ich kriege ihn nicht – wo sind wir? Wem gehört dieses Haus?«

»Ich wollte mir ein paar alte Skier ansehen. Komm mit, es ist niemand zu Hause. Lass uns zum Hintereingang gehen.«

»Blake, du kannst doch nicht einfach in einem fremden Haus herumlaufen«, sagte sie, doch Blake war schon fast hinter dem Haus verschwunden.

Danica sah an den riesigen Fenstern hoch. »Wow, hier

wohnt wohl ein Naturliebhaber.« Sie folgte Blake über einen schmalen Weg zur Rückseite des Hauses. An die kunstvoll gepflasterte Terrasse schloss sich eine große, von Bäumen umgebene Rasenfläche mit bunten Blumenbeeten an. Danica sah sich mit leuchtenden Augen um. »Wie still und heiter es hier ist«, sagte sie, trat staunend auf die Wiese und ließ die Fingerspitzen über die Blumen gleiten. Ihre Befürchtung, die Hausbesitzer könnten etwas dagegen haben, war verschwunden.

Blake stand einfach da und sah ihr zu, wie sie sich mit ausgestreckten Armen langsam im Kreis drehte.

»Kannst du dir vorstellen, wie herrlich es sein muss, dort zu sitzen?«, sagte sie und deutete auf zwei bequeme Gartenstühle. »Ich sehe die Hausbesitzer förmlich vor mir, wie sie dasitzen und in diesen unglaublich blauen Himmel schauen.«

Blake ging zu einem der Stühle und setzte sich hinein.

Sofort ermahnte Danica ihn. »Blake, steh auf. Was ist, wenn sie nach Hause kommen?«

»Wieso? Was soll dann sein?«

»Nun geh und sieh dir diese Skier an, und dann lass uns hier verschwinden. Ich will nicht, dass die Hausbesitzer uns für neugierige Eindringlinge halten.«

Blake nahm sein Schlüsselbund und schloss die Hintertür auf. »Sei nicht so ein Angsthase. Ich habe einen Schlüssel. Komm mit.«

Danica folgte ihm ins Haus. »Sieh dir nur diese Holzböden an. Die müssen ja ein Vermögen gekostet haben.« Sie ließ die Finger über eine Theke aus blankpoliertem Kirschbaumholz gleiten, als ihr Blick auf den ausladenden Kamin fiel. »Wir sollten wirklich verschwinden«, flüsterte sie und zeigte auf eine Flasche Champagner in einem Eiskübel und zwei Gläser, die danebenstanden. »Wir platzen gerade in irgendeine Feier oder so.«

Blake nahm ein Glas und goss Champagner ein.

»Was machst du denn da?« Danica warf einen ängstlichen Blick zur Treppe, die in die erste Etage führte, und machte einen Schritt auf die offene Terrassentür zu.

Blake reichte ihr das Glas und ergriff ihre Hand. »Du machst dir immer Sorgen um Kaylie und jetzt, wo das Baby unterwegs ist –«

»Was? Bitte, Blake, können wir nicht in deinem Auto darüber reden?« Über dem Kamin sah sie ein Paar alte Skier. »Sind das die Skier? Komm, beeil dich. Sieh sie dir an und dann verschwinden wir.«

Blakes Grinsen wurde immer breiter. »Danica, das sind meine Skier. Ich hatte sie im Laden.«

Danica starrte ihn an. »Blake? Blake, sag mir, was hier gespielt wird, ja?«

»Willkommen zu Hause«, sagte er.

»Zu Hause?« *Er hat ein Haus gekauft. Ein Haus. Blake hat ein Haus gekauft. Für uns.* Sie wusste nicht, ob sie Freudensprünge machen oder davonlaufen sollte.

Blake ahnte, was in ihr vorging. »Bleib ganz ruhig. Ich will dir keinen Druck machen. Mit unserer Hochzeit kann ich bis in alle Ewigkeiten warten, aber ich kenne dich doch. Wenn Kaylies Baby da ist, wirst du sowieso immer nach ihr sehen. Und warum solltest du dann den ganzen Weg zurück in die Stadt fahren?«

»Moment mal, ist dies das Haus neben Kaylies?«

Sein Grinsen sagte alles.

»Kaylie wohnt eine Meile weiter die Straße hoch.«

Das Zittern wanderte von den Beinen durch ihren ganzen Körper bis hinauf zu ihren Lippen. »Blake«, flüsterte sie. Konnte jemand wirklich so romantisch sein?

»Gefällt es dir? Ich weiß, es ist ein bisschen plötzlich, aber wir können es uns leisten. Wir zahlen monatlich so viel wie für deine und meine Wohnung zusammen.«

»Soll ich meine …«

»Nein, du sollst deine Wohnung nicht verkaufen. Vermiete sie doch einfach. Ich weiß, dass du Zeit brauchst, Danica. Ich weiß, dass du dir alles genau überlegen und abwägen musst, bevor du dich auf etwas einlässt. Und wenn du deine Wohnung verkaufst, hättest du keinen Fluchtweg mehr.«

»Ich brauche keine Fluchtwege. Kaylie ist diejenige, die immer davonläuft.«

»Okay, das war nicht ganz fair, aber trotzdem. Das Ausziehen fällt schwerer, wenn du die Wohnung ganz aufgibst. Wenn es zwischen uns nicht klappen sollte, hättest du keinen Ort, an den du dich flüchten kannst, und ich weiß, dass du gerne einen Plan B in der Hinterhand hast. Also, behalte deine Wohnung. Ich kann die Zahlungen für dieses Haus alleine aufbringen. Ich möchte, dass wir einen Ort haben, der nur uns gehört. Der weder mit deiner noch mit meiner Vergangenheit verbunden ist. Danica, ich will mit dir zusammen unser Leben aufbauen.« Er nahm ihr das Glas ab und zog sie in die Arme. »Wenn es dir hier nicht gefällt, können wir auch in meiner Wohnung bleiben. Ich habe nur eine Anzahlung gemacht, es gehört noch nicht wirklich uns und wir müssen es nicht kaufen, wenn du es nicht möchtest. Aber du bist nur eine Meile von deiner Schwester entfernt und du kannst es einrichten, wie es dir gefällt.«

»Wie es uns gefällt.«

»Wie es uns gefällt.« Er sah sie fragend an.

Sie nahm sein Gesicht in die Hände und spürte, wie seine

Bartstoppeln sie an den Handflächen kitzelten. »Blake Carter.« Sie konnte keine Worte finden, die auch nur annähernd das ausgedrückt hätten, was sie empfand. Sie fühlte sich erfüllt, mit Herz und Kopf und Seele. Sie stellte sich auf die Zehenspitzen und küsste ihn. Sie fühlte, wie sie sich ihm öffnete, tief und vorbehaltlos wie nie zuvor. Kein Für und Wider ging ihr durch den Kopf, keine Gedanken an Kaylie und ihre Reaktion. Sie dachte überhaupt nicht. Als sie sich von ihm löste, klang die Süße seiner Lippen noch nach. »Danke«, sagte sie. »Danke für unser Haus.«

Vierzig

Mit laut klopfendem Herzen wachte Kaylie auf. Sie schob sich aus dem Bett und hastete ins Kinderzimmer. Bezug und Himmel der weißen Wiege waren in sanften Pastelltönen gehalten. Sie fuhr mit dem Finger über den Rand der Wiege und ließ den Blick über die hellgelben Wände und den weißen Teppich zu ihren Füßen schweifen. War das Zimmer zu mädchenhaft? Kaylie war überzeugt, dass sie ein Mädchen erwartete. Sie spürte es einfach. Immer wenn sie die Hand auf den Bauch legte oder das Baby strampelte, hörte sie im Hinterkopf den Spitznamen *Hexe*. Das musste ihr Mutterinstinkt sein. Sie hatte das Gefühl, als hätte sie etwas Wichtiges vergessen. Was konnte es bloß sein? Bei der Babyparty würden noch ein paar Kleinigkeiten dazukommen, aber irgendetwas fehlte.

Sie stupste das Mobile über dem Bett an und sah zu, wie es hin- und herschwang. Chaz' Hand landete schwer und warm auf ihrer Schulter.

»Es ist fast so weit«, sagte sie.

»Kaum zu glauben, nicht wahr?«

Sie ging zur Wickelkommode und zog die Schubladen auf. Leer. Sie waren leer! Wie konnte sie die Babysachen vergessen?

Sie war so damit beschäftigt gewesen, über ihre Engagements zu jammern und ihr Leben zu sortieren, dass sie keine Babysachen eingekauft hatte!

»Wir müssen einkaufen gehen«, sagte sie nervös.

Chaz rieb sich schläfrig die Augen. »Klar. Jetzt sofort?«

Kaylie setzte sich auf seinen Schoß und gab ihm einen Kuss auf die Stirn. Dann legte sie ihre Wange an seine. »Nein, aber das Baby braucht etwas zum Anziehen.«

»Wir haben doch noch ein paar Wochen Zeit. Mach dir keine Gedanken.« Er fuhr mit der Hand über ihren Bauch, dann beugte er sich hinunter und sagte: »Hast du gehört, Baby? Du kannst erst rauskommen, wenn wir Anziehsachen für dich haben.«

Kaylie lachte. »Ich meine es ernst. Nur ein paar Sachen. Bodys, Strampler.« Sie sah sich um und sagte dann lebhaft: »Und die Decken habe ich vergessen. Und dann brauchen wir noch diese Schnuller, in die man ein Medikament einfüllen kann, wenn sie einen Schnupfen hat, und einen Luftbefeuchter …«

»Ist das jetzt deine Nestbauphase? Hat die Frau bei der Geburtsvorbereitung nicht davon gesprochen?«

»Kann sein.«

»Heute ist dein großer Auftritt. Freust du dich immer noch darauf, bei Danicas Veranstaltung zu singen?«

Kaylie stand auf und nahm seine Hand. »Ich freue mich, aber ich bin auch nervös.« Hand in Hand gingen sie durchs Wohnzimmer auf die Terrasse. Die Sonne war schon aufgegangen. Im Gras schimmerten die letzten Tautropfen und Kaylie fröstelte in der kühlen Morgenluft. Sie setzte sich auf die Schaukel. »Wow, heute wird es schön.«

Chaz setzte sich neben sie. »Du hast das doch mit Dr. Lasco

abgesprochen, oder? Nicht, dass du plötzlich Wehen bekommst oder so.«

»Ich habe sie angerufen und sie meinte, es sei okay. Wenn ich müde werde oder mich komisch fühle, soll ich aufhören. Aber es wird schon alles gut gehen. Viele Frauen treiben die ganze Schwangerschaft über Sport. Und Angelina Jolie hat sogar ein Flugzeug gesteuert! Das war bestimmt viel riskanter als mein Auftritt.«

»Ich kann es kaum erwarten, deine Songs zu hören.«

Kaylie führte seine Hand zu den Lippen und küsste sie. »Jeder Song, den ich geschrieben habe, ist für dich und für sie.« Sie legte sich die Hand auf den Bauch.

»Oder ihn«, sagte Chaz.

»Ja, aber wir wissen doch beide, dass es ein Mädchen ist. Ich meine, mir ist es egal, ob Junge oder Mädchen, aber ich bin sicher, es ist ein Mädchen. Ich spüre es.«

Chaz warf in gespielter Verzweiflung den Kopf zurück. »Zwei Frauen in meinem Haus? Viel zu viel Östrogen.«

Sie gingen hinein und Kaylie machte Pfannkuchen, während Chaz Erdbeeren und Melone schnitt. Plötzlich schoss Kaylie der Gedanken durch den Kopf, dass ihre Vormittage zu zweit gezählt waren. Sie wartete darauf, dass sich das vertraute Gefühl einstellte, diese Eifersucht, die sie nur zu gerne ignoriert hätte, aber nicht leugnen konnte. Die leise nagende Sorge, dass sie nur noch die zweite Geige in Chaz' Leben spielen würde, wenn das Baby da war.

»Kay, die Pfannkuchen!«

»Oh, tut mir leid, ich war mit den Gedanken ganz woanders.« Sie schob ihre Sorge beiseite, setzte ein Lächeln auf und legte die Pfannkuchen auf den Teller. Chaz verzog das Gesicht.

»Mickey-Mouse-Pfannkuchen?«

Sie hatte es nicht einmal gemerkt: Auf Chaz' Teller prangten zwei große Ohren und der typische Kopf der Maus aus Pfannkuchenteig.

Er legte ihr den Arm um die Taille und zog sie an sich. »Siehst du? Du bist schon die allerbeste Mom.«

Da war sie wieder, die Sorge. Verdammt. War es normal, dass sie sich Sorgen machte, das Kind würde sie in den Hintergrund drängen? Sie nahm sich vor, mit Dr. Marsden darüber zu sprechen.

»Was hat Cooper über diese Frau gesagt?« Sie brachte es nicht über sich, auch nur ihren Namen auszusprechen.

»Das Festival ist vor ihr sicher.« Er spielte nervös mit dem Saum seiner Boxershorts.

Kaylie sah ihm an, dass er etwas verschwieg. »Das ist doch gut, oder?«

Chaz nickte. »Ja.«

Sie spürte eher, dass er auswich. »Chaz, das war doch noch nicht alles, oder?«

Ihre Blicke trafen sich. Kaylie wagte kaum zu atmen. »Sag es mir einfach.«

Er senkte den Kopf und presste die Lippen aufeinander.

»Chaz!«, sagte sie mit erhobener Stimme und baute sich vor ihm auf, die Arme über dem Bauch verschränkt.

»Nichts Schlimmes, Kaylie, mach dir keine Sorgen. Nur etwas, worüber ich nachdenken muss.«

»Nun, wenn es mit ihr zu tun hat, dann ...« Sie wandte sich ab.

Kaum hatte sie die Worte ausgesprochen, da sprang Chaz auf und legte ihr die Hände auf die Schultern. »Es hat nichts mit ihr zu tun. Das schwöre ich. Ich muss dir etwas sagen, aber ich habe Angst, dass sich dadurch alles ändert.«

Kaylie hatte sich vorgenommen, von nun an ganz vernünftig zu reagieren. Sie versuchte, ihre Panik zu verbergen, doch als Chaz ihr das Haar aus dem Gesicht strich und sie liebevoll ansah, wusste sie, dass es ihr nicht gelungen war.

»Du weißt doch noch, dass ich dir gesagt habe, ich sei … recht wohlhabend.«

»Ja? Warum? Bist du es doch nicht? Mir ist das nämlich egal. Von mir aus könnten sie uns das Haus und die Autos abnehmen. Dann ziehen wir eben bei Danica ein.« Sie legte ihm die Hände auf die Hüften und sah ihm in die Augen. »Chaz, solange du nicht mit einer anderen Frau zusammen gewesen bist, komme ich mit allem zurecht. Wir kommen mit allem zurecht.«

Er küsste sie sanft und als er den Kopf hob und aus dem Fenster auf die Berge sah, spürte sie, wie die Anspannung in seinem Körper nachließ. »Ich bin nicht pleite. Eher im Gegenteil.«

Kaylie schüttelte den Kopf. »Das verstehe ich nicht.«

»Kaylie, wir haben mehr Geld, als wir jemals ausgeben können.«

»Mehr Geld, als wir jemals ausgeben können? Das ist ein Problem, mit dem ich leben kann.« Sie lächelte ihn erleichtert an. Wenigstens hatte es nichts mit dieser Lea Carmichael zu tun. »Hast du dir deswegen Sorgen gemacht?«

Er nickte. »Geld verändert die Menschen, und es ist auch nicht nur das Geld. Es geht auch darum, wie ich daran gekommen bin.«

»Warte mal, vielleicht sollte ich mich besser setzen. Können wir zur Schaukel gehen? Ich glaube, ich brauche frische Luft.«

Schwerfällig ließ sie sich auf der Schaukel nieder. »Hast du eine Bank ausgeraubt? Oder alte Damen um ihre Ersparnisse gebracht?« Ihre Finger umklammerten eine hölzerne Sprosse.

Chaz lachte. »Ich wünschte fast, das hätte ich.« Er setzte sich neben sie und erzählte ihr, dass seine Familie ihm einen Treuhandfonds hinterlassen und dass er in den letzten zehn Jahren hart gearbeitet hatte, um sich aus eigener Kraft ein Vermögen aufzubauen.

»Warte. Verstehe ich das richtig? Du schämst dich, weil du ein Vermögen geerbt hast. Du hast geschuftet, um dir selbst etwas zu schaffen, unabhängig von dem Treuhandfond … und?«

»Wenn du es so sagst, klingt es dumm, aber so ist es.« Er berichtete ihr, wie er auf der Privatschule gehänselt worden war.

Kaylie stiegen fast die Tränen in die Augen. »Ach, du Armer. Das muss schrecklich gewesen sein, vor allem, weil du sowieso nicht glücklich warst mit dem Vermögen deiner Familie.«

Chaz straffte die Schultern. »Ach was. Solche Dinge gehören einfach dazu.«

In seinen Augen sah Kaylie, dass noch mehr dahintersteckte. »Du kannst es mir ruhig sagen«, meinte sie.

»Okay, ja, es war schrecklich. Ich habe es gehasst, aber es hat mich noch mehr motiviert, erfolgreich zu sein. Das Festival ist heute dreimal so groß wie damals, als ich es übernommen habe. Ich habe mein Geld gut angelegt und wir leben heute von dem, was ich mit meinen Investitionen verdient habe.«

»Und wo ist jetzt das Problem?« Sie konnte verstehen, dass er sich nicht wohlfühlte bei dem Gedanken, vom Familienerbe zu leben, doch er schien immer noch etwas zu verschweigen.

»Geld verändert Menschen, Kaylie. Plötzlich machen wir uns keine Gedanken mehr, ob wir uns etwas leisten können oder nicht, und fangen an, das Geld mit vollen Händen auszugeben. Was meinst du, warum ich die anderen Anteilseigner bis jetzt nicht ausgezahlt habe?«

»Vermutlich, weil es keine Probleme gab und kein Anlass bestand, etwas zu ändern.«

»Ja, das ist der wahre Grund. Aber ich hatte immer den Gedanken im Hinterkopf, dass ich es erst tun wollte, wenn ich genug verdient hatte, um davon zu leben und die anderen Anteile aufzukaufen. Ich, nicht meine Familie.«

»Dann brauchtest du Leas Geld eigentlich nicht?« Kaylies Atem ging rascher.

»Wie ich gerade sagte, leben wir von dem, was ich verdiene. Für das Festival brauchen wir Sponsoren, wenn ich nicht auf das Familienvermögen zurückgreifen will.«

»Aber du hast genug Geld, um deine Partner auszuzahlen? Das Geld hättest du doch auch ins Festival stecken können. Anstelle von Leas Geld.« Sie schwieg einen Moment, dann platzte sie heraus: »Du bist ihr bis nach Hawaii hinterhergefahren und dabei wäre es gar nicht nötig gewesen.« Der Gedanke schnürte ihr die Kehle zu.

»Kaylie«, sagte er. Seine Stimme klang streng, doch sein Blick war weich und bittend. »Ich hatte die Wahl, ja. Und ich habe mich dagegen entschieden, das Festival mit dem Geld zu finanzieren, von dem wir leben, um uns finanzielle Sicherheit zu geben. Es war eine gute und richtige Entscheidung.«

Sie verstand nicht. »Aber … mit demselben Geld, mit dem du uns finanziell absichern wolltest, willst du jetzt deine Partner auszahlen, oder?«

»Ja.« Er nahm ihre Hand. »Auf diese Weise kann ich dafür sorgen, dass uns Lea nie wieder etwas anhaben kann. Wir müssen nicht befürchten, dass sich jemand ins Festival zu drängen versucht.« Er rieb sich das Gesicht. »Vielleicht hätte ich mit dem Geld das Festival sponsern sollen, aber ich habe es nicht getan, weil ich Lea nie für derart verrückt gehalten hätte. Wenn ich es geahnt hätte – lieber Himmel, ich hätte nicht eine Sekunde gezögert.«

»Und wenn du jetzt unseren Notgroschen nimmst, sind wir dann pleite? Ich meine, natürlich nagen wir nicht am Hungertuch, aber haben wir genug Geld zum Leben, ohne dass du deinen Treuhandfonds anrühren musst?« Kaylie hatte keinen Kopf für Zahlen, daher kümmerte sich Chaz um alles, was mit Geld zu tun hatte.

»Ja, nur müssen wir ein bisschen vorsichtiger sein mit unseren Ausgaben, bis ich unser finanzielles Polster wieder aufgefüllt habe. Meine Geldprobleme sind anders als bei anderen Leuten. Wir haben mehr Geld – und damit meine ich das, was ich verdient habe –, als wir brauchen.«

»Okay«, sagte sie. Sie war erleichtert, verstand aber immer noch nicht ganz, wo das Problem war. »Und warum meinst du, dass Geld alles verändert?«

Er sah sie schweigend an, doch dann begriff sie.

»Du glaubst, dass ich mich verändere. Es ist nicht, dass das Geld dich verändert, sondern mich.« Sie wandte sich ab.

»Nicht nur dich, Kay, alle Menschen. Es ist ganz normal, sich weniger Gedanken zu machen und mehr auszugeben, wenn man weiß, dass genug da ist.«

Vertraute er ihr nicht? Vielleicht vertraute er niemandem. Kaylie wirbelte herum und funkelte ihn wütend an. Glaubte er wirklich, dass sie so materialistisch eingestellt war? Dann dachte sie an Dr. Marsden und stellte sich vor, wie sie ihr dieses Gespräch schilderte. Gleich darauf kam ihr Danica mit ihrer ruhigen, ernsten Art in den Sinn. Kaylie atmete tief durch. Was würde Danica sagen?

»Kaylie? Warum sagst du nichts?«

Sie wusste, dass es von ihrer Antwort abhing, wie die Situation weiterging: friedlich oder im Streit. Sie wollte nicht wieder explodieren, wie sie es sonst so oft gemacht hatte, sondern vernünftig und ohne jede Dramatik reagieren. Am besten würde ihr das gelingen, wenn sie sich vorstellte, wie sie Dr. Marsden oder Danica davon erzählte. Vor allem von Danica bekam sie immer wieder zu hören, wie theatralisch sie sich aufführte. Aber diesmal würde sie sich so verhalten, dass selbst Danica nichts an ihr auszusetzen hätte, sie brauchte nur einen Moment, um ihre Gedanken zu sammeln.

Sie starrte aus dem Fenster und überlegte, welche Fragen Dr. Marsden ihr stellen würde. Wird das Geld Sie verändern? *Ich gehe gerne shoppen.* Werden Sie sich für einen anderen Kinderwagen, andere Babysachen, Autos oder Schulen entscheiden? Würde es einen Unterschied machen? *Ja, natürlich.*

Sie spürte, dass Chaz sie ansah, und einen Moment lang stieg Panik in ihr auf.

Selbstverständlich spielte Geld eine Rolle. Es war dumm zu glauben, dass es völlig gleichgültig war, wie viel Geld sie hatten.

Dann hatte sie Danicas Stimme im Ohr und die Panik verebbte. Würde sie Chaz auch dann noch lieben, wenn er kein Geld hätte? Wenn er bei einem schrecklichen Unfall beide Beine verlor? Würde es ihr etwas ausmachen? Würde alles Geld der Welt sie dazu bewegen, ihn zu verlassen? Oder würde alles Geld der Welt sie dazu bringen, bei ihm zu bleiben, auch wenn er sie betrog? Natürlich wusste sie die Antworten auf diese Fragen. Wenn sie morgen einem gut aussehenden und reichen Mann begegnete und Chaz keinen Cent mehr in der Tasche hätte, würde sie bei ihm bleiben. Und wenn er sie betrog, würde nichts sie dazu bringen, mit ihm zusammenzubleiben. Vielleicht wäre es am besten, wenn das Geld weiterhin nur als eine Art Sicherheitsnetz funktionierte. *Können wir nicht einfach so tun, als sei es nicht da? Kann ich das?* Er konnte es offenbar.

Er hat mich angelogen. Was Danica wohl dazu sagen würde? Dass er ihre Beziehung schützen wollte? Immerhin sagte er es ihr jetzt, noch vor ihrer Hochzeit.

Sie wandte sich zu Chaz um, der mit gesenktem Kopf dasaß. Sie setzte sich neben ihn.

»Ich wusste, dass das passieren würde«, sagte er.

»Ich sehe nur eine Möglichkeit, wie das Geld unser Leben nicht verändert.«

Chaz sah sie hoffnungsvoll an.

»Du sagst mir nicht, wie viel Geld wir haben, und wir schwören, dass wir unseren Lebensstil nicht ändern. Das Geld deiner Familie spielt überhaupt keine Rolle.«

»Leichter gesagt als getan. Glaub mir, ich war schon oft kurz davor, diese Quelle anzuzapfen.«

»Hast du aber nicht«, sagte sie und nahm seine Hand.

»Mein Stolz hat mich zurückgehalten. Und vielleicht wird alles ganz anders, wenn das Kind da ist. Du kennst diese verwöhnten Kids ja auch, die alles mundgerecht serviert kriegen.«

»Oh ja, die kenne ich, und wenn ich unsere Tochter zu einer verwöhnten Prinzessin erziehe, darfst du mir gerne den Kopf abreißen.« Sie schmiegte sich an ihn. »Diese Mädchen habe ich früher immer gehasst und ich glaube, das ist Abschreckung genug.« Sie stellte fest, dass sie es tatsächlich ernst meinte. »Weißt du, wenn ich neben meinem Studium nicht hätte arbeiten müssen, wäre ich ein anderer Mensch geworden.« Sie lachte. »Ich meine nicht die neurotische Schwangere, sondern die selbstbewusste Frau vor der Schwangerschaft, die vor nichts Angst hat und sich traut, auf ihr Herz zu hören. Ich habe ein paar ziemlich wilde Jahre hinter mir, aber das ist immer noch besser, als eine arrogante Angeberin zu sein, oder?«

Chaz lachte. »Wahrscheinlich schon. Aber, Kaylie, wenn wir uns zwischen einer öffentlichen Schule und einer Privatschule entscheiden müssen –«

Kaylie hob die Hand. »Fang gar nicht erst so an. Ich werde kein Kind auf eine Privatschule schicken. Ich weiß, dass du auf einer warst, und das ist alles gut und schön, aber ich möchte, dass unser Kind mit ganz normalen Kinder zur Schule geht, um sie mal so zu nennen.«

»Okay, keine Privatschulen.«

»Und keine Diamantohrringe mit drei Jahren. Damit kann sie warten, bis sie zwölf ist. Musste ich auch.«

»Bist du da nicht ein bisschen altmodisch?«, neckte er sie.

»Ich weiß nicht. Ich weiß nur, dass unser Baby ganz normal sein soll, was immer das bedeutet. Sie wird schon genug verwöhnt werden, bei all den Tanten. Sie soll wissen, dass sie alles tun kann, solange es auf ihrer Persönlichkeit und ihren Fähigkeiten aufbaut. Ich will kein selbstsüchtiges und egozentrisches Kind. Ich möchte, dass unser Kind so wird wie du.«

»Und ich möchte, dass es so wird wie du.«

»Oh nein, das willst du ganz bestimmt nicht. Glaub mir, ich bin wirklich unsicher. Ich hätte es nie für möglich gehalten, aber ich mache mir tatsächlich Sorgen, dass ich nicht mehr wichtig bin, wenn das Kind da ist.« Sie lachte, aber das auszusprechen, war ihr ungeheuer schwergefallen.

»Das macht dir Sorgen? Ohne dich gäbe es das Baby nicht. Ich kann ohne dieses Baby leben, Kaylie. Aber ich würde nie ohne dich leben wollen.«

»Willst du damit sagen, dass du das Kind nicht willst?«

»Oh mein Gott, du bringst mich noch um.«

Sie stieß ihn in die Seite. »Ich mach doch nur Spaß. Ich weiß, was du meinst.« Wenn sie jetzt noch die ewig nagende Stimme in ihrem Kopf zum Schweigen bringen könnte …

Einundvierzig

Danica saß an einem der Picknicktische auf der Wiese vor der Scheune, die Hände um einen halbleeren Kaffeebecher gelegt. Sie hatte Sally im Jugendzentrum eine Nachricht hinterlassen, dass sie einige der Jugendlichen und Eltern als Parkwächter einteilen sollte. Es hatten sich so viele Freiwillige gemeldet, dass es kein Problem sein dürfte. Die Lichterketten waren aufgehängt, doch einige Tische fehlten noch. Am liebsten hätte sie noch einmal bei der Firma angerufen, bei der sie die Tische gemietet hatten, aber sie wusste, dass sie sich verrückt machte. Bis zum Abend waren es noch Stunden. Sie legte sich auf die Bank, blickte in den vielversprechend blauen Himmel und versuchte, sich zu entspannen. Die restlichen Tische würden schon auftauchen, und selbst wenn sie nicht geliefert wurden, wäre es auch keine Katastrophe.

In den vergangenen Monaten hatte sie sich Mühe gegeben, nicht immer alles kontrollieren zu wollen und spontaner und gelassener zu werden. *Gelassenheit.* Das war es, was sie empfand. Entspannt sein war eine Sache, aber Ängste und Sorgen loszulassen war etwas ganz anderes. Wahrscheinlich würde sie es nie offen zugeben, aber Blake hatte recht. Wenn sie ihre Wohnung verkaufen würde, wüsste sie nicht wohin, falls es mit

Blake schiefgehen sollte. Die Ehe ihrer Eltern kam ihr in den Sinn. Kein guter Gedanke.

Blake ist nicht Dad. Sie hatte das Gefühl, als würde sie wieder einmal auf Kaylie einreden. »Ich bin nicht Mom«, sagte sie und setzte sich auf. Sie war nicht ihre Mutter. Sie war entschlossen und sagte ihre Meinung, und Blake respektierte das. Sie war selbstbewusst und hatte einen Beruf oder sogar zwei, wenn sie wollte. Danica ging auf der Wiese auf und ab und listete in Gedanken alles auf, was ihre Beziehung zu Blake von der ihrer Eltern unterschied.

Er betet mich an und zieht bei wichtigen Entscheidungen meine Gefühle in Betracht (Die Wohnung vermieten!).

Er ist ehrlich.

Wir haben gemeinsame Interessen.

Wir helfen uns gegenseitig zu wachsen und lähmen uns nicht, auch nicht im Beruf. Oh ja, das ist ein ganz wichtiger Punkt. Dad hat Mom nicht geholfen zu wachsen. Überhaupt nicht.

Auf dem kiesbestreuten Parkplatz knirschten Autoreifen und gleich darauf sprang Blake aus seinem SUV. Danica rannte zu ihm.

»Hey, was machst du denn hier?«

Er packte sie und wirbelte sie herum. Dann gab er ihr einen Kuss und sagte: »Meinst du denn, ich lass dich hier alleine sitzen? Ich weiß doch, dass du nervös bist. Alyssa hat im Laden alles im Griff. Heute Abend wird sie auch dort sein, ist also alles geregelt.«

Er ist großzügig und hilfsbereit.

»Wunderbar!«, rief sie und klatschte begeistert in die Hände. Nun konnte nichts mehr schiefgehen. Danica strahlte ihn an. »Komm, ich zeige dir alles«, sagte sie und zog ihn zum Eingang der Scheune.

»Können die Leute auch durch die Hintertür hereinkommen?«

»Ein paar der Kids spannen Seile, so dass die Leute zum Vordereingang geleitet werden.«

»Und wer kontrolliert die Eintrittskarten?«

Danica starrte ihn entgeistert an.

»Danica?«

»Oh Mist«, sagte sie schließlich. »Daran habe ich überhaupt nicht gedacht. Der Eintritt ist frei, aber wir stellen Sammelbüchsen für Spenden auf. Ich glaube nicht, dass jemand die klaut, oder? Direkt am Eingang sitzt jemand mit den Einverständniserklärungen. Ich denke, er kann auch auf das Geld aufpassen.«

»Ich kann das übernehmen«, sagte Blake.

»Nein. Meinst du das ernst?«

»Klar. Was soll ich sonst tun? Herumhängen und gar nichts machen?«

Danica hatte nicht im Traum daran gedacht, Blake als Helfer einzuspannen, sie freute sich einfach, dass er dabei sein wollte. Sie stellte sich auf die Zehenspitzen und gab ihm einen Kuss.

Als sie eine Runde um die Scheune gedreht hatten und wieder am vorderen Eingang ankamen, hörten sie in der Ferne Lastwagen.

Danica drehte sich so plötzlich um, dass Blake sie fast umgerannt hätte. »Du«, sagte sie und tippte ihm mit dem Finger auf die Brust. »Kaufst uns ein Haus. Und ich flippe nicht aus«, setzte sie hinzu.

Er gab ihr einen Kuss auf die Nasenspitze. »Ich weiß. Ich bin so stolz auf dich.«

Als die Lastwagen mit den restlichen Tischen und Stühlen

kamen, hatte Danica das Gefühl, dass sie nichts mehr aus der Ruhe bringen konnte.

Als sie zum Jugendzentrum zurückkam und die parkenden Autos sah, fiel es ihr wieder ein. *Mist.* Sie hatte das Treffen der freiwilligen Helfer vergessen. Mit ihrer Tasche in der einen Hand und einer leeren Kaffeetasse in der anderen stürmte sie ins Haus.

»Sie müssen Danica sein.«

Danica erkannte die zierliche Blondine mit den großen Augen und der perfekt auf die Hose abgestimmten Bluse nicht. »Ja«, sagte sie. »Ich bin Danica.«

»Ich bin Trisha«, sagte die andere und streckte ihr die Hand entgegen.

Trisha? Trisha! Oh Gott, Daves andere Frau. »Trisha, hi.« Die leere Kaffeetasse rutschte ihr aus der Hand, fiel auf Sallys Tresen und wäre zu Boden gepoltert, wenn sie sie nicht im letzten Moment aufgefangen hätte. »Tut mir leid. Alles ein bisschen hektisch heute.« Sie schüttelte Trisha die Hand und sah sich verstohlen um. Wo Sally wohl sein mochte?

»Danke, dass ich mitmachen darf. Sally meinte, Sie brauchen jede Hilfe, die Sie kriegen können, und wo Michelle und Chase ja jetzt zusammen sind, da dachte ich, es wäre eine gute Idee.«

»Michelle und Chase?« *Was um alles in der Welt ist bloß los?*

»Ja. Es ist so süß. Sie schreiben sich die ganze Zeit, aber ich glaube, sie wissen nicht, dass ich es weiß.«

»Michelle und Chase?«

»Ja, ich weiß. Hätte ich auch nicht gedacht. Irgendwie hatte ich wohl vergessen, wie klein Allure ist.« Sie wandte sich zum Gehen. »Bis heute Abend also. Und danke nochmal. War schön, Sie endlich kennenzulernen.«

Danica war so verblüfft, dass sie einfach mitten im Eingangsbereich stehen blieb. Erst als eine Handvoll Jugendliche und Erwachsene aus dem Flur kam, merkte sie, dass sie das Treffen jetzt komplett verpasst hatte. Ihre Stimmen rissen sie aus ihrer Erstarrung.

Danica winkte ihnen zu. Sie sah sich nach Michelle um, konnte sie aber nirgends entdecken.

Gage trat zu ihr. »Wir haben dich vermisst«, sagte er.

Michelle und Chase? Warum sah Rusty dann so unglücklich aus, wenn Michelle sich mit Brad unterhielt? »Tut mir leid, ich war draußen bei der Scheune. Wie war's?« Sie spähte in den Flur.

»Prima. Solange Kaylie keine Wehen bekommt, wird es ein toller Abend. Ich glaube, die Kids freuen sich mächtig darauf.« Er folgte ihrem Blick.

»Wen suchst du?«

»Michelle und Sally.«

»Sie sind hinten bei den Billardtischen. Ist alles okay?«

Danica hastete schon den Flur entlang. Michelle und Sally waren dabei, die Tischtennisschläger und Billardstöcke wegzuräumen. Neuerdings hatte Michelle ihre schwarzen Jeans gegen Shorts getauscht, außerdem hatte sie irgendetwas mit ihrem Haar angestellt. Es war immer noch pechschwarz, lang und glatt, doch die Ponyfransen fielen ihr nicht mehr ins Gesicht. Sie hatte sie nach hinten gekämmt und ihr Gesicht sah umso frischer und strahlender aus.

»Man könnte dich für einen Stalker halten.«

Danica boxte Gage auf den Arm. »Ich sehe bloß zu, sonst

nichts.« Sie zeigte auf Michelle. »Sie war meine Kleine Schwester in dem Große-Schwester-Projekt. Ist schon eine Weile her, dass wir etwas zusammen unternommen haben.«

»Michelle? Sie ist wirklich nett. Alle mögen sie. Und ihre Mom auch.«

Gage hatte jedoch nur Augen für Sally. »Ja, und Sally ist auch sehr nett.«

Gage reichte ihr einen Zettel. »Ähm, hier ist die Liste mit den Freiwilligen, den Telefonnummern der Leute, die Verkaufsstände haben, und mit allen anderen Infos für heute Abend.«

»Die hab ich schon«, sagte Danica und sah, wie sein Blick zurück zu Sally wanderte. »Habt ihr euch heute wieder zum Frühstück getroffen? Um noch ein paar Einzelheiten zu besprechen?«

»Was? Nein, heute nicht.«

Kein Wunder, dass du wie ein verlassenes Hündchen aussiehst. »Gage?«

»Ja?« Er konnte den Blick nicht von Sally wenden.

»Weißt du, ob Michelle mit jemandem zusammen ist?«

Er zuckte die Achseln. »Sie scheint viel mit Rusty zu machen und Brad schaut ab und zu vorbei. Ich tippe auf Brad. Rusty hält sich eher bedeckt, verstehst du? Ich glaube, er hat nicht den Mut, den ersten Schritt zu machen.«

»Tja, als Jugendlicher hat man's nicht leicht.« *Als Erwachsener, der in eine Kollegin verknallt ist, aber auch nicht.* Gage hörte ihr überhaupt nicht zu.

Um drei Uhr nachmittags sperrten sie die Türen des Jugendzentrums zu und verabredeten sich für fünf Uhr an der Scheune. Die Veranstaltung sollte um halb acht beginnen, sodass Danica gerade genug Zeit hatte, zu Kaylie zu fahren. Sie hatte kurz überlegt, sie einfach nur anzurufen, doch nach allem, was Kaylie in der letzten Zeit durchgemacht hatte, war es wohl besser, vorbeizuschauen und zu sehen, ob sie Hilfe brauchte.

Auf dem Beifahrersitz klingelte ihr Handy.

»Hey, Mom.«

»Hi, Schätzchen. Ich wollte nur fragen, wie es dir und Kaylie geht. Sie hat mich immer noch nicht angerufen.«

Danica seufzte. »Das tut mir leid, Mom. Du weißt ja, wie sie ist, wenn es ihr nicht so gut geht. Ich bin gerade unterwegs zu ihr. Ich erinnere sie, dass sie dich anrufen soll.«

»Deine Veranstaltung ist heute Abend, nicht wahr?«

»Ja.« Es war so ungewohnt, dass sie und ihre Mutter sich für das interessierten, was im Leben der anderen vor sich ging, dass Danica zunächst gar nicht auf den Gedanken kam, ihre Mutter könnte auf eine Einladung hoffen. Ihr Mittagessen vor ein paar Tagen war ein erster Schritt gewesen, oder? Diese Fremdheit zwischen ihnen dreien war wirklich albern. Das Bild eines schiefen Dreiecks kam ihr in den Sinn, bei dem die Linien an den Ecken nicht richtig zusammenpassten.

»Hör mal, Mom, warum kommst du nicht auch heute Abend? Bring Patrick mit. Wir werden alle da sein. Kaylie hat einen Auftritt und ihr könntet euch ansehen, was ich so mache. Dann würdest du auch Blake und Chaz kennenlernen.«

»Ich weiß nicht. Es ist doch eher etwas für junge Leute, oder?«

»Ach, Mom, komm schon. Es macht dir bestimmt Spaß.«

Sie stellte sich ihre Mutter vor, wie sie die Stirn runzelte und den Finger an die Lippen legte, während sie alle möglichen

Szenarien durchdachte.

»Mom?«

»Also gut. Ich frage Patrick, und wenn er Zeit hat, kommen wir.«

»Super!« Danica war sich sicher, dass es die richtige Entscheidung war. Sie waren eine Familie und egal, wie schwierig es für Kaylie sein mochte, es war an der Zeit, nach vorn zu schauen.

Als Kaylie die Tür öffnete, hatte sie einen kurzen gelben Bademantel an, der ihr kaum bis zu den Oberschenkeln reichte. Die Haare hatte sie mit einem mit Strasssteinen besetzten Clip hochgesteckt.

»Wow, du siehst sexy aus.«

»Sexy? Eher wie ein wandelnder Wal«, lachte Kaylie. »Komm rein.«

Sie gingen ins Wohnzimmer und Danica sah sich zum x-ten Mal die Fotos von Kaylie und Chaz auf dem Kaminsims an. Als sie in ihre lachenden, glücklichen Gesichter sah, fragte sie sich, ob es mit dieser Sorglosigkeit vorbei sein würde, wenn das Baby da war. »Bist du nervös?«, fragte sie.

»Nein, nicht wirklich nervös, schließlich ist es nicht das erste Mal, dass ich vor Leuten auftrete. Ich habe eher das Gefühl, dass ich ein bisschen eingerostet bin. Mein letztes Engagement ist schon eine Weile her.«

Danica nickte. »Mach dir keine Sorgen, du wirst großartig sein.«

Kaylie stützte sich mit einer Hand auf und ließ sich langsam auf das Sofa sinken. Danica legte ihr die Hand auf den Bauch.

»Wie geht es der Höllenbrut?«

»Wenn die Kleine auf der Welt ist, hörst du aber auf, sie Höllenbrut zu nennen, verstanden? Das könnte ihr Ego verletzen.«

»Und wenn es ein Junge ist?«, lachte Danica.

Kaylie funkelte sie böse an.

»Ich sollte dich vorwarnen. Mom kommt heute Abend auch. Wahrscheinlich mit Patrick.«

»Was? Danica, wie konntest du?«

»Reg dich nicht auf, okay? Es ist höchste Zeit, Kaylie. Wir können nicht ewig auf der Stelle treten und du kannst Mom nicht für alles verantwortlich machen.«

»Das weiß ich und ich bemühe mich ja auch, es nicht zu tun. Es braucht nur eine Weile, bis ich das umsetzen kann. Du kennst mich doch«, sagte Kaylie aufrichtig.

»Ja, ich glaube schon.« Aus Chaz' Arbeitszimmer drang seine Stimme. »Wie sieht's aus?«, flüsterte sie und wies mit dem Kopf Richtung Arbeitszimmer.

»Prima.«

»Im Ernst? Oder meinst du das ironisch?«

»Nein, ich meine es ernst.« Kaylie stemmte sich mühsam hoch. »Ich muss mich fertigmachen. Hilfst du mir?«

Danica folgte ihr ins Schlafzimmer, wo Kaylie ihre Sachen schon auf dem Bett bereitgelegt hatte. Auf dem Kissen lag ein Paar Schuhe mit Killerabsätzen.

»Kaylie, die ziehst du doch hoffentlich nicht an, oder? Was ist, wenn du damit stolperst?« Sie berührte den Pfennigabsatz und zog schnell den Finger zurück. »Ganz schön gefährlich.«

»Nein, die ziehe ich nicht an.«

»Endlich wirst du vernünftig.«

»Eigentlich wollte ich ja, aber dann dachte ich: Wann kann

ich bei einem Auftritt schon mal bequeme Schuhe anziehen? Im achten Monat schwanger zu sein ist die beste Entschuldigung, nicht mit Killerabsätzen aufzutreten.« Sie zog ein paar flache schwarze Schuhe unter dem Bett hervor.

»Die sehen aus wie meine.«

»Es sind auch deine. Ich habe sie mir geliehen, als ich letztens bei dir war. Wer hätte je gedacht, dass ich mir die mal von dir borgen würde?«

»Du bist ganz schön frech«, sagte Danica grinsend und setzte sich aufs Bett.

»Ehrlich? Findest du mich frech?« Kaylie streifte sich das Kleid über und zog es über den Bauch.

»Ein bisschen.«

Kaylie drehte sich zu Danica um, damit sie ihr mit dem Reißverschluss half.

»Wo hast du das denn her? Du siehst aus wie ein schwangeres Model, Kay. Lieber Himmel, du bist wirklich umwerfend.« Der dunkelblaue Stoff zeichnete jede Rundung ihres lebenspendenden Körpers nach. Mit ihren schlanken Armen und Beinen sah sie aus wie ein Mädchen, das sich als Schwangere verkleidet hatte.

»Hab ich im Internet bestellt.« Sie setzte sich neben Danica. »Ich will nicht frech sein«, sagte sie. »Ich hasse überhebliche Mädchen.«

»Du bist auch nicht überheblich. Frech ist anders. Es ist … wie du. Witzig.«

Kaylie lächelte. »Dann ist ja gut.«

Sie gingen ins Badezimmer und Kaylie schminkte sich. »Wie sieht's mit deinen Lakritzvorräten aus?«

Lakritz war für Danica das, was für andere die Zigarette danach war. »Lecker«, schwärmte sie.

Kaylies Augen leuchteten. »Ja?«

»Oh, ganz bestimmt«, sagte Danica und klimperte vielsagend mit den Wimpern. »Kay, wie fändest du es, wenn ich in deiner Nähe wohnen würde?«

»Was meinst du?«

»Würde es dir etwas ausmachen?«

Kaylie sah sie besorgt an. »Stimmt was nicht mit Blake und dir?«

»Nein, nichts Schlimmes. Nur … er …« Sie malte mit dem Finger Kreise auf den Waschtisch. »Er kauft das Haus weiter unten an der Straße.«

Kaylie legte die Wimperntusche beiseite und lehnte sich ans Waschbecken. »Red keinen Unfug.«

Danica zuckte lächelnd die Achseln.

Kaylie kreischte so laut, dass Chaz ins Badezimmer gerannt kam. Kaylie umarmte ihre Schwester. »Wir werden Nachbarn!«, quietschte sie.

»Wunderbar! Wer denn?«, fragte Chaz und blickte ratlos zwischen Kaylie und Danica hin und her.

Danica löste sich aus Kaylies Umarmung. »Wir. Blake will das Haus unten an der Straße kaufen.«

»Das ist ja fantastisch!« Chaz umarmte Danica. »Glückwunsch.«

»Hört mal, wenn euch das zu nah ist oder ihr das Gefühl habt, dass wir euch zu sehr auf die Pelle rücken, dann sagt es, bevor er alles unterschreibt, okay? Ich kann damit umgehen.«

»Unsinn. Es wird toll«, versicherte Chaz.

»Es wird wahnsinnig toll!«, bestätigte Kaylie.

Chaz ging, um sich fertigzumachen, und während Kaylie sich weiter schminkte, schmiedete sie schon Pläne für künftige Grill- und Filmabende.

»Eigentlich mag ich Filmabende gar nicht so gern, Kay.«

»Ich weiß, aber wenn das Baby da ist, wird sich das ändern. Schließlich willst du sie doch sehen.« Kaylie nahm Danica bei der Hand und ging mit ihr ins Kinderzimmer.

»Du hast wirklich ein Gespür für Farben. Es sieht fantastisch aus.« Danica strich dem Stoffbären, der in der Wiege saß, über den Kopf.

»Wir sind reich«, platzte Kaylie heraus.

»Reich? Wie in *gesegnet?*«

»Reich, Danica«, flüsterte sie. »Reich, wie in mehr Geld, als wir ausgeben können.«

»Wie meinst du das?«

»Chaz hat einen Treuhandfonds. Er rührt ihn nicht an, aber er ist da.«

»Kaylie, das ist doch wunderbar, oder?« Danica sah sie fragend an. »Moment mal, du lächelst ja gar nicht. Was ist los?«

»Wir werden dieses Geld nie antasten. Niemals. Wir werden weiter so leben wie jetzt. Chaz verdient eine Menge Geld und ich auch, wenn ich singe. Die Sache mit dem Geld ist ein wunder Punkt, also sag es nicht weiter.«

Danica nickte, doch dann sagte sie: »Kaylie, hältst du das durch? Du gehst gerne shoppen und in Restaurants und … Lieber Himmel, das wird ganz schön schwierig, oder? Kannst du das?«

»Ich kann es nicht nur, ich will es auch. Ich mache mir wirklich nicht viel aus Geld und ich mache so weiter, als gäbe es diesen Treuhandfonds gar nicht. Klar, ich gehe gerne shoppen und esse gerne in tollen Restaurants, aber dafür war bisher immer genug da. Vorher habe ich auch nichts vermisst. Warum sollte das jetzt eine Rolle spielen? Ich werde mich nicht anders verhalten, nur weil plötzlich mehr Geld da ist, als ich dachte.«

Sie schwieg einen Moment.

Danica beobachtete sie genau. »Kaylie, Geld kann viel verändern, auch Leute.«

»Das hat Chaz auch gesagt.« Kaylie seufzte. »Nur habe ich heute gemerkt, dass es mir egal ist, ob er Geld hat oder nicht.«

Danica packte sie bei den Schultern. »Kaylie, sieh mich an und sag mir ehrlich, was du denkst.«

Kaylie sah ihrer Schwester in die Augen und hatte das Gefühl, am Rand einer Klippe zu stehen: die junge, unreife Kaylie auf der einen Seite, die erwachsene Kaylie auf der anderen. Wenn sie einen Fehler machte, würde sie abstürzen in ein einsames, sinnloses Leben. »Ich liebe ihn und ich hasse verwöhnte Kinder und muss ich wahrscheinlich ab und zu daran erinnert werden, wenn ich von etwas träume, was zu teuer ist. Aber vor allem bin ich dankbar, dass ich Chaz nicht verloren habe, als ich weggelaufen bin. Kein Geld auf dieser Welt kann ihn ersetzen.«

Danica starrte sie nur an.

»Danica, ich meine das ganz ernst.«

Sie nickte. »Ja, ich glaube, das tust du tatsächlich.«

Chaz steckte den Kopf zur Tür hinein und Danica und Kaylie zuckten zusammen. »Hast du es ihr schon erzählt?«

»Nein, was denn?«, murmelte Kaylie.

»Erzählt? Nein, wir haben nur —«

Sein Blick ging zwischen Kaylie und Danica hin und her. Als die beiden den Kopf senkten, kam er mit verschränkten Armen ins Zimmer.

»Ja, wir sind reich. Unglaublich, unvorstellbar reich.«

Die beiden Frauen lachten.

»Sorry, aber sie hat es mir tatsächlich gesagt.«

»Tut mir leid, aber ich brauchte einfach Unterstützung.«

Kaylie biss sich auf die Unterlippe.

Chaz legte ihr den Arm um die Schulter. »Danica, sie wird deine Hilfe brauchen. Ich glaube, Kaylie hat wirklich die Absicht, das Geld zu ignorieren, aber Geld verströmt leider einen Duft, der schwer zu ignorieren ist. Du wirst ihr ab und zu unter die Arme greifen müssen.«

Danica schüttelte den Kopf. »Du musst sie wirklich lieben.«

Chaz nickte und gab Kaylie einen Kuss auf den Scheitel.

»Warum hast du ihr überhaupt von dem Geld erzählt?«

»Ich wollte unser gemeinsames Leben nicht mit einer Lüge beginnen.«

In diesem Moment wusste Kaylie: Falls Danica jemals an Chaz gezweifelt haben sollte, dann war sie jetzt restlos von ihm überzeugt.

Zweiundvierzig

In den Bäumen und an der Scheune funkelten bunte Lichter, die dem Abend einen zauberhaften Schimmer verliehen. Auf dem Parkplatz waren zwei erwachsene Freiwillige im Einsatz und achteten darauf, dass die Kids nicht durch den Hintereingang in die Scheune liefen, wo die Stände mit den Erfrischungen aufgebaut waren. Vorne begrüßte Blake die Gäste und über der Tür prangte ein großes Spruchband mit der Aufschrift No Limitz. Sie war wie das Logo des Jugendzentrums in Blau und Gelb gehalten.

Danica und Sally standen nebeneinander und hörten Kaylie zu, die gerade von einem Mann sang, der sie vor sich selbst gerettet hatte. Die Leidenschaft in den berührenden und sehr persönlichen Worten ließen Danica die Tränen in die Augen steigen. Mal schwebte Kaylies Stimme mühelos zu den hohen Tönen, mal schien sie fast vor Emotionen zu brechen. Wenn sie den Blick nicht über das Publikum schweifen ließ und mit dem Finger auf einzelne Jungen zeigte, als handelte das Lied nur von ihnen, waren ihre Augen auf Chaz gerichtet.

»Sie ist unglaublich«, sagte Sally und wiegte die Schultern im Rhythmus der Musik.

»Ja, ich weiß. Bei all dem Drama, das sie verbreitet, vergisst man leicht, wie gut sie ist.« Danicas Herz schwoll vor Stolz.

»Deine Schwester hat ein ganz schönes Organ«, sagte Gage hinter ihnen.

»Ja, hat sie«, sagte Danica, murmelte hastig eine Entschuldigung und ließ die beiden allein. Sie ging ins Freie, wo Nancy, Michelles Mutter, und Trisha an einem Tisch standen und sich unterhielten. Dann sah sie Michelle neben Chase stehen, beide mit einem Glas Punsch in der Hand. Um sie herum hatte sich eine größere Gruppe von Jugendlichen gebildet, die zur Musik tanzten, Punsch tranken und lachten.

Danica gesellte sich zu Nancy und Trisha. »Wie läuft's?«

»Prima. Die Kids haben einen Heidenspaß. Dort drüben sind wahrscheinlich die coolen Kids. Es sieht aus, als würden sich alle um sie scharen.« Trisha hatte weiße Caprishorts und ein gelbes Tanktop an, dazu trug sie passende Flipflops mit großen Stoffblumen auf den Riemen. Bei jeder anderen hätten sie übertrieben gewirkt, doch bei Trisha mit ihrem hoch erhobenen Kopf und dem freundlichen Lächeln sahen sie einfach schick aus.

Eine Weile beobachtete Danica die Jugendlichen, dann sagte sie zu Trisha: »Tut mir leid, dass ich heute früh so unfreundlich war.«

Trisha machte eine wegwerfende Handbewegung. »Nicht der Rede wert. Ich bin ja gewissermaßen Daves andere Frau. Ich bin das gewohnt.« Ihr Lachen klang fröhlich und warmherzig.

Kein Wunder, dass Sally sich gut mit ihr verstand. Sie wirkte überhaupt nicht einschüchternd oder bedrohlich, sondern einfach nur nett. »Nancy, wie schön, dass Sie mithelfen. Sie sehen großartig aus.«

»Danke, es geht mir auch gut«, sagte Nancy lächelnd und hielt die gekreuzten Finger in die Luft.

»Das hört sich wunderbar an. Und Michelle wirkt so gelöst und glücklich. Wie geht es Nola? Konnte sie nicht mitkommen?« Danica nahm sich vor, Michelles Großmutter bald zu besuchen. Sie hatte sich rührend um Michelle gekümmert, als ihre Mutter in der Entzugsklinik war.

»Nola geht es sehr gut. Sie wollte gerne dabei sein, aber heute ist ihr Bridge-Abend. Nachdem Michelle wieder zu mir gezogen ist, hat sie gemerkt, wie sehr ihr ihre Freundinnen gefehlt haben. Ich sage ihr, dass Sie nach ihr gefragt haben.«

Danica dachte an ihre Mutter. Sie hatte ihr eine SMS geschrieben, dass sie sich nicht so gut fühle und leider nicht kommen könne. »Danke, grüßen Sie sie doch von mir, ja?« Danica sah, wie Brad auf Michelle zuging und sie ansprach. Rusty gefiel das offenbar nicht, er ließ ihn keinen Moment aus den Augen. Chase dagegen schien ganz entspannt, trank seinen Punsch und hörte der Musik zu.

Offenbar war alles in bester Ordnung und Danica machte sich auf die Suche nach Blake. Der Abend war ein voller Erfolg, alle schienen sich zu amüsieren. Als sie an der improvisierten Bühne vorbeikam, winkte sie Kaylie kurz zu und reckte den Daumen hoch. Das Lied, das sie gerade sang, war vielleicht nicht hundertprozentig jugendfrei, doch Danica hoffte, dass sich die Eltern nicht beschweren würden. Musste sie mit Ärger rechnen, wenn die Musik nicht altersgerecht war? Ein weiterer Punkt auf ihrer Erledigungsliste.

Blake lehnte mit gekreuzten Beinen an der Scheunenwand und beobachtete den Parkplatz. Bei seinem Anblick stockte Danica der Atem. *Lieber Himmel, hört das eigentlich irgendwann auf?* Sie ließ den Blick von seinen dunklen, sinnlichen Augen bis zu seiner schmalen Taille und der Jeans wandern, die sie an ihm am liebsten sah – die dunkle, die an genau den richtigen Stellen eng anlag. Dazu trug er schwarze Stiefel und sah einfach unglaublich sexy aus.

»Willst du mich nur aus der Ferne anstarren oder redest du auch mit mir?«

Heiliger Strohsack! Ich dachte, er sieht mich nicht. Danica schüttelte ihre Verlegenheit ab, schlich zu ihm und flüsterte ihm ins Ohr: »Ich hatte Angst, dass du mir wieder eins auf die Nase gibst, wenn ich dir zu nahe komme.«

Im nächsten Moment hatte er sie gegen die Scheunenwand gedrückt. »Da fallen mir aber noch ganz andere Sachen ein, wenn du mir zu nahe kommst«, sagte er und senkte seine Lippen auf ihre.

Verstohlen sah Danica sich um. Dort, wo sie standen, waren sie nicht sofort zu sehen, also entspannte sie sich und genoss den Kuss, der alles um sie herum verschwinden ließ. Als Blake sich von ihr löste, tauchte sie aus einem Nebel aus Hormonen und Lust auf und kam sich vor wie ein Teenager nach dem ersten Kuss.

»Hast du Lust auf ein Schäferstündchen im Wald?«, fragte Blake.

»Ja«, sagte sie und setzte sofort ein hastiges »Nein« hinzu.

Der Partylärm wurde lauter. Blake beugte sich gerade wieder zu ihr hinunter, als ein Schrei Danica zusammenfahren ließ.

»Was war das?« Sie rannten in die Scheune. Am Hinterausgang sahen sie eine große Gruppe Jugendlicher.

Plötzlich dröhnte Gages Stimme: »Das reicht!«

Die Musik verstummte abrupt. Danica lief an erschrockenen Jugendlichen und Eltern vorbei zum Hinterausgang. Dort lag Brad mit blutender Nase auf dem Boden. Gage hatte von hinten die Arme um den schwer atmenden Rusty gelegt, sodass er sich nicht mehr rühren konnte. Michelle streckte die Hand nach Rusty aus, doch er wandte sich wütend ab.

»Was ist hier los?«, fragte Danica scharf. Sie kniete neben Brad und fragte ihn, ob er okay sei.

Er nickte stumm. Danica sah Rusty an. »Was ist passiert?«

Niemand antwortete.

»Ich möchte wissen, was hier passiert ist«, sagte sie aufgebracht. Was für ein Albtraum. Eine Prügelei bei ihrer ersten Veranstaltung. Sie spürte die unfreundlichen Blicke der Umstehenden und merkte, wie ihr heiße Tränen der Wut in die Augen stiegen.

Sallys nervöse Stimme brach das Schweigen. »Rusty!« Dann sagte sie zu Gage: »Ich bringe ihn nach Hause.« Verlegen sah sie zu Danica hinüber. »Es tut mir so leid.« Schließlich blickte sie in die Runde und wiederholte: »Es tut mir so leid.« Sie nahm Rusty beim Arm, doch er schüttelte ihre Hand ab und stürmte zum Parkplatz.

Gage sah Sally und Rusty nach, während er Brad auf die Beine half. »Sollte ich mitfahren? Er schien sehr wütend zu sein.«

Danica versuchte, einen klaren Gedanken zu fassen. Was wäre Sally wohl am liebsten? Sie hatte keine Ahnung, wie nah sich Sally und Gage inzwischen waren. Vielleicht wäre es Sally peinlich, überhaupt mit ihm zu reden. Sie entschied sich, kein Risiko einzugehen. »Ich glaube, du solltest hierbleiben«, sagte sie. »Sally wird sich melden, wenn sie uns braucht.«

»Okay, Leute, eine kleine Meinungsverschiedenheit, mehr nicht«, beruhigte Blake die Umstehenden. »Sie wissen ja, wie Kids sind.« Er versuchte, die Stimmung zu retten, doch viele Eltern hatten sich schon ihre Kinder geschnappt und gingen mit ihnen zum Ausgang. Blake ging zur Bühne und signalisierte Kaylie, dass sie weitersingen sollte, wenn sie noch konnte.

Kaylie stimmte ein langsames, gefühlvolles Lied an. Zwei Erwachsene, die gerade gehen wollten, blieben im Eingang stehen und hörten ihr zu. Selbst die Jugendlichen, die eben noch zusammengestanden hatten, kamen näher zur Bühne, als ihre rauchige Stimme den Raum ausfüllte. Das Lied schien vom Wetter zu handeln, jedenfalls ging es um heiß und kalt. Dann stimmte die Band plötzlich eine muntere Melodie an und Kaylie sang vom Tanzen im Regen. Ein Lächeln stahl sich auf das Gesicht der Erwachsenen, einige Teenager begannen, im Takt der Musik zu tanzen, und mehr und mehr Besucher machten kehrt und kamen zurück in die Scheune. Danica stieß einen Seufzer der Erleichterung aus, während sie mit Brad über die Wiese ging.

»Es tut mir wirklich leid, Danica. Ich wollte keinen Ärger machen.« Brads Hände zitterten.

»Ich habe keine Ahnung, was passiert ist. Warum ist er auf dich losgegangen? Hast du ihn provoziert?« Von Sally wusste sie, dass Rusty bisweilen aufbrausend reagierte, vor allem gleich nach dem Tod seines Vaters. Danica hatte allerdings gehofft, dass er diese Phase hinter sich gelassen hatte.

Sie sah zur Scheune hinüber und bemerkte, dass Michelle sie beobachtete. Chase und Trisha standen dicht beieinander und redeten. Wahrscheinlich wollte Trisha ebenfalls wissen, was passiert war.

Brad wischte sich das restliche Blut von der Nase. »Ich weiß nicht. Ich habe mit Michelle und ein paar anderen geredet und dann sagte jemand etwas und plötzlich hat er mir ins Gesicht geboxt.«

Danica sah Brad forschend an. Sie wusste nicht, ob er die Wahrheit sagte.

»Wer hat was gesagt?«

Er zuckte die Achseln. »Ich weiß es wirklich nicht.«

»Brad, bist du hinter Michelle her? Ich weiß, sie ist wirklich süß und nett, aber ich glaube, sie ist mit Chase zusammen.«

»Chase?« Er sah zur Scheune.

»Ich bin mir nicht sicher, aber ich habe so etwas gehört.«

»Ist ja auch egal. Hör mal, ich weiß nicht, was in Rusty gefahren ist, und es tut mir wirklich leid. Ich habe Michelle nur gefragt, ob sie dieses Jahr im Skiclub mitmacht. Ich habe ihr gesagt, es wäre cool, wenn wir die Little-Hellion-Abfahrt ausprobieren könnten. Meine Freunde haben das gemacht und –«

Mist. »Brad, Rustys Vater ist dort letztes Jahr ums Leben gekommen.«

»Oh Mist. Es tut mir leid«, sagte er und fuhr sich mit der Hand durchs Haar. »Das wusste ich nicht.«

»Wahrscheinlich dachte er, dass du ihm eins auswischen wolltest oder so. Ich weiß es nicht.« Danica war froh, dass sie Gage nicht geraten hatte, Sally zu begleiten. Sie mochte sich nicht vorstellen, womit sie sich nun auseinandersetzen musste. »Hör zu, Brad, die Little-Hellion-Abfahrt heißt nicht umsonst so. Sie ist wirklich höllisch. Bitte, sei vorsichtig. Ich bin mir nicht sicher, ob sie für euch geeignet ist.«

Brad runzelte die Stirn und Danica wusste, dass sie zu weit gegangen war. Die Skipiste war die Sache seiner Eltern. Sie hatte ihn gewarnt und Brad war nicht dumm. Hoffentlich überlegte er sich noch einmal, ob er die Abfahrt wirklich in Angriff nehmen wollte. Sie hatte im Moment andere Probleme. Zum Glück schien Brad nicht ernsthaft verletzt zu sein. »Tut dir etwas weh?«, fragte sie.

»Nein.«

»Okay, dann kannst du wieder in die Scheune gehen und

dich amüsieren. Es tut mir sehr leid, dass das passiert ist. Ich sage deinen Eltern Bescheid.«

»Das brauchst du nicht«, sagte er.

»Doch, muss ich«, widersprach sie. Ihre erste Auseinandersetzung mit Eltern. Darauf freute sie sich schon.

Brad ging zur Scheune zurück und Danica sah, wie Michelle zu ihm trat und ihm den Arm um die Schultern legte. Chase folgte den beiden. Sie selbst machte sich ebenfalls auf den Weg zur Scheune, um mit Trisha und Gage zu sprechen.

»Wie läuft die Schadensbegrenzung?«, fragte sie sie.

»Chase meinte, Brad hätte etwas über die Little Hellion gesagt und Rusty sei losgegangen wie eine Rakete. Der arme Junge. Er schleppt den Tod seines Vaters mit sich herum wie etwas, das er beschützen muss.« Trishas Stimme war voller Mitleid.

»Sally wird sich um ihn kümmern.«

»Sag mir, was ich tun kann«, sagte Gage. »Wir müssen dem Landkreis Bescheid sagen. Sie werden sowieso davon erfahren und möglicherweise hat dieser Vorfall Auswirkungen auf künftige Veranstaltungen. Ich weiß, dass das Jugendzentrum dir gehört, und normalerweise mischt sich der Landkreis bei solchen Veranstaltungen nicht ein, aber wenn sich jemand beschwert, werden sie nachhaken.« Gages Blick war ernst. »Danica, in meinem letzten Job hatte ich mit dem Landkreis zu tun. Es ist besser, sie sofort zu benachrichtigen und nicht abzuwarten, bis sie mit Fragen auf dich zukommen.«

»Ich weiß. Ich rufe den Direktor gleich morgen früh an, ich habe seine Handynummer. Aber erst möchte ich mit Sally und mit Brads Eltern reden.« Sie machte sich auf die Suche nach Blake und war erleichtert, als sie ihn neben Chaz an der Bühne stehen sah. Die beiden passten offenbar wie die Luchse auf

Kaylie auf. Sie hakte sich bei Blake unter und hörte Kaylie zu, die inzwischen ein neues Lied angestimmt hatte. Es konnte gar nichts anderes sein als ein Liebeslied. Dabei sah sie Chaz mit so viel Liebe in die Augen, dass selbst Danica staunte. *Gut gemacht, Kaylie.* »Sie ist wunderschön«, sagte sie zu Chaz.

»Ja, das ist sie. Ich habe so viel Glück, dass ich es selbst kaum fassen kann«, sagte Chaz, ohne den Blick von Kaylie zu wenden.

Danica zog Blake auf die Tanzfläche, lehnte den Kopf an seine Brust und wiegte sich im Takt der Musik.

»Alles okay?«, fragte er.

»Morgen wird es grässlich, aber im Moment geht's mir richtig gut.«

Dreiundvierzig

»Weißt du, Kaylie, ich fand es immer schon fantastisch, wie du singst, aber gestern war es etwas ganz Besonderes. Als würdest du nicht nur singen, sondern jedes einzelne Wort wirklich leben.« Kaylie und Chaz hatten Danica und Blake zum Brunch eingeladen und nun saßen sie gemeinsam an einem Glastisch auf der Terrasse. Von den Bergen wehte ein leichter Wind, doch die Sonne tauchte sie in ihr warmes Licht. Der Duft frischer Croissants lag in der Luft. Blakes Hand auf ihrem Schenkel jagte Danica immer wieder kleine Schauder über den Rücken. Sie hatten den Vormittag damit zugebracht, sich zu lieben, und Danica durchliefen immer noch kleine Nachbeben. Sie kreuzte die Beine unter ihrem langen Baumwollrock und Blake nahm seine Hand weg. *Gott sei Dank.* Vielleicht konnte sie sich nun auf andere Dinge konzentrieren. Sie lehnte sich zurück und betrachtete Kaylie.

»Sie war sensationell, nicht wahr?« Chaz drückte Kaylies Hand. Er sah geradezu majestätisch aus in seinen khakifarbenen Shorts und dem weißen Button-Down-Hemd. Kaylie schnappte sich eine Blaubeere von seinem Teller und schob sie sich mit einem spitzbübischen Grinsen in den Mund.

»Gestern hat es sich anders angefühlt als sonst. Vielleicht lag es daran, dass ich meine eigenen Songs gesungen habe.« Sie schob sich eine goldene Strähne hinters Ohr. »Ich habe jedes einzelne Wort ernst gemeint, und die Songs waren irgendwie unmittelbarer, nicht wie leere Worthülsen, die ich auswendig lernen muss.«

»Du warst wirklich umwerfend, Kay. Ehrlich gesagt, hätte ich dir so tiefgründige und intensive Texte überhaupt nicht zugetraut.« Kaum hatte sie die Worte ausgesprochen, bedauerte sie sie schon, und versuchte sofort, den Fuß aus dem Fettnäpfchen zu ziehen, in das sie da getreten war. »Damit will ich nicht sagen, dass du oberflächlich bist, ich meinte nur –«

»Lieber Himmel, Schwesterherz, bleib mal ganz ruhig. Ich weiß, was du sagen wolltest.« Kaylie sah Chaz nachdenklich an. »Ich glaube, ich verändere mich. Ich wusste auch nicht, dass ich solche Songs schreiben kann. Als Chaz meinte, ich sollte es mal versuchen, wollte ich ihm eigentlich nur beweisen, dass ich auch noch etwas anderes kann als singen. Aber ich hätte nie gedacht, dass dabei solche Songs herauskommen.« Sie strahlte. »So kann man sich täuschen.«

»Siehst du, manchmal ist es doch ganz gut, wenn der Mann in deinem Leben dich ein bisschen schubst«, sagte Blake und stieß Danica sanft in die Rippen.

»Übrigens habe ich gehört, dass wir neue Nachbarn bekommen. Freut mich, Blake.« Chaz stützte die Ellbogen auf den Tisch und sagte mit verschwörerischem Augenzwinkern: »Du weißt ja, was das bedeutet.«

Blake hob eine Augenbraue. »Noch mehr Einladungen zum Brunch?«

»Die Mädels werden ihre Mädelssachen machen und wir können nach Herzenslust Ski fahren und was Männer eben so machen – Golf spielen, durch die Clubs ziehen, du weißt schon.«

Kaylie boxte ihn auf den Arm. »Du hasst Golf.«

»Hm, Golf ist eigentlich auch nicht mein Ding. Mach dir keine Sorgen, Kaylie, er zieht dich nur auf.« Blake nahm Danicas Hand. »Und in Clubs treibt mich auch nichts mehr, es sei denn, diese hübsche Dame ist dabei. Aber ich hätte Lust, etwas mit dir zu unternehmen, Chaz. Wie wär's mit Skifahren? Oder wir treffen uns auf einen Drink und sehen uns ein Spiel im Fernsehen an.«

»Klingt gut«, sagte Chaz.

Plötzlich zuckte Kaylie so heftig zusammen, dass sie mit dem Knie gegen den Tisch stieß und alle die Hand nach ihren Saftgläsern ausstreckten, damit sie nicht umkippten.

»Was ist?«, fragte Chaz.

»Das Baby. Die Kleine spielt verrückt da drinnen.« Sie rieb sich über den Bauch und lehnte sich zurück. »Es fühlt sich an, als würde sich mein Bauch zusammenziehen.«

»Die Vorwehen«, sagte Chaz. »Weißt du noch? Davon war doch bei der Geburtsvorbereitung die Rede. Sie können drei bis vier Wochen vor dem Geburtstermin einsetzen.« Er streichelte Kaylies Bauch.

»Wow, beeindruckend«, sagte Danica.

»Hey, es ist schließlich auch mein Baby.«

»Stimmt«, sagte Kaylie. Sie atmete tief durch. »Ah, es wird langsam besser. Das war wirklich komisch.« Sie nahm sich eine Schüssel Obstsalat und ein Croissant. »Wir wollten euch etwas sagen, bevor es bekannt wird.«

Danica spitzte die Ohren. »Wisst ihr jetzt, ob die Höllenbrut ein Mädchen oder ein Junge ist?«

Kaylie schüttelte den Kopf. »Kannst du dir nicht endlich einen netteren Spitznamen für sie aussuchen?«

»Also ist es tatsächlich ein Mädchen?«

Kaylie lachte. »Nein, wir wissen immer noch nicht, was es ist. Aber ich lasse besser Chaz erzählen, worum es geht.«

Chaz lehnte sich zurück und nahm Kaylies Hand. »Wir zahlen meine Partner aus. Ende des Monats sind wir die alleinigen Besitzer des Festivals.«

»He, das ist fantastisch.« Blake stand auf und schüttelte Chaz die Hand. »Was ändert sich dadurch für das Festival?«

»Eigentlich gar nichts. Es betrifft eher die geschäftliche Seite. Die Firma geht in meinen Besitz über, das heißt, ich werde keine Partner mehr haben. Ich habe zwar bisher alle Entscheidungen allein getroffen, aber dann muss ich mir keine Gedanken mehr machen, dass einer der Partner seinen Anteil weiterverkauft. Dann gehört alles mir.«

Kaylie sah Danica an. »Und es bedeutet, dass die durchgeknallte Lea Carmichael sich keinen Anteil unter den Nagel reißen kann.«

»Woher kenne ich diesen Namen?« Blake sah Danica an, doch sie zuckte die Achseln. »Ach, ich weiß, wer das ist. Sie besitzt ein Sportgeschäft – oder eher ein ganzes Einkaufszentrum mit Sportsachen – drüben in Vail. Warum interessiert sie sich für das Festival?«

»Weil sie ein verrücktes Miststück ist, das meinem zukünftigen Mann das Leben schwer machen will.« Kaylie funkelte böse.

»Wir hatten mal was miteinander, nur ein paar Tage. Es war ein Riesenfehler. Sie ist eine wichtige Sponsorin – zumindest war sie es mal. Damals hat sie sich unmöglich aufgeführt und ich habe die ganze Sache schleunigst beendet. Nach ein paar Wochen hat sie mich endlich in Ruhe gelassen und ich dachte, sie hätte es geschluckt, dass ich nichts mehr mit ihr zu tun haben wollte. Es war nur ein kurzes Abenteuer, mehr nicht.«

»Manchmal hat ein kurzes Abenteuer einen verdammt schlechten Nachgeschmack«, sagte Blake.

»Ich dachte, ich würde nie wieder von ihr hören.« Er sah Kaylie an. »Dann zog sie plötzlich diesen verrückten Plan aus dem Hut und sagte, sie würde Carl Jansens Anteil kaufen. Und danach ging es richtig zur Sache.«

»Sie hat mich sogar angerufen. Sie wollte, dass ich denke, sie ist mit Chaz zusammen. Ihr wisst schon, was ich meine.« Kaylie sah erst Blake an und blickte dann zu Danica. »Aber ich wusste es besser. Sie war nicht mit ihm zusammen, sie wollte nur einen Keil zwischen uns treiben.«

»Jedenfalls ist der ganze Spuk vorbei und das Festival gehört bald uns allein«, beendete Chaz das Thema.

»Hey, hat Danica euch erzählt, dass Sally ihren Anteil an AcroSki behält?« Blake nahm sich noch ein Croissant.

»Wirklich? Warum?« Kaylie nahm eine Traube von Chaz' Teller und schob sie ihm in den Mund.

»Sie meint, dass Rusty vielleicht Interesse daran hat, wenn er älter ist.«

Kaylie runzelte die Stirn. »Ich dachte, er hasst das Skifahren.«

»Tut er auch«, erwiderte Danica. »Aber das kann sich ja noch ändern. Jedenfalls will Sally ihm die Option offenhalten, etwas zu übernehmen, was Dave gehört hat.«

»Und wo wir gerade bei Rusty sind: Was war gestern Abend eigentlich los?«, fragte Chaz.

»Was für ein Albtraum«, meinte Danica. »Ich habe heute Morgen mit dem Direktor des Landkreises gesprochen. Er schien sich überhaupt keine Gedanken wegen der Prügelei zu machen. Mittlerweile frage ich mich, warum ich ihn überhaupt angerufen habe. Ich mache mir viel zu viele Gedanken darüber, welchen Eindruck sie von uns haben, aber sie interessieren sich nur für die Kurse, die sie bei uns veranstalten, der Rest ist ihnen offenbar ziemlich egal.« Sie zuckte die Schultern. Blake fuhr ihr besänftigend mit der Hand über den Rücken. »Gestern Abend habe ich noch mit Brads Eltern geredet. Sie sehen die ganze Sache erstaunlich locker, jedenfalls machen sie keinen Stress. Nachher will ich Sally anrufen. Ich möchte wissen, was mit Rusty los ist. Wenn ich es richtig verstehe, hat Brad etwas über die Little-Hellion-Piste gesagt und Rusty ist ausgerastet.«

»Ob ich mal mit ihm reden soll?«, fragte Blake.

Danica sah die Trauer in seinen Augen, die sein großzügiges Angebot überschattete. »Lass uns abwarten, was Sally sagt.«

»Ich kann verstehen, dass ein Junge da die Nerven verliert«, meinte Chaz.

»Hey, ich will aber nicht, dass unsere Kinder ihre Konflikte auf diese Weise lösen«, sagte Kaylie.

»Ich weiß, aber ein Junge ist nun mal ein Junge. Oder soll er wegsehen, wenn jemand etwas Schlechtes über dich oder mich sagt?«

»Nein, aber er muss dem anderen ja nicht unbedingt eins auf die Nase geben.« Kaylie sah Danica an, die ihr beipflichtete: »Nein, zuschlagen muss er nicht. Aber Jungen in diesem Alter sind so vollgestopft mit Testosteron, dass sie gar nichts dafür können. Außerdem bin ich mir nicht sicher, ob es nicht auch etwas mit Michelle zu tun hatte.«

»Ah, endlich mal wieder ein bisschen Klatsch und Tratsch.« Die beiden Frauen steckten die Köpfe zusammen.

»Ich weiß nicht, ob es stimmt, aber da scheint sich eine Dreiecksgeschichte abzuspielen. Trisha sagt, dass Chase mit Michelle zusammen ist, aber Sally sagt dasselbe von Rusty. Und

Brad kommt oft ins Jugendzentrum, um mit Michelle zu reden – und zwar alleine. Und ich habe gesehen, dass Rusty sie mit Argusaugen beobachtet.« Sie lehnte sich zurück und verschränkte die Arme.

»Ah, jetzt wird's interessant. Himmel, wie sehr habe ich das vermisst«, lachte Kaylie.

Danica sah sie streng an und wies mit dem Kopf auf Chaz.

»Was ist?« Kaylie riss verwundert die Augen auf. »Ich sage doch nur, dass wir inzwischen gesetzte ältere Herrschaften sind. Camille ist verheiratet und selbst Chelsea ist schon seit zwei Monaten mit demselben Typen zusammen. Überhaupt sehe ich die Mädels nicht so oft. Ich meine doch nur, dass es Spaß macht, mal von den Problemen zu hören, die andere Leute mit ihrem Liebesleben haben.«

»Ja, das stimmt«, stimmte Danica ihr zu. »Also, ich habe keine Ahnung, was da vor sich geht, aber vielleicht kann Sally mir Näheres erzählen.«

Kaylie stand auf und schüttelte die Beine aus. »Ich muss mir zwischendurch die Beine vertreten, sonst schlafen sie ein.«

Danica sprang auf. »Komm, wir machen einen Spaziergang.« Sie sah sich nach Blake und Chaz um. Sie alle standen an der Schwelle zu etwas Neuem, und sie fand es wunderbar, dass sie gemeinsam aufbrachen, um das Neue zu erleben.

<h1 style="text-align:center">Vierundvierzig</h1>

Später am Nachmittag fuhr Blake in seinen Laden und Danica machte sich auf den Weg zu Camille. Das Wetter war genauso wie die Morgensonne es versprochen hatte. Die Wiesen, durch die sich die Straße zu Camilles Haus am Stadtrand schlängelte, standen in voller Blüte.

Camille öffnete die Tür und sah natürlich so niedlich aus wie immer in ihrem weißen Baumwollrock mit der passenden Bluse. An der rechten Hand trug sie einen Smaragdring, den Danica noch nicht gesehen hatte.

»Sind die Männer hier heimliche Drogendealer oder woher haben sie all das Geld?«, sagte Danica entgeistert.

»Hat Kaylie es dir erzählt?«, fragte Camille vorsichtig.

Kaylie? Kaylie hatte ihr von Chaz' Geld erzählt? »Was? Hat sie es dir auch erzählt? Und dann will sie so tun als sei das Geld nicht da.« *Typisch Kaylie.*

»Nicht wirklich. Chaz und Jeff kennen sich ganz gut, aber das weißt du ja. Jedenfalls haben sie denselben Anwalt, wie sollte es in einem Nest wie Allure auch anders sein. Jeff sah Chaz letztens aus Coopers Büro kommen und ich denke, da hat er es ihm erzählt. Kaylie hat mir überhaupt nichts gesagt.«

Also doch nicht typisch Kaylie. »Sag ihr nicht, dass ich es

erwähnt habe, okay?« Danica zog ihre Sandalen aus und stellte sie neben Camilles in eine Nische an der Tür. »Eigentlich meinte ich deinen neuen Ring.«

»Ach, den. Jeff ist so großzügig. Er hat ihn mir geschenkt, weil ich gesagt habe, dass ich keinen grünen Schmuck habe. Der Mann ist verrückt. Oh, und mach dir keine Sorgen, ich werde Kaylie gegenüber schweigen wie ein Grab.« Camille nahm sie bei der Hand. »Zieh deine Schuhe ruhig wieder an. Lass uns außen herum zum Pool gehen. Die anderen sind schon da.«

»Jo, jetzt kann die Party losgehen«, rief Chelsea, als sie Danica sah, und umarmte sie.

»Wir sind fast fertig mit der Planung. Es wird dir gefallen!«, sagte Marie, noch bevor sie Danica begrüßte.

Sie setzten sich um den Tisch, auf dem Teller mit Kräckern, Käse und Häppchen und natürliche bunte Drinks mit kleinen Schirmchen standen.

»Camille, die perfekte Gastgeberin, wie immer«, sagte Danica lachend.

»Wie immer«, antwortete Camille.

»Wie es sich für eine Babyparty gehört, ist heute alles blau und rosa. Nun ja, blaue Cocktails haben wir leider nicht, aber rosafarbene gibt es: Erdbeer-Daiquiris!«

Auf dem Servierwagen hinter Camille konnte Danica eine Reihe leere Gläser sehen. »Offenbar komme ich zu spät.«

Camille reichte ihr einen Drink. »Wenn du dich mit deinen Freundinnen triffst, ist das kein Problem, aber wenn du mit deinem Mann zusammen bist, solltest du nicht zu spät kommen, falls du verstehst, was ich meine.«

»Oh, ich hab's kapiert«, sagte Chelsey lachend. Dann erzählte sie ausführlich, wo sie die Luftschlangen für die Party gefunden und welche Ballons und Dekorationen sie gekauft hatten, doch Danica war mit den Gedanken ganz woanders. Sie konnte Blakes Körper immer noch auf ihrem spüren und ihre Hände erinnerten sich an seine glatte Haut und die festen Muskeln, die sie gestreichelt hatten. Sie bekam eine Gänsehaut. *Himmel, reiß dich zusammen.* Sie schüttelte den Kopf, um ihre schlüpfrigen Gedanken zu vertreiben, und versuchte, sich auf ihre Freundinnen zu konzentrieren.

»Es gibt auch Wassermelonen-Daiquiris«, sagte Chelsea und trank einen Schluck aus ihrem Glas.

»Und sie sind einfach köstlich«, kicherte Marie.

Danica genoss die Kühle, die ihr durch die Kehle rann. Camille machte ihr gleich einen frischen Drink – »Damit du nicht so weit zurückliegst« –, während die anderen ihr erzählten, wie weit sie mit ihren Planungen für die Babyparty waren.

»Also, wir haben die Einladungen verteilt, wir haben die Spiele organisiert und wir haben eine Vorstellung, wie wir Kaylie zu der Party lotsen«, sagte Chelsea. Dann beugte sie sich plötzlich vor und fragte mit leiser Stimme: »Habt ihr auch das Gefühl, dass Kaylie sich verändert hat?«

Wie kam sie denn darauf?

Alle sahen sie fragend an. »Gut verändert, meine ich«, fuhr Chelsea fort. »Vor ein paar Wochen hieß es noch dauernd: *Ich bin dick und hässlich, und Chaz wird mich nicht mehr mögen, wenn das Baby da ist.* Und als ich gestern mit ihr sprach, schwebte sie im siebten Himmel und sagte, sie würde hinreißend aussehen in dem Kleid, in dem sie auftreten wollte. Ach, Danica, wie war es übrigens gestern Abend?«

Danica fühlte sich von Chelseas Themenwechsel etwas überrumpelt, obwohl sie mittlerweile daran hätte gewöhnt sein müssen.

»Sie hat sich nicht verändert. Sie hat nur erkannt, dass ihr

Körper wie ein Gefäß ist, in dem sie ihr Baby trägt. Und dass dieser Körper ihr gehört«, meinte Marie eifrig.

»Ich glaube, Marie hat recht«, sagte Danica. »Die Veranstaltung war toll. Es war ganz schön voll, alle haben sich amüsiert und getanzt wurde auch. Alles perfekt, bis auf eine kleine Schlägerei zwischen zwei Jugendlichen.«

Ihre Freundinnen sahen sie entgeistert an.

»Nichts Schlimmes, keine Sorge. Kaylie war fantastisch. Ich habe sie noch nie so voller Leidenschaft erlebt.« Sie nippte an ihrem Drink und schob ihn dann weg. Sie sollte besser nicht so viel trinken, schließlich musste sie noch nach Hause fahren. »Und sie sah tatsächlich hinreißend aus. Nur Kaylie schafft es, im neunten Schwangerschaftsmonat noch sexy auszusehen.«

Die anderen nickten zustimmend.

»Es ist gut, dass sie sich verändert. Mir hat es Sorgen gemacht, als sie so gejammert hat. Mittlerweile habe ich das Gefühl, sie akzeptiert, dass sie bald Mutter wird, und legt endlich diese Rolle als Kaylie, die ewig Muntere und Kecke, ab«, sagte Chelsea.

Wie bitte? »Aber sie ist immer noch munter und keck«, sagte Danica etwas verärgert.

»Ja, klar!« Chelsea wedelte mit der Hand. »Aber sie ist nicht *nur* die Muntere und Kecke, sie ist so viel mehr. Und sie muss sich verdammt nochmal keine Sorgen machen, dass der Mann in ihrem Leben sie dick und hässlich findet. Sie sieht fantastisch aus!«

»Absolut umwerfend«, bestätigte Camille.

»Egal, welche Kleidergröße sie hat«, fügte Marie hinzu.

Camille sah Danica erwartungsvoll an, nachdem sie Kaylie reihum in den höchsten Tönen gelobt hatten.

»Ja, also, natürlich ist sie umwerfend und fantastisch und all das. Aber ich hätte nicht gedacht, dass ihr sie auch so seht. Ich dachte, nur ich sehe sie so, und für alle anderen ist sie ... Tja, ich weiß nicht«, sagte Danica verlegen.

»Ein hübsches Gesicht mit nichts dahinter?«, sagte Chelsea. Ihr Top war verrutscht, sodass man ihre knochige Schulterpartie sah.

»Ja, wahrscheinlich sehen manche Leute sie so.« Danica reichte Chelsea einen Kräcker. »Hier. Iss was.«

»Hirnlose Barbiepuppe?«, meinte Marie.

»Was? Nein!« *Wie kam sie denn darauf?*

»Die Verführerische, die nicht einmal den Mund aufmachen muss, um überall im Mittelpunkt zu stehen?«, fragte Chelsea und grinste frech.

»Nein, das meinte ich nicht, aber ...« Danica sah ihre Freundinnen verwirrt an. Ihre harten Blicke trafen sie wie Nadelstiche.

Plötzlich grinste Camille und sagte: »Ich halte das nicht durch.« Sie brach in schallendes Gelächter aus und Marie und Chelsea stimmten ein.

»Lieber Himmel«, murmelte Danica.

»Du hättest dein Gesicht sehen sollen«, kreischte Chelsea.

»Ihr seid gemein.« Danica schüttelte den Kopf, dann stieg ein unbändiges Lachen in ihr auf und sie lachte mit ihnen, bis ihr die Tränen kamen.

»Oh mein Gott, dein Gesichtsausdruck war unbezahlbar! Du hast es uns wirklich abgenommen«, brachte Marie mühsam hervor. »Kaylie spielt immer das hübsche Dummchen, das außer Flirten nichts im Kopf hat, aber uns kann sie nichts vormachen.«

Schließlich kamen sie wieder auf die Babyparty zurück.

»Wir dachten, die Party sollte irgendwo sein, wo du dich

mit Kaylie verabreden kannst, ohne dass sie sofort Verdacht schöpft. Wir können sie also nicht bei einer von uns zu Hause stattfinden lassen. Deshalb haben wir uns für die Bar None entschieden. Schließlich haben sie sich dort auch kennengelernt.«

»Eine Babyparty in einer Bar? Meint ihr das ernst?«

»Ja, aber die Bar None hat doch an der Seite dieses kleine Restaurant. Dort könntest du dich mit ihr zum Mittagessen treffen.«

»Stimmt«, sagte Danica. »Ihr habt recht, das ist perfekt. Ich lade sie zum Mittagessen ein und dann seid ihr alle da, ja? Habt ihr schon Tische reserviert?«

»Aber selbstverständlich! Als ich Jeff davon erzählte, hat er gleich alle zwölf Tische reserviert«, sagte Camille mit einer wegwerfenden Handbewegung.

Danica spielte nachdenklich mit ihrem Strohhalm. Sie wusste, dass sie ihr Geld zusammenhalten mussten, egal, was Blake sagte. Bisher war sie nie einen Cent schuldig geblieben und sie würde jetzt auch nicht damit anfangen. »Was kostet das? Wie viel kriegst du von mir?«

Camille schüttelte den Kopf. »Das bezahlen wir, Danica. Jeff besteht darauf. Er liebt Kaylie.«

»Camille, sie ist meine Schwester und ich möchte etwas dazutun. Ehrlich, das fühlt sich nicht richtig an. Schließlich habe ich euch nicht um eure Hilfe gebeten, damit ihr alles bezahlt.«

Marie meldete sich zu Wort. »Ja, Camille, ich möchte auch meinen Teil beitragen. Die Party ist ein Geschenk von uns allen, nicht nur von euch. Es ist wirklich nett gemeint von Jeff, aber ich würde mich gerne an den Kosten beteiligen.«

Chelsea sagte ebenfalls, dass sie ihren Teil bezahlen wolle, und schließlich meinte Camille: »Okay, wenn ihr meint. Dann teilen wir die Kosten also unter uns vieren auf.«

»Gut, hätten wir das also geregelt«, sagte Danica. Hoffentlich waren sie alle noch nüchtern genug, um sich an ihre Abmachung zu erinnern, wenn man ihnen die Rechnung präsentierte.

Marie ging noch einmal die Liste der Spiele durch, die sie spielen wollten, während Danica bereits überlegte, wie sie Kaylie zu der Party lotsen würde.

Plötzlich klingelte ihr Handy. »Es ist Kaylie. Schhh.« Sie wartete, bis ihre Freundinnen still waren.

»Hey, ich bin's. Ich weiß, dass du im Jugendzentrum viel zu tun hast, aber hättest du Lust, diese Woche mit mir shoppen zu gehen?«

»Ja, gerne. Was ist denn los?« Danica hob einen Finger.

»Nichts. Ich brauche nur ein paar Sachen für das Baby und dachte, zusammen würde es mehr Spaß machen.«

Danica horchte angestrengt, ob Kaylies Stimme Anzeichen von Niedergeschlagenheit verriet, doch Kaylie klang glücklich und entspannt. »Klar. Ich habe diese Woche viel zu tun, aber Dienstagmittag ginge es.«

»Perfekt.«

Sie verabschiedeten sich und die Mädels atmeten erleichtert auf.

»Weiß sie, dass du hier bist?«, fragte Chelsea.

»Was wollte sie?«, fragte Marie. »Weiß sie von der Babyparty?«

»Keine Ahnung. Sie will diese Woche shoppen gehen. Ich glaube, es ist alles in Ordnung.« Danica wollte gerade ihr Handy weglegen, als sie eine Nachricht von Sally sah. *Sorry, hab deinen Anruf vorhin verpasst. Morgen mehr.*

»Kaylie hat mich heute Morgen angerufen und gefragt, ob wir am Nachmittag shoppen gehen, aber ich habe ihr gesagt, Jeff und ich hätten uns etwas vorgenommen«, meinte Camille.

»Oh je, mich hat sie auch gefragt.« Stirnrunzelnd schob sich Chelsea eine Strähne hinters Ohr.

»Die arme Kaylie. Wahrscheinlich denkt sie, wir wollen nichts mehr mit ihr zu tun haben«, sagte Marie. Sie nahm sich einen Kräcker und sah Danica fragend an.

»Ist schon in Ordnung. Ich kümmere mich um sie.« *Natürlich tue ich das.* Sie schüttelte den Kopf. Typisch Kaylie! Bei ihr war alles von einem Hauch von Drama umgeben.

Schließlich war auch das letzte Detail der Babyparty besprochen. Chelsea und Marie wollten den Nachmittag bei Camille am Pool verbringen, doch Danica wollte unbedingt zu Blake. Sie hatte ihre sündigen Gedanken an ihn schon viel zu lange in Schach gehalten und fühlte sich wie ein liebeskranker Teenager. Sie rief Blake von unterwegs an. Offenbar ging es ihm genauso wie ihr. Der Nachmittag versprach, ziemlich aufregend zu werden.

Fünfundvierzig

Früh am Montagmorgen saß Kaylie in Dr. Marsdens Wartezimmer und wippte aufgeregt mit dem Bein. Sie hatte das Gefühl, dass sie die Dinge mittlerweile ein bisschen anders sah als früher. Chaz gegenüber war sie offener und ehrlicher, und es half ihr, dass sie ihre Sorgen und Ängste vor Dr. Marsden ausbreiten konnte. Und nach dem Anruf von Alex konnte sie kaum noch stillsitzen.

»Kaylie.« Dr. Marsden begrüßte sie so ruhig und gelassen wie immer. Noch vor ein paar Wochen hätte sich Kaylie über ihre Hosenanzüge lustig gemacht, doch inzwischen waren sie ihr angenehm vertraut.

»Hi«, sagte sie und stemmte sich aus den Sofapolstern hoch.

»Ich glaube fast, dass Ihr Baby übers Wochenende gewachsen ist.«

»Ganz sicher. Es fühlt sich an, als würde sie ständig Turnübungen in meinem Bauch machen.« Sie folgte Dr. Marsden in ihr Sprechzimmer und setzte sich.

»Es gibt so viel zu erzählen. Bisher habe ich nie verstanden, warum Leute eine Therapie machen – ich meine, mir war nicht klar, warum sie so froh sind, wenn sie Probleme aufarbeiten –, aber jetzt kapiere ich es. Ich wollte Ihnen unbedingt von

Danicas Veranstaltung und von meinen Songs erzählen, aber das ist noch längst nicht alles.«

»Sie sind ja ganz aufgeregt. Beruhigen Sie sich und atmen Sie tief durch. Wir haben Zeit.«

Kaylie nickte. »Tut mir leid. Aber heute Morgen hat mich der Manager unserer Band angerufen. Wir haben unsere Proben aufgenommen und ich wusste gar nicht, dass er und Trey, unser Drummer, einige unserer neuen Sachen an verschiedene Plattenfirmen geschickt haben. Und heute haben sie von Benton Records Bescheid bekommen. Das ist ein kleines Label aus L. A. Sie wollen uns unter Vertrag nehmen.« Sie hatte alle Mühe, nicht vor Begeisterung loszukreischen. Ihr Bein fing wie von selbst an, auf und ab zu wippen, und vorsichtshalber setzte sie sich auf ihre Hände, damit sie nicht zitterten.

»Ist es das, was Sie wollen? Ist es das, worauf Sie hingearbeitet haben?«, fragte Dr. Marsden nachdenklich.

»Ja. Oh mein Gott, das ist ein Traum! Ein Plattenlabel ist … wie ein Sechser im Lotto. Das macht alles so real. Ich meine, wir kommen ganz gut an mit unserer Band, aber ihnen gefielen unsere Songs. Meine Songs. Die Songs, die ich geschrieben habe. Es ist eine Bestätigung meines Talents.«

»Das ist es. Glückwunsch«, sagte sie ruhig.

»Ich bin überglücklich.«

»Kaylie, das ist wunderbar. Was sagt Chaz dazu?«

Kaylie senkte den Blick, dann sah sie Dr. Marsden an. »Ich habe es ihm noch nicht erzählt.«

Dr. Marsden drängte sie nicht, machte ihr keine Vorwürfe, verurteilte sie nicht. Sie fragte einfach nur: »Warum nicht?«

Die Wirkung dieser beiden Worte traf Kaylie völlig unerwartet. Sie wusste, dass sie die Frage beantworten musste. Es war nicht, als hätte sie nicht schon darüber nachgedacht, doch sie wusste selbst nicht, warum sie keine Antwort darauf hatte.

»Ich weiß nicht. Es gibt noch eine Menge zu klären.«

»Zum Beispiel?«

Warum stellt sie so verteufelt schwierige Fragen? »Die Logistik. Ich muss nach L. A. fahren, gleich nach der Geburt des Babys. Und zwischen Allure und L. A. pendeln, während wir die Studioaufnahmen machen.« Kaylie hörte das Unbehagen in ihrer Stimme.

»Ist das machbar mit einem Neugeborenen?«

»Ich glaube schon. Heutzutage reisen frisch gebackene Eltern doch ganz selbstverständlich. Wir könnten auch ein Kindermädchen einstellen.« *Und von Chaz' Geld bezahlen.* Kaylie schimpfte insgeheim mit sich, weil sie ihr Versprechen gebrochen hatte, zumindest in Gedanken.

»Ein Kindermädchen.« Dr. Marsden nickte. »Ja, das wäre sicher eine Möglichkeit. Kaylie, erzählen Sie mir vom Wochenende. Sie und Chaz hatten letzte Woche einen wichtigen Punkt erreicht. Aufrichtigkeit. Wissen Sie noch? Wie wird er reagieren, wenn Sie es hinauszögern, es ihm zu sagen?«

Sie zuckte mit den Schultern. »Ich glaube, er wird sich für mich freuen. Aber wenn ich es ihm nicht erzähle, wird es ihn verletzen.«

»Warum verschweigen Sie es also? Wollen Sie Ihre Beziehung aufs Spiel setzen? Haben Sie Bedenken?«

Habe ich Bedenken? Kaylie rutschte an die Stuhlkante. »Ich habe so lange so hart gearbeitet, um dort hinzukommen, wo ich jetzt stehe. Und nun ist ein Plattenvertrag in greifbarer Nähe. Wissen Sie, wie das ist, wenn Sie Ihr ganzes Leben auf etwas hingearbeitet haben und dann ...«

»Was dann? Was macht Ihnen Sorgen?«

»Ich habe so hart gearbeitet.« Kaylie legte die Hände auf den Bauch. »Was ist, wenn das Baby da ist und mich der Plattenvertrag plötzlich nicht mehr interessiert? Was ist, wenn ich eine dieser Mütter werde, für die es nur noch ihr Baby gibt? Was ist, wenn ich wie meine Mom werde?«

Dr. Marsden wartete, während Kaylie versuchte, ihre Gefühle zu analysieren. Als sie schwieg, fragte Dr. Marsden: »Wäre das so schlimm?«

Kaylie sah sie mit Tränen in den Augen an. »Ich will nicht die Ehefrau sein, die irgendwann nicht mehr zählt, weil sie stehen geblieben ist, während ihr Mann sich weiterentwickelt hat – emotional, geistig, beruflich.« Sie spielte nervös mit dem Saum ihrer Bluse. »Habe ich Ihnen erzählt, dass wir schrecklich reich sind? Ja, das hat mir Chaz am Wochenende erzählt. Und er zahlt seine Partner aus, mit denen er sich das Festival teilt.« Sie sah sich im Sprechzimmer um. Ihr war unbehaglich zumute. »Eigentlich sollte ich begeistert sein, nicht wahr? Jeder normale Mensch wäre überglücklich, meinen Sie nicht? Aber ich kann mich nicht für oder gegen den Plattenvertrag entscheiden, wenn ich nicht weiß, wie ich mich nach der Geburt des Babys fühle. Was ist, wenn ich beschließe, nur noch Hausfrau und Mutter zu sein, und dann wütend auf das Baby oder Chaz oder mich selbst bin, weil ich den Plattenvertrag nicht angenommen habe? Es ist eine einmalige Chance.« Kaylie nahm ein Taschentuch aus der Box auf dem Schreibtisch und tupfte sich die Augen ab. »Und was ist, wenn uns das Geld kaputtmacht?«

»Ich verstehe Ihre Sorgen. Glauben Sie wirklich, dass es eine einmalige Chance ist? Was ist mit Ihren Bandmitgliedern? Wie werden sie sich fühlen, wenn Sie nicht weitermachen?«

An Alex und die anderen hatte Kaylie noch gar nicht gedacht. »Ich muss weitermachen, nicht wahr? Schließlich geht es auch um ihre Karriere.«

»Kaylie, Sie können – und sollten – so entscheiden, wie es für Sie, das Baby und Chaz richtig ist. Ihre Familie hat Vorrang, meinen Sie nicht?«

Sie nickte. »Ich sage es Chaz gleich nach unserer Sitzung. Am besten treffen wir die Entscheidung gemeinsam.« Sie seufzte. »Meine Gefühle sind im Moment total durcheinander, aber das Wochenende war wirklich toll. Der Auftritt war fantastisch. Allerdings sind zwei Teenager aneinandergeraten, das war nicht so schön. Aber ich habe gesungen, wie ich noch nie zuvor gesungen habe, und mit jedem Atemzug hatte ich das Gefühl, dass eine ganz neue Kaylie zum Vorschein kommt.«

»Und haben Sie sich Gedanken gemacht über die Zeit, wenn das Baby da ist?«

Kaylie rieb sich wieder über den Bauch. »Ja ich habe darüber nachgedacht, aber das Einzige, was ich mit Sicherheit weiß, ist, dass ich schlechte Laune kriege, wenn ich nicht gut aussehe. Ich kenne mich und das weiß ich genau.«

»Gut. Okay. Das ist ein erster Schritt. Wie können Sie sich selbst helfen? Wie können Sie dafür sorgen, dass Sie glücklich sind? Denken Sie immer daran, dass Sie mit wenig Schlaf auskommen müssen und dass Sie Ihr Baby noch viel mehr lieben werden, als Sie es je für möglich gehalten haben, wenn Sie es erst einmal im Arm halten.«

»Da kommt eine Menge Liebe zusammen.«

Dr. Marsden lächelte. »Ganz sicher.«

Kaylie warf einen verstohlenen Blick auf die Bücherregale und Dr. Marsdens Schreibtisch. Keine Fotos. Hatte sie Kinder? War sie überhaupt verheiratet?

»Ich weiß, dass ich oft müde sein werde – und gleichzeitig überglücklich. Aber ich bemühe mich sowieso, gesund zu leben, mich vernünftig zu ernähren und schlank zu bleiben. Daran wird sich nichts ändern und wenn die Ärztin sagt, dass ich Sport treiben kann, werde ich das tun.« *Tatsächlich?* Sie zog die Nase kraus.

»Sie machen nicht gerne Sport?«

»Bisher musste ich es nie. Wahrscheinlich habe ich einfach Glück mit meinen Genen. Aber ich kann spazieren gehen oder joggen oder so.«

»Das klingt vernünftig. Und was ist, wenn Sie Ihre Pfunde nicht wieder loswerden?«

Kaylie fiel die Kinnlade herunter. »Ich habe nur ungefähr zwölf Kilo zugenommen. Die kriege ich wieder runter.« *Schaffe ich das?* Panik stieg in ihr auf. »So schwer kann das doch nicht sein. Denken Sie nur an all die Schauspielerinnen, die ganz schnell wieder ihr altes Gewicht haben. Das kriege ich hin. Ich weiß es.« Der Gedanke an Diäten und Sport war unerfreulich. Wie sie wohl mit ein paar zusätzlichen Kilo auf den Rippen aussehen würde? Danica war eigentlich nicht superschlank, aber sie sah immer gut aus, und sie wog bestimmt vier, fünf Kilo mehr als sie. Kaylie stellte sich vor, wie sie aussehen würde, wenn ihre Taille nicht mehr so schlank wäre wie vor der Schwangerschaft. »Ich glaube, ich würde gar nicht so schlimm aussehen, wenn ich nicht alles wieder runterkriege. Außerdem habe ich gehört, dass Stillen beim Abnehmen hilft, und ich will sowieso stillen, also …«

»Sie sind eine hübsche Frau, Kaylie. Sie sind es gewohnt, die Hübsche zu sein. Wer sind Sie, wenn Sie etwas mehr auf die Waage bringen?«

Autsch. »Ich wäre immer noch hübsch. Und außerdem«, sagte sie ungehalten, »bin ich nett und interessant. Daran ändert sich auch mit ein paar Kilo mehr nichts.«

»Und wie wird Chaz reagieren?«

»Er liebt mich so, wie ich bin. Ihm wäre es egal, wenn ich das zusätzliche Gewicht nicht mehr loswerde.« *Wirklich? Natürlich. Er würde mich immer noch lieben.*

»Also?«, fragte Dr. Marsden.

»Es klingt alles so albern, was ich sage. Ich meine, schließlich werde ich ein Kind haben, ein neugeborenes Kind. Auch wenn ich nicht abnehme, hat es sich doch auf jeden Fall gelohnt. Und was Chaz angeht … Wenn er mich wegen meines Gewichts nicht mehr lieben würde, hat er mich eh nicht verdient, stimmt's? Und ich hoffe doch, dass ich eine bessere Wahl getroffen habe.« Das war die Wahrheit, schlicht und einfach.

Als sie vorhin mit ihren Schwangerschaftsshorts und dem gigantischen Tanktop aus dem Haus ging, hatte Chaz ihr einen Klaps auf den Hintern gegeben und ihr gesagt, wie sexy sie aussah. Wenn sie sexy aussah, obwohl sie schwanger war, würde sie immer gut aussehen, egal wie.

»Ich setze mich mehr unter Druck, als er es je tun würde«, gab sie zu.

»Und warum tun Sie das?«

Kaylie zuckte die Achseln, doch die Erinnerung an ihre Mutter schob sich in ihre Gedanken. Sie war immer schlank gewesen, als Kaylie ein Kind war, und die Geliebte ihres Vaters war noch schlanker und um einiges jünger gewesen.

»Dazu möchte ich Ihnen nur eins sagen, Kaylie: Wer weiß, was Sie sonst noch an sich entdecken. Wir wissen, dass Sie eine schöne Frau sind und dass Sie Talent haben, aber können Sie mir sagen, was Sie sonst noch an sich mögen?«

»Ich bin nett und man kann Spaß mit mir haben. Ich bin eine gute Freundin, ich liebe Chaz und Danica und Blake.«

»Sie brauchen mir nicht sofort zu antworten. Denken Sie einfach darüber nach.«

»Noch mehr Hausaufgaben?«

»Genau«, lachte Dr. Marsden.

Von Dr. Marsdens Praxis fuhr Kaylie direkt zu dem Lagerhaus, in dem das Festivalbüro untergebracht war.

»Wow, Kaylie, du passt ja kaum noch durch die Tür«, flachste Max, als sie lächelnd hereinstürmte. Sie kam hinter ihrem Schreibtisch hervor und umarmte Kaylie. »Hör mal, es tut mir leid, dass ich wegen Lea solch ein Durcheinander angerichtet habe.«

Der bloße Name jagte Kaylie einen Schauder über den Rücken. In ihrem Denken hatte diese Frau bedrohliche Ausmaße angenommen, die über ihre Versuche hinausgingen, Chaz zu ihrer Marionette zu machen, und Kaylie würde alles daran setzen, dass sie in ihrem Kopf nicht mehr Platz einnahm als ein Staubkörnchen.

»Das war vor Jahren«, fuhr Max fort, »nicht, als wir auf Hawaii waren. Und ganz bestimmt nicht, seit er mit dir zusammen ist.«

Es kam ihr vor, als sei es ewig her, dass sie sich wegen Chaz und Lea aufgeregt hatte. »Ist schon okay. Ich weiß Bescheid, Chaz hat mir alles erzählt. Aber danke nochmal, dass du mich angerufen hast. Ist Chaz da?«

»Puh, da bin ich aber froh, ich hab mir solche Sorgen gemacht. Ja, Chaz ist da. Ich komme mit, ich muss ihm eben etwas sagen.« Sie steckte den Kopf zu Chaz' Bürotür hinein und sagte: »Chaz? Ich habe die Info über diesen neuen Sponsor. Sie sind sauber.«

»Prima, dann nimm sie unter Vertrag, okay?«

Chaz saß an seinem Schreibtisch, in ein Dokument vertieft. Er hatte den Kopf in die Hand gestützt und blickte erst auf, als Kaylie ihn an der Schulter berührte und »Hallo« sagte.

»Kaylie«, sagte er lächelnd. »Komm, setz dich. Ich sehe mir gerade die Partnerschaftsverträge an.« Er legte das Papier beiseite und sah sie an. »Wie war's bei Dr. Marsden?«

»Gut«, sagte sie und spielte nervös mit ihren Schlüsseln.

»Also, was gibt's? Sollen wir irgendwo einen Happen zu Mittag essen?« Er sah auf seine Uhr.

»Nein, es ist ja gerade erst elf. Ich … ich wollte mit dir reden. Alex hat angerufen. Eine Plattenfirma hat sich mit ihm in Verbindung gesetzt.«

»Wow, wirklich?«

»Ja.« Sie lächelte, obwohl ihr das Herz bis zum Hals schlug. Chaz Blick war unwiderstehlich, sie wusste, dass sie ihm alles erzählen musste, von ihren Ängsten und ihrer Freude. Sie nahm seine Hand und spürte, wie die Berührung ihr Kraft gab. »Sie wollen uns unter Vertrag nehmen«, sagte sie zaghaft.

Chaz kam hinter seinem Schreibtisch vor und schloss sie in die Arme. »Das ist fantastisch! Siehst du, all deine Sorgen waren umsonst. Selbst sie wissen, wie gut du bist«, sagte er und strahlte sie an.

»Ja, aber das heißt, dass ich nach L. A. muss, wenn das Baby da ist. Und für die Aufnahmen muss ich zwischen hier und L. A. pendeln.«

»Oh«, sagte er. »Nach L. A.?«

»Ja, ich nehme an, dass dort das Studio ist.«

»Kaylie, wie heißt diese Plattenfirma?«

»Es ist ein kleines Label, Benton Records. Sie haben mich

mit meinen Songs gehört. Mit meinen Texten! Ich kann es kaum glauben, aber sie haben ihnen gefallen.«

Chaz schrieb sich den Namen der Firma auf. »Liebes, macht es dir etwas aus, wenn ich Max recherchieren lasse, wer dahintersteckt?«

»Nein, das wäre toll«, sagte Kaylie.

Chaz rief Max über den Flur zu: »Max, kannst du mal nachsehen, was du zu Benton Records finden kannst?«

»Klar«, rief Max zurück.

»Das sind wunderbare Neuigkeiten. Ich bin so stolz auf dich.«

Kaylie sah ihn forschend an. War seine Freude nur gespielt? Wollte er vielleicht doch, dass sie bei ihrem Baby zu Hause blieb? Doch alles, was sie in seinen hinreißenden blauen Augen sah, war Stolz. Sie holte tief Luft und beschloss, die Karten auf den Tisch zu legen.

»Ich freue mich so, Chaz. Ich will das, wirklich. Darauf warte ich schon so lange. Also: Ja, ich will das durchziehen.«

»Na, dann fällt die Entscheidung ja leicht.«

»Nein, tut sie nicht.«

»Warum? Dafür hast du doch die ganze Zeit so hart gearbeitet. Das war immer schon dein Traum.«

»Was ist, wenn ich es nicht mehr will, wenn das Baby da ist? Was ist, wenn ich beschließe, dass ich mich nur um das Baby kümmern will? Was ist, wenn ich ablehne, und dir oder der Kleinen dann ein, zwei Monate, ein halbes Jahr später Vorwürfe mache, weil ich das Angebot nicht angenommen habe?«

»Mal ganz —«

»Warte, ich bin noch nicht fertig. Was ist, wenn ich es mache und alles ganz schrecklich wird? Was ist, wenn ich zu Hause bleibe und nur noch daran denke, was ich aufgegeben habe, um mich um das Kind zu kümmern? Wenn ich zu Hause bleibe und du dich mit mir langweilst? Dann habe ich meine Karriere für dich und das Baby an den Nagel gehängt. Und gucke in die Röhre.«

»Wie deine Mutter«, sagte er ruhig.

»Wie meine Mutter.«

»Ich bin nicht dein Vater. Du bist nicht deine Mutter.«

Kaylie hatte diese Sätze in den letzten Tagen so oft gehört, dass sie bestimmt irgendwann davon träumte. »Ich weiß, aber alles ist möglich, Gutes und Schlechtes. Ich könnte ebenso gut eine Münze werfen.«

Chaz beugte sich vor. Kaylie spürte seinen vertrauten Geruch in der Nase und die Liebe, die ihr entgegenströmte. »Kaylie, ich werde dich unterstützen, egal wie du dich entscheidest. Wenn du den Plattenvertrag willst, kriegen wir das hin. Wenn du zu Hause bleiben und dich um das Baby kümmern willst, kriegen wir das auch hin. Ich kann dir nicht garantieren, dass du dabei glücklich wirst, aber ich verspreche dir, dass ich alles tun werde, um dir zu zeigen, wie sehr ich dich und das schätze, was du für mich tust und was du für unser Kind tun wirst.«

»Aber wie kann ich wissen, was ich tun soll?«

Er lehnte sich zurück und schüttelte den Kopf. »Ich verstehe nicht ganz, wo das Problem ist. Du machst einfach das, was sich gut und richtig anfühlt. Du hast dich doch noch nicht einmal mit den Vertretern der Firma getroffen, also hast du noch Zeit.«

»Sie kommen am Donnerstag hierher.«

»Donnerstag? Wow, das geht aber schnell. Okay, dann redest du mit ihnen und entscheidest dich hinterher. Ich habe den Namen der Firma schon mal gehört, aber ich weiß nichts über sie. Komischerweise habe ich das Gefühl, als sollte ich etwas wissen.«

»Wahrscheinlich weil du mich liebst und sichergehen willst, dass sie vertrauenswürdig sind.«

Er lächelte. »Das wird es sein. Also, was haben sie gesagt?«

»Viel weiß ich auch nicht, nur das, was Alex mir erzählt hat. Meine Songs, mein Sound haben ihnen gefallen. Sie haben gesagt, dass sie mich groß rausbringen könnten.«

»Warte, bis sie dich kennenlernen. Dann wissen sie, dass sie sich richtig entschieden haben.« Chaz begleitete Kaylie zum Eingang und küsste sie zum Abschied. Kaylie hatte das Gefühl, als sei ihr eine Riesenlast von den Schultern genommen. Als sie ins Auto stieg, zog sich in ihrem Bauch alles zusammen. Sie lehnte sich zurück und wartete, bis es vorbei war. »Gib endlich Ruhe«, sagte sie zu ihrem Bauch.

Sechsundvierzig

Danica saß den ganzen Vormittag über in ihrem Büro, bezahlte Rechnungen und telefonierte mit den Eltern, die bei der Veranstaltung geholfen hatten. Als sie gegen Mittag schließlich in den Eingangsbereich kam, hatte Gage Sallys Platz am Empfangstresen eingenommen.

»Hey, wo ist Sally?«

Gage zeigte auf die geschlossene Tür der kleinen Teeküche. »Sie telefoniert.«

»Wie geht es ihr? Als ich kam, war sie noch nicht da.«

»Ich glaube, es geht ihr einigermaßen. Sie hat nichts gesagt, also habe ich auch nicht gefragt. Hast du am Wochenende mit ihr gesprochen?«

Danica schüttelte den Kopf. »Hab sie nicht erreicht.«

Als die Tür zur Teeküche aufging, fuhren Gage und Danica herum. Es war offensichtlich, dass sie über Sally geredet hatten. »Der Landkreis, ja, sie wollen eine Untersuchung durchführen«, plapperte Danica drauflos.

»Lass gut sein. Ist mir schon klar, dass ihr wissen wollt, was los war.« Sally strich sich die Haare aus dem Gesicht, band sie mit einem Gummi zusammen, das sie am Handgelenk getragen hatte, und verschränkte die Arme. »Viel weiß ich nicht, aber ich kann euch sagen, was ich von Rusty erfahren habe. Ich nehme an, dass Brad ein Auge auf Michelle geworfen hat, und Samstagabend hat er sie gefragt, ob sie im Herbst im Skiclub mitmachen will.« Sie hatte dunkle Ringe unter den Augen und ihre Stimme klang hohl und kraftlos. »Er sagte, es wäre doch cool, wenn sie die Little-Hellion-Piste ausprobieren könnten. Rusty sagte, dass Brad ihn dabei provozierend angesehen hat.«

»Er hat ihn provozierend angesehen?«, fragte Danica. »Als ich mit Brad geredet habe, schien er nicht einmal zu wissen, dass Dave tot ist, und schon gar nicht, dass er an der Little Hellion gestorben ist.«

Sally schüttelte den Kopf. »Ich weiß nicht, was ich dazu sagen soll. Wir versuchen es nochmal bei Dr. Marsden. Jedenfalls hat Rusty gesagt, dass er hingeht. Mal sehen, was dabei herauskommt.«

»Gut, das ist eine gute Idee.« Danica wünschte, sie könnte ihnen besser helfen, doch es war nie ratsam, Arbeit und Privates zu sehr zu vermischen. In der letzten Zeit hatte sie das Gefühl, dass die Grenzen nicht mehr so klar waren. »Und was ist mit Michelle und Rusty?«

»Ich weiß es nicht. Ich habe versucht, mit ihm darüber zu reden, aber er weicht aus.«

»Er ist ein Junge – und ein Teenager«, sagte Gage. »Er wird dir nicht viel erzählen und ehrlich gesagt kannst du von Glück reden, wenn er tatsächlich zu der Therapeutin geht. Ich meine, in seinem Alter wäre mir das nicht im Traum eingefallen.«

»Gage hat recht«, sagte Danica. Sally ließ resigniert die Schultern sacken. »Willst du dir ein paar Tage freinehmen?«

»Von meiner Rolle als Mutter?«, sagte Sally scherzhaft.

»Vom Jugendzentrum.«

Sally schüttelte den Kopf. »Nein, ich bin gerne hier. Es

lenkt mich ein bisschen ab. Ich hatte nur gedacht, er hätte diese Phase hinter sich.«

»Hatte er auch«, versicherte Danica ihr. »Dass er so aufbrausend ist, beobachte ich erst in der letzten Zeit bei ihm. Und ich würde sagen, dass es mehr mit Brad und Michelle zu tun hat als mit Dave und der Little Hellion.«

Gage stand auf und Danica traf eine spontane Entscheidung. »Warum geht ihr zwei nicht ins Café und esst was. Ein Tapetenwechsel würde euch beiden guttun. Ich komme alleine klar.«

Gage sah Sally fragend an.

Danica tat so, als würde sie sich etwas durchlesen, was auf Sallys Tisch lag, doch natürlich spitzte sie die Ohren.

»Das musst du nicht«, sagte Sally leise.

»Ich will aber. Komm, wir müssen ja nicht über Rusty reden. Wir essen einfach was.« Gage legte Sally die Hand auf den Rücken und schob sie zur Tür.

Danica presste die Lippen zusammen, um ihr Lächeln zu verbergen.

Siebenundvierzig

»Was soll ich denn machen?«, fragte Kaylie ihre Schwester, während sie Babysachen auf einem Kleiderständer begutachteten.

»Was willst du denn machen?«

»Das ist keine große Hilfe, weißt du? Du klingst wie Dr. Marsden.« Kaylie zeigte Danica einen rosafarbenen Strampler.

»Und woher weißt du, wie Dr. Marsden klingt?« Danica riss die Augen auf, als ihr die Antwort dämmerte. »Du gehst zu Dr. Marsden, stimmt's?« Dann sah sie sich den rosafarbenen Strampler an und meinte: »Nimm etwas Neutrales. Schließlich weißt du nicht, ob es ein Junge oder ein Mädchen ist. Oder?«, setzte sie hoffnungsvoll hinzu.

»Nein, ich habe dir gesagt, dass wir es nicht wissen wollen, und ja, ich gehe zu Dr. Marsden. Ich habe dir nichts davon gesagt, weil ich das alleine durchziehen wollte.«

»Ich bin so stolz auf dich.«

Kaylie verdrehte die Augen.

»Na komm schon. Du hast immer gesagt, dass eine Therapie etwas für Loser ist – und jetzt machst du selbst eine? Wie geht's Rhonda?« Danica hielt einen hellgrünen Body hoch.

»Oh, der gefällt mir. Leg ihn in den Wagen. Wer ist

Rhonda?«

»Dr. Marsden.«

Kaylie warf einen gelben Pullover in den Wagen. »Rhonda? Ehrlich? Ich dachte sie heißt … Martha oder Mildred oder so. Ich mag sie wirklich. Sie ist, wie soll ich es sagen? Nun, sie ist nicht sehr weiblich und ihre Fragen sind ziemlich direkt, aber ich mag sie. Jedenfalls dachte ich, dass ich schleunigst etwas unternehmen sollte, wenn ich nicht so werden will wie Mom.«

Danica schüttelte den Kopf. »Dass ich das noch erleben darf.« Sie lachte.

»Ja, ja. Das ist wie Weihnachten und Ostern an einem Tag. Was hältst du von dem blauen hier?« Sie zeigte Danica einen blauen Strampler mit gelben Blumen auf den Füßchen.

»Der ist süß. Sie ist eine großartige Therapeutin und hat mir am Anfang sehr geholfen. Schlimm, was sie alles durchmachen musste.«

Kaylie legte den Strampler in den Einkaufswagen und sah Danica erwartungsvoll an. »Was denn?«

Danica schüttelte den Kopf. »Das ist mir so rausgerutscht. Ich kann dir nichts über ihr Privatleben erzählen, das weißt du.«

Kaylie seufzte. »Sie hat keine Fotos in ihrem Sprechzimmer. Vielleicht ist sie lesbisch.«

»Ist sie nicht.«

»Jedenfalls hat sie wohl keine Kinder und keinen Mann.«

»Hör auf«, sagte Danica scharf.

»Ist ja schon gut.« Kaylie hakte sich bei Danica unter, während sie den nächsten Kleiderständer ansteuerten. »Ich brauche einen Rat und habe das Gefühl, festzustecken.«

»Ich kann dir nicht sagen, was du tun sollst. Es ist deine Karriere, dein Leben. Aber ich erinnere dich nochmal daran, dass du vielleicht gar nichts anderes willst, als dich um deine

Brut zu kümmern, wenn du sie erst einmal im Arm hast.«

Kaylie schnaubte entrüstet.

»Was ist? Ich habe nicht Höllenbrut gesagt. Du weißt doch, dass ich es kaum abwarten kann, Tante zu werden.«

»Ich weiß. Was ist, wenn ich die Sache mit der Plattenfirma sausen lasse? Wenn ich nicht nach L. A. fahre? Möglicherweise hasse ich Chaz dann oder noch schlimmer: das Baby.«

»Ja, das könnte passieren, wenn du eine selbstsüchtige Zicke wärst.« Danica legte zwei Babydecken in den Wagen, ohne sich an Kaylies bitterbösem Blick zu stören. »Sieh mal, du bist nicht selbstsüchtig. Darum geht es doch. Wenn du beschließt, zu Hause zu bleiben, dann ist das deine Entscheidung. Die kannst du nicht irgendwann deinem Mann oder deiner Brut anlasten. Wenn du beschließt, die Platte aufzunehmen, kannst du es nur dir selbst vorwerfen. Egal wie du dich entscheidest: Du musst die Verantwortung dafür übernehmen.«

Kaylie stemmte die Hände in die Hüften. »Siehst du, das meine ich. Warum konnten Chaz oder Dr. Marsden mir das nicht sagen? Du hast recht. Egal, wie ich mich entscheide: Ich kann es niemandem zur Last legen. Es ist mein Fehler – oder auch nicht.«

»Okay, hätten wir das also erledigt. Blake hat das Haus gekauft.« Danica schloss die Augen und hätte sich am liebsten die Ohren zugehalten.

Kaylie wusste, dass ihre Schwester damit rechnete, dass sie loskreischte und sie umarmte. Womit sie nicht rechnete, war, dass Kaylie sich an den Kleiderständer lehnte, die Zähne zusammenbiss und sich den Bauch rieb, während eine weitere Vorwehe über sie hinwegrollte.

Danica machte die Augen auf. »Wie? Keine Reak–« Mit einem Satz war sie bei Kaylie. »Alles okay? Was ist los?« Sie legte ihr den Arm um die Schultern und führte sie zu einem Stuhl an der Kasse.

»Alles in Ordnung.« Kaylie wedelte beruhigend mit der Hand. »Nur eine dieser Übungswehen. Die kommen ziemlich oft.«

»Meinst du nicht, du solltest mal zu deiner Ärztin gehen?«

»Ich hab sie angerufen. Sie sagt, das ist normal.« Als die Schmerzen nachließen, stand sie auf. »Okay, mir geht's wieder gut. Ich freue mich so, dass du meine neue Nachbarin wirst!« Sie umarmte Danica, bevor sie sich wehren konnte.

Auf dem Nachhauseweg schaute Kaylie doch noch bei der Ärztin vorbei, die ihr versicherte, dass es tatsächlich Vorwehen waren. »Das Baby übt schon mal für seinen großen Auftritt«, meinte sie. Legen Sie ab und zu die Beine hoch und genießen Sie die letzten freien Wochen.«

Danica verbrachte den Rest des Nachmittags im Jugendzentrum. Schließlich machte sie Feierabend und trat hinaus in die kühle Abendluft. Sie legte sich den Pullover um die Schultern und ging rasch zum Parkplatz. Als sie zu ihrem Auto kam, lehnte Rusty an der Fahrertür.

»Hi, Rusty. Alles okay?«

Rusty hatte sich die Kapuze seines Sweatshirts tief in die Stirn gezogen, die Hände hatte er in den Hosentaschen vergraben. Er blickte auf. »Ja, alles klar«, sagte er.

»Soll ich dich mitnehmen? Ich glaube, deine Mom arbeitet noch.«

»Nein, danke.« Er nahm die Kapuze ab und sah sie bedrückt an.

»Ist was passiert? Ist alles in Ordnung mit dir?«, fragte sie.

»Es ist nichts, ich wollte mich nur entschuldigen für Samstagabend. Ich hätte Brad nicht schlagen dürfen, er ist in Ordnung.«

Danica stellte ihre Tasche auf dem Autodach ab und lehnte sich neben Rusty an das Auto. »Ja, er ist okay, denke ich.« Wieder sah sie seinen besorgten Blick und fragte sich, was ihm so schwer auf der Seele lastete. »Willst du mir etwas sagen?«

Er zuckte die Achseln.

»Gibt es etwas, was ich für dich tun kann?«

Er schüttelte den Kopf. »Ich hab noch nie einen Bruder gehabt.«

»Ja, ich weiß.« Danica hatte keine Ahnung, was er damit sagen wollte.

»Als Brad anfing, Michelle anzubaggern … Tja.« Wieder zuckte er die Achseln.

Danica wollte seinen zögerlichen Redefluss nicht mit zu vielen Fragen unterbrechen, aber sie musste wissen, wie es zwischen Rusty und Michelle aussah und wie er sich fühlte. »Bist du mit Michelle zusammen?«

Er schüttelte den Kopf. »Nee. Sie steht auf Chase.«

»Aha.«

»Und er ist ja so was wie mein Bruder, daher —«

Was für eine Entwicklung! Danica unterdrückte ein Lächeln. Sie hoffte, dass sie ihn richtig verstanden hatte. »Also wolltest du Brad davon abhalten, sein Mädchen anzubaggern.«

Rusty nickte. »Meiner Mom kann ich das nicht erzählen. Sag ihr nichts, bitte.«

»Sie macht sich Sorgen um dich.« Danica war hin- und hergerissen zwischen ihrer Freundschaft mit Sally und dem Wunsch, Rustys Vertrauen nicht zu enttäuschen.

»Ich weiß, aber es ist einfach alles so verrückt. Sie weiß noch nicht einmal, wie oft wir miteinander reden, Chase und ich.«

»Ich bin sicher, sie würde sich freuen, dass ihr euch angefreundet habt.«

Rusty sah sie an und schleuderte mit einer raschen Kopfbewegung die blonde Strähne nach hinten, die ihm in die Augen gefallen war. »Bitte, sag ihr nichts. Sie benimmt sich bestimmt ganz komisch und will Ausflüge mit uns machen und ihn zu uns nach Hause einladen und ...«

»Kapiert. Sie würde zu viel wollen und das würde alles kompliziert machen. Ich sage ihr nichts, aber du weißt, dass sie sich Sorgen macht, weil sie denkt, dass die Sache mit Brad etwas mit deinem Vater zu tun hat.«

»Ich wusste nicht, was ich ihr sonst erzählen sollte.«

Wenn jemand Chase in die Quere kommt, ist das also schlimmer, als wenn jemand etwas über deinen Vater sagt?

Achtundvierzig

Chaz starrte entgeistert auf die Ausdrucke, die Max ihm gerade gegeben hatte. Zwei Stücke Papier. Mehr brauchte es nicht, um seinen Tag aus dem Gleichgewicht zu bringen. Max wandte den Blick nicht von seinem Gesicht, als sie sich langsam auf dem Besucherstuhl an seinem Schreibtisch niederließ.

»Es tut mir leid«, sagte sie vorsichtig. »Und jetzt?«

Lea umbringen. Sie in Stücke reißen. Mit steinerner Miene las sich Chaz die Papiere noch einmal durch.

»Bist du dir ganz sicher? Hundertprozentig?« Er sah Max nicht an. Er konnte es einfach nicht. Er war kurz davor zu explodieren und seine Wut würde sie unweigerlich treffen, auch wenn sie nicht gegen sie gerichtet wäre. Dieses Miststück von Lea hatte einen anderen Weg gefunden, sich in sein Leben zu schleichen.

»Leider ja. Ich hab's doppelt und dreifach gecheckt.«

»Sie ist eine der Anteilseignerinnen von Benton Records. Du weißt, was das bedeutet.« Wie konnte er Kaylie sagen, dass das Angebot der Plattenfirma nichts weiter war als der Versuch, sie auseinanderzubringen? Endlich hob er den Blick und sah Max an. Zum ersten Mal wünschte er, er hätte sie nie kennengelernt. Dabei war sie nur die Überbringerin schlechter Nachrichten, doch es half nichts. Am liebsten hätte er den Tag noch einmal von vorn angefangen und diesen Teil dabei ausgelassen.

»Chaz, vielleicht hält sie nur Anteile am Label, ohne dass sie etwas mit dem laufenden Geschäft zu tun hat. Ihr gehören so viele Firmen, dass sie wahrscheinlich gar nicht weiß, welche es genau sind.«

Sie versuchte, ihn zu besänftigen, und das machte ihn nur noch wütender. Dass Lea hinter Benton Records steckte war kein Zufall. Das passte zu ihr, ebenso wie die verdammte Reise nach Hawaii. Sie hätte anrufen oder ihm eine E-Mail schicken können, wenn sie nichts weiter gewollt hätte, als ihn zu informieren, dass sie Jansens Anteil kaufen wollte. Aber so funktionierte Lea nicht, das verstand er inzwischen. Es war nur ein Vorwand gewesen, um sich zwischen ihn und Kaylie zu stellen.

»Ich kann es Kaylie unmöglich sagen. Sie wird am Boden zerstört sein. Sie wünscht sich diesen Plattenvertrag mehr als alles in der Welt.« Er lehnte den Kopf zurück und rieb sich das Gesicht. »Lieber Gott, sie wird nie verschwinden, oder?«

»Wir könnten einen Killer engagieren«, flachste Max.

»Hatte ich auch schon überlegt«, sagte Chaz grimmig. Er musste eine Lösung finden. Wenn er Lea anrief und ihr sagte, sie solle ihre Finger von Kaylie lassen, würde er ihren wirren Fantasien nur neues Futter geben. Cooper kümmerte sich um das Festival, aber es gab keinen Cooper, der sich um Kaylie kümmerte. *Verdammt!*

Max stand auf, und bevor sie sich zum Gehen wandte, beugte sie sich über den Schreibtisch und legte ihre Hand mitfühlend auf seine. »Ich denke, du solltest es ihr sagen. Sie liebt dich, Chaz. Sie weiß, dass Lea verrückt ist, es dürfte sie also nicht überraschen.«

»Sie trifft sich heute mit den Vertretern der Firma. Mal sehen, wie das läuft. Vielleicht macht sie von sich aus einen Rückzieher«, seufzte Chaz. Je mehr er darüber nachdachte, desto mehr Puzzleteile fügten sich zusammen. »Jetzt weiß ich auch, warum sie direkt nach der Geburt nach L. A. kommen und eine ganze Zeit lang hin- und herpendeln sollte. Lea versucht, uns auseinanderzubringen. Verdammt. Hört das denn nie auf? Irgendwie muss es doch möglich sein, diesen Unfug zu beenden.«

»Tut mir leid, Chaz. Kann ich noch irgendwas für dich tun?« Max stand in der Tür und ihr besorgter Blick fachte Chaz' Wut noch weiter an.

Er schüttelte den Kopf. »Ich muss nachdenken.« Er griff nach dem Telefon und rief Cooper an.

Zwanzig Minuten später hatten sich all seine Hoffnungen zerschlagen, dass Cooper diesen neuen Albtraum irgendwie abwenden könnte, und Chaz überlegte, auf welche Art er Kaylies Herz brechen sollte.

Neunundvierzig

Danica goss zwei Becher Kaffee ein und stellte einen davon vor Blake ab, der hinter der Zeitung verschwunden war. Sein Haar war noch feucht vom Duschen und er duftete nach Eau de Cologne. Sie setzte sich zu ihm an den Tisch und ließ ihren nackten Fuß an seinem Hosenbein entlangwandern. Dabei fiel ihr ein, wie sie sich früher über Filme lustig gemacht hatte, in denen Frauen das machten. Es war ihr immer albern vorgekommen, jedenfalls passte es überhaupt nicht zu der gestandenen Therapeutin, die sie damals war. *Tja, wer hätte das gedacht.*

Blake rückte mit seinem Stuhl ein Stück näher, sodass ihre Zehen bis an seinen Oberschenkel reichten. Er ließ die Zeitung sinken und hob die Augenbrauen.

Damals hatte sie keine Ahnung, was sie verpasste. *Oh ja, das macht Spaß.* Sie warf ihm ein keckes Lächeln zu.

»Sei vorsichtig. Wenn du so weitermachst, kommen wir beide zu spät.«

Sie hörte das Zögern in seiner Stimme. Sollen wir oder sollen wir nicht? Er sah sie unverwandt an, während sie ihren Fuß an Stellen wandern ließ, die ihm die Entscheidung noch schwerer machten. Seine Augen weiteten sich, dann verengten sie sich zu Schlitzen. Sein Atem stockte kurz und die Zeitung fiel zu Boden.

»Mir fällt gerade ein, dass wir den Erfolg unserer ersten Veranstaltung im No Limitz noch gar nicht gefeiert haben.« *Lieber Himmel, das war wirklich eine lahme Ausrede für Sex.*

»Stimmt, das haben wir vergessen«, antwortete er leichthin. »Musst du ... heute nicht mit Sally reden?« Er fuhr mit dem Finger langsam an ihrem Bein hoch und sah sie hoffnungsvoll an.

Danica nickte stumm. Seine Berührung brachte ihre Haut zum Glühen. Sie fuhr sich mit der Zunge über die Unterlippe und überlegte kurz, wie sich ein Quickie in ihren Zeitplan einpassen ließ.

Blake packte ihren Fuß und zog sie mitsamt dem Stuhl näher zu sich heran. Seine Hand strich an ihrem Schenkel hoch bis zu der zarten Haut in ihrer Leiste.

Sie hielt den Atem an, als er sich vorsichtig bis unter den Rand ihres Slips tastete. Er rutschte noch ein Stück näher, bis die Vorderkanten ihrer Stühle aneinanderstießen. Er beugte sich vor, packte Danicas Oberschenkel, legte ihre Beine um seine Taille und schob ihren braunen Baumwollrock nach oben, der sich um sie bauschte. Sie folgte seinem hungrigen Blick, der von ihrem Mund nach unten wanderte und auf ihren Brüsten verharrte. Ihr Atem ging rascher, als sich ihre Mitte an die feste Wölbung zwischen seinen Beinen drängte. Als sie nach seinem Reißverschluss griff, hob er kurz das Hinterteil und befreite sich von seiner Jeans, dann legte er ihr die Hand in den Nacken. Sein Mund suchte ihren, während sie sich rittlings auf seinen Schoß setzte. Er glitt tief in ihr Innerstes und entlockte ihr ein lustvolles Keuchen.

Sie bewegten sich im Gleichklang. Sie krallte sich in seine Schultern, grub ihre Fingernägel in seine harten Muskeln, als seine Zunge im Rhythmus seiner Stöße hart und leidenschaftlich ihren Mund erkundete. Ihr Verlangen steigerte sich mit seinen rascher werdenden Bewegungen, er trieb sie immer weiter auf den Gipfel der Lust, bis sie den Kopf zurückwarf und er ihren Namen rief. Sie erschauderte und pulste um seine Härte, bis ihre Energie verebbte und sie nach vorn sackte.

»Du bist ganz sicher nicht mehr die, die ich vor so vielen Monaten kennengelernt habe«, stieß Blake keuchend hervor.

Danica küsste ihn, während die Nachbeben ihrer Liebe sie durchschauderten.

»Nein, die bin ich nicht mehr«, flüsterte sie. »Dusche?« Sie kletterte von seinem Schoß, nahm seine Hand und zog ihn zum Badezimmer. Dabei überlegte sie, wie spät sie spätestens zur Arbeit kommen durften.

Die Erinnerung an ihr Liebesspiel ließ Danica immer noch innerlich glühen, als sie ins No Limitz kam. Sally telefonierte gerade. Sie sah ernst aus.

Dann hörte Danica ihre Stimme über die Sprechanlage. »Michelle ist auf Apparat drei.«

Danica ging in ihr Büro und nahm den Hörer ab. »Michelle? Ist alles okay?«

»Ja«, sagte Michelle leise.

»Warum flüsterst du?«

»Könnten wir uns vielleicht treffen?«

»Ja, klar. Soll ich dich abholen?« Michelle sagte, sie sei zu Hause und ihre Mutter sei arbeiten. Plötzlich beschleunigte sich Danicas Puls. »Michelle, ist etwas mit deiner Mom?« Sie schloss die Augen und betete, dass Nancy nicht wieder angefangen hatte zu trinken.

»Nein, mit Mom ist alles okay. Ich muss nur mit dir reden.«

»Okay, bin schon unterwegs.« Danica schnappte sich ihre Tasche und hastete zum Ausgang.

»Hast du einen Moment Zeit?«, fragte Sally. Sie hatte immer noch diesen ernsten Blick in den Augen.

Sie musste unbedingt mit Sally reden, aber Michelle konnte ihr vielleicht noch etwas mehr über Rusty sagen. »Ich muss eben zu Michelle. Wir reden, wenn ich wieder da bin, okay?«, sagte sie.

Sally senkte den Kopf und murmelte enttäuscht: »Ja, klar.«

Ihre hängenden Schultern und der stumpfe Blick waren nicht zu übersehen.

Gage kam mit zwei Basketbällen herein. »Hey, die neuen Bälle sind angekommen.« Er lächelte und ließ seinen Blick einen Moment zu lang auf Sally ruhen.

Sallys Schweigen entging Danica nicht. »Ja, toll«, sagte sie in die unbehagliche Stille hinein. »Ich bin bald wieder da. Ich treffe mich nur kurz mit Michelle.« Was immer zwischen Gage und Sally nicht stimmte, konnte warten.

Michelle sagte kein Wort, nachdem sie sich etwas zu trinken geholt hatten und gemeinsam die Hauptstraße entlangschlenderten. Sie hielt den Blick gesenkt, während sich in Danicas Kopf immer mehr Fragen auftürmten. Sie versuchte jedoch, sich in Geduld zu fassen. Michelle steuerte auf einen kleinen Park zu und Danica folgte ihr schweigend zu einer Holzbank. Die Blumen blühten und ein leichter Wind raschelte leise im Laub.

Sie hielt das Gesicht in die Sonne und entspannte sich. Vielleicht brauchte Michelle nur das Gefühl, dass sie für sie da war. Sie ließ ihre Gedanken zu dem Haus schweifen, das Blake gekauft hatte. Für sie, für sie beide. Je mehr sie über alles nachdachte – über das Haus, seinen Heiratsantrag, die Art, wie sie scheinbar nahtlos zusammenpassten, den geradezu dekadenten Sex –, desto eher war sie geneigt, seinen Heiratsantrag anzunehmen, egal was Kaylie gerade durchmachte oder nicht durchmachte.

»Hörst du mir überhaupt zu?«, fragte Michelle und stieß Danica an.

»Tut mir leid. Ich war –« Sie ließ die Hand durch die Luft flattern.

»Ich habe gesagt, dass deine Haare toll aussehen. Sie sind richtig lang geworden.«

Danica fuhr sich durch die dichten Locken, die ihr mittlerweile bis auf die Schultern reichten. Die Länge machte sie schwerer, sodass sie nicht mehr nach allen Seiten abstanden, sondern ihr Gesicht sanft umspielten. Sie fand, sie sah sexy aus, was ihr ganz gut gefiel.

»Danke. Wolltest du mich sehen, um mit mir über meine Haare zu sprechen?«, fragte sie lachend und warf ihre Haare mit übertriebenem Schwung nach hinten.

»Nein«, sagte Michelle und lächelte zaghaft. Sie stocherte mit dem Strohhalm in ihrem Pappbecher herum. Ihr Gesicht war schmaler geworden und sie sah reifer aus. Im Herbst kam sie in die zehnte Klasse an der Highschool und bald würde sie aufs College gehen.

Danica dachte, wie schnell sich alles veränderte. Vielleicht sollte sie seinen Heiratsantrag annehmen. Vielleicht war die Zeit reif für weitere Veränderungen.

»Okay. Was ich dir sagen wollte«, sagte Michelle und presste die Lippen aufeinander.

Danica wartete.

»Also, ich bin mit Chase zusammen.«

Danica war erleichtert. *Nicht mit Brad.*

»Aber Rusty find ich auch ziemlich gut.«

Oh-oh.

»Und Brad auch.«

Mist. Sie tätschelte Michelles Bein. »Hättest du dir nicht eine kompliziertere Beziehungskiste aussuchen können?«, neckte sie sie.

»Oh mein Gott, ich weiß.« Michelle vergrub das Gesicht in den Händen und schüttelte den Kopf. »Ich bin keine Schlampe, das schwöre ich dir. Ich habe keinen … nichts.«

»Michelle, ich urteile nicht über dich. Dein Körper gehört dir, und du kannst tun und lassen, was du für richtig hältst.« Sie wurde ernst. »Tu nur das, was du wirklich willst, und nicht etwas, was ein Junge dir einredet, nur weil er es will.«

»Das weiß ich doch«, sagte sie und verdrehte die Augen. »Ich habe Chase über Freunde kennengelernt, und dass ich Rusty aus dem No Limitz kenne, weißt du ja. Aber ich hatte keine Ahnung, dass sie Brüder sind oder Halbbrüder oder was auch immer.«

»Okay.«

»Und Brad, also … Ich kenne ihn aus der Schule, aber ich dachte nie, dass er mich mag. Aber er spricht mich immer an und eigentlich denke ich schon, dass er mich mag, und wenn ich ihn sehe, hab ich Schmetterlinge im Bauch.«

Michelles unschuldiger Blick ließ Danica lange genug in ihre Therapeutenrolle zurückschlüpfen, um sich eine Strategie zurechtzulegen, wie sie ihr in dieser verzwickten Situation helfen könnte. Sie nahm ihre Hand, und als sie sprach, war sie wieder Danica, die große Schwester, Freundin, Vertraute.

»Du bist nicht die Erste, die so etwas erlebt. Meine Schwester hat sich durch so viele Dreiecksgeschichten geschlängelt, dass ich dich im Schlaf durch dieses Dickicht führen kann.«

»Ehrlich?« Michelle sah sie hoffnungsvoll an.

»Ehrlich. Gehen wir Schritt für Schritt vor. Sag mir, was du an den einzelnen Jungen magst und was du nicht magst. Zählen wir das Für und Wider auf.«

Michelle hatte ihre Listen sofort parat. Offenbar hatte sie schon länger darüber nachgedacht. So hörte Chase ihr immer gut zu und erwartete keine körperliche Nähe von ihr, während sie weiche Knie bekam, wenn sie Brads Stimme hörte. Außerdem machte er immer neue Vorschläge, was sie zusammen unternehmen könnten, auch wenn sie ihm mal absagte. Und dann war da Rusty mit seinem Image als Rüpel, den sie irgendwie anziehend fand, weil er sie manchmal an einen verletzten kleinen Hund erinnerte, den sie umsorgen und zum Lachen bringen wollte.

Danica war beeindruckt. Michelle klang nicht wie ein verliebter Teenager, sondern eher wie eine Erwachsene. »Das waren die Vorzüge. Wie ist es mit den negativen Seiten?«

»Das ist ja gerade das Problem. Sie haben eigentlich keine. Ich meine, Rusty spielt sich manchmal als Beschützer auf, aber das ist nichts Negatives.«

»Vielleicht doch. Er könnte besitzergreifend werden.«

»Ja, stimmt. Alle Mädchen sind scharf auf Brad.« Sie verdrehte die Augen.

»Das könnte auch ein Punkt sein, der gegen ihn spricht. Zu viel Wettbewerb ist nicht unbedingt gut für dein Ego. Du hast vielleicht immer das Gefühl, dich mit anderen Mädchen messen zu müssen.«

Michelle nickte. »Und Chase, nun, er ist Rustys Bruder. Also ... nicht so einfach.«

Danica ließ sich ihre Antworten durch den Kopf gehen. Sie wusste, dass sie das Problem nicht für sie lösen konnte. Wenn sie die Wahl hätte, würde sie sich für Brad entscheiden, weil er ihr am unkompliziertesten von den dreien erschien.

Michelle legte den Kopf schief und sprang plötzlich auf. »Können wir noch ein bisschen laufen? Sollen wir bei Blake vorbeischauen?«

Danica spürte, wie ihr das Blut in die Wangen stieg. »Müssen wir aber nicht.«

»Würde ich aber gerne. Ich mag Alyssa sehr gern. Und dann kannst du ihn sehen.«

Warum dachte sie sofort an sein abseits gelegenes Büro? *Reiß dich zusammen.* »Dein Problem haben wir aber nicht wirklich gelöst.«

Michelle war schon auf dem Weg zurück zur Hauptstraße. »Ich weiß, aber es hilft schon, alles mal auszusprechen. Ich hatte nicht erwartet, dass du mir eine Lösung präsentierst. Ich wollte einfach nur reden und du hörst so gut zu.«

Michelles Kompliment erfüllte sie mit Stolz. Schweigend gingen sie die Straße entlang und sogen an ihren Strohhalmen.

Im Laden war noch nicht viel los, er hatte gerade erst geöffnet. Michelle machte sich auf die Suche nach Alyssa und Danica ging zu Blake, der die Laufschuhe neu dekorierte.

»Hey, Babe«, sagte er, schloss sie in die Arme und gab ihr einen Kuss auf die Wange. »Ich habe den ganzen Morgen an dich gedacht.« Er ließ seine Hand über ihre Hüfte gleiten.

»Ich habe mich mit Michelle getroffen und sie wollte kurz vorbeischauen.«

»Alles okay?«

Typisch Blake! Macht sich immer Gedanken, wie es mir geht. »Ja, alles bestens.« Sie sah sich nach Michelle und Alyssa um. Sie standen bei den Sommersachen und waren in ihre Unterhaltung vertieft.

Blake machte sich wieder an seine Dekoration und fragte, ob sie schon mit Sally gesprochen habe.

»Nein, noch nicht. Irgendetwas stimmt nicht zwischen ihr und Gage. Ich weiß nicht, ob sie dieses Katz-und-Maus-Spiel treiben, weil sie sich mögen oder weil sie sich nicht mögen.«

»Er mag sie sehr«, sagte Blake.

»Was? Woher weißt du das?«

Blake zuckte mit den Schultern. »Männergerede.« Er legte ihr den Finger auf die Wange. »Ich habe euch miteinander bekanntgemacht, weißt du noch?«

»Ja, also kannst du es mir ruhig sagen. Wow, mein Leben wäre so viel einfacher, wenn ich überall meine Spione hätte. Er mag sie also?«

»Das ist streng vertraulich«, sagte er mit einem berechnenden Lächeln.

Danica sah ihn mit verführerischem Augenaufschlag an.

»Das ist nicht fair«, sagte er.

Danica legte ihm die Hände auf die Hüften und kam sich vor wie ein sexbesessener Teenager. Sie könnte ihn schnurstracks in sein Büro zerren oder vielleicht in die Umkleidekabine. Die Umkleidekabine lag näher. Während sie noch überlegte, legte er ihr den Finger unter das Kinn und drehte ihr Gesicht zu sich.

»Schlag dir deine schmutzigen Gedanken aus dem Kopf. Du bist mit Michelle hier oder hast du das vergessen?«

Hastig trat sie einen Schritt zurück und ließ die Hände hinter dem Rücken verschwinden. *Lieber Himmel, was ist bloß los mit mir?* »Tut mir leid.«

»Braucht es nicht. Ich würde dich ins Büro schleifen und

dich an Ort und Stelle vernaschen, aber ich fürchte, wir würden sofort erwischt.« Er wies mit dem Kopf auf Michelle und Alyssa, die in ihre Richtung geschlendert kamen.

»Sag es mir, schnell.«

»Da gibt's nicht viel zu sagen. Er mag sie. Ihm ist nicht ganz wohl bei dem Gedanken, mit einer Kollegin etwas anzufangen, aber davon abgesehen mag er sie sehr. Und Rusty auch, was eine gute Sache ist.«

Danica lächelte Michelle zu.

»Sollen wir?«, fragte Michelle. »Hi, Blake«, sagte sie dann.

»Hi, Michelle. Genießt du deinen Sommer?«, fragte er.

»Ja.« Sie errötete und setzte dann hinzu: »Tut mir wirklich leid, was am Samstagabend passiert ist.«

»Mach dir keine Sorgen«, erwiderte er. »Es gibt schlimmere Prügeleien.« Danica sah aus den Augenwinkeln, dass Alyssa Michelle einen Hab-ich's-dir-doch-gesagt-Blick zuwarf. Sie freute sich, dass die beiden sich so gut verstanden.

Blake legte Danica die Hand auf den Rücken. »Bis später.«

Auf dem Weg zum Parkplatz redete Michelle wie ein Wasserfall. »Alyssa meint, ich müsste mich eigentlich nicht entscheiden. Ich könnte mit allen dreien gut befreundet sein, bis ich genau weiß, ob ich mehr als eine Freundschaft will.«

»Was meinst du, wie sie das finden?«

Michelle zuckte die Schultern. »Keine Ahnung, aber Alyssa meint, Jungs finden es cool, wenn Mädchen sich ein bisschen zieren. Also, nicht dass ich unfreundlich oder abweisend sein soll, nur zu allen dreien nett sein.«

Sie beobachtete Michelle, während sie über das nachdachte, was sie gerade gesagt hatte. Sie scharrte mit den Füßen und drehte den Kopf mal auf die eine, mal auf die andere Seite. Dann hob sie den Blick und sah Danica voller Vertrauen an.

»Das könnte doch funktionieren, oder? Ich meine, ich habe Chase geküsst, aber mehr auch nicht.«

»Michelle, lass die Jungs mal außer Acht. Fühlt es sich richtig an? Für dich, meine ich, nicht für Alyssa oder die Jungs.«

»Irgendwie schon. Chase tut mir ein bisschen leid, aber ich habe auch immer ein schlechtes Gewissen, wenn ich mich mit Rusty oder Brad treffe, also wird es sich wohl nicht viel anders anfühlen als bisher.«

Sie stiegen ins Auto. Danica wusste, dass Michelles Strategie bei erwachsenen Männern nicht funktionieren würde, und sie hatte ihre Zweifel, ob es bei Teenagern besser laufen würde. »Wirst du ihnen sagen, dass du mit allen dreien nur befreundet sein willst?«

»Das habe ich mir noch nicht überlegt. Aber eins kann ich dir sagen. Als ich dich eben im Laden mit Blake zusammen gesehen habe, da wusste ich, dass es *das* ist, was ich will.« Sie lächelte, die Augen voller Hoffnung. »Es sieht dich an, als könnte er ohne dich nicht atmen. Und du siehst ihn auch so an.«

Danica spürte, wie sie rot wurde. *War es so offensichtlich?*

»Das habe ich bis jetzt mit keinem von den dreien. Ich will das.«

Fünfzig

Für den Rest des Tages ging Danica Sally aus dem Weg. Sie musste ihr sagen, dass Rustys Ausraster eher eine Anwandlung von Ritterlichkeit war und nichts mit dem Andenken an seinen Vater zu tun hatte. Sie wollte das Vertrauen nicht missbrauchen, dass der Junge ihr geschenkt hatte, daher hoffte sie immer noch, dass er es seiner Mutter von sich aus sagen würde.

Kurz vor Feierabend ging sie in die Basketballhalle. Sie war leer und ordentlich aufgeräumt. Sie wollte gerade zu den Kicker- und Billardtischen gehen, als sie wie angewurzelt stehen blieb. Dicht an die Wand gedrückt stand Gage und spähte durch die Glasscheibe. Sie schlich sich zu ihm und hatte Mühe, ein Grinsen zu unterdrücken.

»Wem spionieren wir nach?«

»Rusty und Sally.«

»Rusty ist hier?«

Er wies mit dem Kopf in das Zimmer. Sie schaute vorsichtig an ihm vorbei und sah Mutter und Sohn nebeneinander auf dem Boden neben dem Billardtisch sitzen.

»Dem Himmel sei Dank«, murmelte sie.

Gage sah sie fragend an.

»Was ist? Warum spionierst du den beiden überhaupt

nach?«

Gage lächelte. »Ich will nur sichergehen, dass sie okay sind.«

Wieder spähte sie in den Raum. »Ich auch.«

Plötzlich sah Sally auf und Danica und Gage fuhren zurück und hasteten den Flur entlang.

Hinter ihnen ging die Tür auf. Danica tat so, als würde sie mit Gage über das Programm für die kommende Woche sprechen. »Also, was meinst du? Ein Basketballkurs oder zwei?«

Erst sah Gage sie an, als hätte sie den Verstand verloren, doch dann sah er Sally auf sie zukommen. Hinter ihr kam Rusty, den Blick auf den Boden gerichtet, die Hände in den Taschen vergraben. »Oh, äh, ich bin mir nicht sicher.«

»Teamsitzung? Im Flur? Alles klar«, sagte Sally knapp, als sie an ihnen vorbeiging. Ihr Lächeln verriet ihnen, dass sie genau wusste, warum sie im Flur herumstanden.

»Ich rede mit ihr.« Danica sah Gage nach, der Rusty den Arm um die Schulter gelegt hatte und mit ihm zum Hinterausgang ging.

»Sally, warte.« Danica hastete ihr hinterher in den Pausenraum. »Was ist los?«

Sally schüttete den Rest Kaffee weg und begann wortlos, die Kanne auszuscheuern.

»Sally?«

Sally schüttelte den Kopf. Plötzlich stiegen ihr Tränen in die Augen.

»Oh Gott, was ist passiert? Was kann ich für dich tun?« Danica nahm ihr die Kaffeekanne aus der Hand und stellte sie in die Spüle. Dann führte sie Sally zu einem Klappstuhl an einem kleinen runden Tisch.

Sally versuchte erfolglos, die Tränen zurückzuhalten. Ihre Unterlippe zitterte, und immer, wenn sie ansetzte, etwas zu sagen, weinte sie noch mehr. Danica reichte ihr eine Handvoll Servietten.

»Es ist okay, lass dir Zeit.«

Sally schüttelte den Kopf und wischte sich die Tränen ab. »Es ist nur ... Rusty ... und Gage.« Sie presste die Fäuste auf die Augen. »Oh Gott.«

»Sally, was ist los? Was ist mit Gage und Rusty?« In ihrem Kopf jagte ein schrecklicher Gedanke den nächsten. Hatte Gage Rusty etwas angetan? Hatten sie sich gestritten?

Sally schüttelte wieder den Kopf. »Rusty mag Michelle. Aber Chase mag Michelle auch. Und Rusty hat Brad geschlagen, weil Chase Michelle mag. Um seinen Freund zu verteidigen, verstehst du?«

Ich hätte es ihr sagen sollen.

»Und Gage. Dieser verdammte Gage«, fuhr Sally fort.

»Was ist mit Gage? Sally, soll ich ihn vor die Tür setzen? Wenn ich zwischen dir und ihm entscheiden muss, weißt du doch wohl, wen ich behalten würde.«

»Nein, das ist es nicht. Ich mag ihn, Danica. Ich mag ihn wirklich.«

Nun hatte sie endgültig den Faden verloren. »Wo ist das Problem?«

»Ich kann keine Beziehung mit Gage anfangen. Rusty mag ihn. Kannst du dir vorstellen, was passiert, wenn Gage und ich ein Paar werden? Rusty wird total sauer sein. Er vertraut Gage, er spricht sogar mit ihm. Die beiden sind so«, sagte sie und hielt ihre verschränkten Finger hoch. »Rusty wird es als Verrat empfinden, als würde ich ihm Gage wegnehmen.«

Warum waren Beziehungen eigentlich immer so kompliziert? Sally hatte schon den Verlust ihres Partners ertragen müssen. Dann hatte sie sich endlich erlaubt, etwas für einen anderen Mann zu empfinden, und nun stand ihr Sohn ihrem Glück im Weg, der sich gerade vom Tod des Vaters erholte. *Es geht ihr wie mir. Ich habe endlich mein Glück gefunden und habe Angst, dass ich Kaylie damit aus der Bahn werfe.*

»Wir sollten die beschützen, die wir lieben, aber wir müssen uns auch um unser eigenes Glück kümmern. Außer uns tut es niemand.« Diesen Rat sollte sie sich selbst zu Herzen nehmen.

Sally sah sie entgeistert an. »Soll ich also Rustys Glücklichsein aufs Spiel setzen und meine eigenen Interessen verfolgen? Du warst mir ja eine tolle Therapeutin!«

»So habe ich das nicht gemeint. Hast du mit Rusty über Gage gesprochen?«

»Nicht wirklich. Er sagt, er mag ihn wirklich, und er vertraut ihm. Vertrauen, verstehst du?« Sie sah Danica durchdringend an.

»Ja, ich verstehe es. Was hat er über Michelle gesagt?«

Sally erzählte ihr, was sie schon wusste. »Ich fühle mich so elend. Er hat sich nicht mit Michelle geschrieben, sondern mit Chase. Er wollte es mir nicht erzählen.«

»Er hat es dir aber erzählt. Er hat es dir erzählt, Sally, und du weißt, wie wichtig das ist.«

Sally nickte. »Bei der Sache mit Michelle kann ich ihm nicht helfen, aber ich kann mich von Gage fernhalten.«

»Gage«, seufzte Danica. »Gib der Geschichte mit Gage Zeit und Raum. Wahrscheinlich regelt es sich ganz von allein. Wenn ihr euch zueinander hingezogen fühlt, dann wird sich etwas daraus ergeben. Und ich glaube, Michelle wird Ordnung in das Chaos bringen. Sie mag sie irgendwie alle.«

»Alle drei?« Sally musste trotz ihrer Tränen lachen.

Danica nickte.

»Kannst du dir vorstellen, nochmal ein Teenager zu sein? Schrecklich, oder?« Sally wischte sich die Tränen ab.

»Ja, wirklich.« Danica war froh, dass Rusty seiner Mutter gesagt hatte, warum er Brad eins auf die Nase gegeben hatte. Dass Sally meinte, sie müsste ihre Gefühle für Gage unter Verschluss halten, fand sie allerdings schrecklich. »Lass dir Zeit mit Gage. Kinder sind wankelmütig. Vielleicht hat Rusty nächste Woche einen anderen, dem er vertraut.«

Sally verdrehte die Augen. »Du meinst meinen testosteron-getriebenen, unkommunikativen Sohn? Er redet nicht, er knurrt. Außer mit Gage, mit dem scheint er tatsächlich zu reden.«

»Lass euch beiden Zeit. Mehr will ich gar nicht sagen.« Im Flur vor dem Pausenraum hörte sie Gage und Rusty. »Wenn man vom Teufel spricht.«

Sally wischte sich die Augen und Danica streckte die Hand aus und strich ihr eine Strähne aus dem Gesicht. »Du bist schön«, flüsterte sie und zwinkerte ihr zu. Sie nahm Sally in den Arm und dann gingen sie zusammen in den Eingangsbereich. Dort standen Gage und Rusty nebeneinander und sahen Sally an.

»Mom, ist es okay, wenn ich zu Michelle fahre? Kann ich den Wagen haben?«

»Ich kann dich nach Hause fahren«, bot Gage Sally an.

Sally warf Danica einen flehentlichen Blick zu. »Ich kann sie mitnehmen«, sagte Danica. »Ich muss sowieso in ihre Richtung.« Sally ging mit gesenktem Blick zu ihrem Tisch, nahm ihre Handtasche und stellte den Anrufbeantworter an.

»Äh, okay.« Gage wandte sich ab, doch nicht bevor Danica

die Enttäuschung in seinen Augen gesehen hatte.

»Gib ihr etwas Zeit«, flüsterte sie ihm zu, als sie ihn eingeholt hatte.

Einundfünfzig

Kaylie stellte Kerzen auf den Terrassentisch, über den sie ihre Lieblingstischdecke gebreitet hatte. Sie war weiß mit Blumen und Bienen und passte gut zu dem lauen Sommerabend. Sie summte einen ihrer Songs und wiegte die Hüften dazu. Dabei dachte sie an das Treffen mit Mr. Thompkins, dem Vertreter von Benton Records. Er war mehr an ihren Songs interessiert als an der Band, und Alex war die Kinnlade heruntergefallen, als er von einer Solokarriere für Kaylie fabulierte. Kaylie hatte sofort abgewunken, doch nun schwirrte die Idee wie eine wildgewordene Hummel in ihrem Kopf herum.

Sie ging in die Küche, um den Braten und die Kartoffeln aus dem Ofen zu holen. Stolz betrachtete sie das wunderbare Abendessen, das sie zubereitet hatte. Sie kam sich vor wie eine richtige Ehefrau, was immer das sein mochte. Plötzlich schoss ihr ein schmerzender Blitz in den Rücken. Sie stellte den Bräter ab, lehnte sich an den Küchentresen und fuhr sich mit der Hand über den Bauch. Dabei konzentrierte sie sich auf ihren Atem, so wie sie es gelernt hatte. Wenn die Übungswehen nur ein Vorgeschmack auf die echten Wehen waren, so würde sie sich ganz bestimmt für eine Rückenmarkspritze entscheiden.

»Kaylie?«, rief Chaz von der Haustür aus.

Die Wehen verebbten, als er in die Küche kam. In seiner khakifarbenen Hose und dem graublauen Hemd sah er genauso frisch aus wie am Morgen, doch seine blauen Augen wirkten matt und müde.

»Ist was?«, fragte Kaylie und griff nach dem Bräter.

»Den nehme ich«, sagte er und nahm ihn ihr ab. »Nein, alles okay. Wo essen wir?«

»Draußen.« Sie brachte den Salat und die Kartoffeln auf die Terrasse. »Stell das Fleisch dort ab«, sagte sie und zeigte auf eine Heizplatte, die sie mitten auf den Tisch gestellt hatte. »Ich hole noch eben das Dressing und die Gläser.«

»Lass mich das machen. Du legst die Füße hoch.« Er rückte ihr den Stuhl zurecht, und als sie sich schwerfällig niederließ, dachte sie, dass sie seinen Gesichtsausdruck vielleicht falsch gedeutet hatte.

»Das sieht fantastisch aus«, sagte Chaz. »Wie ist es dir ergangen? Ich muss zugeben, dass ich mir Sorgen gemacht habe, als du nach dem Treffen mit der Plattenfirma nicht angerufen hast.«

»Ich hatte überlegt, dich anzurufen, aber dann dachte ich, ich sag es dir lieber, wenn wir uns sehen.« Sie sah ihn forschend an, dann erhob sie ihr Wasserglas. »Ein Toast.«

Er hob sein Glas. »Gute Nachrichten?«

»Auf uns«, sagte sie und sie stießen an. Kaylie trank einen Schluck Wasser. »Chaz, sie wollen mich haben. Sie wollen mich wirklich haben! Aber ich glaube, bei der Band sind sie unschlüssig.«

Er drückte ihre Hand. »Aber ohne die Band geht es nicht, oder?« Er ließ ihre Hand los und begann zu essen. »Wirst du also für sie arbeiten?«

Seine Frage klang nicht gerade barsch oder kurz angebunden, aber irgendetwas an seinem Tonfall ließ sie aufblicken. »Ich habe mich noch nicht entschieden«, sagte sie. Sie hatte sich tatsächlich noch nicht entschieden, aber eigentlich hatte sie erwartet, dass er etwas mehr Begeisterung zeigte, ihr vielleicht das eine oder andere Kompliment machte. Die Enttäuschung trübte ihre Freude etwas. Sie nahm sich von dem Salat, während sie ihm erzählte, dass sie Mitleid mit Alex und Trey hatte. »Ich wusste nicht, was ich machen sollte, also habe ich einfach gesagt, dass es nicht um mich, sondern um die Band geht. Du hättest den armen Alex sehen sollen. Trey sah auch nicht glücklich aus, aber Alex ...« Sie schüttelte den Kopf. »Ich hatte das Gefühl, dass er mir die Schuld gibt, aber das ist natürlich Unfug. Allerdings hat er die ganze Arbeit gemacht. Es ist ja nicht so, als hätte ich von mir aus Kontakt mit Benton Records aufgenommen.«

»Kaylie.«

Sie sah ihm an, dass er etwas sagen wollte. Als er nun schwieg, fragte sie sich, ob es ein Fehler gewesen war, ihn nicht gleich nach dem Termin anzurufen. Den ganzen Nachmittag hatte sie hin und her überlegt, ob sie diese Chance beim Schopf ergreifen sollte oder nicht. Sie hatte sich über ihre eigene Position im Klaren sein wollen, bevor sie alles mit ihm besprach, obwohl sie natürlich wusste, dass sie die Entscheidung nur gemeinsam treffen konnten. Sie hatte mit Danica gesprochen, doch die verhielt sich ganz neutral, so wie Kaylie es erwartet hatte. Nun würde er ihr gleich sagen, wie er darüber dachte, und sie hätte sich am liebsten die Ohren zugehalten, weil sie es eigentlich nicht hören wollte. Der Klang seiner Stimme verriet ihr, dass er nicht gerade euphorisch war, aber war sie nicht endlich auch mal an der Reihe? Er hatte seinen Beruf, seine Karriere. Sie unterstützte ihn, egal wie oft er verreisen musste. Konnte sie nicht auf dieselbe Unterstützung hoffen? Bevor sie sich in eine nörglerische Laune hineinsteigern konnte, ermahnte sie sich, ruhig zu bleiben. Ein Blick auf ihren Bauch reichte jedoch aus, um ihre Verwirrung wieder aufflackern zu lassen. *Will ich das wirklich?*

»Was willst *du*? Nicht Alex oder Trey. Nicht Benton Records. Was will Kaylie Snow?«

Warum stiegen ihr plötzlich die Tränen in die Augen? Diese verdammten Hormone pfuschten ihr wieder dazwischen. Wollte er wirklich wissen, was sie sich wünschte? Oder versuchte er gerade, ihr zu sagen, dass er nicht wollte, dass sie sich auf diesen Plattenvertrag einließ?

»Ganz ehrlich?«, fragte sie.

Er nickte lächelnd. »Klar.«

»Ich weiß, dass es eine einmalige Chance ist. Ich finde es wunderbar, dass meine Träume endlich wahr werden, und ich glaube, ich will es durchziehen.« Er nickte und griff nach ihrer Hand. Sie hatte ihm versprochen, ehrlich zu sein, also durfte sie nichts verschweigen. »Andererseits will ich keine Entscheidung treffen, bevor das Baby da ist.«

Sie sah die Erleichterung in seinen Augen und fragte sich, was das zu bedeuten hatte. Wollte er nicht, dass sie das Angebot annahm? Sie wusste, dass er es ihr nie direkt sagen würde. Sie musste selbst entscheiden.

»Werden sie dir so viel Zeit geben?«

Verdammt! Warum war er so verständnisvoll? Warum war sein Blick so voller Gefühl? Er machte ihr die Entscheidung nur noch schwerer. Kaylie massierte sich den schmerzenden Rücken und sagte: »Ja, sie geben mir noch ein paar Wochen.«

Er nickte.

»Irgendwie habe ich das Gefühl, dass du nicht willst, dass

ich das Angebot annehme«, sagte sie vorsichtig.

»Das ist es nicht. Ich freue mich für dich. Du hast so hart dafür gearbeitet.«

»Was ist es dann? Du sahst erleichtert aus, als ich sagte, dass ich mich nicht sofort entscheiden muss.«

Chaz nickte, stocherte in seinem Essen herum und sah sie dann an. »Ja, ich war erleichtert, aber nicht, weil ich etwas dagegen habe. Ich denke nur, dass es vernünftig ist, wenn du abwartest, wie du dich nach der Geburt des Babys fühlst. Das ist alles.«

Kaylie spürte, dass da noch etwas war, etwas Unausgesprochenes, das wie eine unsichtbare Wand zwischen ihnen aufragte. »Chaz, sag es mir einfach.«

»Es gibt nichts zu sagen.« Er zog die Nase ein wenig kraus, ein sicheres Zeichen, dass er ihr etwas verschwieg. Es war nur ein kurzes Zucken, als würde es ihn an der Nase jucken.

Eigentlich könnte sie es verstehen, wenn er nicht wollte, dass sie sich auf den Plattenvertrag einließ. Sie wünschte nur, er würde es ihr einfach sagen.

Sie aßen schweigend weiter und dann verschwand Chaz in seinem Arbeitszimmer.

Zweiundfünfzig

Danica meldete sich beim zweiten Klingeln. »Chaz?«

»Hey, Danica.«

»Hast du meine Nummer aus Versehen gewählt? Blake ist auf dem Nachhauseweg.«

»Nein, ich wollte mit dir reden.«

Danica setzte sich aufs Wohnzimmersofa. »Was ist los?« Chaz hatte sie noch nie von sich aus angerufen, auch nicht, als Lea Carmichael ihm und Kaylie so viel Ärger gemacht hatte.

»Ich wäre froh, wenn du mir als Therapeutin dein Ohr leihen könntest, aber du musst mir versprechen, Kaylie nichts davon zu sagen.«

Oh je. »Chaz, Kaylie ist meine Schwester. Wenn du mir also sagen willst, dass du sie betrogen hast, oder sonst irgendwas zu beichten hast, dann kann ich dich nur bitten, es nicht zu tun, denn das kann ich ihr nicht verschweigen.«

»Nein, es ist nichts dergleichen.«

Er holte tief Luft. »Wenn du etwas wüsstest, das Kaylie wirklich wehtun würde, wenn du aber gleichzeitig meintest, dass sie es wissen sollte, würdest du es ihr sagen?«

»Chaz, du machst mir Angst!« Danica umklammerte das Telefon. Was immer es war, das er ihr anvertrauen wollte: Es war besser, wenn sie es herausfand, damit sie Kaylie auffangen konnte. »Okay, ich glaube, die Antwort ist ja, ich würde es ihr sagen, wenn sie es wissen müsste.«

»Du weißt, dass man ihr einen Plattenvertrag angeboten hat?«

»Ja, sie hat sich heute mit den Leuten von der Firma getroffen. Das Gespräch muss richtig gut gewesen sein.«

»Ich weiß. Sie hat mich danach nicht angerufen, weil sie sich überhaupt nicht sicher war, wie sie sich entscheiden sollte. Nun, wie sich herausstellt, ist Lea Carmichael eine der Besitzer von Benton Records.«

»Ja, und …« Danica sprang auf. »Oh, Mist. Mist. Bist du dir ganz sicher?«

»Ja, und ich weiß nicht, was ich tun soll. Wenn ich es Kaylie sage, denkt sie möglicherweise, ich finde ihre Songs und ihre Texte nicht gut genug für Benton Records oder so was.«

»Nein, bestimmt nicht. Sie wird es verstehen.« Danica wollte glauben, dass ihre Schwester es verstehen würde, aber eigentlich wusste sie es besser. Kaylie hatte den ganzen Nachmittag an nichts anderes gedacht, und als sie sie anrief, war der Stolz in ihrer Stimme nicht zu überhören. Sie war endlich am Ziel ihrer Träume und betrachtete den Plattenvertrag als die Bestätigung, auf die sie all die Jahre gewartet hatte, in denen sie in Danicas Schatten stand. Bevor Chaz etwas sagen konnte, fuhr sie fort: »Nein, du hast recht. Sie würde so denken. Ich meine, nach einer Weile würde sie es verstehen, aber zunächst würde sie dir die Schuld geben.«

»Sie hat so hart dafür gearbeitet und ich wünsche ihr von ganzem Herzen, dass es klappt. Wir würden das irgendwie hinkriegen, mit dem Baby und allem, aber so? Mit Lea im Hintergrund? Es ist auf einmal alles so unwirklich. Sie wird sich erst entscheiden, wenn das Baby da ist, damit gewinne ich etwas Zeit.« Chaz schwieg einen Moment. »Ich hatte überlegt, ob ich Lea anrufe und ihr sage, sie soll das Angebot zurückziehen.«

»Weil das in der Vergangenheit so gut funktioniert hat?« Was für eine schreckliche Situation, in der Chaz und Kaylie da waren! Es schmerzte Danica, dass diese Frau Kaylies Träume wie Seifenblasen zerplatzen ließ. Sie benutzte Kaylie, das war klar. »Was führt sie im Schilde? Warum macht sie das?«

»Wenn ich das bloß wüsste. Ich meine, sie ist verrückt. Sie will einen Keil zwischen uns treiben. Als würde ich dann zu ihr zurückkehren! Ehrlich gesagt, ich habe keine Ahnung, was dahintersteckt.«

»Weiß sie, dass es endgültig aus ist zwischen euch? Hast du es ihr in aller Deutlichkeit gesagt?« Danica vertraute Chaz und liebte ihn wie einen Bruder und sie wusste, wie sehr er Kaylie liebte. Trotzdem musste er sich ein paar unangenehme Fragen gefallen lassen. Sie wollte ganz sicher sein, dass Kaylie nichts zu befürchten hatte.

»Natürlich habe ich das. Sie ist einfach verrückt. Max hat herausgefunden, dass sie immer wieder versucht, Paare auseinanderzubringen, und sie regelrecht verfolgt. Cooper sagt, dass man nichts gegen sie unternehmen kann, solange sie uns nicht nachweisbar terrorisiert oder uns auflauert.«

»Okay, lass uns überlegen, was wir tun können.«

»Ich glaube, ich muss mit ihr reden, ihr sagen, dass sie uns in Ruhe lassen soll.« Der Schmerz in seiner Stimme war unüberhörbar.

»Was ist, wenn sie es nicht tut? Wenn sie es so aussehen lässt, als wolltest du was von ihr?«

»Verrückt genug wäre sie«, musste Chaz einräumen.

»Nun, wenn sie bis nach der Geburt des Babys wartet, hast

du wenigstens noch ein paar Wochen, um eine Lösung zu finden. Bis dahin würde ich Kaylie nichts davon sagen. Wir müssen sie ja nicht unnötig aufregen, wenn sie sich eh noch nicht entschieden hat.«

»Ja, okay. Ich hoffe, du hast recht. Ich fühle mich schrecklich, es ist alles meine Schuld. Ich hätte mich nie auf diese Frau einlassen sollen.«

Danica dachte an all die seltsamen Typen, mit denen Kaylie sich im Laufe der Jahre eingelassen hatte. »Wir machen alle Fehler, Chaz. Es ist nur so schrecklich, dass dieser Fehler dich bis heute verfolgt.«

»Ja, davon kann ich ein Lied singen. Hey, kannst du Blake übrigens für das Sponsoring danken?«

»Welches Sponsoring?«

»Take Enterprises? Das ist doch seine Firma, oder? Er sponsert das Festival.«

Danica saß nachdenklich und ziemlich verwirrt auf dem Sofa, als Blake nach Hause kam. Er setzte sich neben sie und sie schmiegte sich an ihn. »Chaz sagt Danke für das Sponsoring.«

»Hmm.«

Sie legte ihm die Hand auf die Brust. »Du hast mir gar nicht erzählt, dass du das Festival unterstützt.«

»Das war eine spontane Entscheidung. Er hatte all den Stress mit dieser Psychotante und ich hatte ein paar Dollar übrig. Dafür bekomme ich ein Banner mit dem Schriftzug von No Limitz.«

»Was? Oh Blake.« Sie gab ihm einen Kuss auf die Wange, doch das Dilemma um Kaylies Plattenvertrag ließ sie einfach nicht los. »Das ist aber lieb von dir. Danke.«

»Ist schon gut. Hey, ist alles okay bei dir? Du wirkst ein bisschen durcheinander.«

»Ich bin so sauer. Chaz hat gerade angerufen. Diese Plattenfirma, die Kaylie unter Vertrag nehmen will, gehört zum Teil dieser Lea Carmichael. Er will es Kaylie noch nicht sagen, sondern abwarten, wie sie sich entscheidet. Er hat natürlich Angst, dass dann all ihre Träume dahin sind. Und das, wo sie gerade wieder festen Boden unter den Füßen hat. Mir ist nicht wohl dabei, ihr das zu verschweigen, aber vielleicht hat Chaz recht und es ist im Moment besser so.«

Blake stand auf und verschränkte die Arme. »Das ist ja unglaublich. Ist er sich ganz sicher?«

»Ja.«

»Himmel, ich weiß nicht, ob es richtig oder falsch ist, ihr nichts zu sagen, aber nach allem, was sie durchgemacht hat, ist es vielleicht tatsächlich das Beste, wenn er ihr vorerst nichts davon erzählt. Ich meine, vielleicht entscheidet sie sich gegen einen Plattenvertrag und dann löst sich das Problem in Luft auf, oder?«

»Ja, wahrscheinlich hast du recht, aber die ganze Sache ist einfach widerwärtig. Du hättest hören sollen, wie glücklich Kaylie klang, als sie mich heute Nachmittag angerufen hat. Als hätte sie endlich die Bestätigung, auf die sie all die Jahre gewartet hat.« Danica seufzte frustriert.

Blake nahm sie in die Arme und hielt sie fest. Einen Moment lang konnte sie die Augen schließen, seinen Duft in sich aufsaugen und alles andere vergessen. Sie wusste, dass das Problem mit Lea, Chaz und Kaylie irgendwann wieder verschwinden würde, entweder mit oder ohne dramatischen Knall. Doch jetzt, in diesem Augenblick, zählten nur Blake und dieses Gefühl der Geborgenheit und Liebe, und das war alles, woran sie denken wollte.

Blake gab ihr einen Kuss auf ihre Locken. »Wie war's mit

Sally?«

Danica Herz schwoll an vor Glück. Er wusste immer, was sie bewegte. Zu ihrer Schande musste sie gestehen, dass sie Sally die meiste Zeit aus dem Weg gegangen war. »Während ich dachte, dass sie über Rusty reden wollte, machte sie sich eher Gedanken um das Verhältnis von Rusty und Gage.«

»Ist das gut oder schlecht?«

»Ich bin mir nicht sicher.«

Dreiundfünfzig

»Bleibt es bei heute Nachmittag? Erst Mittagessen und dann einkaufen für die Höllenbrut?« Heute war der große Tag und Danica musste zusehen, wie sie Kaylie zu ihrer Babyparty lockte, ohne dass sie etwas merkte. Sie stellte sich vor, wie Kaylie verärgert die Stirn runzelte, aber es machte ihr viel zu viel Spaß, sie aufzuziehen. In Wahrheit war sie natürlich schon längst verliebt in ihre Nichte oder ihren Neffen, und wenn das Kind endlich auf der Welt war und statt *Höllenbrut* einen ordnungsgemäßen Namen hatte, würde sie Kaylies entrüstete Miene vermissen.

Kaylie seufzte. »Ja.«

»Was ist? Kannst du das Wort Höllenbrut nicht mehr hören?«

»Ach was, ich weiß doch, dass du nur flachst. Nein, irgendwas ist mit Chaz los und ich weiß nicht, was es ist. Ich habe ihm gesagt, dass ich mich wegen des Plattenvertrags noch nicht entschieden habe, und ich schwöre dir: Er kommt mir vor wie ein Ballon, der gleich platzt.«

»Wahrscheinlich macht er sich Sorgen wegen des Babys.« Danica hasste es, ihre Schwester anzulügen, doch wenn sie ihr jetzt etwas sagte, würde sie die ganze Sache nur noch schlimmer machen. Und außerdem war da ja noch die Babyparty.

»Ja, wahrscheinlich. Aber ich habe das Gefühl, als würde er mir etwas verschweigen. Wenn er nicht will, dass ich den Plattenvertrag mache, könnte er es mir doch einfach sagen.«

»Darum geht es bestimmt nicht. Er ist so stolz auf dich, Kaylie. Man konnte es ihm ansehen, als du gesungen hast.«

»Ja«, sagte Kaylie verträumt. »Wahrscheinlich ist es wirklich nur das Baby. Au, au, au.«

»Was ist? Alles in Ordnung?«

»Ja, es sind diese grässlichen Vorwehen«, keuchte Kaylie ins Telefon.

Nach einer Weile hörte Danica ein erleichtertes *Puh!* »Wo treffen wir uns?«, fragte Kaylie dann.

»Ich hole dich ab. Ich bin gleich da.« Danica fuhr langsamer und warf ein Blick auf das Haus, das Blake gekauft hatte. *Unser Haus.* »Ich kann es kaum glauben, dass wir bald Nachbarn sind.«

»Ich weiß, ich kann es kaum erwarten.«

Gleich darauf bog Danica in die Zufahrt zu Kaylies Haus ein und sie legten auf. Kaylie stand in der offenen Tür. Sie hatte ein hübsches rosafarbenes Sommerkleid an und ihre Haare glänzten in der Sonne.

»Dein Bauch sieht aus, als sei er tiefer gerutscht«, sagte Danica.

»Und wie! Ich bin sicher, dieses Kind hockt genau auf meiner Blase und das tut weh. Wer immer gesagt hat, dass eine Schwangerschaft etwas Wundervolles ist, ist ein elender Lügner. Diese Vorwehen sind gruselig und von meiner Blase will ich gar nicht erst anfangen.«

Danica lachte. »Bald hast du es geschafft. In paar Wochen hast du deine kleine Höllenbrut im Arm und alles andere ist vergessen.«

»Wenigstens drückt sie mir nicht mehr aufs Zwerchfell, sodass ich wenigstens Luft kriege.«

Danica fuhr die Zufahrt hinunter und bog in die Straße ein, die in die Stadt führte. »So ist's recht. Immer die positiven Seiten sehen.« Kaylie hatte die Hand auf den Bauch gelegt und Danica berührte sie sanft. »Ich bin ein bisschen neidisch. Ich meine, du kriegst ein Baby, Kay! Ein Baby!«

»Neidisch? Ehrlich?«

Danica zog ihre Hand zurück. »Nun werd bloß nicht eingebildet.«

»Ich mach mir in die Hose vor Angst. Was weiß ich denn schon von Babys?« Kaylie warf ihrer Schwester einen panischen Blick zu, doch Danica wusste, wie sie sie beruhigen konnte.

»Weißt du noch, welche Angst du hattest, bevor du zum ersten Mal mit einem Jungen geschlafen hast? Wie du dachtest, du wärst bestimmt nicht gut genug?«

»Ja, und du hast mich ausgelacht und gesagt, ich sollte mir nicht den Kopf zerbrechen.«

Danica musste lächeln. »Ja, und weißt du noch, wie du dann rausgekriegt hast, wie es geht?«

Kaylie betrachtete ihre frisch manikürten Fingernägel. »Ich war ziemlich gut. Bin ich immer noch«, sagte sie und grinste anzüglich.

»Mit Babys ist es genauso. Du folgst einfach deinem Instinkt. Und dann kannst du ja immer noch Mom fragen.«

Kaylie stöhnte. »Mom war ein Naturtalent. Ich bin überhaupt nicht wie sie. Außerdem haben wir kaum ein Wort gewechselt seit unserem Lunch.«

»Dann ruf sie an.«

Kaylie betrachtete sie von der Seite.

»Kaylie, sie ist deine Mutter. Es ist Zeit, die Vergangenheit zu begraben.« Danica nahm ihr Handy aus der Mulde in der Mittelkonsole und reichte es Kaylie. »Nun mach schon. Du musst nur die Drei wählen.«

Kaylie starrte auf das Telefon.

»Weißt du überhaupt noch, warum du so wütend auf sie bist?«

Kaylie zuckte die Schultern. »Sie ist bei Dad geblieben.«

»Unseretwegen«, erinnerte Danica sie.

»Ja, ich weiß.« Kaylie fuhr mit den Fingern über die Tasten. »Ich komme mir so blöd vor. Ich meine, ich war nicht gerade nett zu ihr. Was ist, wenn sie gar nicht mit mir reden will?«

»Sie ist eine Mutter und Mütter lieben ihre Kinder bedingungslos. Vielleicht solltest du dir ein paar Notizen machen«, witzelte sie. »Das musst du alles noch lernen, bevor die Höllenbrut auf die Welt kommt.«

»Hexe.«

»Wie bitte?«

»Die Höllenbrut. Ich nenne sie Hexe.«

»Hexenbrut. Nicht schlecht. Und nun ruf Mom an.« Kaylie wählte die Nummer und Danica hörte geflissentlich weg, als Kaylie die wichtigsten Worte sagte, die es in einer Beziehung gibt.

»Mom, es tut mir leid. Ich hätte dich nicht so lange von meinem Leben fernhalten –« Kaylie hörte zu, was ihre Mutter sagte. »Aber ich hätte –« Sie zwinkerte gegen die Tränen an, die ihr in die Augen stiegen. »Okay. Ich weiß. Ich liebe dich auch.« Wieder lauschte sie. Sie sah Danica an und formte lautlos das Wort *Danke.* »Mom«, sagte sie dann, »ich weiß, wie stark du warst, als du mit Dad zusammengeblieben bist. Ich war sauer auf ihn, aber weil ich nicht mit ihm geredet habe ... nun, es tut mir leid.« Sie schwieg. »Nein, ich habe nicht mit ihm gesprochen. Ich weiß, Mom.« *Dad,* sagte sie stumm zu Danica und verdrehte die Augen. »Ich liebe dich auch, Mom.«

Dann legte sie auf und Danica schwieg. Ihre Schwester wurde erwachsen und Danica staunte und genoss es.

Sie betraten das schwach beleuchtete Restaurant der Bar None. Im Hintergrund spielte leise Musik von Jimmy Buffet.

»Warum ist es hier so dunkel?«, fragte Kaylie. »Meinst du, ich sollte Dad tatsächlich anrufen? Ich wüsste nicht, warum. Ich meine, wir haben seit Jahren nichts mehr miteinander zu tun.«

»Ich weiß nicht, Kaylie. Er ist unser Vater.«

Kaylie biss sich auf die Unterlippe, dann nahm sie Danicas Hand und sagte: »Ich verspreche, dass ich ihn vor der Hochzeit anrufe, okay?«

Emotionale Szenen waren das Letzte, was sie jetzt gebrauchen konnten. Danica sagte der Kellnerin, dass sie gerne einen Tisch für zwei Personen hätten und zwinkerte ihr zu, als Kaylie nicht hinsah. Sie ließen sich in den hinteren Teil des Restaurants führen und Kaylie vertiefte sich sofort in die Speisekarte.

»Ich bin am Verhungern. Ich schwöre, dass dieses Baby mir alles wegisst, sobald ich es runtergeschluckt habe.« Sie blätterte von den Vorspeisen zu den Hauptgerichten.

»Hi, ich heiße Camille und werde Sie heute bedienen.«

Kaylie fuhr herum. »Camille?«

Die Tür zur Küche sprang auf und Chelsea, Marie, Michelle, Sally, Nancy und Chaz' Mutter, Großmutter und seine beiden Schwestern mit blauen und rosafarbenen Ballons in der Hand drängten sich lachend um den Tisch. Etwas abseits sah Danica ihre Mutter, deren Augen vor Stolz strahlten.

Kaylie starrte mit offenem Mund in die Runde, dann stand sie auf und umarmte ihre Freundinnen. »Ich kann es überhaupt nicht fassen«, sagte sie. »Du hinterhältiges Biest«, sagte sie grinsend zu Danica. Und Camille gewandt meinte sie: »Und du! Deshalb wolltest du nicht über Babypartys reden.«

»Was wäre ich für eine Freundin, wenn ich alles verrate? Außerdem weißt du genau, dass wir keine Party auslassen. Und dein Baby ist der beste Anlass für eine Party, den man sich vorstellen kann.«

Kaylie umarmte Marie, während Chelsea immer wieder ihren Bauch streichelte. »Keine Sorge«, witzelte Kaylie. »Die Hexe wird Tante Chelsea noch früh genug kennenlernen.«

Ihre Mutter stand neben Chaz' Schwestern Abby, der jüngsten, und Astrid, der ältesten. Sie lächelte und wartete geduldig ab, bis Kaylie alle anderen Gäste begrüßt hatte, doch Kaylie ging geradewegs zu ihr, legte ihr die Arme um den Hals und sagte lächelnd: »Immer noch rote Haare? Ich denke, damit komme ich klar.«

»Ich weiß, dass dir blond besser gefällt«, sagte ihre Mutter.

»Ich finde deine roten Haare gut. Ich liebe dich, Mom, und wenn du rote Haare magst, dann mag ich sie auch. Tut mir leid, dass es so lange gedauert hat, bis ich das kapiert habe.«

Ihre Mutter drückte Kaylie und flüsterte ihr ins Ohr: »Ich mag Rot auch nicht.«

Gerade in dem Moment, als ihr die Tränen in die Augen stiegen, ließ ihre Mutter sie los und sagte: »Nun geh, du musst noch deine anderen Gäste begrüßen.«

Am liebsten wäre Danica zu Kaylie gelaufen, um sie fest in den Arm zu nehmen, doch sie blieb, wo sie war, damit ihre

Schwester den Kloß herunterschlucken konnte, der ihr bestimmt die Kehle zuschnürte.

Kaylie umarmte Abby. »Danke, dass du gekommen bist.«

»Ich würde doch deine Babyparty nicht verpassen.« Mit ihren dichten blonden Haaren und warmen blauen Augen sah die hochgewachsene Abby aus wie Chaz.

Astrid legte Kaylie die Hand auf den Bauch. »Ich kann es immer noch nicht fassen: Mein kleiner Bruder bekommt ein Baby.« Sie umarmte Kaylie und versicherte ihr, dass sie es kaum abwarten könne, das Baby endlich kennenzulernen.

Als Kaylie auf Chaz' Mutter zuging, war ihr die Nervosität anzumerken. »Elise.«

Danica sah, wie Elise Crew Kaylie von oben bis unten musterte. Ihre Mutter legte ihr die Hand auf die Schulter. »Lass sie«, meinte sie ruhig. »Kaylie ist alt genug.«

Elise machte einen Schritt auf Kaylie zu. Als Kaylie sie umarmte, erwiderte sie die Umarmung nicht, sondern erstarrte geradezu. Gleich darauf trat sie einen Schritt zurück, hob die Hand und tätschelte ihre Frisur. Danica wusste, dass Elise ihrer künftigen Schwiegertochter kühl und ablehnend begegnete, doch sie hatte sie noch nie zusammen gesehen. Was sie sah, gefiel ihr überhaupt nicht.

»Nun, du siehst …«, sagte sie und betrachtete Kaylie abschätzig.

Der Hoffnungsschimmer in Kaylies Augen versetzte Danica einen Stich. Sie wollte gerade zu den beiden treten, als eine Hand sie zurückhielt. Im nächsten Moment hörte sie ihre Mutter sagen: »Sie sieht wunderschön aus, nicht wahr?« Sie bedachte Elise mit einem Blick, der ihr überhebliches Lächeln erlöschen ließ.

Elise nickte widerstrebend. »Ja, sie strahlt geradezu, nicht wahr?«

»Danke«, sagte Kaylie und küsste ihre zukünftige Schwiegermutter auf die Wange, bevor sie sich zu Max, Sally, Michelle und Nancy flüchtete.

In der Zwischenzeit hatten die Kellner und Kellnerinnen rosafarbene und blaue Ballons an die Stühle gebunden, pastellfarbene Luftschlangen aufgehängt und die Tische dekoriert. Kaylie sah sich überrascht um.

»Sieht es nicht hübsch aus?«, fragte Danica sie.

Kaylie legte die Hand aufs Herz. »Es ist alles so schön, dass mir der Atem stockt.«

Dann erzählte sie Camille und Chelsea begeistert von dem Plattenvertrag. Danica beobachtete sie mit einer Mischung aus Stolz und Unbehagen. Wenn sie erfuhr, dass Lea Carmichael hinter Benton Records steckte, würde sie am Boden zerstört sein.

Ihre Mutter beugte sich zu Danica und flüsterte: »Danke.«

»Wofür?«, fragte Danica. Sie drehte sich zu ihr um und sah die Liebe in ihrem Blick.

»Ich weiß, dass du sie gedrängt hast, mich anzurufen, und dafür danke ich dir.«

Danica lächelte. »Sie hätte dich auch von sich aus angerufen … irgendwann.«

»Ich weiß. Trotzdem: Danke. Lieber Himmel, diese Elise ist ein harter Brocken, nicht wahr?«

Danica sah, wie Elise den Spiegel ihrer Puderdose aufklappte und den Lippenstift auf ihren faltigen Lippen erneuerte. Dann tätschelte sie noch einmal ihre Frisur, warf ihrem Spiegelbild einen letzten selbstzufriedenen Blick zu und ließ die kleine Dose wieder zuschnappen. »Sie meint, Kaylie hätte Chaz das Kind angehängt, und sie macht keinen Hehl aus ihrer Abneigung.«

»Hoffentlich werde ich nicht auch so«, sagte ihre Mutter kopfschüttelnd.

»Bestimmt nicht. Chaz' Schwestern scheinen aber ganz nett zu sein, oder?«

Astrid lachte gerade und Abby sah Kaylie voller Bewunderung an. »Ich glaube, Abby ist sehr von ihr angetan«, sagte ihre Mutter.

»Ja, sie ist erst zweiundzwanzig. Ich denke, sie mag das Spontane und Freche an Kaylie, das alle so an ihr lieben.«

Ihre Mutter drückte ihre Hand. »Du hast diese Seite auch, weißt du.«

Danica nickte. In der letzten Zeit hatten sie sich beide verändert, sodass sie sich in mancher Hinsicht ähnlicher waren als früher. Mittlerweile bewunderte sie vieles an Kaylie, das sie einfach nicht hatte.

Für sie war Kaylie nicht mehr die wilde kleine Schwester. Kaylie war reifer geworden, sie stellte sich den Problemen statt auszuweichen und durchdachte ihre Entscheidungen und die Auswirkungen, die sie auf Chaz und das Baby hatten. Danica war so stolz auf Kaylie. Sie würde immer die Hübsche mit dem Barbie-Puppen-Flair sein, temperamentvoll und mit einem deutlichen Hang zum Flirten – Chaz würde sich noch wundern, wenn sie erst einmal ihre alte Figur wiederhatte. Aber sie verwandelte sich auch direkt vor Danicas Augen zur Mutter, und das würde Danica nie vergessen.

Vierundfünfzig

Sie spielten alberne Partyspiele und wurden immer übermütiger. Kaylie beugte sich über eine Wanne, in der Flaschensauger im Wasser auf und ab hüpften.

»Komm, Kaylie, du schaffst das!«, feuerte Abby sie an, während Kaylie versuchte, so viele Sauger wie möglich mit dem Mund aufzusammeln.

»Sie ist sehr talentiert mit ihrem Mund«, sagte Chelsea halblaut.

Marie hörte sie und fügte hinzu: »Das hat er auch gesagt!«, woraufhin alle in schallendes Gelächter ausbrachen.

Michelle zupfte Danica am Ärmel. »Danke, dass meine Mom und ich auch kommen durften.«

»Ohne euch hätte es keinen Spaß gemacht. Kaylie hat sich auch gefreut, dass ihr kommen konntet.«

Danica sah zu Max hinüber, die wie ein ruhender Pol in all dem Trubel und Gelächter dasaß. »Du bist als Nächste dran, Max.«

Max schüttelte den Kopf. »Ich weiß mit meinen Lippen etwas Besseres anzufangen, als sie in eine Wanne mit Wasser zu stecken.«

»Ach, komm schon. Es wird bestimmt lustig«, drängte

Danica sie.

»Nein, danke. Ich sehe lieber zu. Ich bin eher der sachliche Typ.«

Danica legte ihr den Arm um die Schultern. »Und dafür lieben wir dich.«

Kaylie hatte drei Sauger erbeutet und riss triumphierend die Arme hoch. »Ja!«, schrie sie.

Alle klatschten begeistert.

»Meine Schwester!«, rief Danica.

»Sieh dich vor, Chaz!«, sagte Chelsea.

Kaylie schnappte nach Luft und plötzlich herrschte Stille. Alle sahen sie an, als sie sich mit beiden Händen ins Kreuz fasste und ihren Bauch noch weiter vorstreckte. Sie sah erschrocken nach unten und Danica folgte ihrem Blick. Kaylie stand in einer Pfütze, die nicht aus der Wanne mit den Saugern geschwappt war.

»Danica?«, sagte Kaylie mit wackliger Stimme.

Danica war sofort bei ihr. »Ich bin hier, Kay.«

»Meine Fruchtblase ist geplatzt.«

»Das sehe ich. Am besten bringen wir dich ins Krankenhaus.«

Kaylie umklammerte Danicas Hand. »Max, kannst du bitte Chaz anrufen?«

»Was ist los?«, fragte Abby.

»Ich glaube, ihre Fruchtblase ist geplatzt«, meinte Camille.

»Geht es jetzt los?«, fragte Chelsea aufgeregt.

»Du meine Güte, es ist so weit!«, rief ihre Mutter.

Plötzlich kreischten Chelsea, Camille und Marie wie aus einem Munde: »Es ist so weit!«

Max versuchte, Chaz zu erreichen, und hinterließ ihm eine Nachricht.

»Mom, kannst du Blake anrufen? Mein Handy ist in meiner Tasche«, bat Danica sie.

Ihre Mutter suchte die Handtaschen zusammen und folgte ihnen nach draußen zu Danicas Auto.

»Ich kann mich nicht hinsetzen, ich ruiniere dir doch die Autositze.« Kaylie umklammerte Danicas Hand noch fester.

»Kaylie, das ist doch jetzt egal«, sagte Danica.

»Wir nehmen meinen Wagen, der hat Ledersitze.« Camille riss die Türen ihres Lincoln Navigator auf. »Tut mir leid, Kaylie. Du musst ein bisschen klettern«, sagte sie und half Danica, Kaylie auf den Rücksitz zu hieven.

»Ich habe schon ganz andere Kletterpartien hinter mir.« Kaylie zwinkerte ihr zu, dann zuckte sie zusammen, als sie sich in ihrem Sitz zurücklehnte.

»Ich setze mich neben sie.« Danica kletterte ebenfalls in den Wagen und Camille ließ den Motor an. Die anderen verteilten sich auf ihre Autos.

»Mom!«, schrie Kaylie, bevor sie ihre Tür zuschlugen. »Mom, komm mit. Bitte.«

Ihre Mutter setzte sich auf die andere Seite. Kaylie umklammerte die Hand ihrer Mutter mit der einen und Danicas mit der anderen Hand, während eine Wehe sie überrollte und Camille vom Parkplatz auf die Straße fuhr, dass der Kies hochspritzte.

Kaylie stöhnte. »Mom, das tut weh. Das tut weh.«

»Ich weiß, Schatz. Das ist erst der Anfang.«

Kaylie sah sie entgeistert an. »Na, danke. Das macht mir wirklich Mut.«

»Kaylie, sieh mich an.«

Kaylie sah Danica an.

»Atme, so wie du es in deinem Geburtsvorbereitungskurs

gelernt hast. Einatmen, ausatmen. Denk an deine kleine Hexe. Bald wirst du sie kennenlernen. Gut machst du das. Einatmen, ausatmen.«

Ihre Mutter tupfte ihr die Schweißperlen von der Stirn. Dann ebbte die Wehe langsam ab. »Ich dachte, das erste Kind kommt später, nicht früher als der Geburtstermin«, sagte sie.

»Tja, sie ist eben ungeduldig.«

»Genau wie ihre Mama. Weißt du, Danica kam zwei Wochen zu spät, aber du«, sie boxte Kaylie leicht auf den Arm, »warst drei Wochen zu früh. Und kaum warst du auf der Welt, hast du allen gezeigt, wo's langgeht.«

»Ehrlich?« Kaylie Augen strahlten.

»Ehrlich.«

Die nächste Wehe ließ sie die Zähne zusammenbeißen.

»Himmel, sie kommen schnell hintereinander«, sagte Danica. *Bitte, bring das Baby nicht im Auto zur Welt.*

Ihre Mutter sah sie tadelnd an. *Entspann dich,* sagte sie lautlos.

Danica nickte.

»Mom, sie wird sich nicht entspannen, nur um mir einen Gefallen zu tun. Schließlich ist das unser erstes Baby!« Kaylie bäumte sich auf vor Schmerzen.

»Atmen, Kay, atmen.« *Tut mir leid,* signalisierte sie ihrer Mutter.

»Hat Max mit Chaz gesprochen?« Die Panik in Kaylies Stimme war nicht zu überhören, dann ließ die Wehe langsam nach.

»Mist, ich habe vergessen, sie zu fragen, als wir losgefahren sind.« Ihre Mutter tastete in Kaylies Tasche nach ihrem Handy und suchte Chaz' Nummer.

»Ruf Max an. Frag sie, ob sie ihn erreicht hat«, sagte Danica.

Dann ging ihr auf, dass ihre Mutter nicht bei Blake angerufen hatte, und nahm ihr das Telefon aus der Hand. »Tut mir leid, Mom. Es ist einfacher so.« Danica rief Max an und erfuhr, dass sie Chaz nicht erreicht hatte. Sie wählte Blakes Nummer. »Weißt du, wo Chaz ist?«

»Ja, er ist hier.«

»Oh, Gott sei Dank. Fahrt sofort ins Krankenhaus. Die Wehen haben eingesetzt. Wir sind gleich da. Beeilt euch, die Wehen kommen immer schneller.« Sie hörte, wie er die Nachricht an Chaz weitergab.

Kaum hatte sie aufgelegt, als Kaylies Handy klingelte.

Danica reichte es ihr. »Chaz.«

»Wo bist du?«, fragte Kaylie atemlos. »Ja, alles okay. Ich bin … warte … Mist.« Sie drückte ihrer Mutter das Telefon in die Hand und stöhnte, als Camille vor der Notaufnahme des Krankenhauses hielt. Kaylie bog den Rücken nach hinten und wölbte sich gegen die Wehe. »Puh! Ich wünschte, ich könnte einfach aus meinem Körper mit seinen Wehen steigen und jemand anderem die Geburt überlassen. Lieber Himmel, seht zu, dass ich da reinkomme. Ich will eine Rückenmarkspritze.«

»Chaz, sie hat die nächste Wehe. Wie weit seid ihr weg?«, fragte ihre Mutter. »Okay, gut. Beeilt euch, aber seid vorsichtig.«

Danica half Kaylie aus dem Auto. Ihre Schwester starrte sie angstvoll an. Sie legte sich Kaylies Arm um die Schulter, schob ihr ihren Arm um die Taille und stützte sie, während sie sich langsam zum Eingang bewegten. »Wie gut, dass du passend angezogen bist«, sagte sie, um Kaylie von den Schmerzen abzulenken.

Kaylies finsterer Blick heiterte sich einen Moment lang auf. »Stimmt.«

Ihre Mutter holte sie ein und stützte Kaylie von der anderen Seite, während Camille das Auto parkte. »Du schaffst das, Schätzchen. Wir haben es gleich geschafft.«

»Mom, es tut so weh«, jammerte Kaylie. »Ich habe das Gefühl, als würde das Baby gleich rausfallen.«

»Dann sparst du dir die Krankenhausrechnung«, meinte Danica.

Kaylie und ihre Mutter starrten sie wütend an. »Tut mir leid, ich wollte nur die Stimmung ein bisschen auflockern.« Sie lachte, doch die anderen schwiegen hartnäckig. »Du machst das prima, Kay. Denk nur, bald wirst du deine Hexe kennenlernen.«

»Hexe? Meinst du nicht meine Höllenbrut?«

»Nein, eigentlich kannst du gar nichts Höllisches zur Welt bringen.«

Keuchend blieb Kaylie stehen, als die nächste Wehe sie erfasste. »Au, au, au, au.«

»Atmen, du musst durch die Wehe atmen«, sagte ihre Mutter.

Kaylies Augen füllten sich mit Tränen. »Das versuche ich ja!« Sie sah sich hektisch um. »Wo ist Chaz? Er kommt doch, oder?«

»Er wird jeden Moment hier sein«, beruhigte sie ihre Mutter.

»Du schaffst das, Kaylie«, wiederholte Danica.

Sie sah zu ihrer Erleichterung, dass Marie, Camille und Chelsea auf sie zugelaufen kamen. Gleich darauf erschienen auch Max, Sally, Nancy und Michelle, und Kaylie betrat die Klinik mit einem ansehnlichen Gefolge im Schlepptau.

»Ich melde sie an«, sagte Danica. »Wir brauchen einen Rollstuhl«, rief sie der Frau hinter dem Empfangstresen zu.

»Wir haben Wehen.«

Ein Mann in Krankenhausuniform kam mit einem Rollstuhl gelaufen und Danica raffte die Formulare zusammen, die die Frau am Empfang ihr gab. Kaylie nahm Camilles Hand. »Ich kann gar nicht glauben, dass es schon so weit ist.«

Camille kramte in ihrer Handtasche und holte eine Bürste und eine hübsche Haarklammer hervor. Sie bürstete Kaylie rasch das Haar aus dem Gesicht und befestigte es mit der Klammer. »Schließlich sollst du ja anständig aussehen, wenn du dein Baby kennenlernst.«

»Genau«, sagte Marie.

»Sie sieht immer schön aus«, sagte Chelsea und legte Kaylie die Hand auf die Schulter.

Der Pfleger, der den Rollstuhl geholt hatte, sagte: »Wir bringen sie in ein Untersuchungszimmer.«

Die Mädels fanden das eine gute Idee und folgten ihm aufgeregt schwatzend. Der Pfleger blieb stehen und sah Kaylie missbilligend an.

»Versuchen Sie es gar nicht erst. Sie kommen mit«, sagte Kaylie und nahm Chelseas Hand.

Max, Sally und Nancy saßen im Wartezimmer. »Ihr könnt auch mitkommen«, sagte Kaylie großzügig.

»Ist schon okay. Wir warten hier, bis das Baby da ist«, sagte Sally. »Glaub mir, wenn du zu viele Leute um dich herum hast, willst du dir irgendwann die Haare ausreißen – oder ihnen.«

»Ich brauche Kaylies Handtasche mit den Versicherungsdaten«, sagte Danica zu Camille.

»Ich bin schon angemeldet, alles erledigt«, sagte Kaylie.

»Wow, ehrlich?« Danica hätte nie gedacht, dass Kaylie so vorausschauend sein konnte.

Die Mädels halfen Kaylie in einen Krankenhauskittel,

während ihre Mutter und Danica die Krankenschwester mit Fragen bombardierten.

Nachdem sie alles geduldig beantwortet hatte, wandte sie sich an Kaylie. »Ich bin Gail und werde Sie heute betreuen. Dr. Lasco wird bald hier sein. Sie ist noch bei einer Geburt.« Sie wirkte ruhig und freundlich. »So haben wir im Blick, wie es Ihrem Baby geht«, sagte sie, während sie mit geübten Handgriffen den Wehenschreiber anschloss. Dann überprüfte sie Kaylies Blutdruck. »Wissen Sie schon, was es ist?«

»Nein«, sagte Kaylie.

»Wie aufregend! Es passiert nicht oft, dass wir Babys auf die Welt holen, die nicht schon eine komplette Ausstattung in Rosa oder Hellblau haben.« Sie schob sich die dunklen Haare nach hinten und beobachtete den Monitor.

Kaylie hörte die Mädels flüstern. *Aufgeregt! Tante!* und *So tapfer!* waren die Satzfetzen, die bei ihr ankamen.

»Sagen Sie mir Bescheid, wenn Sie Ihre Ruhe haben wollen«, flüsterte Gail ihr ins Ohr. »Dann scheuche ich sie alle raus.«

»Oh nein, das ist okay. Ich möchte sie alle dabeihaben«, sagte Kaylie. »Aber vielleicht könnten Sie nachsehen, ob mein Verlobter schon hier ist? Chaz Crew? Groß, blond und unglaublich sexy.«

»Nicht, dass sie irgendwie voreingenommen wäre«, setzte Danica hinzu.

»Okay, ich sehe mal nach.«

Kaum hatte Gail das Zimmer verlassen, redeten alle durcheinander.

»Ist alles okay?«, fragte Camille.

»Willst du Eiswürfel? Ich habe gehört, dass Eiswürfel helfen«, sagte Marie.

»Sie braucht keine Eiswürfel, sondern eine Rückenmassage«, sagte Chelsea.

Kaylie legte die Hände auf den Bauch, als eine weitere Wehe anrollte.

»Atmen, Schätzchen. So ist es gut. Ich bin so stolz auf dich«, sagte ihre Mutter und rieb ihr leicht über den Unterarm.

»Autsch, das tut bestimmt weh«, sagte Chelsea.

Kaylie warf ihr einen wütenden Blick zu, während sie gegen den Schmerz anatmete.

Dr. Lasco kam herein und zog sich im Gehen hellblaue OP-Kleidung an. Ihre langen braunen Haare hatte sie zu einem Knoten zusammengebunden. »Hallo, Kaylie. Wie ich höre, will Ihr Baby raus.«

»Ja, von mir aus gerne!« Kaylie atmete langsamer, als die Wehe verebbte.

»Sie kommen alle zwei bis drei Minuten«, sagte ihre Mutter.

»Tatsächlich?« Dr. Lasco stellte sich an das Fußende des Bettes.

Gail kam herein, zog Kaylie Stoppersocken an und legte ihre Beine dann vorsichtig in die Beinhalter.

Dr. Lasco saß auf einem kleinen runden Hocker und zog sich Latexhandschuhe über. »Dann wollen wir mal sehen.« Sie hob Kaylies Kittel hoch.

Camille und Marie hielten sich an den Händen, während Chelsea jede Bewegung der Ärztin genau verfolgte. Danica hielt Kaylies Hand und ihre Mutter hatte ihre Hand auf Kaylies Schulter gelegt, als könnte sie sie vor den Schmerzen bewahren und ihr die Kraft geben, die sie in den kommenden Stunden brauchen würde.

»Sieht alles prima aus.« Dr. Lasco stand auf und streifte die Handschuhe ab. »Der Muttermund ist etwa sieben Zentimeter offen.«

»Ist das gut?«, fragte Kaylie ungeduldig.

»Das ist sehr gut, Kaylie. Und wenn Sie wirklich eine Rückenmarkspritze wollen, sollten wir das jetzt machen.«

In diesem Moment platzte Chaz ins Zimmer. »Kaylie?«

Danica und ihre Mutter machten ihm Platz. Chaz nahm Kaylies Hand. »Alles okay? Was kann ich für dich tun?« Sein Gesicht glänzte vor Schweiß. »Dr. Lasco, ist alles in Ordnung?«

Dr. Lasco klopfte ihm begütigend auf den Rücken. »Ja, alles bestens. Es wird noch eine Weile dauern, aber es ist alles okay.«

Chaz atmete erleichtert auf und lehnte seine Stirn an Kaylies.

»Die Rückenmarkspritze, bitte?«, sagte Kaylie, als die nächste Wehe ihren Bauch so zusammenzog, als sollte das Baby herauskatapultiert werden. Ein dumpfer Schmerz breitete sich in ihrem Rücken aus und sie stöhnte.

»Atmen, zwei, drei, ein zwei, drei«, sagte Chaz ruhig. »Du schaffst das, Kaylie, ich weiß, dass du das kannst.«

»Ich hole den Anästhesisten«, sagte Dr. Lasco und bedeutete Gail mit einer Kopfbewegung, dass sie mitkommen sollte.

»Was ... Was hat ... sie gesagt? Warum kann ... Gail ... nicht hier ... bleiben? Stimmt ... was nicht?« Sie drückte Chaz' Hand.

Danica ging vor die Tür, um zu lauschen.

»Sie ist Ärztin, Kaylie. Sie hat gerade ein Kind auf die Welt geholt. Sie hat noch mehr Patientinnen als dich. Ich bin sicher, es ist alles in Ordnung. Sie hat doch gesagt, dass alles okay ist«, sagte ihre Mutter.

Danica kam zurück und blickte entschuldigend in die Runde. »Sie macht sich Sorgen, weil so viele Leute im Zimmer sind.«

»Was? Oh nein!«, jammerte Kaylie.

»Es ist deine Entscheidung, Kaylie«, sagte Danica.

Kaylie griff nach Camilles Hand. »Es ist unser erstes Baby. Ihr bleibt hier.«

»Bist du sicher?«, fragte Camille.

»Natürlich.« Die nächste Wehe rollte an und Kaylie presste die Lippen aufeinander.

»Das waren aber keine zwei Minuten«, flüsterte Danica ihrer Mutter mit aufgerissenen Augen zu.

Ihre Mutter runzelte die Stirn. »Babys haben ihren eigenen Kopf.«

»Und kein Kind von Kaylie würde sich sagen lassen, wann es auf die Welt zu kommen hat«, fügte Danica hinzu.

»Hey, ich lieg hier und alles tut weh. Wo ist diese Rückenmarkspritze?«, sagte Kaylie.

»Was können wir für dich tun?«, fragte Chelsea.

»Nichts. Seid einfach hier.«

»Oh, ich weiß! Wir denken uns Namen aus!«, rief Marie.

»Puh, das war aber eine lange Wehe.« Kaylie sah Chaz an, dem die Farbe aus dem Gesicht gewichen war. »Bist du okay?«

»Ja, nur ein bisschen nervös, sonst nichts. Und hier geht es schließlich um dich, nicht um mich. Mach dir keine Sorgen.«

Kaylies Mom legte ihm die Hand auf den Rücken. »Willst du dich setzen? Das erste Baby braucht immer etwas länger. Obwohl dieses Baby es ziemlich eilig hat«, setzte sie stirnrunzelnd hinzu.

Chaz warf Danica einen Blick zu, der eine stumme Bitte enthielt. »Danica, Blake sitzt draußen. Wir sagen ihm eben Bescheid, dass es länger dauern kann, okay?«

»Geht das, Kay?«, fragte Danica. Offenbar wollte Chaz ihr etwas sagen, das Kaylie nicht hören sollte.

»Ja, klar.« Sie ließ Chaz' Hand los und nahm stattdessen die ihrer Mutter. Camille hielt ihre andere Hand. »Aber beeilt euch. Für alle Fälle.«

Chaz gab ihr einen Kuss auf die Stirn und ging mit Danica aus dem Zimmer.

»Was ist los, Chaz?«, fragte Danica.

»Danica, das Baby kommt, und ich habe Kaylie noch nichts über Lea und Benton Records gesagt. Ich habe das Gefühl, dass ich sie anlüge, dabei habe ich versprochen, nicht zu lügen. Ich kann unser Leben als Familie nicht mit einer Lüge beginnen.«

Lieber Himmel, und das fällt dir jetzt ein? Sie hasteten zum Wartezimmer, wo Blake mit einem Strauß roter Rosen auf dem Schoß saß. Seine Augen leuchteten, als er Danica sah. Er stand auf und Danica sank in seine starken Arme. Wenn Kaylie nicht gewesen wäre, hätte sie sich nicht mehr von der Stelle gerührt, bis jemand sie mit Gewalt von ihm wegriss. Doch Chaz hatte ein Problem und sie musste ihm helfen. Widerwillig löste sie sich von Blake.

»Sie sagen, dass es noch eine Weile dauern kann, aber ich weiß es nicht genau«, sagte Danica.

Chaz stand mit verschränkten Armen da und blickte nachdenklich ins Leere.

»Hey, alles okay?«, fragte Blake.

Chaz schüttelte den Kopf und sah Danica an.

»Es ist wegen des Angebots von Benton«, sagte Danica. »Irgendwann muss Kaylie es erfahren, und Chaz hat das Gefühl, dass er es jetzt tun sollte, bevor das Baby da ist.«

»Ja, das hat er mir auch gesagt«, meinte Blake. »Finde ich gut. Wenn du es ihr jetzt nicht sagst, wird dies für dich immer der Tag sein, an dem du ihr die Wahrheit verschwiegen hast, und nicht der Tag, an dem euer Baby geboren wurde.«

»Er hat recht«, sagte Danica, obwohl sie sich keinen schlechteren Zeitpunkt vorstellen konnte als jetzt. »Vielleicht solltest du warten, bis sie die Spritze bekommen hat.«

Die Mädels kamen den Flur hinuntergestürzt.

»Chaz«, rief Marie, »geh zu Kaylie. Sie kriegt gleich diese Spritze und sie braucht dich.«

»Sie hat uns rausgeschmissen. Sie meinte, sie könnte vor lauter Schmerzen nicht mehr nett sein.« Camille machte eine wegwerfende Handbewegung.

»Will sie, dass ich auch komme?«, fragte Danica. Eifersucht stieg in ihr auf, als Chaz im Laufschritt zu Kaylies Zimmer hastete.

Chelsea gab ihr einen leichten Schubs. »Wenn du nicht mitgehst, reißt sie ihm den Kopf ab.«

Fünfundfünfzig

Kaylie saß mit gesenktem Kopf auf der Bettkante, mit dem Rücken zur Tür. Der intravenöse Zugang in ihrem Arm war unangenehm, doch sie beklagte sich nicht. Sie war starr vor Angst und wünschte, Chaz würde endlich wiederkommen. Sie hatte die Mädels nicht anfauchen wollen, doch die letzte Wehe hatte ihr fast den Verstand geraubt. Die Tür ging auf und für einen Moment drang der Lärm vom Flur in das stille Zimmer.

»Chaz? Danica?«, rief sie.

Ihre Mutter drückte ihre Hand. »Sie sind beide da, Schatz.«

Chaz setzte sich neben sie auf die Bettkante. »Ich bin hier und ich bleibe hier. Versprochen.«

Der Anästhesist desinfizierte die Einstichstelle und sagte: »Okay, jetzt ist es ganz wichtig, dass Sie sich nicht bewegen.«

»Warten Sie!«, rief Kaylie. »Was ist, wenn eine Wehe kommt?«

»Versuchen Sie einfach, still zu sitzen. Sie spüren jetzt einen leichten Druck.«

»Au, au, au«, wimmerte Kaylie und umklammerte Chaz' Hand.

Ihre Mutter hielt sie am Arm fest und Danica redete beruhigend auf sie ein. »Du machst das gut, Kaylie. Er ist fast fertig und dann fühlst du dich gleich besser.«

Kaylie kniff die Augen zusammen. »Oh nein, oh nein. Eine Wehe.«

Ihre Mutter hielt ihren Arm ganz fest, sodass sie sich nicht rühren konnte, und sagte streng: »Kaylie, bleib ruhig. Du hast es gleich geschafft.«

»Atmen, zwei, drei«, sagte Chaz und Danica passte sich ihrem Atemrhythmus an.

»Okay, das war prima, Kaylie.« Mit Gails Hilfe führte der Anästhesist den Epiduralkatheter an ihrem Rücken hoch zur Schulter. »Alles okay, Kaylie? Wie fühlen Sie sich?«

»Ganz gut, danke.«

Er stand neben dem Bett, als Gail Kaylie half, sich hinzulegen. Dann berührte er Kaylies Beine und Rumpf mit etwas, das zwischen seinen Fingern nicht zu sehen war. »Spüren Sie das?«

»Nein, das ist gut, oder?«

Auf Kaylies weißer Haut wirkten seine Hände noch dunkler. Seine Stimme klang sanft und gelassen, als könnte ihn nichts aus der Ruhe bringen. Kaylie merkte, wie ihre Angst nachließ. »Das ist sehr gut. Während der Geburt werden Sie wahrscheinlich nicht viel spüren. Ein Ziehen und Drücken, aber das ist ein Kinderspiel im Vergleich zu diesen Wehen.«

Kaylie seufzte erleichtert. »Danke.«

»Danke«, wiederholte Chaz. Der Arzt gab Gail noch ein paar Anweisungen und ging dann hinaus.

Chaz sah Danica an und Danica berührte ihre Mutter am Arm. »Komm, wir lassen sie einen Moment allein.«

Wie konnte sie ahnen, dass Kaylie unbedingt mit Chaz allein sein wollte? Sie hatte sich entschieden und wollte, dass Chaz es erfuhr, bevor das Baby kam. Kaum waren Danica und ihre Mutter verschwunden, sagte sie: »Ich muss mit dir reden.«

»Ich auch. Oh Gott, Kaylie. Kannst du dir vorstellen, dass unser Baby kommt? Heute?«

Am liebsten hätte Kaylie ihm erzählt, wie sehr sie sich darauf freute, ihr Baby endlich im Arm zu halten, doch sie hatte die ganze Zeit über den Plattenvertrag nachgedacht und konnte ihre Aufregung nicht länger für sich behalten.

»Chaz«, sagte sie ernst. Sein Lächeln erlosch und er schien sich auf schlechte Nachrichten gefasst zu machen. »Keine Sorge, mit dem Baby ist alles okay.« Als die Sorgenfalten auf seiner Stirn nicht verschwanden, überlegte sie, ob sie es ihm tatsächlich sagen sollte. Vielleicht war es alles zu viel für ihn. Vielleicht wollte er wirklich nicht, dass sie das Angebot von Benton Records annahm, und hoffte insgeheim, dass sie das Angebot ablehnen würde.

Die nächste Wehe rollte heran und sie beobachtete, wie sich ihr Bauch zusammenzog und dann wieder entspannte. Sie atmete und hielt Chaz' Hand umklammert, doch gleichzeitig fühlte sie sich seltsam entrückt von den Wehen, die sie noch vor wenigen Minuten so gequält hatten.

»Ist alles in Ordnung?«, fragte er.

»Ja, alles gut. Es tut nicht mehr sehr weh, ist nur unangenehm.« Sie atmete konzentriert, bis die Wehe vorüber war, dann sagte sie: »Ich habe mich entschieden, wegen des Plattenvertrags.«

Er schluckte schwer.

»Ich habe wirklich hart gearbeitet und kann mir einfach nicht vorstellen, jetzt damit aufzuhören. Ich weiß, ich wollte eigentlich warten, bis das Baby da ist, aber ich kann es nicht, Chaz. Ich kann nicht aufgeben, was ich mir unter solchen Mühen erarbeitet habe.«

Chaz nickte. »Okay«, sagte er tonlos.

»Okay?« Sie wartete, doch da er schwieg.

»Okay. Ich unterstütze dich dabei.« Er lehnte sich zurück und fuhr sich mit der Hand durchs Haar, das ihm sofort wieder in die Stirn fiel.

Er muss mal wieder zum Frisör. Kaylie streckte sie Hand nach seinem Haar aus, sie wollte es berühren, wollte ihn berühren, sich vergewissern, dass er mit ihrer Entscheidung einverstanden war. Er beugte sich zu ihr hinunter und sie hielt seinen Kopf an ihre Schulter gedrückt. »Ich weiß, dass es nicht einfach wird«, sagte sie.

»Wir kriegen das schon hin«, sagte er. Dann setzte er sich auf und legte ihr die Hand an die Wange.

Ihre letzten Zweifel an der Aufrichtigkeit seines Versprechens lösten sich in nichts auf. Seine warme Hand war tröstlich und machte ihr Mut.

»Ich muss dir auch etwas sagen«, sagte er. »Es ist nicht einfach und vielleicht ist es auch gar nicht wichtig, aber —«

Eine Wehe kroch ihr über den Rücken und griff nach ihrem Bauch. Aus dem leichten Unbehagen wurde Schmerz und sie fühlte einen Druck im Unterleib, wie sie ihn noch nie gespürt hatte.

»Atme, Kaylie, atme durch den Schmerz.«

Sie wusste, dass Chaz die Panik in ihrem Blick gesehen hatte, als er zur Tür sprang und nach der Ärztin rief. Kaylie hatte sich noch nie so allein gefühlt – und so voller Angst. Der Schmerz wogte durch ihren Bauch und der Druck auf ihren Beckenboden wurde immer stärker. Sie versuchte, ihre Angst zu beschwichtigen, wollte atmen und wünschte sich nichts sehnlicher, als Chaz' Hand zu halten. Der Schmerz verebbte, als Dr. Lasco hereinkam, gefolgt von Chaz, Gail, Danica und ihrer

Mutter. »Oh Gott«, rief sie, als die nächste Wehe über sie hereinbrach.

Gail überprüfte die Monitore und gab die Informationen an Dr. Lasco weiter.

»Dieses Baby kann es offenbar nicht erwarten, Sie kennenzulernen«, sagte Dr. Lasco, streifte sich Handschuhe über und stellte sich ans Fußende des Bettes.

Kaylie ergriff Chaz' Hand und sah, dass Danica ihrer Mutter Platz machte, die sich auf die andere Seite des Bettes stellte. »Danica«, rief sie. Sie wollte es eigentlich nicht rufen. Sie wollte ihre Mutter nicht wegscheuchen, aber gerade jetzt brauchte sie Danica, die sie ihr ganzes Leben lang begleitet hatte – als die Eltern sich scheiden ließen, in der Zeit, als sie keinen Kontakt zu ihrer Mutter hatte. Danica stellte sich neben ihre Mutter und legte Kaylie tröstend die Hand auf die Schulter.

»Ich bin bei dir. Du machst das großartig. Deine Hexe wird bald hier sein.«

Kaylie hatte nicht den geringsten Zweifel, dass sie von Liebe umgeben war und dass ihr Baby gut aufgehoben sein würde.

Sie schloss die Augen, als die nächste Wehe über ihren Bauch hinwegrollte.

»Nicht pressen, Kaylie. Sie haben es bald geschafft, aber geben Sie dem Drang zu pressen nicht nach.«

»Ich … kann nicht«, keuchte Kaylie.

Danica drückte ihre Schulter. »Sieh mich an, Kaylie. Sieh mir in die Augen.«

Kaylie sah sie an.

»Du musst atmen, gut machst du das. Einfach atmen. Du hast dieses Baby so lange in dir getragen. Du wirst sie nicht im letzten Augenblick allein lassen. Du schaffst das, das weiß ich.«

Kaylie nickte.

»Bist du nicht ein bisschen harsch?«, sagte ihre Mutter zu Danica.

»Das kann sie vertragen. Wenn ich es netter formuliere, kriege ich sowieso eine pampige Antwort«, meinte Danica augenzwinkernd.

»Danica! Mom!« Kaylie stöhnte auf, als die nächste Wehe kam und sie wieder versuchte, gegen den Schmerz zu atmen. »Das tut so scheußlich weh.«

»Du machst das prima«, ermutigte Danica sie.

»Kaylie, du hast es bald geschafft«, sagte Chaz.

Plötzlich erinnerte sich Kaylie, dass ihr Chaz etwas hatte sagen wollen. »Chaz«, sagte sie atemlos, »was wolltest du mir sagen?«

Danica sah ihn an und schüttelte den Kopf.

Chaz sah zu der Ärztin hinüber, die ihr Kind auf die Welt holen sollte, und als sein Blick zu Kaylie zurückkehrte, zerriss es ihr fast das Herz.

»Du kannst es mir sagen, was immer es ist«, sagte sie.

»Es hat mit der Plattenfirma zu tun. Max hat sie gecheckt.«

»Chaz«, flüsterte Danica warnend.

»Es ist okay. Sag es mir, Chaz«, sagte Kaylie, doch in diesem Moment hatte sie das Gefühl, als hätte ihr jemand einen Tritt ins Kreuz versetzt. Sie schrie auf und bäumte sich auf vor Schmerz.

»Kaylie, nicht pressen«, befahl Dr. Lasco.

Kaylie wimmerte.

»Du schaffst das, Kaylie. Leg dich wieder hin.« Ihre Mutter drückte ihre Schultern sanft in die Kissen.

Ihr Bauch zog sich zusammen und wieder bäumte sie sich auf. »Ich kann nicht, ich kann nicht mehr warten. Ich muss pressen.«

Mit ruhiger, fester Stimme sagte Dr. Lasco: »Kaylie, ich kann den Kopf des Babys sehen. Pressen Sie, aber wenn ich sage, dass Sie aufhören sollen, hören Sie auf.« Sie hob den Kopf und nickte.

Die nächste Wehe galoppierte über sie hinweg, bis sie das Gefühl hatte, dass es sie in Stücke reißen würde. Sie presste mit zusammengebissenen Zähnen, bis die ermutigenden Rufe von Chaz, Danica und ihrer Mutter hinter dem Rauschen des Blutes in ihren Ohren verschwanden. »Holen Sie es raus!«, schrie sie.

»Hören Sie auf zu pressen, Kaylie. Stopp.«

Sie fühlte eine Hand auf ihrer Schulter, die sie ins Kissen drückte. Sie schloss die Augen und versuchte, Luft zu holen, doch die nächsten Wehe raubte ihr den Atem und riss sie nach vorn. *Wer schreit denn da? Das Geschrei soll aufhören!* Sie öffnete die Augen und merkte, dass das laute Jammern aus ihrer Kehle drang. Plötzlich verspürte sie einen gigantischen Druck und dann ein Gefühl der Erleichterung.

»Kaylie, nicht pressen. Der Kopf des Babys ist draußen, aber die Nabelschnur liegt um den Hals.«

Kaylie starrte die Ärztin angstvoll an. »Oh Gott. Tun Sie was. Bitte, tun Sie doch was!«

»Schhh«, sagte ihre Mutter. »Sie tut, was sie kann.«

»Danica!«, rief Kaylie.

Danica huschte zum Fußende des Bettes. Als sie Kaylie gleich darauf ansah, liefen ihr Freudentränen über die Wangen.

Ein kräftiger Schrei erklang und Kaylie sank lachend in die Kissen, als eine weitere Wehe sie wieder in die Höhe schnellen ließ. Diesmal presste sie mit aller Kraft und spürte, wie das Baby aus ihrem Körper glitt. Sie lag keuchend da und wartete, dass die Ärztin etwas sagte. Irgendwas. Schließlich erhob sich Dr.

Lasco und hielt das Baby hoch, sodass Kaylie es sehen konnte.

»Darf ich vorstellen: Ihr strammes kleines Mädchen.«

»Ein Mädchen! Es ist ein Mädchen!«, rief Chaz. Er beugte sich zu Kaylie und umarmte sie.

»Die Hexe!«, jubelte Danica und fiel ihrer Mutter um den Hals.

Kaylie betrachtete ihr Baby, sein blutverschmiertes, runzeliges Gesicht, die winzigen Arme und Beine, die durch die Luft zappelten, und den entzückenden Mund, aus dem laute Schreie drangen. Sie war ihr Baby. Sie suchte Chaz' Blick, doch im nächsten Moment raubte ihr eine weitere Wehe jeden klaren Gedanken.

»Kaylie, Sie müssen sich konzentrieren«, sagte Dr. Lasco mit ernster Stimme.

»Was?« Kaylie biss die Zähne zusammen. Irgendetwas stimmte nicht. Ihr Bauch zog sich zusammen und wieder hatte sie das Gefühl, pressen zu müssen.

»Kaylie, hören Sie zu.«

Eine Krankenschwester, die Kaylie vorher nicht bemerkt hatte, nahm das Baby, trug es unter eine Lampe und beugte sich darüber.

»Was ist los?«, rief sie.

»Auf Ultraschallaufnahmen ist nicht immer Verlass«, sagte Dr. Lasco. »Sie müssen noch einmal pressen, Kaylie. Pressen Sie, bis ich sage, dass Sie aufhören sollen.«

Kaylie presste, bis ihr Gesicht schmerzte und sie keine Luft mehr bekam.

»Gut, gut. Jetzt hören Sie auf.« Dr. Lasco hob den Kopf und sah Kaylie an. »Offenbar wartet da noch ein neues Familienmitglied darauf, Ihre Bekanntschaft zu machen.«

»Zwillinge?«, sagten Chaz und Kaylie wie aus einem Munde.

»Sie wollten ja nur eine einzige Ultraschalluntersuchung, weil Sie das Geschlecht des Kindes nicht wissen wollten.« Dr. Lasco lächelte Kaylie an. »In diesem frühen Stadium haben wir den zweiten Herzschlag einfach nicht bemerkt. Das passiert bei Zwillingen schon mal. Der Herzschlag –«

»Ich muss pressen!«, rief Kaylie.

»Okay, pressen Sie, Kaylie.«

Wieder presste sie mit aller Macht und wieder verspürte sie dieselbe Erleichterung, als das zweite Baby aus ihrem Körper glitt. Sie fiel ermattet in die Kissen zurück. Chaz' Hand hielt sie die ganze Zeit fest umklammert.

»Zwillinge?« Freudentränen liefen ihrer Mutter über das Gesicht. »Bis jetzt hatten wir noch nie Zwillinge in der Familie.«

Der Schrei klang anders als der erste. »Nun, jetzt haben Sie Zwillinge in der Familie. Darf ich Ihnen Ihren Sohn vorstellen?«, sagte Dr. Lasco und zeigte ihnen ihr zweites Kind.

Kaylie lag da, hielt Chaz' Hand fest und verfolgte jede Bewegung der Krankenschwestern, die sich an den Babys zu schaffen machten, mit dem Blick. Dann drehte sie den Kopf und sah ihre Mutter an, die sich zu ihr herunterbeugte und sie umarmte.

»Ich hab's geschafft«, flüsterte Kaylie.

»Ich wusste, dass du es schaffst«, sagte sie.

Danica stand an dem Tisch, an dem die Krankenschwestern die Babys abwischten und untersuchten. »Kaylie, sie ist die hübscheste kleine Hexe, die ich je gesehen habe, und er ist jetzt schon ein wahrer Herzensbrecher«, sagte sie und wischte sich die

Tränen aus den Augen.

Der Augenblick, als sie ihre Babys zum ersten Mal im Arm hielt, war anders als alles, was Kaylie bisher erlebt hatte. Etwas in ihr veränderte sich, ein Schalter wurde umgelegt, eine Tür aufgestoßen, und sie wusste, dass sie nie wieder dieselbe sein würde. Sie gab ihnen einen Kuss auf die Stirn und versuchte, der Ärztin zuzuhören, die ihr sagte, dass sie sich in Ruhe vom Stress der Geburt erholen solle. Kaylie nahm nichts davon wahr. Sie konnte den Blick nicht von ihren wunderschönen Kindern wenden.

Dann sah sie Chaz an und wusste, dass sie die falsche Entscheidung getroffen hatte.

Sechsundfünfzig

»Chaz.« Er beugte sich zu ihr. »Ich kann es nicht«, sagte Kaylie. Sie betrachtete die Babys und war wieder gefangen von ihrer Schönheit. Dass Chaz alle Farbe aus dem Gesicht gewichen war, bekam sie gar nicht mit. Dann hob sie den Kopf und sah die Angst in seinen Augen.

»Kaylie, ich werde weniger arbeiten. Ich mache alles, was du willst.« Chaz warf Danica einen verzweifelten Blick zu.

Kaylie zwang ihn, sie anzusehen. »Meine Güte, Chaz, ich rede nicht von uns und unserer Beziehung. Ich kann den Job bei der Plattenfirma nicht annehmen. Ich kann es einfach nicht. Ich kann mich nicht von ihnen trennen. Ich will mich nicht von ihnen trennen.«

Wieder sah Chaz zu Danica hinüber. Kaylie sah ihre Schwester an, deren Blick zwischen Kaylie und Chaz hin und her ging. Ihre dunklen Locken waren völlig zerzaust.

»Was ist los?«, fragte Kaylie. Dass die beiden ein schlechtes Gewissen hatten, war nicht zu übersehen. »Danica Snow, du sagst mir sofort, was los ist.«

Danica biss sich auf die Unterlippe und trat näher ans Bett. »Ist sie nicht wunderschön?«, sagte sie und berührte die Wange ihrer Nichte.

»Lenk nicht ab«, sagte Kaylie scharf. »Chaz, warum habe ich das Gefühl, dass ihr mir etwas verschweigt? Stimmt mit den Kindern etwas nicht?«

»Nein«, sagten sie wie aus einem Munde.

Chaz presste die Lippen zusammen. Er sah ihre Mutter an, dann wanderte sein Blick zurück zu Kaylie.

»Was immer es ist – sagt es mir einfach.« Kaylie war den Tränen nahe.

»Ich habe die Plattenfirma überprüfen lassen. Du weißt doch, dass ich Max darum gebeten habe?«

»Ja, und?«, fragte Kaylie. Sie sah Chaz an, dann Danica.

»Es ist –«

Danica unterbrach ihn. »Kaylie, konzentrieren wir uns doch lieber auf die Babys. Alles ist so gut verlaufen, du bist so glücklich. Denken wir einfach nur an sie. Nicht wahr, Mom?« Sie wandte sich hilfesuchend an ihre Mutter.

»Ich weiß nicht ... Darf ich eines von ihnen halten?« Ihre Mutter nahm den kleinen Jungen auf den Arm.

Eine der Krankenschwestern befreite Kaylie von dem Katheter, bevor sie und Dr. Lasco aus dem Zimmer gingen. »Wir holen die beiden gleich«, sagte Gail und schloss die Tür.

Chaz nahm Kaylies Hand und sagte: »Ich muss dir etwas sagen und, Danica, bitte unterbrich mich nicht.« Er lächelte Danica freundlich an und formte ein stummes *Bitte!* mit den Lippen. Als Danica nickte, fuhr er fort: »Ich wollte es dir schon früher sagen, aber ich wollte dir nicht alles kaputtmachen. Benton Records gehört zumindest teilweise Lea Carmichael.«

Kaylie nickte. »Ich weiß«, sagte sie sachlich.

»Das wusstest du?«, fragte er erstaunt.

»Ja, das wusste ich.«

»Warum hast du mir nichts gesagt?«, fragte er. »Warum hast

du es mir verschwiegen?«

»Ich dachte, du wüsstest es, und habe darauf gewartet, dass du etwas sagst. Ich hatte doch mitbekommen, wie du Max gesagt hast, sie soll die Firma checken, das weißt du.«

»Wie konntest du das Angebot dann annehmen? Warum hast du das getan?«, fragte Chaz.

»Ich bin ja nicht dumm. Ich weiß, dass diese Verrückte zu allem fähig ist. Und du bist nicht der Einzige, der jemanden googeln kann, weißt du.« Danica und Chaz starrten sie entgeistert an. »Seht mal, ich dachte mir, das ist meine einzige Chance, meinen Traum zu verwirklichen, und wenn wir alle wissen, wie sie tickt, dann wissen wir, wovor wir uns in Acht nehmen müssen. Sie kann keinen Keil zwischen uns treiben, wenn wir beide wissen, wie sie ist. Also ...« Sie zuckte die Schultern. »Warum sollten wir sie dann nicht zu unseren Zwecken einsetzen und ihre Beziehungen nutzen?«

»Kaylie, sie ist viel verrückter, als du denkst.«

»Chaz, ich glaube, ich weiß, wie verrückt sie ist. Es tut mir leid, ich hätte es dir früher sagen sollen, und vielleicht hättest du es mir sagen sollen, aber als ich mich mit den Leuten von Benton Records getroffen habe, habe ich all die richtigen Fragen gestellt: Wem gehört die Firma, was erwartet man von mir, wer kümmert sich um meine musikalische Karriere, meine Reisen, meine Auftritte. Sie haben alle meine Fragen ehrlich beantwortet. Sie haben gesagt, dass sie diejenige war, die mich entdeckt hat. Und sie hat darauf bestanden, dass sie mich unter Vertrag nehmen. Aber Mr. Thompkins hat mir versichert, dass ich die volle Kontrolle über alles habe. Sie geben es mir schriftlich, dass sie kein Mitspracherecht bei diesen Sachen hat. Ich hatte keine Gelegenheit, dir davon zu erzählen, es ging alles so schnell. Und an dem Abend nach dem Gespräch mit

Thompkins warst du mit den Gedanken woanders und ich hatte mich noch nicht entschieden, ob ich unterschreiben sollte oder nicht. Ich hatte das Gefühl, ihren Zusagen vertrauen zu können, und dachte, dass es der Anfang einer großartigen Karriere sein könnte – obwohl Lea die Finger im Spiel hatte.«

Chaz und Danica schienen endlich zu begreifen und Kaylie genoss es, den Stolz in den Augen ihrer Mutter zu sehen, die das Baby in den Armen hielt.

»Ich hätte es dir früher sagen sollen«, sagte Chaz entschuldigend.

»Und ich hätte es dir sagen sollen. Wahrscheinlich müssen wir in Sachen Offenheit noch ein bisschen üben. Aber wenigstens hatten wir gute Gründe, das zu verschweigen, was wir wussten. Als du sagtest, dass du mich unterstützen würdest, wenn ich das Angebot annehme, wusste ich, wie sehr du mich liebst. Diese Frau ist völlig unberechenbar, und wer weiß, vielleicht hätte sie tatsächlich versucht, uns auseinanderzubringen.« Kaylie gab ihrer kleinen Tochter einen Kuss, dann sagte sie mit fester Stimme: »Das hätte ich nie zugelassen, aber als ich die beiden habe schreien hören, wusste ich, dass ich sie keinen Moment allein lassen will. Und dich auch nicht.«

»Kaylie«, sagte Chaz. »Wir kriegen das hin.«

»Melde mich freiwillig zum Babysitten«, sagte Danica und wedelte mit dem Arm.

»Vielleicht in ein paar Jahren«, sagte Kaylie. »Im Augenblick gibt es nichts, was mich von meiner Familie weglocken könnte.«

Siebenundfünfzig

»Kaum zu glauben, dass die Babys schon drei Wochen alt sind und noch immer keinen Namen haben. Wer macht denn so etwas?« Danica und Blake waren unterwegs zu einem Grillabend bei Kaylie und Chaz.

»Du kennst Kaylie doch. Entscheidungen sind nicht gerade ihre Stärke«, sagte Blake lachend.

»Stimmt. Sie nennen die beiden sie und er.«

»Kaylie nennt sie Hexe und Buddy.« Er zuckte die Achseln.

»Das sind doch keine richtigen Namen.«

Blake bog in die Zufahrt zu ihrem künftigen Zuhause ein.

»Warum fahren wir hierher? Das Haus gehört uns doch noch gar nicht.«

Er lächelte, sagte aber nichts. Danica sah das Auto ihrer Mutter und Kaylies Wagen vor der Tür. Hinter ihnen hielt gerade Sally.

»Blake?« Danica sah ihn mit aufgerissenen Augen an.

Blake stieg aus, bevor sie anfing, Fragen zu stellen. Zu Danicas Überraschung kam nicht nur Gage aus Sallys Auto geklettert, sondern auch Rusty, Michelle und Chase, die sich auf die Rückbank gequetscht hatten.

»Oh je«, sagte Danica zu Blake. »Das kann ja heiter

werden.«

»Wie ich höre, herrscht eitel Sonnenschein zwischen ihnen.«

»Sally hat mir überhaupt nichts gesagt.« Sie sah Blake an. »Also, warum sind wir hier?«

»Es gehört uns. Ich habe den Kaufvertrag vor drei Tagen unterschrieben.«

Danica boxte ihn auf den Arm. »Und warum hast du nichts gesagt?«

»Weil ich dich überraschen wollte.« Er lachte. »Es gibt viel zu wenige Überraschungen im Leben, da dachte ich, ich nutze die Gelegenheit.«

»Glückwunsch?«, sagte sie und zog eine Augenbraue hoch.

Er nahm sie in die Arme. »Glückwunsch!«, sagte er und wirbelte sie herum, gerade in dem Moment, als Gage und Sally vorbeigingen.

»Übertreibt's nicht«, flachste Gage.

Danica gab Blake einen Kuss und ging dann neben Sally zum Haus. »Du hast mir nichts gesagt.«

Sally errötete. »Da gab es nichts zu sagen.«

»Und was ist mit Gage? Davon hast du auch nichts gesagt.«

»Wir sind Freunde, sehr gute Freunde.« Sie lächelte vielsagend. »Vielleicht wird eines Tages mehr daraus, aber im Moment verbringen wir einfach mehr Zeit miteinander und lernen einander besser kennen. Und weißt du was? Für den Moment ist es genau das Richtige.«

»Und was ist mit ihnen?« Danica zeigte auf Rusty, Michelle und Chase.

»Bei ihnen ist es genauso. Gut befreundet zu sein scheint im Trend zu liegen.«

Sie gingen ins Haus, wo Chaz und Kaylie neben ihrer Mutter standen, die ein sehr schläfriges Baby in den Armen wiegte.

Kaylie kreischte begeistert und schloss Danica in die Arme.

»Wir haben uns doch erst letzte Woche gesehen!« Sie trat einen Schritt zurück und musterte Kaylie von oben bis unten. »Lieber Himmel, Mädchen. Wie kann es sein, dass du dich in so kurzer Zeit in Barbie zurückverwandelst?«

»Ach, hör auf«, sagte Kaylie und schlug ihr spielerisch auf den Arm. »Es wird noch eine Weile dauern, bis ich alles runter hab. Und sieh dir nur die hier an.« Sie wackelte mit den Brüsten und lachte. »Komm rein und sag Hexe und Buddy guten Tag.«

»Ehrlich, Kaylie, die beiden brauchen Namen. Was steht denn auf ihrer Geburtsurkunde? Crew weiblich und Crew männlich?«

Kaylie antwortete nicht. Sie breitete die Arme aus und sagte: »Da staunst du, was?«

»Ja, und ob! Aber ich glaube, Blake wird noch viel mehr staunen«, sagte sie augenzwinkernd.

»Hast du ihm noch nichts gesagt?«, fragte Kaylie in verschwörerischem Flüsterton.

Danica schüttelte den Kopf.

»Und was ist mit Mom?«

Danica nickte.

»Was gibt's denn da zu flüstern?«, fragte Sally und schob sich zwischen die Schwestern. »Das ist Danicas Geheimnis.«

Sally verschränkte die Arme und sah sie erwartungsvoll an. »Aha, wir haben also neuerdings Geheimnisse, wie?«

Danica legte den Finger auf die Lippen und schüttelte den Kopf. Während sie die Babys mit dem üblichen Oooh und Aaah begrüßte, beobachtete sie Blake aus den Augenwinkeln. Sie wartete darauf, dass die alte Danica wieder auftauchte und mit ihr schimpfte, weil sie keine Liste mit Für und Wider angelegt oder die ganze Sache mit einem professionellen Berater oder zumindest mit jemandem durchgesprochen hatte, dem sie vertraute. Doch die leise nörgelnde Stimme blieb stumm. Danica vertraute auf ihre Gefühle und der kleine Schubs, den ihre Mutter ihr versetzt hatte, hatte ihr die Klarheit gegeben, ihrer Entscheidung zu folgen, auch wenn sie eine Weile gebraucht hatte, überhaupt eine Entscheidung zu treffen.

Blake schäkerte derweil mit ihren Neffen. *Mein Traummann*, dachte sie. Sie zählte insgeheim all die Dinge auf, die sie so an ihm liebte, als er mit einem warmen, aufmerksamen Lächeln auf sie zukam.

»Hallo, Süße. Sollen wir uns ein verschwiegenes Fleckchen suchen?«, sagte er mit verführerischem Grinsen und küsste sie auf den Hals.

»Ach, eigentlich ist es hier genau richtig.« Danica nahm seine Hand. »Du hast mich nicht unter Druck gesetzt, dich zu heiraten.«

»Schließlich weiß ich, dass ich mit Druck nichts erreiche. Ich bin ja lernfähig.« Er kam noch ein Stückchen näher und sie konnte seine Lust förmlich mit Händen greifen. »Aha, lernfähig bist du also?«

»Ja, ich habe gelernt, dass das Leben zu kurz ist, um sich zu grämen.« Er blickte kurz zu Sally hinüber und sah Danica dann in die Augen. »Ich kann mit dir in wilder Ehe leben, bis wir alt und grau sind. Ich brauche keinen Trauschein.«

Danica senkte den Blick. »Denkst du an Dave?«

Blake nickte. »So ist das Leben. Ich möchte jede Sekunde mit dir verbringen, die ich nur kann. Und wenn das bedeutet, dass wir unverheiratet zusammenleben, nun ...«, er legte ihr die Hände um die Taille und zog sie an sich. »Wie ich höre, kann es ganz nett sein, in wilder Ehe zu leben.«

Danica schlug das Herz bis zum Hals. »Und wenn wir es nicht müssen?«

»Hm?«, murmelte er und küsste sie sanft auf die Schulter.

»Wenn wir nicht in wilder Ehe zu leben brauchten?«

Er hob den Kopf.

»Ich habe nachgedacht. Vielleicht ist eine wilde Ehe doch nicht so toll. Vielleicht sollten wir alles hübsch ordentlich festzurren.«

»Meinst du, was ich denke, dass du es meinst?« Blake konnte seine Begeisterung kaum im Zaum halten, jedes Wort bebte nur so vor Hoffnung.

Sie strahlte ihn an. »Ja.«

»Ja was? Ich will ganz sicher sein, dass ich dich richtig verstehe.«

Plötzlich wurde es ganz still im Raum und Danica spürte die erwartungsvollen Blicke der anderen. Sie sah in Blakes schöne grüne Augen, in denen kleine gelbe Pünktchen tanzten, und sie sagte: »Ja, ich möchte deine Frau werden, Blake Carter. Falls das Angebot noch steht ...«

Blake hob sie hoch und wirbelte sie herum. »Ja! Ja! Sie hat Ja gesagt!« Er lachte.

»Juhuuu!«, jubelte Kaylie.

»Doppelhochzeit!«, rief Chaz begeistert.

Als Blake Danica schließlich absetzte, war ihr ganz schwindelig vor Glück. Einer nach dem anderen beglückwünschte sie, erst Kaylie, dann Chaz, dann Sally und ihre Mutter, und selbst Michelle, Chase und Rusty reihten sich ein und umarmten sie.

Sie hatte es getan.

Sie hatte Ja gesagt.

Danica lehnte sich an die Wand und beobachtete Chaz, der

seinem künftigen Schwager gerade einen kräftigen Schlag auf den Rücken gab. Sie freute sich, dass ihre Familie Blake so begeistert willkommen hieß. Sie wollte jede Sekunde dieses Tages in Erinnerung behalten.

Kaylie stellte sich zu ihr. Sie nahm Danicas Hand.

»Soll ich dir mein Geheimnis verraten?«, fragte sie.

»Ja«, sagte Danica verträumt. Sie konnte immer noch nicht glauben, dass sie diese monumentale Entscheidung getroffen hatte.

Kaylie zog sie zu den Babys. Sie lagen gut zugedeckt in ihrem Zwillingswagen und schliefen fest. Kaylie betrachtete sie lächelnd, dann sah sie Danica an.

»Tante Danica, ich möchte dir Alexandra Ellison Crew vorstellen, genannt Lexi.« Sie streichelte ihrem Sohn die Wange. »Und Trevor Michael Crew, genannt Trev. Michael nach Chaz' Vater.« Kaylie sah Lexi so an, wie ihre Mutter sie immer noch ansah, auch wenn sie schon lange nicht mehr so winzig war.

»Alexandra und Trevor. Du hast Moms Mädchennamen Ellison genommen.« Danica wiederholte die Namen stumm. Es waren große Namen für so kleine Babys, aber Danica war überzeugt, dass jedes Kind von Kaylie die entsprechende Persönlichkeit mitbrachte. *Alexandra Crew. Trevor Crew.* Das gefiel ihr. *Lexi und Trev.* Noch besser. »Sie sind perfekt.«

Danksagung

Als ich diese Geschichte um Kaylie, Danica, ihre Freunde und ihre diversen Familienmitglieder schrieb, wurde mir klar, dass die Anzahl der Menschen, denen ich zu Dank verpflichtet bin, im Laufe der Zeit immer größer geworden ist. Sie reicht weit zurück in meine Kindheit und erstreckt sich über die mehr als vierzig Jahre, die ich nun auf der Welt bin. So viele Menschen haben mein Leben berührt und mich inspiriert. Da ich nicht alle aufzählen kann, möchte ich Ihnen allen, die mein Leben berührt haben – sei es per E-Mail, Telefon, durch die sozialen Medien oder persönlich –, einen weltweiten, von Herzen kommenden Dank aussprechen und Ihnen eine virtuelle Umarmung zuteilwerden lassen.

An all die großzügigen Blogger, Autoren, Leser und Rezensenten, die mich unterstützen, verteile ich hiermit eine Ladung virtueller Schokoküsse. Ich danke Ihnen sehr für Ihre Zeit, Ihre Energie und Ihre Begeisterung.

Mein Lektoratsteam sollte eigentlich eine Goldmedaille bekommen für seine Geduld, seinen scharfen Blick und seine brillanten Ideen. Kristen Weber, Penina Lopez und Colleen Albert, ich habe euch viel zu verdanken. Ihr helft mir, meine Texte besser zu machen und meinen Leserinnen die Qualität zu liefern, die sie verdienen.

Ein ganz besonderer Dank geht an Melissa Ann Rich, die sich den Namen für Danicas Jugendzentrum No Limitz ausgedacht hat. Er ist perfekt und ich hoffe, ich bin ihm in meinem Buch gerecht geworden.

Ich könnte nicht schreiben ohne die unglaubliche Unterstützung durch meine ganze Familie. Ich liebe euch bis zum Mond und zurück – und am besten schickt ihr mir Jess mit, sonst verlaufe ich mich noch.

Abonnieren Sie Melissas Newsletter, um über Neuerscheinungen informiert zu werden:
www.melissafoster.com/Newsletter_German

Lesen Sie hier einen Auszug aus dem nächsten Band!

Schwestern in Weiß

DIE SNOW-SCHWESTERN

LOVE IN BLOOM – HERZEN IM AUFBRUCH

Eins

»Ein Wunder, dass wir uns nicht noch splitternackt ausziehen mussten«, ulkte Danica, als sie mit ihrem Verlobten Blake Carter endlich die Sicherheitsschleuse am Flughafen von Nassau passiert hatte. Nachdem sie sechs Stunden lang im Flugzeug gehockt hatten, bekam sie allmählich Platzangst. Je eher sie durch die Glastüren nach draußen in die Sonne kam, desto besser. »Vielleicht sollten wir ein bisschen herumlaufen.«

»Willst du nicht auf deine Schwester warten?«, fragte Blake und hielt Danica die Tür auf. Ihre Schwester Kaylie und deren Verlobter Chaz mussten bald kommen. Dass Blake auf Kaylie Rücksicht nahm und Manieren wie ein wahrer Gentleman hatte, waren nur zwei der Gründe, warum sich Danica in ihn verliebt und schließlich eingewilligt hatte, ihn zu heiraten.

»Ja, ist wahrscheinlich besser. Vielleicht können wir einen Spaziergang machen, wenn wir im Hotel eingecheckt haben.«

Blake stellte das Gepäck ab und zog Danica an sich. »Dass wir für unsere Hochzeit aufstehen müssen, sehe ich ja ein, aber wenn du meinst, dass ich dich ansonsten aus dem Zimmer lasse, hast du dich getäuscht«, sagte er mit leiser, verführerischer Stimme.

Sie gab ihm einen spielerischen Stoß, als er anfing, ihr lauter kleine Küsse auf den Hals zu geben.

Gleich darauf kam Kaylie durch die Tür gefegt. Chaz, der an jeder Hand einen gigantischen Koffer schleppte, folgte ihr langsam. Die warme Brise spielte mit Kaylies golden schimmerndem Haar. »Das hat ja ewig und drei Tage gedauert!« Sie holte tief Luft und breitete die Arme aus. »So fühlt sich die Freiheit also an.«

»Sechs Stunden im Flieger nennst du Freiheit?«, fragte Chaz lachend. Sein blondes Haar war etwas zerzaust, doch in seinen typischen khakifarbenen Shorts und dem schicken Leinenhemd sah er aus wie Ken, während Kaylie eine verblüffende Ähnlichkeit mit Barbie aufwies.

Kaylie warf ihm einen verführerischen Blick zu.

»Oh, du meinst die kinderlose Freiheit«, meinte er.

Kaylie und Chaz kannten sich seit drei Jahren. Mittlerweile hatten sie Zwillinge, die sie unablässig auf Trab hielten. Chaz Crew hatte sich nicht nur als liebevoller und engagierter Vater erwiesen, sondern auch als Fels in der Brandung, wenn Kaylie wieder einmal ihre dramatischen fünf Minuten hatte.

»Ich liebe meine Kleinen, aber nachdem ich nun zwei Jahre lang ohne Unterbrechung hinter den beiden hergerannt bin, brauche ich eine Pause. Drei ganze Tage, bis sie mit Mom nachkommen. Drei. Ganze. Tage. Und zwei ganze Nächte. Es fühlt sich so dekadent an, mitten in der Woche hier zu sein.«

Kaylie hatte nach der Geburt von Lexi und Trevor zwei Jahre gebraucht, bis sie wieder sie selbst war, und als Danica sah, wie die Augen ihrer Schwester bei der Aussicht leuchteten, ihren zukünftigen Ehemann ganz für sich allein zu haben, war sie froh, dass sie mit der Hochzeit gewartet hatten. Die Vorstellung von einer Doppelhochzeit war ihr erst gar nicht geheuer gewesen. Kaylie würde sich als der Star der Show präsentieren wollen, da war sie sich sicher, doch es sollte ja auch ihr großer Tag sein. Aber Kaylie war immer schon für eine Überraschung gut gewesen. Ohne zu mucken hatte sie Danicas Vorschlägen zugestimmt, angefangen von den Blumen bis hin zu den Kleidern der Brautjungfern, und mehr als einmal hatte sie sie tatsächlich nach ihrer Meinung gefragt. Manchmal hatte Danica Mühe zu begreifen, wie sehr Kaylie sich verändert hatte, seit sie mit Chaz zusammen war. Sie war nicht mehr das Partygirl, sondern die verantwortungsbewusste Mutter von zwei kleinen Kindern – die rein zufällig eine dramatische Ader hatte.

»Zwei ganze Nächte«, wiederholte Chaz.

»Ganz genau«, meinte Blake. Er nahm das Gepäck und winkte ein Taxi heran.

Danica war froh, dass die anderen nicht mitbekamen, wie seine Augen aufblitzten. In dem Blick, den er ihr zuwarf, erkannte sie die Begierde, die immer noch zwischen ihnen loderte. Sie spürte, wie sie rot wurde, und duckte sich rasch ins Taxi, damit es niemand sah.

Sie war unersättlich, ihr ganzer Körper sehnte sich nach ihm, wie bei einem hormongetriebenen Teenager. *Oder bei einer Sexsüchtigen*, überlegte sie. So berauschend ihr Liebesleben auch sein mochte, sie schien doch nie genug von ihm bekommen zu können, und während Blake nachts neben ihr schlief, lag sie oft wach und malte sich aus, was sie noch alles ausprobieren könnten – Dinge, die ihr in der Zeit vor Blake nie in den Sinn gekommen wären. Aber sie würde diese Dinge nie aussprechen. Nicht einmal ihm würde sie davon erzählen. Wenn sie etwas aus der Scheidung ihrer Eltern gelernt hatte, dann war es die Gewissheit, dass das Leben einem jederzeit einen Stoß in die Magengrube versetzen konnte, egal, wie sehr man jemanden liebte und ihm vertraute. Dann waren die Liebe und all die Verheißungen, die man sich im Dunkel der Nacht zuflüsterte, im Handumdrehen null und nichtig. Ein Partner konnte einem jederzeit den Rücken kehren, die verwegensten, intimsten Augenblicke mit sich nehmen und Gott weiß wem davon erzählen. Es war nicht so, dass sie kalte Füße bekommen hätte oder Blake nicht vertraute, doch manche Lektionen waren so tief in einem verwurzelt, dass man sie nicht einfach beiseiteschob.

»Oh nein, mein Lieber, nicht was du jetzt denkst. Ich rede von Schlafen.« Kaylie hakte sich bei Chaz unter, als sie ins Taxi geklettert waren. »Mein Mann muss sich ausruhen.«

Chaz betrieb ein Indie-Film-Festival, das sein Vater hochgezogen hatte, und arbeitete Tag und Nacht daran, Sponsoren zu verpflichten und eine gesunde Finanzierung auf die Beine zu stellen – mit Erfolg, doch dieser Einsatz hatte seinen Preis. Und wenn er nach einem Zwölf-Stunden-Tag nach Hause kam, forderten die Kinder seine ganze Aufmerksamkeit. Die dunklen Ringe unter seinen Augen sprachen Bände.

Danica und Kaylie staunten, als sie das elegant eingerichtete Hotel betraten. Über der Eingangshalle wölbte sich eine hohe Decke, die auf kunstvoll gealterten Säulen ruhte. Der Boden bestand aus lachsfarbenem Granit mit schwarzen, weißen und goldenen Sprenkeln, in dem sich die funkelnden Lichter der Kerzenleuchter spiegelten.

Kaylie ergriff Danicas Hand. »Oh mein Gott. Und das alles gehört Blakes Cousin?«

»Ja, es gehört Treat Braden«, hauchte Danica ehrfurchtsvoll. »Es ist unglaublich.«

Blake legte ihr die Hand auf den Rücken. »Er war nur zu gerne bereit, uns das Hotel für die Feier zur Verfügung zu stellen. Als Hochzeitsgeschenk für uns.«

»Er muss stinkreich sein«, sagte Kaylie.

»Kaylie!« Vielleicht hatte ihre kleine Schwester sich doch nicht so sehr verändert.

Kaylie schlug sich lächelnd die Hand vor den Mund. »Ooops! Tut mir leid.«

Blake nahm es locker. »Er ist tatsächlich stinkreich. Seine ganze Familie ist wohlhabend, aber keiner von ihnen stellt es zur Schau. Alle fünf Brüder und auch die Schwester haben Geld wie Heu, doch sie sind wirklich nett. Sehr bescheiden und unglaublich großzügig.«

»Und nach dem, was Blake erzählt hat, sehen die Geschwister allesamt blendend aus, aber sie sind alle noch single, auch Savannah, das einzige Mädchen in der Familie.«

Kaylie runzelte die Stirn. »Sind die Jungs schwul? Ich meine, die Frauen müssten doch nur so auf sie fliegen. Und das Mädel kann sich über einen Mangel an Interessenten bestimmt auch nicht beklagen, oder?«

Blake schüttelte den Kopf.

»Schwul sind sie nicht, das kannst du mir glauben«, sagte er, während er die Anmeldeformalitäten erledigte. »Sie kommen schon ganz gut herum.«

Sie nahmen ihr Gepäck und machten sich auf den Weg zu ihren Zimmern. Sie wollten nur schnell ihre Koffer auspacken und sich dann im Café treffen, um einen Happen zu essen.

Danica brachte ihre Checkliste mit, um die Einzelheiten für die Hochzeitsfeier ein letztes Mal durchzugehen.

»Die anderen kommen am Freitag. Sally und Max bringen unsere Kleider mit, die Blumen und das Essen sind bestellt und für die Hochzeitsfeier hat Treat uns eine ganze Insel reserviert. Ach so, und natürlich ein Boot, das uns auf die Insel bringt.« Danica seufzte und überlegte, ob sie irgendetwas vergessen hatte. Sie konnte immer noch nicht glauben, dass sie endlich heiraten würden. Sie nahm Blakes Hand und als er sie ansah, tanzten die gelben Pünktchen in seinen grünen Augen, die sie immer so faszinierend fand, im Licht.

Er legte ihr die andere Hand an die Wange. »Ja, es ist wirklich wahr.«

Er hatte sie bei jeder sich bietenden Gelegenheit daran erinnert, dass sie bald seine Frau sein würde. Danica fand das lustig. Als sie sich kennenlernten, war er der Herzensbrecher gewesen, nicht sie, und doch war er nun derjenige, der Angst hatte, dass sie am Altar kehrtmachen und davonlaufen würde. »Ja, es ist wahr«, versicherte sie.

»Leute, reißt euch zusammen.« Kaylie legte die Speisekarte beiseite, als die Kellnerin kam, um ihre Bestellung aufzunehmen.

Die Kellnerin war sonnengebräunt, ihre blendend weißen Zähne leuchteten förmlich und die bunten Perlen, die in ihr langes dunkles Haar eingeflochten waren, klapperten bei jeder

Kopfbewegung leise. Danica hatte damit gerechnet, dass sie den typischen Inseldialekt sprechen würde, doch als die Sommerschönheit den Mund aufmachte, hätte sie nicht amerikanischer klingen können. »Ich bin heute Ihre Bedienung. Was darf's denn sein?«

Sie bestellten Drinks, Salat und Sandwiches. Danica sah, wie Kaylie die junge Kellnerin beobachtete, als sie davonschlenderte. Unter dem langen engen Rock und dem figurbetonten Tanktop kamen ihre hinreißenden Proportionen perfekt zur Geltung. Normalerweise war das für Kaylie Anlass genug, eine schnippische Bemerkung loszulassen.

Kaylie rückte mit ihrem Stuhl näher an Chaz heran. »Wow, sie sieht klasse aus. Wenn die Tropensonne diese Wirkung hat, kriegst du mich hier nicht mehr weg.«

»Wer bist du und was hast du mit meiner Schwester gemacht?«, sagte Danica halb im Scherz.

Kaylie machte eine wegwerfende Handbewegung. »Ich bin alt, Schwesterherz. Immerhin bin ich fast dreißig und hab obendrein zwei Kinder.«

»Wenn du mit fast dreißig alt bist, was bin ich dann?«, fragte Danica.

»Stimmt. Mit knapp zweiunddreißig bist du alt und ich bin ein junger Hüpfer.«

Die Kellnerin brachte ihnen die Drinks und das Essen und Blake hob sein Glas. »Auf die Ehe. Möge sie ewig halten.« Ihre Gläser klirrten leise aneinander.

Chaz trank einen Schluck und fragte dann: »Um welche Uhrzeit kommt euer Vater an?«

Kaylie stöhnte.

»Sei ein bisschen nett, Kaylie«, sagte Danica. Kaylie hatte den Kontakt zu ihrem Vater vor Jahren abgebrochen, als er die

Familie verlassen und schließlich seine Geliebte geheiratet hatte, mit der er seit langer Zeit eine Beziehung gehabt hatte. »Er, Madeline und Lacy landen heute Abend gegen sechs.«

»Madeline kommt auch?«, fragte Kaylie seufzend.

Natürlich wusste Kaylie ganz genau, dass die Frau ihres Vaters mitkam. Danica schüttelte den Kopf. Manchmal ging ihr Kaylies Sinn fürs Dramatische auf die Nerven.

»Erklär mir bitte mal, warum er am Mittwoch kommt, wenn unsere Hochzeit erst am Samstag ist«, sagte Kaylie. »Ich glaube, ich brauche noch einen.« Sie leerte ihr Glas in einem Zug und signalisierte der Kellnerin, dass sie Nachschub wollte.

»Nicht so schnell, Kaylie. Du solltest wenigstens einigermaßen beisammen sein, wenn er ankommt«, sagte Danica. »Er möchte Zeit mit uns verbringen und natürlich weiß er, dass wir am Tag der Hochzeit jede Menge zu tun haben. Das habe ich dir doch alles schon erklärt und du warst einverstanden.«

»Ich war überhaupt nicht einverstanden«, erwiderte Kaylie und schüttelte heftig den Kopf. »Du hast mir einfach nicht zugehört, als ich dir gesagt habe, dass es mir die Laune verhagelt. Und diese Lacy kommt natürlich auch. Wenigstens muss ich zu der nicht nett sein«, sagte Kaylie.

Blake und Danica tauschten einen besorgten Blick. Dass Kaylie nicht begeistert davon war, ihrer Halbschwester Lacy zu begegnen, war ihnen klar. Lacy war nur ein paar Jahre jünger als Kaylie. Als sie geboren wurde, waren die Eltern von Kaylie und Danica noch verheiratet.

Als Kaylies Zwillinge zur Welt kamen, hatte sie sich geweigert, ihren Vater anzurufen. Danica hatte die Sache in die Hand genommen und ihm von der Geburt seiner Enkelkinder berichtet, und über ihren Vater war der Kontakt zu Lacy zustande gekommen. Danica hatte sie zwar noch nicht persönlich kennengelernt, doch in den letzten anderthalb Jahren hatten sie telefoniert und sich E-Mails und sogar ein paar Briefe geschrieben. Kaylie hatte ihr lange Zeit nicht verziehen, dass sie ihrem Vater Bescheid gesagt hatte, daher beschloss Danica, ihr nichts von Lacy zu erzählen ... nur so lange, bis sich Kaylie beruhigt hatte. Und offenbar war ihr Vater immer noch wie ein rotes Tuch für sie.

»Kaylie, Lacy ist mit uns verwandt, ob es dir gefällt oder nicht«, sagte Danica vorsichtig.

»Sie ist bestenfalls unsere Halbschwester, wenn überhaupt«, entgegnete Kaylie scharf. »Ich meine, wie können wir uns denn sicher sein, dass sie wirklich seine Tochter ist? Wir kennen diese Madeline ja überhaupt nicht. Vielleicht ist sie eine Schlampe. Muss sie doch wohl, sonst hätte sie nicht die Ehe unserer Eltern zerstört, oder?«

Chaz hatte diese Litanei oft genug gehört. »Macht es euch was aus, wenn ich mich eine Weile hinlege?«, sagte er und schob seinen Stuhl weg. »Ich bin k. o.«

Kaylie legte ihm die Hand aufs Bein. »Soll ich mitkommen?«

»Nein, Babe. Ist schon okay. Ich will mich nur ein bisschen ausruhen, damit ich wach bin, wenn eure Familie kommt.«

Chaz hatte offenbar gelernt, sich rechtzeitig davonzustehlen.

Sie gaben sich einen Kuss und Chaz ging davon. »Entschuldigt bitte«, sagte Kaylie. »Er hat in der letzten Zeit so viel gearbeitet.«

Danica hatte vor drei Jahren ihre Lizenz als Psychotherapeutin zurückgegeben, als ihr klar wurde, dass sie Gefühle für ihren neuen Klienten – Blake – hegte, die sich für eine Therapeutin nicht gehörten. Trotzdem schlüpfte sie oft unwillkürlich in ihre alte Rolle, und als sie sah, wie Kaylie ein weiteres Glas in

Windeseile leerschlürfte, begann sie, sich Sorgen zu machen.

»Kaylie«, sagte sie schließlich. »Stimmt etwas nicht zwischen Chaz und dir?«

»Was? Nein, natürlich nicht. Wie kommst du darauf?«

Danica zuckte die Achseln und versuchte, ihre Unruhe wegzuschieben. »Er hat sich ziemlich schnell verabschiedet, als das Gespräch auf Dad kam.«

Kaylie verdrehte die Augen.

Das ist Kaylie, wie sie leibt und lebt.

»Er meint, dass ich mich wegen Lacy nicht so kindisch anstellen soll.«

Danica sah das Flehen in ihren Augen. *Hilf mir. Sag mir, dass ich recht habe*, schien sie zu sagen. Seit sie Blakes Heiratsantrag zunächst abgelehnt hatte, weil ihre Schwester gerade in einer dramatischen Beziehungskrise steckte, hatte sich Danica vorgenommen, kein Blatt mehr vor den Mund zu nehmen. Sie war nicht bereit, ihre Gefühle beiseitezuschieben, nur um Kaylie unangenehme Wahrheiten zu ersparen. Sie war wild entschlossen zu sagen, was sie dachte, und keine Rücksicht auf Kaylies bedürftige Seite zu nehmen – jedenfalls nicht allzu sehr. Über ihre Beziehung zu Lacy konnte sie jedoch nicht so offen sprechen, wie sie es gerne wollte. Dieses Thema musste sie mit Samthandschuhen anfassen.

»Tja …«, sagte Danica.

Blake gab ihr einen Kuss auf die Wange und stand auf. »Ich sehe mir mal den Andenkenladen an. Wir sehen uns später im Hotel, okay?«

»Okay.« Sie sah ihm nach, als er mit verführerischem Hüftschwung davonging. Er hatte die Jeans an, die sie am liebsten an ihm mochte und die seinen –

»He, wie alt bist du? Fünfzehn?«

Danica hatte gar nicht gemerkt, dass sie sich die Lippen geleckt hatte. Sie fuhr zusammen. »Wie meinst du das?« *Oh Gott, ich habe mich in eine dieser sexwütigen Frauen verwandelt.* Sie nahm sich vor, ihre Libido unter Kontrolle zu halten. Jedenfalls in der Öffentlichkeit.

»Du siehst ihn an, als wäre er einer der Chippendales und du hättest einen Stapel Dollarnoten.« Kaylie zog die Nase kraus, als fände sie den Gedanken abstoßend.

»Siehst du Chaz nicht auch manchmal so an?«

Kaylie zuckte die Achseln. »Kann sein. Aber wenn du Kinder hast, ist das alles nicht mehr so wichtig.«

Oh-oh. »Kaylie, jetzt wo unsere Männer weg sind, könnten wir vielleicht endlich mal über Dad und Lacy reden? Nur wir beide?« Seit der Geburt der Zwillinge hatte sie in regelmäßigen Abständen versucht, das Gespräch auf ihren Vater zu lenken, doch Kaylie hatte sich jedes Mal gesperrt. Nun wollte sie wenigstens einen letzten Versuch unternehmen.

»Warum tust du das? Warum meinst du, du müsstest einen rundum perfekten Tag kaputtmachen? Ist es nicht schlimm genug, dass er zu unserer Hochzeit kommt?«

Ja, ich hab's kapiert. Du brauchst es mir nicht immer wieder auf die Nase zu binden.

Ende des Auszugs

Um weiterzulesen, kaufen Sie *Schwestern in Weiß*
bei Ihrem Online-Buchhändler!

Bisher erschienen in englischer Sprache:

The Bradens (Peaceful Harbor)

Healed by Love
Surrender my Love
River of Love
Crushing on Love
Whisper of Love
Thrill of Love

The Remingtons

Game of Love
Strokes of Love
Flames of Love
Slope of Love
Read, Write, Love

Seaside Summers

Seaside Dreams
Seaside Hearts
Seaside Sunsets
Seaside Secrets
Seaside Nights
Seaside Embrace
Seaside Lovers
Seaside Whispers

Entdecken Sie Melissa Fosters Bücher auch auf:
www.melissafoster.com/herzen-im-aufbruch